世界最終大戦 2

ナチスへの逆襲！

羅門祐人

コスミック文庫

この作品は二〇一七年四月・一二月に電波社より刊行された『世界最終大戦（3）（4）』を再編集し、改訂したものです。

なお本書はフィクションであり、登場する人物、団体等は、現実の個人、団体、国家等とは一切関係のないことを明記します。

目　　　次

第一部　ささやかな勝利

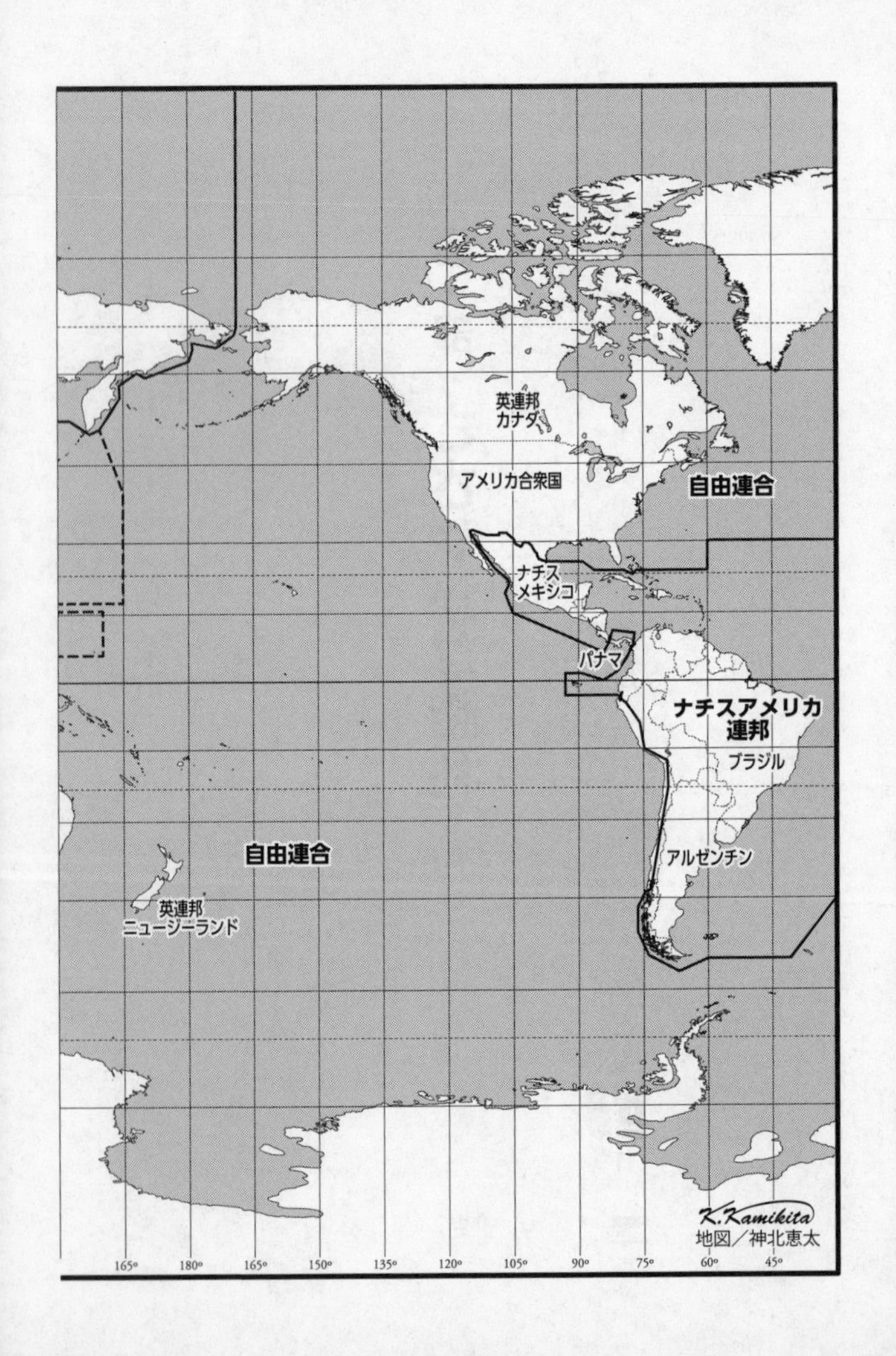
英連邦
カナダ
アメリカ合衆国
自由連合
ナチス
メキシコ
パナマ
ナチスアメリカ
連邦
ブラジル
アルゼンチン
自由連合
英連邦
ニュージーランド
K.Kamikita
地図／神北恵太
165°
180°
165°
150°
135°
120°
105°
90°
75°
60°
45°

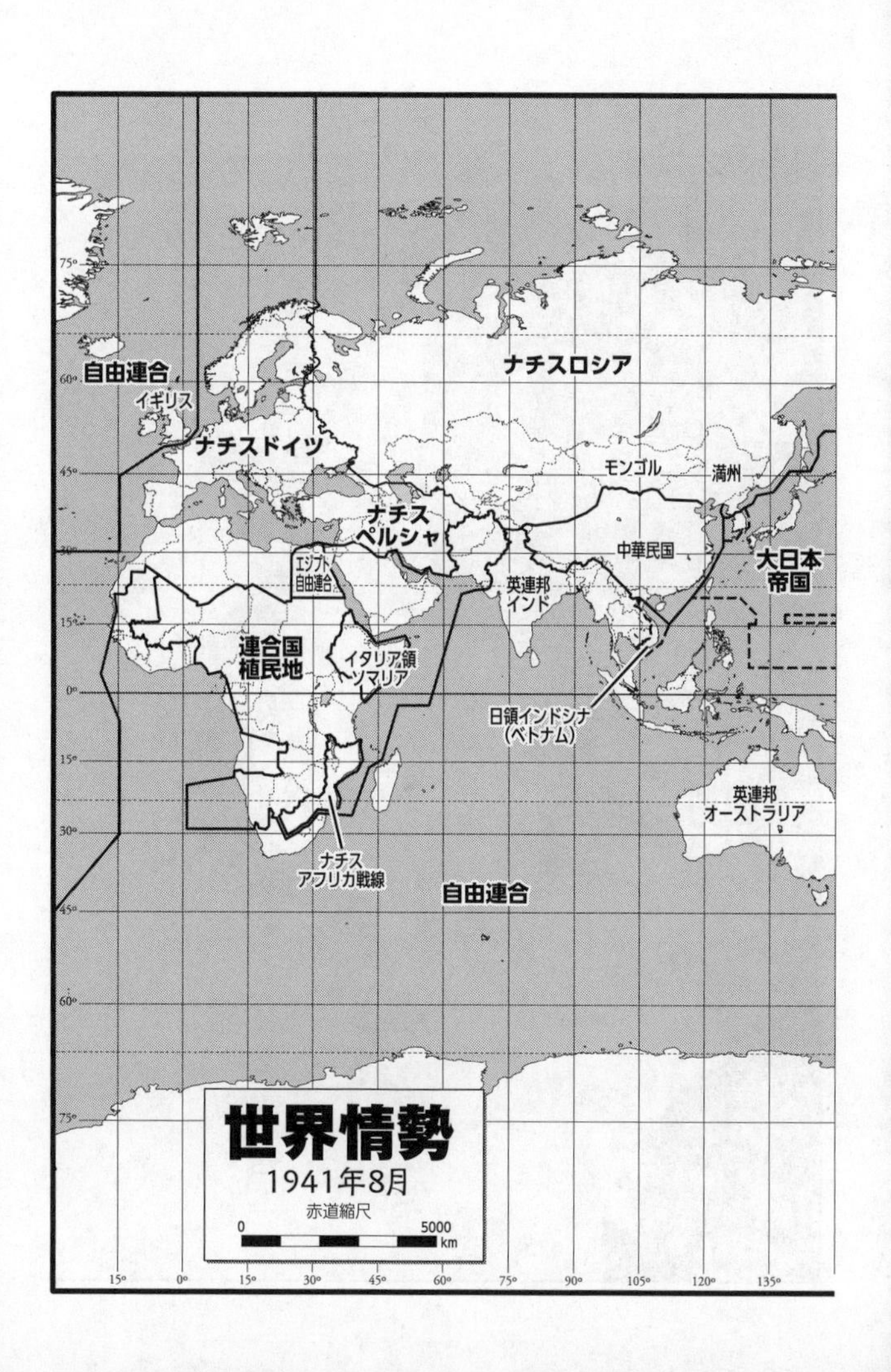
自由連合
イギリス
ナチスドイツ
ナチスロシア
ナチス
ペルシャ
モンゴル
満州
中華民国
大日本
帝国
エジプト
自由連合
英連邦
インド
連合国
植民地
イタリア領
ソマリア
日領インドシナ
(ベトナム)
英連邦
オーストラリア
ナチス
アフリカ戦線
自由連合
世界情勢
1941年8月
赤道縮尺
0
5000
km
75°
60°
45°
30°
15°
0°
15°
30°
45°
60°
75°
15°
0°
15°
30°
45°
60°
75°
90°
105°
120°
135°

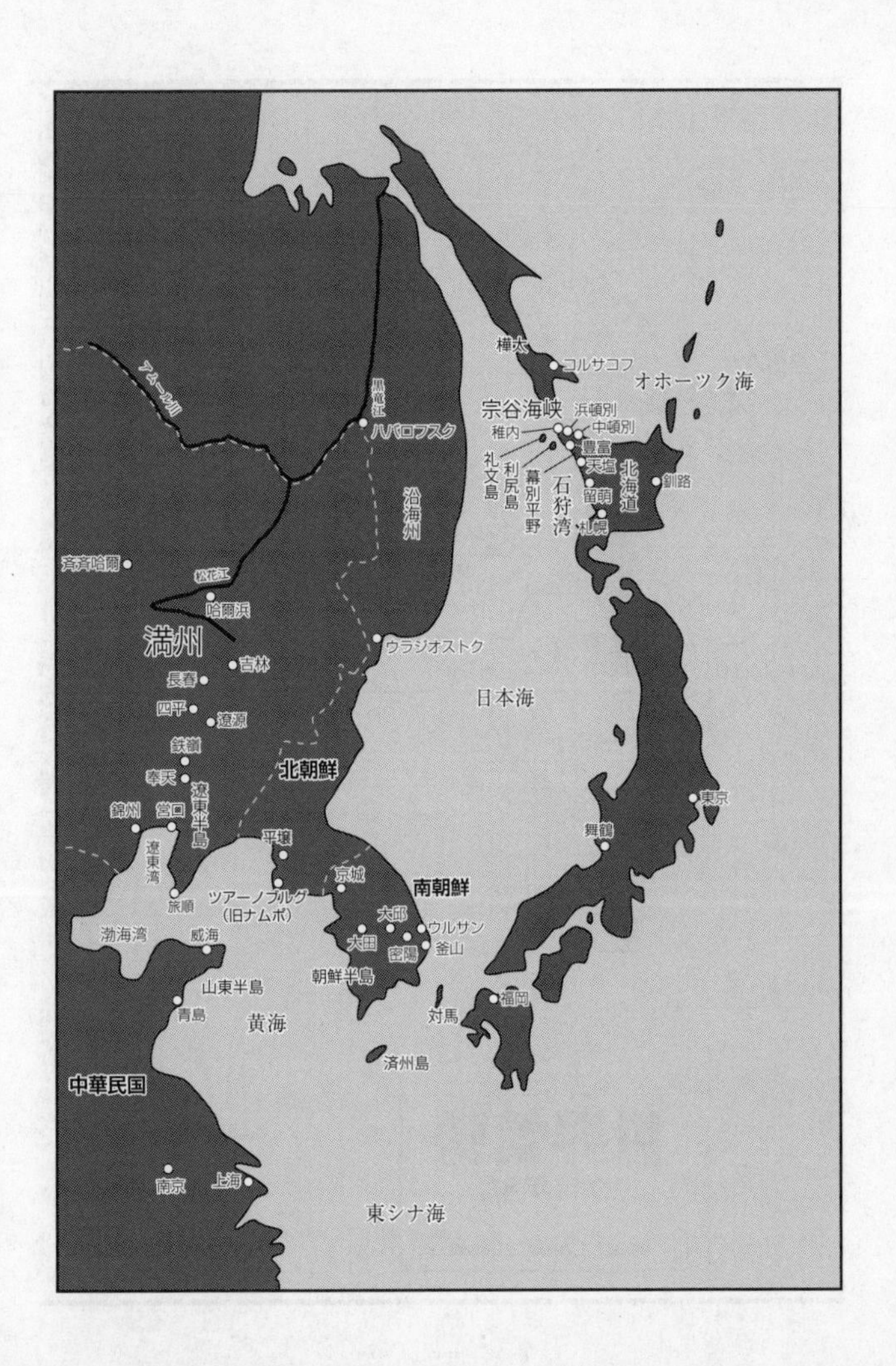

樺太
コルサコフ
オホーツク海
宗谷海峡
浜頓別
稚内
中頓別
豊富
天塩
礼文島
利尻島
幕別平野
石狩湾
留萌
北海道
釧路
札幌
アムール川
黒竜江
ハバロフスク
沿海州
斉斉哈爾
松花江
哈爾浜
満州
ウラジオストク
吉林
長春
日本海
四平
遼源
鉄嶺
北朝鮮
奉天
遼東半島
東京
錦州
営口
舞鶴
平壌
遼東湾
京城
南朝鮮
旅順
ツアーノブルグ
(旧ナムポ)
大邱
ウルサン
渤海湾
威海
大田
密陽
釜山
朝鮮半島
山東半島
福岡
青島
黄海
対馬
済州島
中華民国
南京
上海
東シナ海

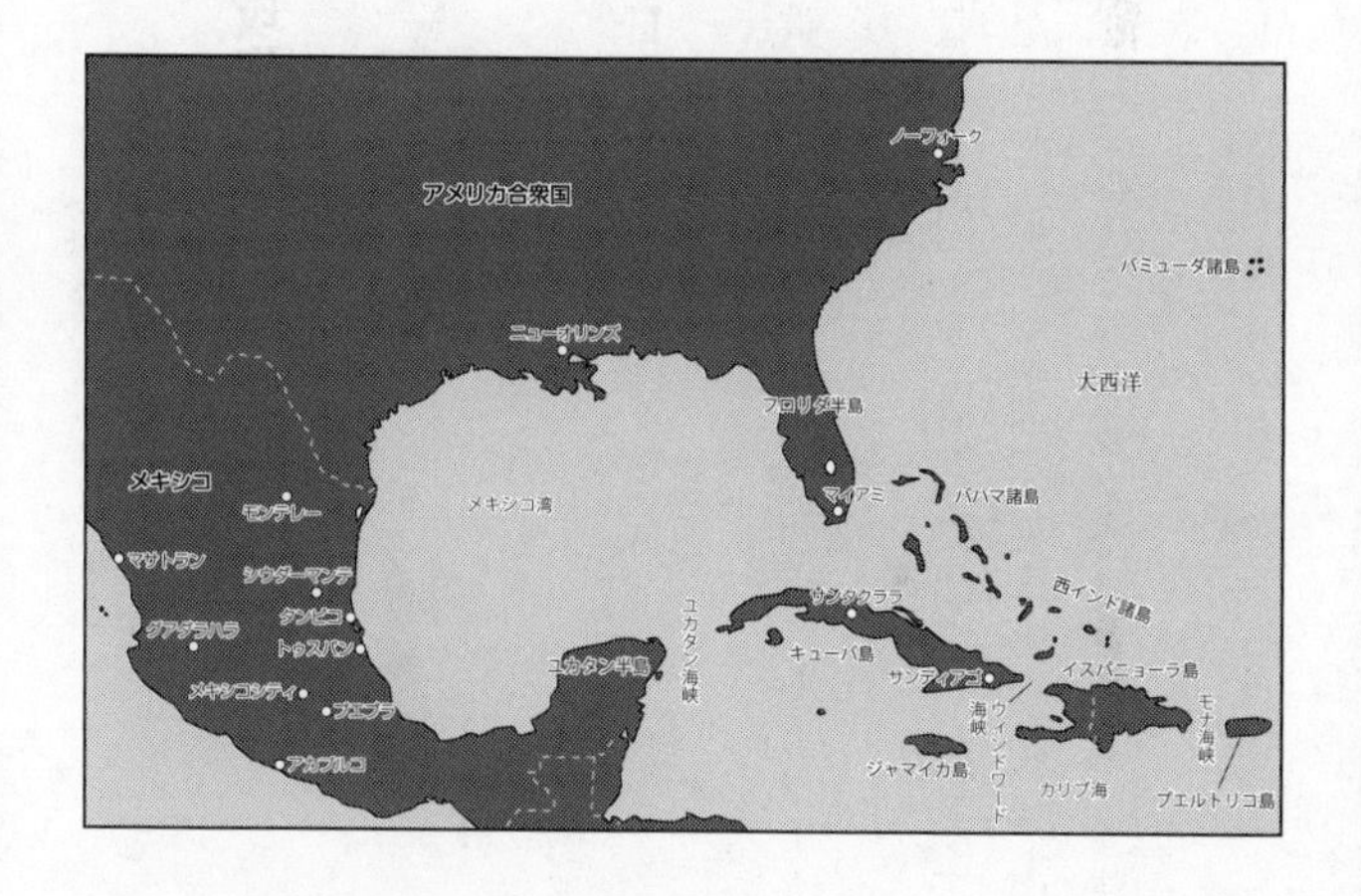

ノーフォーク
アメリカ合衆国
バミューダ諸島
ニューオリンズ
大西洋
フロリダ半島
メキシコ
モンテレー
メキシコ湾
マイアミ
バハマ諸島
マサトラン
シウダーマンテ
サンタクララ
西インド諸島
タンピコ
ユカタン海峡
グアダラハラ
トゥスパン
キューバ島
ユカタン半島
サンティアゴ
イスパニョーラ島
メキシコシティ
プエブラ
海峡
ウィンドワード
モナ海峡
アカプルコ
ジャマイカ島
カリブ海
プエルトリコ島

第1章　極東反攻作戦

1

一九四一年八月二四日　朝鮮半島西岸

ロシア極東海軍の最重要拠点——朝鮮半島西岸にあるツアーノブルグ軍港が、自由連合の航空攻撃により空の守りを失った。

自由連合の満州総撤収作戦を阻止するために出撃したロシア太平洋艦隊は、帰るべき母港が丸裸になったことに驚き、中国の天津（テンチン）をめざして南下しつつあった日米満州軍への攻撃を断念、急ぎツアーノブルグ港へと引き返す決断を下した。

「発艦地点まで三〇分！」

航行参謀の声を聞いた古賀峯一（みねいち）司令長官は、一瞬で我に返った。

ここにきて、あれこれ思い悩んでも仕方がない。

空母機動部隊による艦上機のみでの航空攻撃が世界初である以上、ここでもし不手際や失敗があれば、やはり空母主体での海戦は無理があると上層部に判断される。

ゆえに失敗は許されない。

人事を尽くしたのち、なおも落ち度がないかと思いをめぐらせているうちに、とうとう発艦三〇分前に至ってしまったのだ。

「敵艦隊および敵陸上航空基地からの索敵機は？」

もう何度も聞いた質問を、いま一度くり返す。

質問には小沢治三郎（じさぶろう）航空参謀が答えた。

「いまのところ、見つかってはいないようです。本日の朝鮮中部から北部にかけての西岸一帯は、風速四／雲量二と良好ですので、敵が長距離偵察機を出してもおかしくない状況ですが……」

「それなんだが、あまりにも我々に都合のいい状況だと思わんか？　敵艦隊母港周辺の航空基地を潰した以上、蜂の巣をつついたような騒ぎになると思っていたのだが」

ロシア海軍にとってのツァーノブルグ港は、中国や日本に対し直接的に睨みを利かせられる最重要基幹軍港のはずだ。

以前はウラジオストクがその役目を担っていたが、いかんせん日本海の中に存在するせいで、日本に各海峡を封鎖されれば身動きできなくなる。

そこで日露戦争の勝利で得たツァーノブルグ港を整備し、さらなる覇権獲得の足がかりにする魂胆だった。

そもそも朝鮮半島制圧がここまでスムーズにいったのも、ツァーノブルグに極東最大のロシア艦隊が常駐していたからではないか。

空母こそ保有していないが、実質的に主力艦隊となる第二艦隊には戦艦三隻が所属している。これは日本周辺で実動中の自由連合艦隊の戦艦数と同じであり、空母の重要性に意識を向けていないロシアにとっては、充分に対抗できる戦力と判断してのことだった。

いま朝鮮半島では、満州を制覇したロシア陸軍が、最後の仕上げを行なおうとしている。

一時は補給線の問題で進撃が止まっていたが、それも徐々に解消されつつあるらしい。となれば満州方面で余裕が出たぶん、さらなる猛攻撃が予想される。

今回の自由連合海軍によるロシア艦隊阻止作戦は、これらの動きに蜂の一刺しを行なうためのものだ。

もしロシア海軍主力艦隊が手酷いダメージを受け、ウラジオストク同様、軍港に引き籠もらざるを得ない状況にできれば、朝鮮半島の両岸は自由連合の海となる。

そうなれば沿岸砲撃から空母艦上機部隊による爆撃まで、ロシア側が手も足も出ない状況で一方的な攻撃が行なえるようになるだろう。

むろん、それで朝鮮半島の状況が好転したり、満州への反攻が可能になるわけではない。

敵が艦砲の届かぬ内陸部へ下がれば、あとは爆撃しか手段がない。そして、爆撃だけでは陸軍部隊に致命的な打撃を与えられないことは、自由連合軍も重々承知している。

それでも、ロシア陸軍の最終目的地である釜山攻略は、なんとか阻止できる。

釜山は海沿いの港町であり、日本領土の対馬や九州からも近い。そこから陸上航空隊を出し、さらには空母航空隊や打撃部隊による遊撃的な艦砲射撃と爆撃支援を行なえば、いかにロシア陸軍といえども大被害はまぬがれないからだ。

極東方面の自由連合軍は、反攻の準備が整うまでロシア軍の足を止めることが第一目的となっている。

その反攻時期は、いまアメリカ大陸中部で行なわれているカントリーロード作戦の成就と密接に関係している以上、当面は堪え忍びつつ、敵をせき止めるしかないのである。

「ロシアは伝統的に陸軍国家ですので、どうも海軍は軽視されているようですね。あの日本海海戦も、遠くからバルチック艦隊を呼びよせ、強引に海戦を実施させて比較勝利をもぎ取ったのですから、もしかするとあの海戦が慢心の原因……所詮、二流国家の日本に対しては、あの程度の策で充分と思ったのかもしれません」

いささか自虐的ながら、小沢の意見は筋の通ったものだった。

もしロシア海軍が日本海海戦にボロ負けしていれば、もう少し海の守りに対しても注意がいったかもしれない。

だが、なまじ勝ってしまった結果、海軍はこれでよしという空気が生まれてもおかしくない。

「ということは、いまロシア太平洋艦隊が危機的状況にあるという現実すら、ナチスロシア中央には届いていない可能性があるということか」

「おそらく……そうとでも考えないと、ウラジオストクに引き籠もっている沿海州艦隊の状況が理解できません。

　いかに海戦で被害を受けたとはいえ、それは一部の艦にすぎず、我々自由連合海軍の常識からすれば、ツアーノブルグが危機的状況に陥れば、牽制のため日本海に出てくるべきなのに、いまもってピクリとも動きませんから。

　これはもう、極東方面の戦争の主導権が完全にロシア陸軍に牛耳られているとしか考えられず、ロシア海軍は陸軍の要請で出撃するだけの、しかも使いにくい道具に成り下がっている……そんな気すらします。

　となれば、ロシア海軍がいくら陸軍に嘆願しても、虎の子の陸軍航空隊を出すことはないでしょう。もし出しても、ほんのお情け程度……そうなると思います」

　ナチス連邦諸国は、完全な中央集権体制を取っているため、前線からの状況報告は、前線で発言力のある軍……すなわちロシア陸軍のものが重要視される。

　総本山のドイツでは、すでに対アメリカ戦を睨んで海軍の重要性を認識しているが、根っからの大陸国家であるナチスロシアでは、ロシアSS本部を除き、すべてスターリンの意向で動くせいで、まったく海軍を重視していない。

　それらすべてが、いま古賀たちに味方していた。

「時間です」

小沢が腕時計を見ながら、発艦時刻になったことを告げた。

「全空母、全力発艦せよ！」

時刻は夕方の四時。

この時間帯からの発艦となると、航空攻撃を終了して帰投するのは日没後となる。

さすがに夜間着艦とはならないものの、第二次攻撃は無理だ。

そこで古賀は、小沢や山口多聞と協議した結果、最初の一撃は少数の直掩機のみを残す全力出撃にすることが決定していた。

もし第一次攻撃が不発に終わったり不充分だったりすれば、明日夜明けの第二次攻撃に賭けるしかなくなる。

しかし、明日の朝だと敵も反撃してくるはずだから、空母を守るため、ある程度の直掩を張りつける必要が出てくる。そのため明日は半数出撃を二回行なう予定になっているが、現実を見ると実行できるか怪しいところだ。

つまり、当たればでかい全力出撃は、今回こっきりとなる。

奇襲かつ最大打撃力で攻撃して、それが失敗に終われば、作戦そのものの実用性まで疑われる。古賀たちの責任は重大だった。

「軽空母凜空の直掩隊、艦隊上空の定位置につきました！」

「同じく晴空直掩隊、定位置！」

「天龍／凜空／晴空の航空攻撃隊、順次発艦中！　天龍がやや遅れています!!」

一隻の正規空母と二隻の軽空母からの連絡が、次々と届きはじめる。

その連絡に割って入るように、通信参謀の声がした。

「襲撃部隊より入電！　ツアーノブルグ南南西八五キロ地点において、敵軍港所属と思われる沿岸警備艇および魚雷艇部隊と遭遇。

やむなく応戦しつつ回避を試みるも、搭載魚雷の半数を消耗し、燃料残もわずかなり。以後の作戦指示を至急願う。以上です」

先行してロシア艦隊に殴り込みをかける予定だった襲撃艦部隊（海狼型襲撃艦三〇隻）だったが、今回はうまくいかなかったらしい。

「被害は？」

古賀は司令長官として命令を下す前に、襲撃部隊の状況を聞いた。

「二隻が撃沈された模様です。戦果はコルベット級哨戒艦二隻撃沈、中型警備艇四隻、魚雷艇三隻撃沈となっています。なお味方の損傷については、まだ報告を受けておりません」

報告ではコルベット級とあるが、実際には五〇〇トンクラスの小型哨戒艦である。

中型警備艇は二〇〇トンクラス、魚雷艇は八〇トン程度でしかない。いずれも軍港周辺に敵対勢力を接近させないために配備されているらしい。

コルベット級は、日本海軍では海防艦や防護艦に相当するクラスだが、ロシアのものは外洋航行能力を持たず、もっぱら軍港や沿岸警備部隊の中核艦として用いられている。

それを二隻沈めたということは、少なくとも魚雷艇部隊と合わせて三個哨戒隊が出迎えたと思われる。

なのに戦果がコルベット級二隻に対し、中型警備艇四隻と魚雷艇三隻のみなのは、もしかすると味方襲撃艦が戦果を望むあまり、最大艦を追いかけまわすことに執着し、警備艇と魚雷艇を無視したのかもしれない。

さらに言えば、魚雷艇は襲撃艦ほど奇抜な機動はできないが、単に小回りする能力だけなら上をいく。

そのせいで襲撃艦の砲雷撃をかいくぐり、対等の戦いを行なったとも考えられる。

「相手が動きの速い連中だと、襲撃艦の利点を生かせなかったようだな。襲撃艦は、場合によっては使えないことがわかっただけでも今後の参考になった。

今回は、残念だが撤収させよう。ただちに戦闘海域を離脱し、燃料補給地点まで移動。給油艦から燃料を補給してもらったら、済州島(チェジュド)沖にいる本隊まで下がるよう命じる」

実質的な作戦中止命令だったが、直接的に中止とは言わず、作戦変更命令として下すところに古賀のやさしさが滲(にじ)んでいる。

「襲撃艦部隊に襲われるのはこれが二度めですので、さすがに敵も学んだのでしょう。

やはり襲撃艦による攻撃は、迅速な奇襲が大前提となりますね。あくまで大型艦を多勢で襲撃することに特化した部隊ですので、今回の戦闘は不本意なものになったと思います。

まあ、いずれまた出撃する機会もあるでしょうから、彼らには充分に休んでもらいましょう。あとは我々が……」

「そうだな」

二人の会話を強制的に終了させる報告が聞こえた。

「全航空隊、離艦終了！」

「航空隊へ連絡。なんとしても日本海海戦の屈辱を……積年の恨みを晴らせ！　空母部隊は、ただちに退避行動へ移るよう命じる。以上送れ！」

古賀の口から、思いもよらぬ強い言葉が飛びだした。

もう少し温和な訓辞だろうと思っていた小沢は、古賀の胸中に積もった口惜しさの一端を垣間見て、珍しく驚きの表情を浮かべた。

かくして……。

人類史上初となる、空母機動部隊による艦隊攻撃の幕が切って落とされたのだった。

＊

「見えたぞ！　右翼下方三〇度だ!!」

正規空母天龍攻撃隊――三菱九八式艦上爆撃機一二機／三菱九七式艦上攻撃機一四機による第一次攻撃は、艦爆隊第一編隊二番機に乗る前柴(まえしば)道明一等海曹の声で始まった。

雲量二なので、夕刻の海面がよく見える。

斜めから差す夕日を受け、まっすぐ南へ向かっている多数の軍艦がいた。

どうやら、こちらには気づいていない。

もし気づいていれば、最低でも小回りの利く駆逐艦くらいは、すでに回避運動を示す航跡の弧が見える。だが眼下に見えるのは、一直線の航跡のみだった。

前柴は、後部座席の美鈴怜太一等兵が操作する艦爆隊共通の近距離無線電話を使って声を届けようとしたが、例によって英国製無線電話の調子が悪く、まったく通じない。

そこで風防を後方へずらし、自らの左手を外へ出し、大きく右へ振りながら下を指さした。それを一番機（編隊長機）が視認すれば、あとは編隊長に任せればよい手筈になっている。

『第一編隊の前柴機が右下方に敵艦隊を発見。艦攻隊が雷撃位置についたのち、艦爆隊先行で攻撃を実施する。

なお、護衛戦闘機隊が敵の陸上戦闘機を警戒して四〇〇〇まで降りているから、急降下時には衝突に気をつけろ。以上、艦爆隊長』

さすがに艦爆隊隊長機の無線電話はきちんと作動している。

現在の無線電話は試作品並みに製品のばらつきが大きく、重要度の高い隊長機に対し優先して調子のよいものを取りつけているようだ。

爆撃隊隊長機の連絡を聞いた編隊長機が、一度大きく右へ翼を振った。

各国の空母航空隊は、隊長機が第一編隊一番機を兼任することが多い。

しかし今回の航空攻撃隊の場合、艦爆隊が全体の教導を務めることになっていたため、隊長機は一番編隊の前方を単機で飛んでいる。そのせいで第一編隊長機は別に任命されていた。

翼を振る仕草……これは進路を変更する合図になっていて、編隊は編隊長機に続き、急降下地点まで移動しつつ時間を合わせる手筈になっている。

「美鈴、敵機はいないか」

『見当たりません。他の編隊機からも、発見の合図はありません!』

コックピット内を繋ぐ有線電話から、後部座席にいる美鈴の声が聞こえた。

狭い場所のため叫べば声は届くが、時として大馬力エンジンの音や射撃音にかき消されることがある。そこで日本の艦上機には、合衆国製と同じ機内有線電話機が設置されている。

「ロシアは海軍の航空機を重視してないみたいだな……まあ、世界の海軍の大半が似たようなもんだが。艦隊戦における航空機の重要性に気づいているのは、いまのところ、アメリカと日本くらいなもんだ。

そのアメリカも、日本海軍の合衆国派遣艦隊に空母が不可欠と力説したせいで、ようやく空母機動戦の有効性に気づいたのだから、いま行なわれているカントリーロード作戦では、まだ空母は対地攻撃と艦隊護衛任務に専念しているはずだ。

つまり俺たちが、世界で初めて空母から飛びたち、飛行機だけで敵艦を叩き潰す部隊になる。そう思うと、ロシア艦隊が実験材料のようで、少し可哀想な気もする」

艦攻隊が低空に降りて位置につくまで、あと少し時間がある。

そのため第一編隊は、いま急降下予定地点を中心に円を描いて待機中だ。

ようやくロシア艦隊も上空の異変に気づいたらしく、まばらに対空砲を撃ちはじめている。しかし、まともに対空戦闘訓練をやっていないのか、まったく的外れな場所で砲煙が炸裂していた。

『艦攻隊、定位置についた。艦爆隊、攻撃開始！』

艦爆隊隊長から、待ちに待った命令が届いた。

その瞬間、編隊長機が左翼を大きく下げ、左スライドしはじめる。

これが急降下に入る初動になるため、続く二番機の前柴も、三秒遅れで後に続いた。

急降下開始地点は、敵艦隊の右後方上空。

左捻り（ひだりひね）りで急降下に入り、徐々に機首の角度を深めていく。

高度一五〇〇で急降下フラップを開き、速度を調整。そのまま七〇〇まで七五度を保つ。

「目標、敵戦艦！　行くぞ!!」

高度八〇〇付近になると、機の左右上下を機関砲の曳光弾がすり抜けるようになった。

しかし、弾幕は薄い。

それもそのはずで、いま狙いを定めたボロネジ級戦艦のアドミラル・ナガンには、二〇ミリ連装機銃が八基のみしか搭載されていない。戦艦は大火力砲撃に専念すべしという旧態依然の思想が、すでに実状に合わなくなっている証明である。

このような場合、巡洋艦や駆逐艦といった護衛役が、戦艦の至近距離から対空戦闘支援を行なわねばならない。それを可能にするには、徹底した訓練が必要だ。

かなり接近しないと弾幕に切れ目ができてしまうため、日頃から対空戦闘陣形を維持しながらの機関砲射撃が不可欠となる。

どうやらロシア艦隊は、それら一切を行なっていない……。

艦隊陣形は古風な複列縦陣――しかも艦種ごとに単縦陣を組んだままで、アドミラル・ナガンの両脇には、二〇〇メートルほど離れて二隻の巡洋艦がいるだけだった。

「高度五〇〇……撃ッ！」

作戦予定通り、高度五〇〇メートルで爆撃を決行した。

機体から四〇〇キロ徹甲爆弾が離れた瞬間、軽くなった機体の反動を利用し、一気に機首を引き起こす。

ライトR型空冷星型エンジンを三菱が改良した、ライトM・R2550三菱サイクロンエンジンが、次第に重々しい雄叫びをあげはじめる。

日米の姉妹機の多くが米国製エンジンを土台としているのは、やはり大馬力エンジン開発では合衆国企業に一日の長があるためだ。

日本製エンジンは、吹き上がりが軽快という利点こそあるものの、いざ大きな負荷がかかると、すぐにトルクが抜けて腰砕けになってしまう。

その点、アメリカ自動車産業のノウハウが詰まった米国製エンジンは、野暮ったい反応ながら強大なトルクを発生するため、多少の負荷など跳ねのけるように回り続ける。

そこで日本側は、日本エンジンの持つ軽快さをなんとかアメリカ製エンジンで再現しつつ、野太いトルクはそのまま残す方向で調整したという。

その結果が、現在の日米共同開発エンジンとなって開花したのである。

先行していた編隊長機は、すでに右上方へ向けて上昇しはじめている。

「当たった！」

一瞬、自分が投下した爆弾かと思ったが、それにしては早すぎる。前柴が見たのは、編隊長機の放った一番槍の爆弾だった。

しかし……。

それも束の間、すぐに機体が水平になり、徐々に上昇しはじめる。

こうなると直下の確認は、後部座席にいる美鈴に任せるしかない。

『……敵艦左舷、至近海面に着弾。外れました』

「クソッ！」

訓練では良い成績だったというのに、実戦で外してしまった。

一撃必殺を狙う艦爆乗りにとって、これは最大の恥となる。しかも編隊長機が命中させているのだから、余計に目立つ。

編隊長機の爆弾は、艦橋前方にある二番砲塔付近に当たった。砲塔天蓋（てんがい）を貫通できたかは不明だが、二番主砲に相当のダメージを与えたことは確かである。

だが、それだけでは戦艦は沈まない。

願わくは後続の機が、一番砲塔左右付近もしくは艦尾近くに命中弾を出してほしい。

そうすれば艦の速度が著しく低下し、艦攻隊の雷撃が当たりやすくなる。

三〇度の角度で上昇を始めた愛機の操縦桿を握り締めながら、前柴はいつまでも考えていた。

2

八月二四日夕刻　朝鮮半島西岸

「陸軍機の出撃を要請しなかったのか？」

戦艦アドミラル・ナガンに乗艦しているラボロフ・ガーリン少将は、自由連合軍の艦上機を発見したとの報告を受け、となりに立っている艦隊参謀長へ質問した。

ガーリンは、先日のツアーノブルグ港周辺への爆撃を重要視して、もしかすると自由連合軍による艦隊への爆撃があるかもしれないと、事前に朝鮮半島の陸軍航空基地に対して艦隊警護の要請を行なっていた。

その結果、反転して南下しはじめた今日の朝、朝鮮半島北部にある二箇所の陸軍航空基地から、単発戦闘機三〇機（総数）余りが護衛に駆けつけてくれたが、いずれも空振りに終わっている。

したがって、当然、夕方にも出撃してくれると思っていたらしい。

「要請は引き続き行なっております。ただ、艦隊位置が南方へ二〇〇キロほど移動していますので、北部の陸軍航空基地の支援範囲を外れている関係から、要請は中北部西岸にある航空基地へ行ないました。

でもって、陸軍側から返答がないので憶測になりますが、くだんの基地は現在、敵陸軍の後方基幹基地として物資の集積が進んでいる京城を爆撃するのに忙しく、護衛の戦闘機も出払っている可能性があります。

そのせいで夕刻の支援が不可能になったのではないかと……まあ、陸軍が本気で支援するつもりなら、いくらでも他の基地から戦闘機を移動させられるでしょうから、我々は優先順位が低いと判断されたのでしょう」

旗艦の艦橋には艦隊SS政治将校も常駐しているというのに、参謀長の口は止まらない。

それだけ陸軍に対する不信感が大きいのだろうが、SS政治将校の思惑次第では身が危うくなりかねない。そう感じたガーリンは、いま参謀長に抜けられてはまずいと考え、慌ててフォローした。

「まあ、そう言うな。まもなく敵の爆撃が実施されるだろうが、陸上爆撃機の大型爆弾ならまだしも、単発機でしかない空母艦上機の爆弾では主力艦は沈まん。多少の被害は仕方ないが、そんなものは母港へ戻れば短期間で補修できる。

おそらく陸軍航空基地も、我々の主力艦に対する信頼があるからこそ、出撃の優先順位を下げたのだろう。なにしろ朝鮮半島で最優先すべきは、あくまで朝鮮全土の早期制圧だからな……」

ガーリンがここまで声を出した時、報告が割り込んだ。

「敵機集団が艦隊上空へ到達しました」

報告を受けた参謀長が、落ち着いた声でガーリンに要請する。

「対空防衛戦闘を許可願います」

「許可する。戦闘が始まっても速度だけは落とすな」

この時点では、旗艦アドミラル・ナガンの艦橋には平時と変わらぬくらいの落ち着きがあった。

ここのところ世界の海軍で流行っている空母だが、所詮は陸軍を対地支援する移動滑走路にすぎない。少なくともガーリンの知る世界の海軍上層部――ナチス連邦各国海軍の認識ではそうなっていた。

それでも多少気がかりだったのは、連邦主権国家であるナチスドイツのヒトラー総統が、昨年初めの段階で、各国海軍に対して大規模な空母建艦の要請を行なったことだ。

要請といっても、連邦総統の発するものは強制に近い。

それでも国によっては建艦設備や予算の関係で、すぐに着手できないところもあり、ひとまずは建艦計画だけ立てて、あとは各国の事情を考慮しつつ完成時期を模索するということで決着を見ている。

現在のところ、ドイツ海軍が正規空母四／軽空母八を建艦中であり、次にイタリア海軍が正規空母二／軽空母四を建艦中、スペイン海軍が正規空母一／軽空母二を建艦中、フランスとオランダが合同で軽空母四を計画中（まだ建造には至っていない）だ。

そして、ヒトラーに表むき忠誠を誓っているナチスロシアのスターリン首相は、気前のよいところを見せようと、正規空母三／軽空母六の建艦計画書を提出している（ただし実際に建艦が始まっているのは、サンクトペテルブルクで軽空母一、黒海のオデッサで軽空母一のみ)。

むろんガーリンだけでなく、ロシア海軍の重鎮の多くが空母建艦には消極的だ。空母を造る予算があるなら、そのぶん大型戦艦を増やしてほしい。これが偽らざる本音であり、じつはスターリンもそう思っているふしがある。

事実、サンクトペテルブルクの大型ドックでは、最新鋭の戦艦が建艦終了間際になっているし、オデッサでも黒海艦隊用の巡洋戦艦が先月竣工したばかりだ。

なのに空母建艦だけが大きく取り扱われるのは、すべて昨年初めに行なわれたヒトラー総統の要請があったからである。

「敵爆撃機、来ます!」

いくら大丈夫と確信していても、艦橋を直撃されたらタダではすまない。

だがロシア海軍の艦隊司令長官には、ここぞと司令塔へ引き籠もるのは潔くないという風潮があり、あえて戦闘中も旗艦艦橋に座し、艦隊将兵の模範となる……

ガーリンもこの習慣に忠実であり、なんの疑問も持っていなかった。

戦艦アドミラル・ナガンは、艦隊四方陣の中央列となっている戦艦単縦陣の中央に位置している。つまり上空から見れば、馬鹿でもそれが最主力艦であることがわかる位置だ。

したがって、まず最初に狙われる。

——ドガガッ！

いきなり凄まじい衝撃と轟音、そして耐爆ガラスの割れる音が鳴り響いた。

ガーリンの右頬のすぐ横を、弾け飛んだガラスの破片が飛び去っていく。

「被害確認！」

よろけて膝をついた参謀長が、立ち上がりながら叫んだ。

「大丈夫か」

参謀長を気づかい、ガーリンは声をかけた。

「よろけただけで無傷です。それよりも、操舵担当が怪我をしたようですので、すぐに交代させます」

見れば舵輪の前に立っているはずの操舵手が倒れている。床に広がりつつある血だまりを見る限り、かなりの重症らしい。

艦務参謀が、血相を変えて救護班を呼ぶよう命令を下していた。

「第二主砲塔直上部に爆弾命中！　砲塔天蓋に被害はないものの、衝撃で砲塔内との連絡が不通となっています!!」

その時、左舷前方の至近距離に高々と水柱が上がった。

「左舷前方至近海面に着弾！」

その時ガーリンは、艦橋左舷前方の窓ガラス越しに、徐々に水平飛行から上昇していく敵の艦上爆撃機を視認した。

「まるで曲芸飛行だな……あそこまでやらないと、艦に対する攻撃は有効にならないと思っているのか」

まだロシア海軍には、艦艇に対する急降下爆撃の概念そのものがない。

ロシア陸軍航空隊には、地上の堅固な要塞設備などに対する急降下爆撃の概念と実績があるものの、あちらは動かない的であり、移動する物体である艦艇に対しては、まったく別次元の技量を要するため、考慮の対象にすらなっていなかった。

「左舷六〇度方向、海面近くに敵機！」

「雷撃機か？」

ロシア海軍にも、陸上爆撃機に魚雷を搭載して攻撃するプランが存在する。

しかしそれは、あくまで爆撃機の転用プランでしかなく、バルト海や黒海で何度かテスト演習が行なわれたものの、陸軍も本気で運用するつもりはないらしい。

それを自由連合の航空機、しかも空母搭載の専用機（攻撃機）で実戦使用する段階にあるという事実を知って、ガーリンは少なからず衝撃を受けていた。

「おそらく……航空機用の小型魚雷でしょう。巡洋艦や駆逐艦用の長魚雷は、どう考えても単発機には搭載できませんから」

「ならば、大丈夫かな？」

今度の言葉は疑問形になった。

爆弾に対しては絶対の自信があるが、事が魚雷となるとそうはいかない。

それがガーリンの知らない『航空魚雷』という新ジャンルの兵器であれば、威力も未知数のため確信が持てなかったのだ。

「わかりません。戦艦主砲弾の破壊力なら、舷側装甲は耐えられるはずですが……」

その時、再び衝撃が襲った。

今度の衝撃は鈍く、音も遠くから聞こえた。

すぐに報告が入る。

「艦尾付近に爆弾命中！」

二発も爆弾を食らった。

その事実に、ガーリンの顔色が変わりはじめる。

「たしか陸軍航空隊の爆撃機による艦船命中率は、だいたい五パーセント程度だったと記憶しているが……記憶間違いか？」

参謀長も記憶を探るような顔になり、やがて答えた。

「いえ、それくらいだったと思います。四発爆撃機による水平爆撃試験では、一二〇キロ爆弾六発を搭載し、八機による編隊爆撃を実施しました。合計で四八発を投下し、戦艦に見立てた曳航浮き桟橋に命中したのは二発のみでした。

試験では曳航速度が六ノットと遅かったため、実際の命中率はさらに低下すると予想されましたので、五パーセントは過大に見積もった数値ではないかと」

「しかし、敵機がいま何機来ているのか知らんが、すでに二発命中している。試験結果に照らすと、最低でも五〇機くらいは爆撃したことになりはせんか」

実際の天龍爆撃隊の数は二二機。ガーリンが推測した数の半数以下でしかない。

しかも爆撃は、まだ始まったばかりだ。

もしガーリンが、いま命中弾を出したのが爆撃隊の第一編隊五機のうちの二機だと知ったら、なおも余裕の態度を続けられただろうか。

日本海軍の空母爆撃隊による急降下爆撃命中率は、じつに四〇パーセント前後に達している。しかもこれは訓練の平均値であり、最高の状況では五〇パーセントを超える時もあったのだ。

知らぬはロシア海軍のみ……。

　これが不幸の始まりだった。

　──ズン！

　艦尾への命中弾の衝撃が覚めやらぬというのに、今度は左舷中央部に高々と水柱が立ちのぼった。

　爆弾の至近弾でないことは、舷側にかぶさるように水柱が崩れ落ち、艦体にも重々しい横揺れの衝撃をもたらしたことでわかった。

「左舷中央、魚雷一命中！」

「艦尾機関室および後部発電室付近に火災発生！」

　報告が錯綜する。

　艦尾の火災は先ほどの爆弾命中によるものであり、魚雷命中とは関係ない。

　だが、ほぼ同時に行なわれたことで、ガーリンの意識は魚雷命中に集中してしまった。

「大至急、左舷中央部の被害状況を報告させろ！」

　ここに至り、初めて声を荒らげた。

「巡洋艦ドヴィナに爆弾命中の模様！　炎上中です‼」

「戦艦ペトロパブロフスクから発光信号。我が艦は前部非装甲区画に爆弾命中、艦首付近の抵抗増大により艦速が最大一二ノットまで低下。指示を仰ぐ。以上です！」

ガーリンは通信参謀の報告を優先させた。

「ペトロパブロフスクに返電。艦隊速度を落としてはならない。艦隊陣形を維持できなければ、艦隊離脱を認める」

いまの状況で戦艦が艦隊を離脱すれば、敵の集中攻撃を受ける可能性がある。

ここで戦艦一隻が脱落するのは惜しい……。

ガーリンの予想では、空母艦上機の攻撃はあくまで前座であり、間違いなく今夜から明日の朝にかけて、敵艦隊主力が水上決戦を挑んでくると確信していた。

航空機の攻撃など余興、本命はあくまで艦隊決戦——。

それが世界の海軍の常識であり、艦隊決戦であればガーリンも負ける気はしない。

なにしろ相手は、日米混成の急造艦隊だ。訓練もそれほど行なっていないだろうから、混戦に持ち込めば味方が有利になる。

結果は、第二の日本海海戦となるだろう……。

そう思っているからこそ、満州から撤収してくる自由連合軍への攻撃を中止してまで、反転南下したのである。

ガーリンは、最初から母港へ逃げ戻るつもりなどなかった。朝鮮南部に敵艦隊が出てきた以上、こちらも受けて立つ。

その意気だけは本当だった。

3

八月二四日夜　済州島西方沖

「撃沈、戦艦一！」

済州島西方沖に待機している戦艦ニューヨーク艦橋において、F・J・フレッチャー少将は、突然舞い込んできた報告に驚きの表情を作った。

同時に艦橋にいるほとんどの者が、大声で快哉（かいさい）を叫びはじめる。

空母艦上機が、撃沈不可能と思われていた戦艦を沈めた……。

この事実は、おそらく今後の各国海軍を大きく変える出来事になるだろう。

まさに偉業の達成であった。

「沈めたのは艦爆か、艦攻か？」

興奮のるつぼと化した艦橋にあって、フレッチャーだけは、やや落ち着いている。

質問したのは通信参謀に対してだが、まだ詳しい報告が届いていないらしく、撃沈の子細がわかったのは第二報が届いた後だった。

報告しにきたのは第二艦隊司令部参謀長だった。

「沈めたのは艦攻です。相手はおそらく戦艦アドミラル・ナガンと思われます。報告によれば航空攻撃隊は、ロシア艦隊の中央に位置する戦艦に集中攻撃を仕掛けたそうですから。当たった爆弾は六発、魚雷は六本です。

他の戦艦にも相応のダメージを与えたとあります。確認された戦艦は三隻で、うち一隻を撃沈、残る二隻も艦速がかなり低下するなど重大な損傷を与えた模様です」

空母機動部隊を任された古賀峯一中将は、ともかく戦艦のみを集中攻撃するよう命じていた。そのせいで巡洋艦などは、無傷のまま逃れた艦もいるらしい。

「……ふむ。しかし、我々の想定していた戦果より派手なものになったな。なにが原因なのだろう。ロシアの戦艦は張りぼてだったのか」

空母機動部隊のみによる攻撃に懐疑的だったフレッチャーは、事前に行なった戦闘予測で、戦闘不能一隻／中破一隻と報告を受けていた。

ともかく今回の作戦では、ロシア艦隊に艦隊戦闘が不可能なほどの被害を与え、ツアーノブルグ軍港へ退避させることを目標としていた。

港へ艦隊を封じ込めた後は、陸上航空隊と空母航空隊の連携でトドメを刺すつもりだったのだ。

実際、予想以上のダメージを受けたロシア艦隊は艦隊決戦を諦め、必死になって母港へ戻ろうとしている。おそらく夜のあいだに、自軍防衛範囲内へ逃げこむことができるはずだ。

さすがに軍港周辺には敵の魚雷艇部隊や対空陣地が配備されているため、こちらの艦隊や航空隊が安易に接近すると手酷い返り討ちにあう可能性が高い。

そこで、まず日本本土から潜水艦部隊を派遣し、軍港を完全に封鎖することになっている。

そして空からも浮遊機雷の投下を行ない、徐々に敵の行動範囲を狭めていく。その上で、陸上の対空陣地を空母艦上機部隊で潰し、最後に陸上爆撃機で殲滅(せんめつ)……これが作戦完了までの行程となっている。

今回の作戦には、上陸作戦は含まれていない。

いま朝鮮半島へ陸軍を上陸させても、多勢に無勢で押し返されるだけだ。

それよりも敵の沿岸防衛を完全に潰した上で、爆撃と水上打撃艦による砲撃で沿岸部全域を舐めるように叩くほうが得策となる。

「いえ、そうではないようです。ロシアの戦艦は重装甲で名を馳せていますので、爆撃や雷撃で装甲を打ち破られた結果の撃沈ではありません」

装甲で守られた防護区画を破られない限り、戦艦は滅多なことでは沈まない。

これまた世界の海軍の常識である。

「ならば、どうやって撃沈できたのだ？」

「火災です。沈んだ戦艦は、艦尾付近に爆弾一発を食らい、ほぼ同時に中央部と後部舷側に魚雷二発を食らっています。その結果、機関室に大ダメージを与えられ、そこから引火したと思われます」

最終的な魚雷命中は六発となっているが、参謀長は、最初の二発で運命が決まったと断言した。

「それだけでは戦艦は沈まんぞ？」

参謀長の返答に納得できないフレッチャーは、やや声を荒らげて反論した。

「ロシアの艦は伝統的に、艦内に木材を多用しています。そのせいで高温の炎が艦内に発生すれば、たやすく延焼します。以前からこれは指摘されていたことですが、実際に確認できたのは今回が初めてとなります」

「戦うフネに燃えやすい木の内装をするなど、まったく愚の骨頂だな。となるとロシア艦には、引火性の強い焼夷弾などが有効なのか」

「上部構造物なら有効かも。その他のバイタルパートだと、まず装甲を貫かないと内部を燃やすことはできませんので、焼夷徹甲爆弾などが必要になると思われます」

「所詮は大陸国家のにわか海軍か……」

最後にフレッチャーが呟いた言葉が、すべてを表わしていた。

日本海軍や合衆国海軍は、歴史上いくどとなく行なわれた戦いにおいて戦訓を蓄えている。

そして、砲撃による破壊浸水で沈む艦と同じくらいに、艦内火災で処置なしとなって沈んだ艦が多かったことを、とうの昔から知っていた。

だからこそ艦内には極力可燃性物質を使用せず、やむなく使用する場合には、徹底した防火／消火対策を施した。

これは歴史のある海洋国家の大海軍だからこそ可能なことであり、所詮、海軍は陸軍の補佐役としか考えていない大陸国家には、もとから発想すらできない部類のものであった。

「ともかく、古賀長官へ打電してくれ。夜のあいだに後方へ撤収し、そののち我々と合流してほしい。合流したら陸海合同作戦の開始時期について、海軍司令部と子細を打ちあわせたい。ともかく、大戦果おめでとうと伝えてくれ」

今回の作戦司令長官は、あくまで古賀である。

なのにフレッチャーのほうが格上の発言に終始しているところが、現在の日米関係を現わしている。

それでもなお、フレッチャーが古賀の偉業を認めたことは事実のため、おそらく古賀は不快な思いは抱かないだろう。

「やっと敵に一矢を報いることができましたが……まだ大勢は、敵のほうが圧倒的に有利なままです。極東ロシア海軍は腰砕けになりましたが、ロシア陸軍はまだやる気満々のままですので、今後どう動くかが心配です」

陸の上のことは管轄外のため、参謀長も心配を口にするしか手段がない。

海軍でも沿岸砲撃は可能だが、敵の陸軍が艦砲射程より内陸部へ撤収すれば、それで終わりだ。

こちらも無限に砲弾があるわけではないし、燃料や糧食その他も限りがある。いずれ艦隊は作戦を終了して帰投しなければならず、艦隊が去れば敵陸軍は再び沿岸部を奪取するだろう。

つまり今回の作戦の成果は、あくまで一過性の牽制にしかならないのである。

そのことを作戦の専門家でもある参謀長は、最初から承知の上で参加していた。

「まあ、そう言うな。味方の満州方面軍を中国へ逃れさせられただけでも、今後のことを考えると大勝利だ。

まず中国は、蔣介石(しょうかいせき)政権を基盤として足固めし、ナチスチャイナを殲滅する。これによりナチスロシアの中国進出に歯止めをかけ、そこで反攻の機会を狙う。

朝鮮半島はなんとしても釜山を死守し、半島全体のナチス化を阻止する。これだけに専念していれば、日本海と黄海が我々の海になった以上、そう簡単にナチス勢も勢力を広められないだろう。

そうこうしているうちに、アメリカ大陸のカントリーロード作戦が達成される。そうなれば南北アメリカ大陸が自由連合の聖域となる関係で、ようやく反撃の機会が訪れる……あまりにも長い道のりだが、なんとしてもこれを達成しない限り、我々に明日はない」

「すべてが成就するまで、ヒトラー総統が呑気(のんき)に待っていてくれればいいのですが、そうもいかんでしょう」

戦争には相手が、相手がいる。

その相手が、ナチス連邦を束ねるヒトラー連邦総統である限り、必ずどこかで狡(こう)

猾(かつ)な一手を打ってくるはずだ。

いまは英国憎しのあまり、全力で英本土爆撃を実施しているものの、カントリーロード作戦が進捗すれば、嫌でも世界全体に目を向けねばならなくなる。

その時、ヒトラーがどう出るか……。

なにごとも奇抜な発想で対処する人物だけに、自由連合のトップもナチス勢の動きを読みきれていない。軍事常識に沿った考えであれば予想もつくが、ヒトラーには素人ゆえの恐さがある。

「ヒトラー総統だけではないぞ。ロシア首相のスターリンも、かなり屈折した性格らしい。

そのスターリンが、これから先、破竹の進撃を阻止されてどう動くか……これだけの大軍を極東に投入しているのだから、満州と朝鮮半島だけで満足するはずがない」

実際問題として、海洋国家の集合体である自由連合にとり、満州と朝鮮半島を取られても死活問題とはならない。

日本海を隔てて存在する日本列島が太平洋への出口に立ちふさがっている限り、自由連合はいつでも好きな時に、海路を用いて反撃に出ることが可能だからだ。

「ユーラシア大陸の東の守りは、陸上では中国国民党政権と英インド植民軍、海上では日本が担っています。この三点が崩れないうちは、太平洋に波風が立つことはありません。

そして日本は、合衆国やオーストラリア、カナダの支援を受けています。

蔣介石政権も、英国陸軍の強力な支援の上に、撤収した日米満州軍が加わり、そう簡単にはロシア陸軍の南下を許さないでしょう。

しかし……もし、この三点のどこか一点でも撃破されたら、自由連合は存亡の危機に立たされます。たとえ南北アメリカ大陸を制しても、その他のすべてがナチス勢に支配されてしまえば、アメリカ大陸に封じ込められたも同然……海洋国家としては完全な死に体となってしまいます」

参謀長の意見にはオーストラリアが含まれていないが、あの国は戦争支援国家にはなれても単独の当事者として戦争を続けることはできない。

これはカナダも同じだ。

あくまで自由連合の要は、合衆国／英国／日本の三国となっている。

「そうはさせん！　そうならないために、いま我々は戦っているのだ!!」

あくまで冷静に状況を分析する参謀長に向かって、フレッチャーは胸の奥に日々鬱積していく思いを吐露していた。

「空母機動部隊より返電。第二次攻撃の必要なしと判断し、ただちに退避地点へ向かう。そののち艦隊合流のため済州島方面へ向かう。以上です！」

二人の会話は、古賀長官からの返電報告により中断された。

ともかく自分たちは、予想を上回る大勝利を手にしたのだ。これで自由連合海軍内部では、もはや本格的な空母機動部隊の新設に反対する者はいなくなる。

となれば、ナチス連邦海軍が対処する前に、大規模な空母機動部隊を複数稼動させねばならない。

それには今回の戦訓が不可欠となる。それを日本本土や合衆国本土へもたらすまでは、自分たちの任務も終わらない……。

今回、まったく出番のなかったフレッチャーだが、感じる責務だけは古賀と同じだった。

4

八月二四日深夜　宗谷海峡

「小型船舶のエンジン音およびスクリュー音、多数」

第九海区潜水戦隊に所属する第五一潜水隊旗艦——備二五。備ー甲型潜水艦は、わずか九八〇トンの近海特化型潜水艦のため、艦内はきわめて狭い。それでも備ー甲型潜水艦の命とも言える聴音部門だけは、指令室に隣接した独立区画が与えられていた。

たかだか三畳ほどの狭い空間だが、念入りに設計された防音措置に助けられ、艦内有線マイクを通じて報告する三竹正造少尉の声以外は、呼吸する音すら聞こえない。

三竹の声は、潜水艦の中枢である指令室にあるスピーカーを通じ、第五一潜水隊隊長兼備二五艦長の屋岸宗達大尉のもとへ送られた。

「やはり動きましたね」

屋岸の横で小声を発したのは、隊参謀兼副長の睦美（むつみ）茂中尉だった。

満州において日米陸軍部隊の大撤収が佳境に入った頃、樺太方面において変化があった。当初自由連合軍は、満州や沿海州方面のロシア陸軍に余裕が出たせいで、樺太方面の防備を厚くするための増援が行なわれたものと判断していた。

だが、その後の偵察活動などによって、樺太南端のコルサコフ軍港に民間船多数（大半が小型漁船や小型輸送船）が集結しはじめていることがわかり、新たな解釈が求められることになった。

これに対し北海道西半分の沿岸防衛を担当している日本海軍第九海区地方艦隊司令部から、この時期にコルサコフ港へ民間船が集結するのは異常だとの見解が出され、ようやく自由連合海軍極東司令部も、もしかするとロシア軍による別動作戦の可能性があると判断するようになった（冬期にはオホーツク海で猛威をふるう爆弾低気圧を避けるため、コルサコフ港が避難港として利用されることはよくあるが、夏場は通常あり得ない）。

そこで急遽（きゅうきょ）、対応策が練られた。

とはいえ、直近に朝鮮半島西部においてロシア艦隊と連合艦隊の激突が予想されていたせいで、日本海軍と連合海軍極東司令部は、そちらにかかりっきりになっており、自由に動かせる艦が極端に少ない状況にあった。

そこで連合海軍極東司令部は、日本陸軍に協力を仰ぎ、陸海共同による対応作戦を練りあげた。

そして……。

北一号作戦と名づけられたそれは、先ほどの三竹による聴音報告をもって始動したのである。

「魚雷をぶち込みたいところだが……」

屋岸は、露骨に口惜しそうな口調で囁いた。

備二五を旗艦とする第五一潜水隊四隻には、徹底した監視任務が命じられている。

いずれの艦も海中六〇メートルに潜水後、動力を切り、水中係留状況となって聴音活動に専念している。敵に発見されないため、深夜の換気作業時以外は潜望鏡すら使わない徹底ぶりとなっている。

そして一日に一度、周囲に敵艦がいない深夜、海流に流されたぶんだけ機関を使用して戻り、朝には所定の場所へつくことをくり返してきた。

「仕方ありません。北一号作戦における我々の任務は、敵の渡海規模を把握したのち、逐次報告を入れることだけです。敵をやり過ごすことが任務ですから、攻撃すれば作戦が台なしになってしまいます」

いまにも攻撃命令を出しそうな屋岸を見て、睦美参謀が釘を刺す。

その時、聴音室から再び報告が入った。

声はスピーカーから流れているが、ボリュームは最低に絞られている。それでも明瞭に聞こえるのは、機関を停止し、第一級静穏命令が下されているせいだ。

『敵部隊には、沿岸警備用のコルベット級防護艦以外に、複数の魚雷艇が随伴している模様。ただし、駆逐艦や巡洋艦などの機関音およびスクリュー音は聞こえません』

多数の機関音やスクリュー音が乱れ飛んでいる海中で、個別の音を聞き分けるのは至難の業(わざ)だ。

しかし、聴音班の班長を務める三竹は、二等兵から聴音一筋で叩きあげてきた熟練少尉であり、少なくとも北の海における聴音で右に出る者はいないと噂されている。

それだけに屋岸の信頼も厚く、三竹の報告は全面的に信頼されている。

続いて報告が入った。

『備二八、機関始動。離脱します』

敵に駆逐艦や巡洋艦がいないとわかり、第五一潜水隊は次の行動へ移った。

潜水艦による作戦の場合、互いに連絡を取りあうのが困難なのは最初からわかっている。そこで、前もってパターン別の行動を予定表として組んでおき、そのパターンに合致すれば、連絡なしに次の行動へ移れることができるよう工夫がなされている。

今回の場合、敵が動きはじめたことが聴音により判明、北一号作戦が自動的に開始された。

作戦の最初の段階として、敵に強力な対潜駆逐部隊がいない場合、潜水隊の末尾番号の大きい順に離脱し、一〇キロほど離れた場所で浮上、作戦始動の無線通信連絡を行なうことになっている。

もし敵に駆逐艦や巡洋艦などが随伴していて、機関始動と同時に察知される可能性が高い場合は、まず旗艦が機関始動して離脱、他の三隻は停止したまま雷撃態勢に入り、敵艦の追撃阻止を実施することになっていた。

『敵の護衛部隊に変化なし。船団護衛を継続しています』

三竹からの報告を聞いた屋岸は、ほっとした表情を隠そうとはしなかった。

潜水隊隊長という職務のわりには、屋岸は熱血漢であり、どちらかといえば艦長として腕をふるうほうが似あっている。

しかし備一甲型潜の北方運用、とくに厳冬期の運用にかけては天才的な技量を持っているとして、日本海軍総司令部から隊長任命が届いた以上、引き受けざるを得なかったのである。

「次の備二七離脱は二時間後の予定です。その頃には、敵船団の先鋒は幕別平野の海岸に到達しているでしょう」

睦美参謀の落ち着いた小声が流れた。

「ロシア軍が北海道へ上陸か……まさか現実のものとなるとは思ってもいなかった。しかもそれを、わざと見過ごすことが我々の任務になろうとは……」

攻撃したい思いをまだ捨てきれないのか、屋岸は言葉の端々に無念さを滲ませた。

「まあ、最終的には日本海軍部隊が敵に引導を渡す予定ですから、その時には出番が来ると思いますよ。いまは我慢のしどころです」

「問題は、敵が送りこんでくる陸軍部隊の規模だな。我々が逐次監視して報告を入れるといっても、四隻すべてが離脱して報告しない限り、敵の総数も判明しない。

もし一隻でも失えば、迎え撃つ味方陸軍は、相手の戦力が不確定なまま戦わねばならん」

逐次離脱するのは、敵の船団の後続がどれだけあるかを定期的に報告するためだ。最後は屋岸の乗る備二五が離脱し、最終報告を入れる。

とはいっても、小型潜水艦の潜水時間には厳しい制限があり、備－甲型の場合だと丸一日も潜りっぱなしだと、艦内空気不足で危機的状況に陥ってしまう。

つまり、明日の深夜がタイムリミットであり、それまでの一昼夜、敵船団の海峡横断が続けば、後続の第五三潜水隊がやってきて交代することになっていた。

「報告によると、コルサコフに集結していたロシア陸軍は、おおよそ八個師団相当となっている。このうち基地防衛と予備部隊を除けば、おそらく宗谷海峡を越えて進撃してくる第一陣は二個師団相当だろう。

それでも二万人もの大集団だ。それに装備の搬送も必要になる。いったいどれだけの小型船を集めたのか知らんが、下手すると千隻に達する数になっているかもな。

それだけの小型船がピストン輸送するのであれば、おそらく一昼夜では終わらん」

「しかし、連続して行なうとは限りません。まず第一陣は様子見で二個連隊ほど投入し、夜間のあいだに橋頭堡を確保、昼間に本隊を送りこむかもしれません」

「いや……それはない。なにせ天塩と中頓別には、味方陸軍航空隊の北方警戒基地がある。昼間に海峡を渡ろうとすれば、たちまち航空攻撃を受ける。となれば夜明け前に可能な限り渡し、昼間は海峡横断を停止すると考えるのが妥当だろう。そうなると第一陣で、最低でも一個師団を送りこまねばならない。残りは明日の夜になるだろう」

二人の意見は真っ二つに割れたが、北一号作戦においては、そのどちらにも対応できるよう作戦が練られている。

問題は北海道に上陸する敵総数だけだ。

それが予想以上に大規模であれば、自由連合側としても北一号作戦の前倒し実施をせざるを得なくなる。

なぜなら、敵を誘いこんで罠にかけるつもりが、反対に罠を喰い破られたら目も当てられないからだ。

『敵船団内において衝突事故発生。一隻が沈没中の模様』

夜間の星明かりしかない状況で、異常なほどの密集隊形を組んで数珠（じゅず）つなぎの移動をしているのだ。当然のように衝突事故が発生する。

おそらくロシア軍も、最初からそれを予測した上で実施しているはずだ。

「溺れる将兵たちにとっては、悪夢のような作戦だな」

日本人将兵と違い、ロシア軍将兵の大半は泳ぐ訓練をしていない。海軍ですらそうなのだから、陸軍など水練の概念すらないはずだ。川は凍った時に徒歩で渡るか、もしくはボートで渡る。それがロシア軍の常識である。

『備二七、離脱します』

ぽつりぽつりと会話を交わすあいだに、いつしか二時間が経過していた。

まだまだ敵の船団行列は終わりそうにない。

「夜明けまで、長い夜になりそうだ」

眠気は感じていないが第一級静穏命令のなか、どのような音も出してはならないという緊張感が、これでもかと神経を逆撫でし続けている。

このような状況だと、緊張が緩む夜明け直後が最も危ない。それに備えて、屋岸は自分の精神状態を健全に維持しなければならなかった。

＊

ところ変わって、ここは石狩湾――。

「札幌司令部より緊急連絡！　北一号作戦を開始せよ。以上、極東連合海軍司令部よりの伝達です!!」

札幌市街を望む石狩湾に仮泊していた第一二任務部隊、その旗艦に抜擢された戦艦壱岐（いき）の艦橋に、伝令所からの緊急通達が届いた。

ちなみに日本海軍札幌司令部は、第九海区基幹軍港として北海道の西半分の周辺防衛を担う軍事施設である（東半分は、釧路の第一〇海区基幹軍港が担当）。日本全体で一〇の海区が存在し、それぞれの地方に基幹軍港が存在する。

ただし、その半数以上が自由連合海軍の指定泊地となっているため、もともとは自分たちの軍港なのに肩身が狭いといった逆転現象が起こっている。

この根本的な駐留軍問題については、いまが戦時中ということもあり、打開の見通しは立っていない。

「作戦開始！」

灯火管制が敷かれた壱岐艦橋には、薄暗く赤い非常灯しか光源はない。

その光に照らされて赤鬼のような顔を見せているのは、第一二任務部隊司令官のトーマス・C・キンケード少将だった。

キンケードの命令が、急速に第一二任務部隊を目覚めさせていく。

戦艦一／重巡二／軽巡二／軽空母二／駆逐艦八の部隊が、空海両用の主隊を務める。

それに従うのは稲沢六郎大佐率いる日本海軍第九海区の二個地方駆逐隊――北竜型駆逐艇一〇隻。

そして移動途中で、可能ならば第九海区潜水戦隊が合流する（無理な場合は別行動）。

深夜の出撃となるため、最も危険度の低い艦種別の単縦陣で石狩湾を出る。

そして利尻島南方海上において、打撃部隊は突入陣形に変更。軽空母部隊はその場で航空攻撃隊の発艦態勢に入る。

第九海区地方駆逐戦隊はなおも先へ進み、稚内西方六〇キロ地点で突入命令を待つ予定になっている。

第一二任務部隊は、北一号作戦を担う海軍側の主力部隊のため、その責任は重大だ。

旗艦となった戦艦壱岐を除けば、いずれも高速突入や航空打撃が可能な軽量級部隊仕立てになっている。

敵の背後を断つ――。

後にも先にも、キンケードに命じられた任務はこれだけだ。

北海道北部の大地へロシア陸軍部隊を引き込み、そののち背後を断つ。

わざわざ鈍速な戦艦まで出したのは、コルサコフ港を破壊することまで作戦目標に入れられているからだ。むろん、無数にくり出された小型船も一網打尽にする。

しかもそれは、ロシア陸軍部隊の大半が上陸した後……。

二度と日本本土を蹂躙（じゅうりん）する気にならないよう、徹底して殲滅する容赦ない作戦である。

そこまでやらなければ、ナチスロシアは諦めない。まさに肉を切らせて骨を断つ、もう後のない決死の作戦だった。

＊

同時刻……。

「湾口突破作戦を実施する」

ロシア太平洋艦隊第三艦隊――通称『沿海州艦隊』の旗艦・巡洋艦イシムの艦橋に、苦渋にも聞こえるエルシャ・ロポフ第三艦隊司令長官の声が流れた。

六月末に実施された、自由連合軍による朝鮮南東部にある水原（スウオン）への上陸作戦。それを阻止しようと、ウラジオストクを母港とする第三艦隊が出撃した。

そして、日本海軍独自の艦種である襲撃艦の部隊による手酷い突入で大被害を受けて、母港へと逃げ戻った。

まさにロポフにおいては痛い敗北であり、その後のロシア海軍内部における立場もかなり苦しくなっている。

それから二ヵ月——。

マリーヤ級戦艦一隻を失い、旗艦だったセバストポリも大破してしまった第三艦隊は、ともかく艦隊の再起を最優先にすべく、ひたすらウラジオストクに引き籠もっていた。

その間、自由連合海軍は、ウラジオストクで裏方ながら最大戦力とも言われる潜水艦部隊を警戒し、湾口部から沿岸部にかけて三重の機雷帯を設置した。

最初は航空機による投下機雷だったが、その後、舞鶴を母港とする日本海軍第三海区艦隊所属の駆逐戦隊と襲撃艦隊、そして機雷設置隊が連携し、本格的な海底固定型浮揚機雷の設置を実施した。

いわゆる機雷封鎖を行なわれた沿海州艦隊だったが、どうやら自由連合軍はウラジオストクを強襲するつもりはなく、ともかく沿海州艦隊が日本海に出てくるのを阻止すればよしと考えていると判断し、その時間を利用して被害艦の修理を急いだのである。

ところが……。

まだセバストポリの修理が完了していないにも関わらず、自由連合陸軍の満州総撤収を見たスターリン首相から、ただちに『北海道作戦』を実施せよとの厳命が届いた。

ロポフとしても、満州から自由連合軍を駆逐した後の作戦は聞いている。

その後は朝鮮半島全域の制圧と同時に、自由連合軍による反攻作戦を阻害するため、北海道北部に強襲上陸作戦を実施するとあった。

これはあくまで陽動のための作戦だが、自由連合軍の防衛体制に不備があれば、ただちに本格的な日本侵攻作戦へ切りかえられることになっている。それが満州総撤収により、予想外に早い実施となったのである。

北海道作戦の主力は、サハリン南部に集結したロシア陸軍八個師団となっている。

このうち一個師団はロシアSS機甲師団だが、残りはロシア国軍歩兵師団だ。さすがに満州と朝鮮にロシアSS機甲師団の主力を配備しているため、それ以上の余裕はなかったらしい。

今回北海道へ投入されるのも、沿海州方面軍から引き抜いたSS一個機甲連隊に、ウラル方面軍から増援にやってきたSS二個機甲連隊（予備部隊のため練度は落ちる）を加えた急造の師団である。

最精鋭のSS機甲師団ですらそうなのだから、ロシア国軍で構成される他の師団も似たようなものでしかない。多くが満州方面への増援のためハバロフスクに集められていた予備師団であり、戦闘経験が一度もない兵士が多数を占めている。

どう見ても二線級の部隊で構成されている一個軍団規模の侵攻部隊……。

それが北海道作戦に投入される部隊の正体なのだが、さすがにスターリンも、ロシア軍にとって未知に近い海峡踏破作戦に精鋭部隊を送りこむのは躊躇したようだ。

うまくいけば北海道北部の一定地域を制圧し、そこに将来にむけての攻略拠点を構築できればいい。

スターリンの予定では、朝鮮半島を完全制圧した後、来年の春を待って北海道および新潟方面・九州方面の三方面から日本攻略作戦を実施するとなっている。

今回はその足がかりになれば、それでいい……。

むろん、予想外に自由連合の反撃が薄く、たやすく札幌まで制圧できたなら、その時は作戦を前倒しして、沿海州方面全軍と満州方面軍の一部を北海道へ送りこみ、北海道全域を制圧する予定になっている。

北海道作戦の弱点は、なんといっても渡海――海峡踏破の一点のみ。

陸上戦闘では負けるつもりのないスターリンも、陸軍が海を渡る危険性については、おぼろげながら想像できている。

そこでウラジオストクに籠もる第三艦隊へ、彼らを支援するよう命令が下されたのである。

与えられた作戦は、渡海する陸軍部隊船団を防衛すること。

遅かれ早かれ日本海軍が作戦実施に気づき、渡海中の輸送船団を、海軍部隊を用いて攻撃することは予想されていた。

しかし……。

せめて戦艦セバストポリが修理を完了していれば、それなりの働きもできただろうが、いまはまだドックの中で損害箇所の溶接を行なっている最中だ。

となると、先に補修が終了した巡洋艦イシムを旗艦に仕立て、巡洋艦二隻／駆逐艦一〇隻／コルベット級防護艦一四隻、そして別動部隊となる第三潜水戦隊七隻（所属は一二隻だが現在の稼動艦は七隻）のみで作戦を実施しなければならない。

先ほどロポフが見せた苦渋の表情も、たとえ作戦を成就させたとしても、自分の艦隊も相当の被害を避けられないことがわかっているからである。

「コルベット級防護艦四隻が位置につきました」

艦隊参謀長のミホロビッチ大佐が、信号所から届いた連絡を報告する。

巡洋艦イシムの前方に、なんと艦首をこちら側にむけた防護艦四隻が横並びの体勢で停止した。そのむこうには、ウラジオストク湾の湾口が見えている。

「陸上支援部隊へ連絡。砲撃を開始してくれ」

ロポフの要請が下されてから八分後……。

ウラジオストク湾を挟む二箇所の岬——高台になっている部分から、おそらく八〇ミリ野砲によるものと思われる一斉射撃が開始された。

狙いは湾口に敷設されている連合側の機雷だ。

機雷帯は前もって小型ボートなどで調査してあるが、これまでわざと機雷爆破などの処理は行なってこなかった。

いや……設置当初は懸命に排除していたが、爆破処理した翌日にはもとどおりに敷設し直されている。それが三度、四度とくり返された結果、小手先(こてさき)で一部を除去しても無駄と判明し、そののちは放置されたのである。

機雷帯は、一気に突破口を開かねば意味がない。それは艦隊が外へ出る時であり、つまり、いまというわけだ。

間欠的に大音響が巻きおこり、星明かりでもかすかに盛大な水柱が吹き上がるのが見える。

だいたい砲弾一〇〇発を撃ち込み、五基の機雷が除去される割合らしい。

しかし、八〇ミリ野砲で削除できる機雷帯は、湾口に最も近い部分のみだ。その先の第二機雷帯に対しては、八〇ミリ野砲の後方に位置している一一五ミリ野砲が担当するらしい。

そして最外縁となる第三機雷帯には、岬の最も後方に布陣した一二〇ミリ加農砲二個連隊が、強力無比な榴散砲弾を撃ちこむことになっていた。

それらに要する時間は、わずか一時間。

その雷鳴に似た轟音に満たされた時を、ロポフは無言のまま耐えた。

そして、ついに砲撃がやんだ。

「陸軍守備部隊より連絡。これにて支援砲撃を終了する。以後の武運を祈る……だそうです」

ロポフは返電する意志も見せず、短く命じた。

「機雷除去隊、作戦を開始せよ」

発光信号でロポフの命令が伝えられるや否や、前方にいた四隻の防護艦が、ゆっくりと後進しはじめた。

艦尾を先にして、隊列を乱さぬよう気をつけながら、わずか八ノットほどの速度で湾口をめざしていく。

すると……。

第一機雷帯のある場所まで三〇メートルほどになると、そこでいったん停止した。

同時に、艦尾に設置されている爆雷投射基（一基）から、高々と爆雷が投擲（とうてき）された。

その数、四発。

着水した爆雷はほとんど沈まぬうちに爆発した。四個の爆雷爆発と同時に、一回の大きな別の爆発が発生した。

「やはり砲撃だけでは、すべて取り除けないな」

四隻の防護艦は、いかにもロシアらしい強引な手法――爆雷投擲による機雷除去を行ない、艦隊が出港できる一定幅の安全地帯を作成するために動いたのである。

「第三艦隊、微速前進。機雷除去隊の後方三〇〇メートルを維持しつつ、ウラジオストク湾を出る。潜水戦隊へ連絡。艦隊周囲に展開しつつ、艦隊と同時に機雷地帯を浮上突破せよ。

最外縁となる第三機雷帯を抜けた地点に、敵水上艦部隊が待ちうけている可能性がある。その場合、艦隊進路を確保するため、各潜水艦は積極的に潜水雷撃を実施せよ。なお、敵の潜水艦を発見した場合は、艦隊の駆逐隊が対処する。以上だ！」

すでに宗谷海峡では、陸軍部隊の渡海が始まっている。

本来なら前もって北海道西方沖まで進撃し、そこで支援態勢に入るのがベストなのだが、先に第三艦隊が機雷帯を突破してしまうと、なにか新たな動きがあると日本側に勘繰られてしまい、渡海作戦そのものがバレてしまう可能性が高かった。

そこで仕方なく、北海道作戦の実施と同時の機雷帯突破が行なわれたのだった。

「おそらく自由連合側も、いまごろ慌てて対処に奔走しているはずだ。となれば、機雷帯さえ突破できれば、宗谷海峡まではほとんど妨害もなくたどり着ける。湾の外に何かいるとすれば、監視目的の小規模部隊ぐらいだから、我が艦隊の規模なら突破できる」

なかば自らを鼓舞するがごとく、ロポフの声は止まらない。

いかに日本海軍が精強でも、常時大規模な艦隊をウラジオストク湾の外へ展開する余裕はない。しかも現在は、朝鮮半島西方沖でロシア太平洋艦隊と戦っている真っ最中のため、多くの主力艦があちらに取られている。

となると日本海軍が行なえるのは、せいぜい小規模な哨戒部隊による警戒活動か、もしくは少数の潜水艦部隊による待機監視のみだ。

そこまでの読みがあったからこそ、ロポフもスターリンの命令を受けて、しぶしぶ出撃を決意したのだった。

第2章　世界の連動

1

一九四一年八月二五日　合衆国東海岸

世界は繋がっている。

一見すると、それぞれの国が独自の判断によって動いているように見えるが、国を束ねるより大きな組織に統率され、その組織の権限が国よりはるかに大きければ、個々の国家は命じられた通りに動くしかない。

現在……。

世界の大半は、自由連合諸国とナチス連邦諸国の二大勢力によって構成されている。

むろん、どちらの勢力にも荷担しない第三世界が存在するが、それらはいずれも軍事的には弱勢力にすぎぬか、もしくは国家としての体裁が整っていない地域ばかりである。

この二勢力を比較すると、自由連合のほうが各国の独自裁量が大きく、国民の私有財産や先祖から受け継がれてきた伝統文化なども大切にされる環境が育まれているせいで、故郷や家族を守るといった自発的な愛国精神も定着している。

対するナチス連邦諸国は、ナチスドイツを宗主国とする完全な縦割り全体主義的な社会が構成されており、国家間に存在するのはナチス連邦内での序列関係のみだ。

愛国心はナチス党により強制されるものであり、それも国家に対する愛よりもナチス連邦、さらには連邦総統のヒトラーただ一人へ集約されている。

ナチス連邦においても、国民の私有財産は保障されている。

しかしそれは、自由連合のように法による支配をもって保障されているものではなく、あくまでナチス党という政治思想団体によって保障されているため、ナチス党内で私財の没収などが決定されれば、対象となった者は法に訴える手段もないまま放りだされてしまう。

その典型例が、ナチス連邦全土で現在進行中のユダヤ人迫害であり、また、かつて自由連合諸国に関与したことで財を蓄えた一部の富裕層に対する弾圧である。

まさに全体主義国家群の典型例ともいえるナチス連邦が戦争を仕掛ける場合、末端の国家が独自に宣戦布告を行なうことは、ほぼ不可能……。

となれば、最近になって世界のあちこちで行なわれている戦争も、ナチス連邦から見ればひとつの大きな戦争であり、それらはナチス連邦中枢の連邦総統府で指揮発動されなければならない。

これらの基本事項を念頭におくと、極東におけるナチス連邦中枢国家であるナチスロシアの動きは、スターリン首相の独断で行なわれているのではなく、逐一ドイツにある総統府から命令が出ていることになる。

スターリンはヒトラーの命令を受け、たんにそれを実行しているにすぎない。

もしスターリン独自の関与を疑うのであれば、それは各方面の範囲内における戦術レベルでの戦闘指揮程度のことだろう。

自由連合の満州方面軍が総撤収し、極東に巨大な軍事的空白域ができた。その空白は、速やかにナチス勢力によって埋められる。

事実、ナチスロシア軍は怒濤(どとう)の進撃を見せ、ほぼ隙間をあけることなく満州全域を奪取してしまった。

これらの大規模な戦略指揮は、ナチス中枢部でしか実施できない。ということは、ナチス連邦中央と各国の間には、恒常的に極秘の命令や応答が飛び交っていることになる。

たしかにナチス総統府と連邦最高議会、そしてそれらを組織的に支えるナチス党連邦本部およびSS連邦本部は、ドイツの各地にある巨大な通信施設を活用し、日々膨大な数の暗号電を発している。

問題なのは、それらの暗号電の内容が、自由連合側にはごく一部しか解読できていないことだ。

すでに知られているエニグマ一号機による自動生成暗号は、英国情報部の奮闘もあって、かなりの部分が解読されている。

しかし現在、エニグマ一号機による暗号は二級暗号と呼ばれ、主に秘匿度の低い国軍の軍事基地間の通信や外交電文などで使用されているだけだ。

ナチス党間およびSS部隊、各国政府間での通信では、さらに複雑さを増したエニグマ二号機が使用されている。

そして、総統府とSS連邦本部から発信される最高機密暗号は、エニグマ二号機の自動生成暗号と一ヵ月ごとに更新される暗号符号表を組みあわせたものとなっており、毎月人間が手渡しで届ける個別符号表がない限り、絶対に解けない仕組みになっている。

これは人手と移動手段が必要なため、あまり採算効率のよい方法とはいえないが、こと情報秘匿に関しては一級品といえるだろう。

それらの最高機密暗号が、ナチス連邦各国を自在に操っているのである。

その結果、朝鮮半島西岸沖でロシア太平洋艦隊が一方的なダメージを受けたとの第一報が、ドイツ本国へもたらされるや否や、ただちにウラジオストク海軍基地とサハリン南部のコルサコフ軍港へ、ヒトラー総統の戦略指令が飛んだ。

スターリンが関与できる部分は、各基地からロシア海軍司令部を通じて送られてきた作戦開始命令の確認を、ナチスロシア首相として承認することだけだ。

命令はヒトラー（もしくは連邦軍総司令部）が下すが、承認するのは該当国家の首相……。

これは作戦を承認したことで、確実に責任を負わせるための政治的システムであり、もし作戦が大失敗に終われば、命じたヒトラーではなく承認したスターリンが責任を取らねばならないことになっている。

まさに血も涙もない機械的な賞罰システムだが、鉄の規律を重んじるナチス党にとっては、自分たちを聖域化できる都合のよいシステムでもある。

しかもこのシステムは、自由連合の合議などとは比較にならない迅速な決断を可能とするため、こと戦争においてはきわめて有意義だと考えられる。

満州総撤収に端を発する一連の動きは、ヒトラーの判断により、ウラジオストクのロシア沿海州艦隊の出撃と、サハリンからの北海道侵攻作戦となって飛び火した。これもまた、ヒトラーの中では必然的事象にすぎないのである。

同様に、メキシコで行なわれている自由連合軍のカントリーロード作戦においても、ヒトラーは虎視眈々とつけ入る隙を探っていた。

さすがにアメリカ合衆国のお膝元であるメキシコだけに、ナチス連邦も初動の対処ができなかったことは事実だ。

メキシコはナチス連邦衛星国家であり、より重要な連邦中枢国家と比べれば、ある意味、捨て駒にされても仕方のない存在でもある。

ナチス中枢国家が集中しているヨーロッパとユーラシア大陸中央部を守るためには、ヒトラーも全力で対処する。

しかし合衆国を牽制しつつ、あわよくば南米に新たな連邦中枢国家を建設するための防波堤になればよいと考えているメキシコは、ナチス中央からの支援をほとんど期待できないのが現状なのだ。

それでも、何もしないのはヒトラーの矜持が許さない。

自由連合軍としても、このままなし崩しにカントリーロード作戦が成就するとは考えていない。メキシコ方面は、すでに首都包囲網が完成しつつあるだけに、あとは最後のひと押しをすればメキシコは落ちる。

となれば、ヒトラーは必ず何かを仕掛けてくる。

すでに英国本土作戦は進捗中のため、さらなる英国に対する圧力を強化するだけでは物足りない。極東方面における日本本土上陸作戦と同様に、まったく別方面で自由連合の動きを阻害する行動に出る……そう誰もが考えていた。

そして……。

それは予想以上に電撃的な動きとして開始されたのである。

＊

合衆国東海岸のノーフォークにある、自由連合海軍総司令部。

もともとそこは合衆国海軍艦隊総司令部のあるアメリカ最大の海軍基地であり、

現在は在米日海軍および在米英国海軍／カナダ海軍／豪州海軍の艦隊駐留基地でもある。

ちなみに連合軍の基幹司令部の機能は、大きく分けて二種類がある。ひとつは作戦指揮司令部で、もうひとつは部隊（艦隊）司令部だ。

作戦指揮司令部は、名前が示すように軍の作戦立案・準備・指揮統括を行なう。いわば軍事行動を実施するさいの最高中枢である。

対する部隊（艦隊）司令部は、部隊や艦隊の編成や移動、国によっては兵員の募集や徴用・艦艇の建造計画の立案から発注・受注までを請け負う。また、部隊や艦隊が必要とする軍事物資の調達から輸送までも担当することが多分にある。

この分類からいけば、連合海軍総司令部は作戦指揮司令部であり、自由連合海軍全体の指揮統率を行なう海軍トップの戦争指揮部門である。

ただし、現状においてアメリカ大陸と英本土、そして極東において戦争が行なわれている関係から、英本土は大英帝国海軍総司令部が連合海軍英方面総司令部を兼任し、また日本の連合海軍極東司令部が、太平洋全体の方面海軍総司令部を兼ねている。

こうなると、連合海軍総司令部の実質的な戦争指揮は、主に大西洋方面のみに限られ、他方面は報告を受けるだけの事務的処理のみを受け持っていることになる（カントリーロード作戦に関しては、例外的な扱いとして太平洋側の作戦従事艦隊も総司令部が指揮している）。

その連邦海軍総司令部内に設置された作戦指揮部——通称『指揮ドーム』と呼ばれる、円形の天蓋を持つ半地下式鉄筋コンクリート製ドーム内に存在する巨大な指揮ホール。単独の半地下式建造物としては、世界最大級を誇る重鉄筋耐爆構造のドーム式建物内において、今日もカントリーロード作戦の進捗状況に応じた作戦指揮が行なわれていた。

在米日海軍参謀部から派遣された小島秀雄大佐は、自分にあてがわれた自由連合艦隊連絡部日本代表とネームプレートの置かれた席に座り、先ほどから連邦海軍総司令部長官アーネスト・キング大将の訓辞を聞いていた。

キング長官の訓辞は、つい先ほど届いたロシア陸軍による北海道北部侵攻の第一報を受けてのものだ。

ロシア軍の侵攻開始は日本時間では深夜だったが、ここ合衆国東海岸では昼過ぎということで、午後の作戦指揮に先だってのものだった。

「我々の担当しているアメリカ大陸方面と違い、極東方面における自由連合軍の作戦は厳しいものとなっている。こちらが攻勢に出れば、極東においてはナチス勢が攻勢に出る。

これは戦争のバランスを保つ意味で自然な動きであり、なおかつ、我が方よりナチス勢が優勢なまま戦争を誘導している証拠でもある。

我々には、アメリカ大陸全体を自陣営に取りこむしか、今後の勝利への道を確実にする方法がない。

対するナチス勢は、極東全域を制圧するか、余力のあるナチスヨーロッパ勢を使ってアフリカ大陸を攻めるか、はたまたナチス中東勢を使ってアラビア半島やインド方面を牽制するか、もしくは戦力を温存したまま英国を完全制圧するか……ともかく、いくらでも選択肢がある。

これは戦争の常道からいけば、すでに半ば我々のほうが敗北している状況に等しい。

だが、あくまで半ばだ。常道で駄目なら鬼道を用いる。これが我が友邦となった中国や日本の兵法であり、彼らに学ぶことは多い。

ともかく我々には後がない。つまり、背水の陣を敷いていることになる。あえて逃げ場をなくし、死地で戦う。そのため極東方面においては満州総撤退という大胆な策に出た。

幸いにもナチスロシア軍が勝利に驕（おご）ったせいで、我々の策は見事に成就した。

だが、すべてはこれからだ。

戦線を縮小し、自軍有利な地域で敵を迎え撃つ。それを可能とするため、いくつもの枝作戦……しかも鬼道を用いた作戦を実施する。朝鮮半島西岸における軍事史上初めての空母部隊単独による機動作戦も、そのひとつである。

そしていま、第二の鬼道作戦が実施に移された。それがロシア軍の北海道侵攻に対する『北一号作戦』なのだ。

残念ながら、北一号作戦は極東司令部が担当する関係で、我々は状況報告を受けるのみとなる。

しかしそれは、鬼道作戦ではない唯一の常道作戦であるカントリーロード作戦の遂行に専念するためであり、ここでの勝利が、全方面における不可逆的な有利条件となることが明白である以上、可能な限り迅速に全面勝利を勝ち取る必要があるからだ。

幸いにもカントリーロード作戦は、初動からメキシコ国内への展開に至るまで、ほぼ予定通りに進んでいる。作戦担当部隊の損害も予定範囲内であり、今後の作戦実施に余裕で対処できる状況にある。

すでにメキシコシティは我が方の包囲下にあり、ナチスメキシコ軍は大半の戦力を首都へ引きもどし、徹底抗戦の様相を見せている。

だが、籠城戦を受けて立つほど、我々に余裕はない。かといって強引に攻めれば甚大な被害を出すうえ、メキシコシティの市民にも将来に禍根を残すほどダメージを与えることになりかねない。

そこで我々は、ここに鬼道を投入する。すなわち、外から攻めるのが駄目なら、内部から攻めてもらう。

ナチスメキシコ軍は、決して一枚岩ではない。メキシコSSこそナチス党に徹底した忠誠を誓っているが、従来からのメキシコ国軍はナチス党の強権的な支配下にあるため士気は低い。

それらが判明したのは、太平洋岸から攻めたメキシコ西岸作戦部隊が、マサトランを無血占領できたことによる。メキシコ国軍は、最初から圧倒的に優勢な自由連合軍と戦う気はなかったが、反抗すれば処刑されるとあっては、しぶしぶ動くしかなかったという。

それは首都メキシコシティにおいても同じだ。逃げもどったSS軍団こそ自決覚悟で引き籠もっているが、メキシコ国軍はSSと心中するつもりなどさらさらない。

これらのことが、多方面からの情報によって判明したからこそ、以前に予定していた首都攻略作戦を一時的に中断し、包囲しつつ持久戦へと変更したのだ。

あとは、メキシコ国軍が動くきっかけをいつ与えるかにかかっている。

数の上では圧倒的に優勢なメキシコ国軍だが、SSとナチスメキシコ党の権限が絶大なため、下手に動くと国軍の指揮中枢が狙い撃ちにされ、組織だった動きができなくなる。

だから、すべてはタイミングにかかっている。そのための陽動作戦を諸君に急遽、実施してもらいたい。作戦立案部では、すでに複数の案ができている。そのうちのどれがベストなのかを作戦指揮部で検討してもらい、最終的に一本化されたものを実施する。

時間はほとんどない。一週間以内に実施しなければ、我慢できなくなったメキシコ国軍部隊が、統率された指揮もないまま暴走しかねない。そうなれば市民を巻き込み、地獄の内戦模様となる。

これは我々にとって有利な状況だが、占領後すみやかに治安を回復し、自由連合に協力的な暫定政府を早急に発足させるという方針からすると大きな障害となる。だからメキシコシティの治安が極度に悪化する前に、可能な限り早くナチス勢のみを切り取らなければならない。

これが達成できない限り、その後のカントリーロード作戦第二段階へは移行できない。まだまだ先は長いとはいえ、ここが大きな区切りとなる。皆もこのことを心して、作戦検討および作戦指揮に邁進してほしい……」

キング総司令部長官が訓辞の終わりを示す言葉を口にしようとした、その時。

ドーム全体に響きわたる緊急通達のブザーが鳴り響いた。

『こちら、総司令部通信部。バーミューダ諸島海軍基地およびバハマのナッソー海軍航空隊基地より、相次いで入電。バーミューダ諸島南南東一一六〇キロ地点において、ナチススペイン海軍のものと思われる艦隊を発見！

艦隊規模は戦艦二・軽空母一・巡洋艦六を含む大規模艦隊。進路はバハマ諸島方面。艦隊速度二〇ノット前後で進行中。以上‼』

こちらが動けば敵も動く。戦争ではあたり前のことだが、指揮ドーム内には動揺が走った。

「ヒトラー総統はスペイン海軍を動かしたか……」

緊急通達を聞いた小島秀雄大佐は、椅子に座ったままもの思いにふける表情になった。

「小島、何を考えているんだ？」

反射的に多くの者が、キング司令部長官の采配に注意を向けはじめている。そのような状況下、小島だけが思索にふけっているのが気になったのだろう。

現在は米海軍大西洋方面艦隊司令長官として、合衆国東海岸の警戒活動を担当しているハロルド・スターク大将の声を聞いて、はっと我に返った。

スターク大将といえば、いまでこそトップの座をキングに奪われてしまったものの、開戦前は合衆国海軍作戦部長の職にあった中心的人物であり、たかが大佐の小島に声をかけてくれるだけでも栄誉と思わねばならないほどだ。

「あ、いいえ。なぜいまこの時に、スペイン艦隊なのかと気になりまして……」

「ほう、貴様もか。じつは儂も、たったいまそう思っていたところだ。敵艦隊の進路を見ると、どう考えてもカントリーロード作戦に従事する我が方の海軍艦隊を背後から襲うつもりだろうが、それにしては規模が貧弱だ。

もし本気で作戦を阻止したいのなら、最低でも報告にあった艦隊の二倍の戦力が必要になる。これをスペイン海軍だけで引きうけるとなると、それはもう主力の全部隊を出撃させねばならなくなる。しかし、現実にやってきたのは半分弱……どうにも中途半端ではないか」

スペイン海軍は、大航海時代に天下を震わせた往時の隆盛はない。

フランコ総統がナチス連邦入りを決意し、イタリアとともにナチス国家へ衣更えして以降、懸命になって海軍増強に勤しんでいるらしいが、さすがに一〇年未満しか期間がないとあって、まだ自由連合海軍に対抗できるほどには成長していない。

それでも今回、なけなしの軽空母一隻を出してきたのは評価に値するが、その軽空母も給炭艦エルドラーナの改装艦でしかなく、搭載している艦上機もすべて複葉機という、いまとなっては一世代古い構成となっている。

ただし、過去には世界の海を支配したこともあるだけあって、二隻の戦艦は自由連合海軍のものと比しても遜色ない。

おそらくエル・フェリペ級戦艦四隻のうちの二隻を出してきたと思われるが、もしそうなら日本海軍の伯耆型巡洋戦艦と同等の四〇センチ主砲搭載艦であり、先方のほうが主力戦艦クラスのため装甲も厚い。

もし対等に戦うとすれば、合衆国海軍のバージニア級戦艦で対処しないと撃ち負ける可能性が高いだろう。

「カントリーロード作戦に従事している米海軍第四任務部隊には、エル・フェリペ級を上回るニューメキシコ級戦艦のユタがいますし、同クラスのフロリダもいます。これに在米日海軍第二派遣艦隊の伯耆が加わるのですから、確実に味方有利です。しかも艦隊決戦の前に、圧倒的に有利な空母戦力がいますので、おそらくスペイン艦隊は、艦隊決戦を挑む前に大打撃を受けて敗走すると思われます」

小島は、日本海軍においては常識と化しつつある空母優先思想をもとに返答したが、自由連合海軍においては、まだ充分に浸透しているとは言いかねる。

そのため自分の意図が完璧に伝わったか、小島は不安を抱いた。

「戦力比からすれば、当然そうなる……しかし作戦従事艦隊の空母は、大半がメキシコシティ包囲網を維持するため航空隊を出撃させている。戦艦も同様だ。メキシコ湾沿岸地帯に敵陸軍勢力を拡散させないためには、どうしても対地支援攻撃を続けなければならん。

そう考えると、実質的にスペイン艦隊に対処できる艦船数は半分以下だ。となると戦力比としては、我が方がやや不利となる。そう考えてナチス勢は、スペイン艦隊を出してきたのだろう」

現実を踏まえたスタークの説には説得力があったが、小島はあえて反論した。

「それは我が方が、すべてを作戦従事艦隊にゆだねた場合に限ります。実際には、我が方の大西洋方面艦隊には、閣下の指揮下にある第二任務部隊、キング大将直率の第一任務部隊、そして在米日海軍第一派遣艦隊も留守部隊として居残っています。

これらすべてを出せば合衆国東海岸が完全に無防備となるためできませんが、このうちの半分でも出せれば、敵艦隊がメキシコ湾へ入る前に対処することが可能です」

常識的に考えて、合衆国海軍の象徴的な主力艦隊である第一任務部隊は、キングがここで采配をふるっているうちは米本土防衛のため動かすことができない。

となると、残るはスタークの第二任務部隊と、加藤隆義中将率いる在米日海軍第一派遣艦隊となる。この二個艦隊は、ほぼカントリーロード作戦に従事する艦隊と同規模のため、これだけでもスペイン艦隊を陵駕することが可能である。

「対処は可能だが、それだと米本土東海岸を守るのは第一任務部隊のみとなる。これは敵が米本土を強襲してきた場合の備えだから、東海岸から一歩も動かせない。なあ小島、考えてみろ。敵あっての戦争だぞ。

なぜ、あの狡猾なヒトラー総統が、自軍有利となるイタリア艦隊を出さず、スペイン艦隊のみを出撃させたか、ここは深読みする必要がある。

もし地中海にいるイタリア艦隊の三分の一でもいい、スペイン艦隊と合同させれば、彼我の戦力差は逆転する。

スペインはドイツやイタリアとともに、ヨーロッパで希少な空母保有国家だ。ドイツに二隻、スペインとイタリアに一隻。軽空母はドイツが四隻、他はロシアを含めそれぞれ二隻持っている。

しかも最新情報では、各国ともに空母の大規模建艦を実施しているらしい。

もしイタリアが正規空母一隻と戦艦二隻を含む艦隊を出してくれれば、こちらが日米二個艦隊を出しても、戦艦数で負ける。それを空母数で埋めることも可能だが、天候や昼夜に左右される航空隊は万能ではない。

つまり、負ける可能性もあるということだ。となれば戦争の常道として、イタリア艦隊を出さない理由はない。これをどう考える？」

まるでスタークは、海軍士官学校の教官のような態度を示した。年齢差もそれくらいある小島にとり、自分が試験を受けているような気になるのも当然である。

「スペイン艦隊は捨て駒……そう考えると、すべての辻褄があいます。

自由連合の大西洋方面における海軍戦力を引きつけ、カントリーロード作戦以外の作戦行動を封じる。それが目的であれば、ここでスペイン艦隊を単独で出す意味もあります」

「その通りだ。そして儂は、それらすべてが、ナチス主力軍による英本土侵攻作戦の布石だと考えている。

ヒトラー総統は、英国を潰すのに異様なまでの執着を見せている。英国さえ取れば、真のヨーロッパの覇者になれるからな。

そのためにはメキシコくらい、くれてやるつもりなのだろう。

となれば、我々が必死になって進めているカントリーロード作戦を本気で止めるつもりはない。反対に、それを利用して我々の動きを制限し、英国に対する緊急支援をできないよう画策する。

そのためのスペイン艦隊と考えれば、すべてが合点のいく結果となるだろう。

こちらが第一任務部隊を動かせない以上、英国への支援はこれまで同様、輸送部隊を用いた軍事物資配達しかできない。

それを絶え間なく行なってきたからこそ、まだ英国はもっている……しかし、ドイツを中心とした北部ヨーロッパのナチス諸国が総力を結集して上陸作戦を実施するとなると話は別だ。

英本土へ上陸されたら、すべてが終わる。

なんとしても、上陸前の海上で阻止しなければならない。そのためには英本土艦隊だけでは無理で、合衆国から艦隊を出さなければならない。その艦隊が出せなければ、英国は落ちる……」

スタークの結論は、たとえスペイン艦隊に勝利しても、戦略的には大敗北となるものだった。

「閣下……なぜ、それを私に？」

いまざわめいているドームの中であれば、自分のような下っ端ではなく、総責任者であるキングに直訴するほうが手っ取り早い。

しかもスタークは地位こそ下だが、軍歴からすればキングと同格であり、この場で最も意見の通りやすい人物なのだ。

「それはな……ちょっと耳を貸せ」

スタークは小島に対し、なにやら意味ありげに声をかけ、そっと耳打ちした。

その途端、小島の表情が凍りついた。

「では、早急に頼む。時間はない。キング長官が決断を下す前に、日本側からの提案として出さないと、すべてが駄目になる。頼んだぞ」

そう言うと、スタークは小島の席を離れた。

残された小島は、あまりの提案にしばし茫然としていたが、やがて惚けている場合ではないと気づき、在米日海軍第一派遣艦隊を指揮する、加藤隆義中将のいるノーフォーク軍港に緊急連絡を入れるべく、指揮室の電話ブースへと走った。

2

八月二六日未明　ウラジオストク沖

「来たぞ……阻止する」

潜望鏡を覗きこんでいた平群（へぐり）大介中佐は、暗視機能すらない備－乙型潜水艦の潜望鏡越しに、先行する敵コルベット級防護艦の姿を視認した。

第三機雷帯を突破するのに砲撃と爆雷を使用するというアイデアは、なかなか優れている。

しかし、それでもなお一隻の防護艦が触雷して爆沈したのだから、いかに沿海州艦隊が必死になって出撃しようとしているのかがわかった。

「一番・二番、発射！」

ウラジオストク港の監視任務にあたっていたのは、日本海軍陸奥軍港（第八海区）所属の第八三潜水隊——備－乙型潜六隻。

備－乙型は日本海軍の潜水艦の中で最も小型であり、日本の沿岸部および日本海でのみ活動することを念頭に開発された備型潜水艦の派生種だ。

同じ備型でも、備－甲型潜は航続距離が一四ノットで六五〇〇キロあるため外洋用途にも使われているが、乙型は日本海軍専用艦のため日本沿岸（および日本海）のみに配備されている。

およそ二〇秒後……。

潜望鏡の中にいたコルベット級防護艦の艦尾が、いきなり爆炎と水柱に包まれた。

「一番、命中……」

備－五二潜の艦長である平群は、三隻横並びになり、艦尾から爆雷を発射しながら微速後退（実際には前進）してくるコルベット級の二隻に狙いを定めた。

そのうちの一発が命中。しかし、二番発射管から射出された五六センチ長魚雷は、敵艦の間をすり抜けて行く。

命中から遅れること八秒。

コルベット級防護艦の背後で、別の爆炎が一瞬光った。

「命中……ただし艦種不明。急速潜航、深度八〇。舵、右四〇度。退避行動へ移る」

魚雷発射管は四基ある。まだ二発が装填されたままだが、このまま待機していると敵駆逐部隊がやってくる。あとは五隻の僚艦に任せ、まずは自分の身を守ることにした。

「機関全速」

備－乙型の安全潜航深度は八〇メートルしかない。限界深度まで潜れば一六〇メートルが可能だが、そこまで行くと再浮上できるかは運次第となる。

あくまで沿岸の浅い海用でしかない、安価で小型な潜水艦なのだ。

それでもなお、平群は敵艦隊の出撃阻止という重大任務を与えられた以上、万全を尽くして任務を全うするつもりだった。

「僚艦二、続けて四本を発射」

狭い発令所内に同居している聴音席から、聴音手が報告を送る。

「残る三隻は？」

平群は反射的に聞きかえした。

「まだ射っていません。後続の主力艦を狙うようです」

「無茶しやがって……三本の機雷帯で敵を封じ込める作戦だったから、俺たちの任務は万が一のためのものだったはずだ。

　しかし、敵にも頭のいいやつがいた。見事に機雷帯のど真ん中へ出撃航路を作りやがった。

　こうなると、もう俺たちだけでは阻止できん。やれて不意打ちの雷撃をかまし、その後はひたすら逃げるだけだ。敵艦隊も急いで宗谷海峡へ向かわねばならないだろうから、そう長くは追撃してこない。それだけが希望だ……」

　敵駆逐部隊とも渡りあえる巡洋潜水艦の亜型と違い、備型は正面から戦うようには作られていない。

　機関を停止し、じっと海中に身をひそめて敵を監視する。もし敵が現われたら、不意打ちとなる第一撃にすべてを賭け、あとはひたすら潜って逃げるしかない。

　それが、偵察目的に特化された備－乙型の宿命だった。

「魚雷発射音六」

　深度八〇に到達し、機関を停止した備－五二潜は惰性で潮流に乗りはじめた。

　単殻構造のシンプルな船殻を持つ備－乙型だけに、さまざまな音が艦外から伝わってくる。

爆沈したコルベット級防護艦が沈む、きしむような金属音。

ここはウラジオストク湾のわずか数キロ沖のため、深さは一六〇メートルしかない。

そのうち着底する音も聞こえるだろう。

だが、それ以上に騒がしいのは、機雷帯の外へ出た敵駆逐艦や防護艦が、あたり構わず放り始めた爆雷の炸裂音だった。

その中から味方艦の魚雷発射音を聞き分けるには、相当の熟練が必要になる。

備－乙型に配属される聴音手は、日本海軍の中で成績中位の者でしかない。最優秀の成績をあげた者は、残らず自由連合海軍所属の亜型潜水艦に配属されるか、もしくは自由連合海軍の潜水艦学校の教師となっている。

つまり備－五二潜の聴音手は、ここが踏ん張りどころと、日頃以上の能力を発揮していることになる。

「海中破砕音！」

やや声を荒らげた後、聴音手は慌てて声のトーンを落とした。

「一隻殺られたか……」

最後まで残って味方を逃がす役目は、第八三潜水隊の旗艦・備－五一潜に乗る木嶋隊長が担っている。

おそらく殺られたのは隊長の艦だ。

最も危険な役目は隊長が引きうけると日頃から口癖のように言っていたから、たぶん間違いない。

願わくは、沈んだのが旗艦でないことを祈りたい……。

もし旗艦が沈められたら、暫定的に備－五二潜が旗艦を務めなければならない。すなわち、暫定隊長は平群となる。そんなことは勘弁してほしかった。

「敵艦隊、進路変更の模様」

こちらの雷撃が止んだことを確認したロシア沿海州艦隊は、追撃することもなく進路を変更したらしい。

「このままやり過ごす。三〇分後に浮上、潜水隊の状況確認の作業へ移る」

あっけないほど、第八三潜水隊の戦闘は終了した。

こうなると平群がやれることは、北海道西方沖に集結予定となっている、味方迎撃部隊の作戦成功を祈るばかりだった。

*

「被害艦は、第二哨戒隊のコルベット『チンシル』が撃沈、同じく『オハ』が中破。第一駆逐隊の駆逐艦ニコライエフが中破、主力の巡洋艦二隻に被害はありません」

ロシア沿海州艦隊所属の第三艦隊旗艦——巡洋艦イシムの艦橋に立つエルシャ・ロポフ少将は、参謀長に命じた被害の報告を受けて、ようやくほっとした表情になった。

「ニコライエフは艦首に魚雷を受けて速度低下を来しています。港へ戻しますか」

これから艦隊全速で宗谷海峡へ向かうのに、速度が出せない艦では連れて行けない。

そう判断した参謀長が決断を迫ってきた。

「仕方がない。単艦で戻るよう命令する。護衛の艦をつける余裕はない」

せっかく三重の機雷帯を突破してきたのに、ニコライエフはそこを鈍速のまま戻らなければならない。

おそらくそれを、日本の潜水艦は見逃さないだろう。しかしいまは、スターリン首相から命じられた任務のほうが優先される。

ロポフの背後に影のように立っているSS情報将校が、彼の動きのすべてを監視している以上、判断を躊躇（ちゅうちょ）することは命取りだった。

「艦隊速度、二〇ノットへ増速」

先に命じていた艦隊全速命令を受け、イシムの副長兼艦隊航行参謀が報告の声をあげる。

「もっと速度を出せないのですか」

いきなり背後から、SS情報将校が声をかけてきた。ロポフは振りむきもせず答える。

「巡洋艦や駆逐艦は三〇ノット出せるが、コルベット級の巡航速度が二〇ノットのため、これ以上は無理だ。コルベット級は短時間なら二八ノットまで出せるが、それだと宗谷海峡まで機関がもたない。もともと長距離を移動するようにはできていない艦種なのだ」

艦隊に配属されているSS情報将校は、揃いも揃って海軍の素人ときている。

得意の情報能力は、すべて艦隊司令部を監視するために使い、艦のスペックや作戦内容について記憶する努力を見せたことはない。

そのためロポフをはじめとする艦隊司令部首脳陣は、いつも初歩的な質問に答えざるを得ず、それがまた神経をささくれだたせた。

「まったく、海軍は役立たずだな……」

自分も海軍艦艇に乗り込んでいるにも関わらず、情報将校は遠慮なしに吐き捨てた。

もっとも彼の所属は海軍ではなく、ロシアSS本部となっている。まったく違う系統の組織のため、海軍を馬鹿にしてもよいと考えているらしい。

「………」

反論が喉元まで出かかったロポフだったが、かろうじて我慢した。

スターリン首相の海軍嫌いは公然の秘密であり、ナチスロシアでは陸軍ばかりが優遇されている。

しかし、本家のナチスドイツと連邦総統のヒトラーが、連邦各国に対して海軍の大増強を命じたせいで、ロシアも仕方なく海軍を重視する政策に転換していた。

それでもなお、大陸国家のロシアが陸軍を重視する風潮は根強い。

まだまだロポフの不遇は続きそうだった。

＊

「戦車阻止壁の構築を急げ！」

　ここは北海道北部——天塩郊外。

　市街地から北へ少し行ったところに流れている天塩川の南岸に沿って、日本陸軍の防衛陣地が構築されている。

　いま声を荒らげたのは、日本陸軍第九軍区に所属する第九〇八歩兵連隊の東堂（とうどう）明彦連隊長である。

　東堂はつい先日まで、第九軍区隷下（れいか）にある自分の連隊が、まさかナチスロシア陸軍と正面から対峙（たいじ）するとは思ってもいなかった。

　そもそも今次大戦は、自由連合軍へ参加した第一線級の部隊が満州や朝鮮半島、中国の一部で戦うものであり、自分たちのような日本陸軍に所属する本土防衛部隊は、いずれ後続部隊としてお呼びがかかりでもしない限り、ずっと内地で訓練に勤しんでいればよいと考えていた。

　ところが突然、自由連合軍極東総司令部から日本陸軍に対し、北海道北部防衛作戦を発動してほしいとの要請が入ったのだ。

日本本土を防衛する任務は、日本陸軍が優先的に担当する。

これが自由連合軍との地位協定によって定められている以上、いきなり自由連合軍を投入することはない。それがわかっているだけに、東堂の連隊も否応なく実戦の場へと駆り出されたのだった。

「豊富の前進陣地から、敵上陸部隊が橋頭堡を確保したとの緊急連絡が入りました。すでに多数の戦車が揚陸されている模様です」

街道を寸断するかたちで複数の塹壕が掘られ、その後方に連隊の野戦司令部が設置されている。

丸太で箱型の地下室を作り、その上から一メートルほど土をかぶせただけの代物だが、狭いながらもそれ相応の働きができるよう工夫されている。

それにしても、ロシア軍の海峡突破が突然だったというのに、一夜にして大規模な塹壕陣地が構築できるはずがない。

それが、なぜか完成しつつある。

これには仕掛けがあって、塹壕そのものはずっと以前から計画的に掘られていて、侵攻がわかった時点で、街道部分のみ爆破掘削を行なったのである。

当然、戦車を阻止するコンクリート製の防壁や木製の戦車阻止柵なども、街道部分にのみ新設すればいい。その他の場所は、とうの昔に設置済みであり、各所を守る連隊各員も、この場所で何度も訓練をくり返している。

また、ロシア軍を迎え撃つ阻止陣地は、ここの他に幌尻山（ぽろしりやま）の最前線陣地、および浜頓別（はまとんべつ）南方の珠文岳（じゆぶんだけ）陣地の三箇所が設置されている。

しかしロシア軍の侵攻目標が札幌方面と想定されているため、まず幌尻山陣地が最初に攻撃を受けるにしても、次に怒濤の進撃がぶち当たるのは、珠文岳陣地ではなく、ここ天塩陣地と想定されていた。

攻めてくると予想されるロシア軍は、とりあえず二個師団規模。

最終的には八個師団が上陸してくると想定されているが、さすがにそこまで無為無策のまま放置しておくはずもなく、現実的に上陸する規模は四個師団程度と見積もられている。

対する日本軍は、三箇所の防衛陣地に合計で六個連隊（二個師団規模）。もし最初の敵二個師団が丸ごと天塩陣地に殺到したら、二個連隊のみで迎え撃つことになる。

当然、苦戦が予想されるが、天塩市街地に作戦司令部を構える以上、後続部隊として札幌に拠点を持つ第九師団の二個連隊が控えている。それでも阻止できなければ、留萌にある自由連合陸軍留萌駐屯地からカナダ陸軍二個師団が駆けつける予定になっていた。

ともかく……。

自由連合軍が仕立てた作戦は、敵を北海道北部に誘いこみ、背後を断って殲滅することだ。できるだけ多くの敵を上陸させ、その後に宗谷海峡を封鎖するとともに、海軍がコルサコフ軍港を強襲して敵の後続を断つ。

こうなれば上陸した敵の数が多ければ多いほど、補給を断たれて途方に暮れることになる。

すべての策が、二度と日本本土へ上陸しようなどと考えないよう、徹底して敵の継戦意欲を削ぐ方向へと集束させられている。

「脅威となるのは敵戦車だけだ。新装備は対戦車大隊に行き渡っているか」

満州での戦闘において、残念ながら日本陸軍の戦車は歯が立たなかった。最新鋭のシャーマン戦車（I型）だけが、なんとか対等に戦えただけだ。

したがって迎え撃つ東堂の連隊も、何も策がなければ満州の二の舞いになる。

それがわかっているだけに日本陸軍総司令部は、最優先で一ヵ月前に横浜へ陸揚げされたばかりの新装備――試製Ⅱ型対戦車弾発射筒『バズーカⅡ型』の大半を、突貫で北海道へ移送、ただちに北部防衛部隊に習熟訓練を行なわせたのである。

　もっとも、この措置は瓢箪から駒が出たようなもので、もともとは総撤収した満州方面軍へ緊急配備される予定だったものを、突然のロシア軍による北海道侵攻を受け、そっくりそのまま転用したにすぎない。

　そうでなければ、とても間に合わなかった……。

　まさに不幸中の幸いだった。

「分隊装備の八センチ・バズーカは、必要数をほぼ満たしています。しかし、小隊装備の一二センチのほうは、まだ半数程度しか行き渡っていません」

「むう……」

　東堂は口をへの字に結ぶと、思わず唸り声を出した。

　ともかくナチスドイツの技術を得たロシア戦車を阻止しなければ、何も始まらない。

　ロシア陸軍の重砲による縦深砲撃も脅威だが、砲兵部隊なら航空部隊で対処できることがわかっているので、つらいのは最初だけになると考えていた。

　しかし、戦車は違う。いくら日本軍に地上掃討用の襲撃機があるといっても、動きまわる戦車を撃破するのは至難の業だ。

しかも航空部隊は、短時間しか上空に滞在しない。点での支援は可能でも、線や面での支援は難しいのが現状だった。

となれば戦車をせき止める主役は、味方の数少ないシャーマン戦車部隊と、あとは対戦車大隊しかいない。

なのに天塩陣地に配備されているシャーマン戦車は、なんと一個中隊二四輌のみ……。

留萌のカナダ陸軍には二個戦車連隊がいるので、彼らが支援に駆けつけてくれればなんとかなるだろうが、少なくとも防衛陣地に配備されている戦車は、各陣地で二四輌のシャーマン戦車と、あとは九七式中戦車（日本版M３J２戦車）二個中隊四八輌のみとなっている。

おそらくロシア軍は、味方の一個陣地に対して一個機甲連隊をさしむけてくる。一個機甲連隊に所属する主力戦車は四〇輌以上。軽戦車や駆逐戦車を加えると六〇輌を超える。

それを、対処できないことが判明している九七式中戦車で阻止するわけにはいかないから、どうしても二四輌のシャーマン戦車だけで迎え撃つしかない。

それだけでは確実に撃ち負ける。だからこそ、新兵器のバズーカ砲が不可欠なのである。

「わかった。間にあわないものは仕方がない。そのぶんは、対戦車地雷と襲撃機の運用、そして八〇ミリ対戦車砲でなんとかするしかない。

ともかく敵の主力戦車を一輌でも多く潰せれば、それだけ北一号作戦の成功率が高くなる。そう考えて準備に邁進してくれ。

敵が動き始めるまで、もう時間がない。

味方の海軍が後方遮断作戦を実施すれば、敵も死にもの狂いになって襲ってくる可能性がある。それさえしのげば、おそらく敵の士気は最低まで落ちる……それまで絶対に、ここを通すな！」

後方からの支援があるにしても、おそらく東堂の連隊は酷い被害を受けるだろう。

それがわかっているだけに、肉を切らせて骨を断つ北一号作戦を、東堂は心の底から恨めしく思った。

3

八月二六日　ノーフォーク海軍基地

「まだ準備は完了しないのか、急げ！」

ノーフォーク軍港南埠頭、そこにある三本の小防波堤に囲まれた一帯が、在米日海軍第一派遣艦隊の泊地となっている。

そこには艦隊旗艦に抜擢された戦艦阿波をはじめとして、軽空母涛鷹／重巡琵琶／軽巡基隆・伊豆・三宅などが岸壁に舳先を並べ、小堤防のほうには駆逐艦一〇隻や魚雷艇二四隻／海防艦二四隻／掃海艇一〇隻などがところ狭しと居並んでいた。

ちなみに、カントリーロード作戦に従事中の第二派遣艦隊には二隻の軽空母が所属しているのに、こちらは第一というのに軽空母一隻というのは常識から外れている。

もともとは第一が二隻、第二が一隻だったのだが、カントリーロード作戦への参加条件に軽空母二隻とあったため、急遽、一隻を転属させた……これが奇妙な艦隊編成の理由である。

第一派遣艦隊には亜号潜水艦八隻も参加しているが、ここにその姿を見ることはできない。

潜水艦部隊は独立行動が常態となっているせいで、別の場所にある合衆国海軍の潜水艦基地に同居させてもらっているからだ。

「糧食用部材の調達が間に合いません！　燃料と弾薬、真水などは警戒出動に備えて常に満杯となっているので問題ないのですが、食材だけは急な調達になってしまい、一部が業者から届いていません!!」

埠頭に降りた艦隊艦務参謀の問いかけに、資材調達を受けもつ在米日海軍第一艦隊司令部の補給課職員が、いまにも泣きそうな顔で訴えている。

「もう時間がない。正午までに積みこめるだけ積みこめ！　それで搬入作業は終わりとする。夕刻の出撃に間に合わせるには、それがギリギリの線だ」

「了解しました。積み残した食材は、艦隊司令部の倉庫に保管することにします。しかし……下手をすると食事が足りなくなりますよ」

急遽決定した出撃のため、食料が満足に集まらない。

いかに常時出撃態勢にあるとはいえ、それは合衆国東海岸を防衛するための警戒出動とされていたため、いずれも短期間の出撃となる。

それに合わせて準備していたところが、いきなりのカリブ海まで南下する遠距離作戦を命じられたのだ。

「その時はその時だ。いまは飯のことより、敵艦隊を阻止することに専念せねばならん。なにせ動けるのが我が艦隊だけなのだ」

艦務参謀が形相を変えているのも、わからぬことではない。

通常の警戒出動でも、日頃は合衆国の艦隊と交代で出ることになっている。一個艦隊で対処できない場合には、日米艦隊が連合艦隊を編成して対処することになっているが、そのような事態はいままで一度もなかった。

そこへ寝耳に水のスペイン艦隊急襲の報が届き、自由連合海軍は苦慮の末、在米日艦隊のみで対処する決断を下したのである。

東海岸にいる自由連合所属の艦隊は三個。

ひとつはキング大将直率の第一任務部隊、二つめはスターク大将の指揮下にある第二任務部隊。そして、加藤隆義中将率いる在米日海軍第一派遣艦隊で三個となる。

むろん、無任の合衆国艦は多く残っているが、それらを任務部隊として編成して出撃させるには事前に艦隊訓練が不可欠なため、そうそう簡単に新規部隊を出せるわけではないのだ。

このうちキングの艦隊は合衆国本土防衛専門の象徴的艦隊のため、絶対に東海岸を離れることはない。スタークの艦隊は、万が一の英国支援用に温存しなければならず、今回の任務に出すわけにはいかない事情がある。

となれば引き算で、残るのは在米日海軍第一派遣艦隊のみとなる。

今朝早くにスタークは作戦指揮部において、小島秀雄大佐に対し日本派遣艦隊の単独出撃を打診した。それを小島が在米日海軍司令部に急遽連絡し、日本本土へ暗号通信で勘案してもらうように頼んだ。

同時にスタークは、キング長官にも現実的な意見として日本派遣艦隊の単独出撃を提案し、日本側が了承するのなら許可するとの言質を得た。

ようはスターク大将の思惑ですべてが進んだことになるが、ほかに良案がない現在、ここはスタークの調整能力が長けていたと誉めるべきだろう。

むろん日本海軍総司令部は、カントリーロード作戦を実施中の合衆国本土に留守艦隊が少ないことを承知しており、どう考えても出せるのは一個艦隊のみと結論した。

そして、スタークの艦隊か派遣艦隊のどちらを出した場合が、自由連合にとってより有利になるかを比較検討し、一時間ほどでスターク案がベストだと結論して返電したのである。

第一派遣艦隊に出撃命令が下されたのは午前八時過ぎ。それから怒濤の準備が始まった。

艦務参謀が奮闘している埠頭に、基地のほうからジープに乗った艦隊首脳部がやってきた。

ジープは旗艦阿波の前で止まり、艦隊司令官の加藤隆義中将／艦隊参謀長の常鍋一輝少将／司令官専任参謀の鹿島純一少佐が降りてきた。

「ようやく作戦指示書が出た。まあ、今朝からいままでしか時間がなかったから、既存のカリブ海防衛作戦の応用でしかないが……艦務参謀も大変だろうが、出撃までよろしく頼む」

加藤司令官は在米日海軍司令長官を兼任しているため、合衆国本土の日本海軍においては最高位となる。

本来ならキングやスタークと同列の大将に任じられて当然なのだが、加藤自身が実動部隊の司令官を兼任しているとして昇進を固辞してきたため、いまもって中将となっている。

そのような大人物に直接頼まれれば、大佐でしかない艦務参謀も奮闘するしかない。日頃は省略する最敬礼でもって意気込みを返している。

「……ところで、参謀長。夕刻に出撃できたとして、会敵地点はどこらへんになる？」

戦艦阿波に乗り込むため舷側タラップのある方向へ歩きながら、加藤が常鍋参謀長へ声をかけた。

「阿波の最大戦速は二七ノットですが、かなり距離がありますので巡洋速度の二四ノットで向かうしかありません。そうなると西インド諸島まで一七〇〇キロほどありますから、最低でも三八時間かかることになります。

敵のスペイン艦隊は現在、バハマ諸島東方二八〇キロまで接近していますが、どうやらフロリダ南方海上を通過してメキシコ湾へ入るのは危険すぎると考えているらしく、キューバ島とイスパニョーラ島の間にあるウインドワード海峡を抜けてカリブ海へ入り、そこからユカタン半島方面へ進撃するつもりのようです。

そうなると、我々は追撃する側となります。彼我の速度差は、どれだけ急いでも四ノットしかありません。となると追いつけない計算になります。

そこで仕方のないことですが、作戦では空母部隊を分離して先行させ、旗艦は遅れて進撃することになります」

「それなんだがのう……作戦会議ではとんとん拍子に決まってしまったが、儂はいまもって納得がいかんのだ。

艦隊を分離して危険を冒すより、追撃せずに最初からフロリダ南方を通過してメキシコ湾へ入り、そのままメキシコ東岸へ全艦で移動したほうがいいように思えるのだが……」

一時間という慌ただしすぎる作戦会議だったため、加藤といえども自由連合海軍側の出してきた作戦案を細かく検討できなかった。

もとが既存のカリブ海防衛作戦のため、接敵地点をカリブ海に据えてあるのが納得いかないらしい。

「それについては、スターク大将から別途に口頭で説明を受けています。たしかにメキシコ湾を横断してカントリーロード作戦部隊の背後から接近、そのまま協力態勢をとって、スペイン艦隊をユカタン半島北東部で迎え撃つのが戦力的には最適なのですが……。

そうなると、カントリーロード作戦部隊は二目標を強いられることになり、そこに我々が割って入ると混乱が広がると予想されます。

　また、この場合の接敵地点が、あまりにもカントリーロード作戦に従事する輸送部隊や補給部隊の航路に近く、下手をすると彼らを巻き込んでしまいかねない。

　メキシコ湾への最短ルートそのものが、途中から第二派遣艦隊の輸送ルートと重なっていますし、最悪の場合、逃げる敵の正面に、味方陸軍の増援部隊を乗せた輸送艦隊が立ちはだかることも考えられます。

　あれやこれや算段すると、敵艦隊撃破に最適ではなくとも、キューバ島とユカタン半島を結ぶユカタン海峡の南側で敵艦隊を撃破するのが、全体的な作戦運用には不可欠なのだそうです」

「ふぅむ……なるほどな。ユカタン海峡の南側で敵が被害を受ければ、さらに危険度の増すメキシコ湾へ入ろうとは思わんだろう。となると自滅覚悟で突入するか、もしくは来た航路を戻るしかない。

　そうなれば、少なくともカントリーロード作戦従事部隊については、最小限の被害で収まる。まあ、そのぶん我々の危険度が跳ね上がるのは当然だが、それは仕方のないことだな」

　合衆国へ派遣された時から、いずれナチス陣営と激突する時には先鋒を命じられると思っていた。それが日本海軍の自由連合における立場であり、満州における日本陸軍と同じ扱いとして甘んじなければならないことだった。

それを誰よりも合衆国で味わってきた加藤だけに、今回の外れクジを引かされたような出撃も、合衆国の艦隊を温存するためには仕方のないことだと割り切るしかなかった。

「まあ、悪いことばかりではありませんよ。こちらには軽空母涛鷹がいますから。涛鷹を中心とした機動部隊をキューバ北岸まで急行させられれば、そこから南岸を移動中の敵艦隊をアウトレンジで攻撃できる可能性があります。

これは敵艦隊が先を急ぐため、あまりキューバ島から離れずに移動すると予想してのことですが……もしキューバ島の米軍航空隊を警戒するあまり、必要以上に南下すれば、この策は空振りに終わります。

その場合はユカタン海峡南方で、まず我が方の空母機動部隊が第一撃を仕掛けます。

それで足止めを食らわし、その間に旗艦を含む本隊がユカタン海峡へ入り、昼間は航空攻撃、敵が突撃してくると予想される夜間には、涛鷹を北方へ退避させた上で、打撃部隊のみで迎撃します。

この二段構えの戦法で最低二回のダメージを与えられれば、敵もそれ以上は突っ込んでこないでしょう」

自由連合海軍は、朝鮮半島西岸において見事な空母航空戦を演じて見せた。

その興奮が覚めやらぬいま、もし自分たちも空母を優先した戦いで勝利できれば、今後の海軍における戦争方針は完全に変わるはずだ。

まだ自由連合軍全体では空母優先主義に懐疑的だが、すでに日本海軍ではそれを最優先にすることが決定している。

ならば道は、自分たちで切り開かなければならない。

どちらかといえば大艦巨砲主義に近い加藤だが、若い連中の意気込みを無視してまで自分の主張を通すつもりはない。

いずれ自分は退役する身であり、今後の戦争を担うのは若い者たちであることを承知しているからだ。

「そうだな。では、可能な限り軽空母に高速移動できる艦をつけてやってくれ。旗艦には最低限の護衛だけでいい。安全な海を移動する本隊を重武装するのは滑稽だ」

「了解しました。そう言われると思い、すでに分離案はできています。

分離する機動部隊は、昨年に空母機動演習用に組んだ部隊をそのまま再現します。

すなわち部隊旗艦を軽空母涛鷹とし、軽巡基隆／伊豆を護衛二個戦隊の旗艦と定める高速軽機動部隊とします。

護衛任務の主力は駆逐艦八隻。こうなると、阿波に随伴するのは重巡琵琶/軽巡三宅/駆逐艦二隻のみとなりますが……」

「それでよい。その構成であれば、機動部隊は間に合うのだな?」

「はい。涛鷹はホワイトイーグル級軽空母の日本改装型ですので、最高速度は三〇ノット、巡航速度も二八ノット出せます。他の艦はもっと出ますので、艦隊最大速度は二八ノットとなります。

敵艦隊と八ノットの差は充分に追いつけるものと考えております」

空母の最大速度は離艦速度でもある。

そのため短時間で確実に出せる速度ということで、戦艦などの最大速度とは少し違う。ホワイトイーグル級の公試最大速度は三二ノットとなっているのはそのためだ。

つまり、無理をすれば三二ノット出せるが、それだと短時間で機関に無理がくる。

三〇ノットは短時間なら何度でも出せる速度。それだけ強力な機関だからこそ、巡航速度も二八ノット出せるのである。

あれこれ質疑応答しているうちに、加藤たちはタラップを登りきり、戦艦阿波の左舷中央部上甲板へと到達していた。

「さて……今回の出撃は急を要するものだから、一切の儀礼的な行事は行なわない。艦隊司令部もすぐ艦橋に集合する。夕刻まで艦隊各部の確認作業を行ない、そのまま出撃する。いいな」

加藤の並々ならぬ意気込みを知った参謀長と専任参謀は、そこで背筋を正し、短い返事をした。そのまま全員が、艦橋基部にあるハッチに消える。

その頃、まだ艦務参謀は埠頭で汗水たらして指示を行なっていた。

4

八月二六日夕刻　宗谷海峡

本日の夜明け頃、ウラジオストク沖から能登半島方面へ四〇キロほど退避した第八三潜水隊は、そこで暫定旗艦となった備－五二潜の艦長——平群大介中佐の命により、自由連合海軍極東司令部宛の戦闘状況報告を行なった。

本来は旗艦だった備－五一潜の木嶋実隊長が行なうはずの任務だが、備－五一潜は僚艦の退避を支援するため最後まで敵前に居座っていた。その後に海中破砕音を捉えていることから、爆雷の命中により撃沈されたと判断、急遽、暫定的に備-五二潜が旗艦に抜擢されたのである。

暫定司令に昇格したとはいえ、所詮（しょせん）は母港へ戻るまでの間。そのため平群は昇格を名誉と思うよりも、行方不明となった木嶋隊長に報いるため、帰路に行なわなければならない任務だけはミスのないよう徹底する覚悟を決めた……そう後日に語っている。

平群が送った戦闘状況報告を真っ先に受けたのは、日本海軍舞鶴軍港通信部だった。

自由連合海軍宛の暗号電信だったため、すぐに自由連合海軍舞鶴司令部へ送られ、そこで暗号を解読、そして緊急を要すると判断されたため、すぐさま電話により横須賀の連合海軍極東司令部へ伝えられた。

――ロシア沿海州艦隊、ついに動く！

この知らせは、直接的な脅威となる北一号作戦従事艦隊へ、遅滞なく送られなければならない。

そこで正式な連合海軍総司令部からの通達として、日本海軍総司令部を経て札幌の第九海区司令部へ送られ、そこから第一二任務部隊へと伝えられた。

「予想はしていたが……やはり出てきたか」

第一二任務部隊司令官のトーマス・C・キンケード少将は、常識的にいけば日本海軍の提督が乗艦すべき戦艦壱岐の艦橋で、北一号作戦の作戦司令長官を務めている。

この奇妙な組みあわせは、もとをたどれば六月に行なわれた朝鮮支援作戦艦隊に繋がっている。

あの時、江陵（カンヌン）へ強襲上陸作戦を実施したのがF・J・フレッチャー少将率いる第三連合艦隊――戦艦ニューヨークを旗艦とし、指揮下に戦艦テキサス／壱岐／丹後を従えた艦隊だった。

そのせいでその後、フレッチャーがロシア太平洋艦隊と雌雄を決するため自由連合艦隊が再編成され、八月二四日の大勝利へと結びついた。

つまり第一二任務部隊は、自由連合艦隊編成後に留守役を申しつけられた艦を中心に編成されたものであり、第三連合艦隊の流れから、合衆国海軍の指揮による艦隊訓練を積んできた艦ばかりということになる。

そのため第一二任務部隊を即座に実戦使用するには、どうしても合衆国海軍の指揮官でなければならなかったのである。

むろん副長官には、いらぬ軋轢を生まないよう日本人が抜擢されている。

「何か対抗策を講じないと、敵艦隊に後ろを取られることになりますが……」

キンケードの発言を受け、副長官の友成佐一郎少将が進言した。

友成は、かつて古鷹や由良などの重巡艦長を務めた経歴があり、今回の敵渡海阻止作戦では砲雷撃戦が中心となるという判断のもと、急遽抜擢された経緯があった。

「各部隊の位置はどうなっている」

「我が本隊は、石狩湾北方一二〇キロ地点にいます。独立駆逐戦隊は、すでに利尻島南西一五キロ地点で集結待機中です。別動の第九海区潜水隊は、いまもなお宗谷海峡において分散して監視任務についています」

キンケードの近くに海図はなかったが、記憶にある作戦海図を参考に、味方部隊の配置を確認した。

「敵はおそらく、味方の陸上航空隊の支援を得るため、沿海州に沿って北上し、宗谷海峡の真西から突入してくるだろう。

最も安全な策はサハリンのコルサコフ港近くまで北上し、そこから渡海のため出撃する船団に沿って護衛任務を行なうことだが、そうなると間に合わなくなる。

時間的に間に合い、しかも可能な限り安全策を取るとすれば、ギリギリまで沿岸に沿って航行し、その後、艦隊最大速度で東進するしかない。

それでも明日の夕刻あたりになるはずだ。となると、我々が最も迎撃に適した場所にいるわけか……」

東進突入案を敵艦隊が採用した場合、北竜型駆逐艇一〇隻からなる独立駆逐戦隊のいる利尻島は真正面に位置している。

独立駆逐戦隊が敵艦隊に対処するためには、可能な限り引きつけてから側面より突入するしかないが、タイミングを間違うと取り返しのつかないことになる。

なにせ北竜型駆逐艇は沿岸防衛専門の艇のため、基準排水量は六八四トンしかない。

それでいて、八センチ四五口径連装砲二基／二五ミリ連装機関砲二基／一二・七ミリ単装機銃二基／五六センチ連装魚雷発射管二門（次発装塡装置付き）／爆雷一基という、常識では考えられないほどの重武装を施されている。

艇速も二七ノットで最大四時間を突っ走れるが、そのぶん燃料を食う。

あれやこれや、ともかく外洋航行能力を犠牲にする代わり、沿岸防衛を徹底的に行なえるよう設計されたものだから、航続距離も戦闘速度を出すと四〇〇キロほどで燃料タンクが空になってしまうのだ。

つまり、独立駆逐戦隊が敵を阻止するチャンスは一度きり。しかも敵艦隊を迎え撃てば、本来の任務である敵渡洋船団の寸断は不可能になる。

これでは使えない……そうキンケードは考えた。

「しかし、本隊が敵撃滅のため利尻島西方へ進撃すれば、北一号作戦への参加ができなくなります。作戦決行予定は明日の夜ですので、今夜のうちに利尻島南方海上まで移動し、そこで他の部隊と連携行動を取らねばなりません」

「そんなことはわかっている。だからこそ敵も、こちらの動きを予想して、明日の夜に突入してくる可能性が最も高いのだ。

こちらが作戦を実施すると考えたからこそ、沿海州艦隊は危険を冒して出てきたのだからな」

卵が先か鶏が先かの禅問答のような会話だが、友成もそれくらいのことは承知しているらしく、反論することなく何かを考えている。

やがて、ぽつりと意見を口にした。

「札幌司令部へ、さらなる沿岸防衛部隊の出撃を要請しますか」

独立駆逐戦隊の駆逐艇を除けば駆逐艦が八隻しかいない現状では、襲ってくるロシア沿海州艦隊に対処できないと判断したらしい。

キンケードは数秒間、考えにふけった。

そののち、決意したように答えた。

「いや、基地に残っている沿岸防衛部隊の主力となる魚雷艇や防護艦は、独立駆逐戦隊が反復攻撃を仕掛ける合間を埋める重要な戦力だ。北竜型駆逐艇は優秀な襲撃駆逐能力を持つが、いかんせん船体が小さいため航続距離が短い。

そのくせ重武装とあっては、携行できる砲弾や魚雷数も限られるし、だいいち外洋航行能力が低すぎる。極端なトップヘビーだから、外洋の荒波にもまれて転覆しかねないのだ。これでは、用途が狭まりすぎる。

今回の作戦は、敵の渡海を完全に阻止するまで続行しなければならないから、弾切れや燃料切れの恐れが出たら、いったん石狩湾まで戻らねばならない。

その間、戦闘海域に我々しか残らないのでは、いかに大型艦がいるといっても撃ち漏らす敵が出てくる。そこで、北海道北部を担当している魚雷艇と防護艦には、一時的な穴埋めとして、短時間だが攻撃を代替わりしてもらう必要があるのだ。

それを敵艦隊阻止のために使えば、予想以上のロシア陸軍を北海道へ上陸させてしまう。背水の陣だからこそ、こちらの思惑の内で敵を翻弄しなければ、窮地に陥るのは我々のほうになる」

「では、どうします?」

支援が無理なら、敵艦隊を阻止できない。

陸上航空隊に頼む手もあるが、敵艦隊もそれは予想しているはずで、おそらく突入は明日の夜になる。

そうなると航空隊は飛びたてず、第一二任務部隊は襲われるままとなる……。

「簡単なことだ。我々自身が身をもって阻止する。敵の渡海勢力は、独立駆逐戦隊と沿岸防衛部隊に任せる。必要なら第九海区潜水戦隊も、監視任務から攻撃任務に転じてもらおう。ともかく使えるものはなんでも使うことが肝心だ。

それに漁船や小型輸送船ばかりの渡海船団に対しては、下手に大型艦が割って入るより、小型艦船が波状的に突入攻撃をしたほうが、より多くの船を阻止することができる。

駆逐艦クラスでも、相手が漁船では魚雷を発射するわけにもいかんだろう。どうしても駆逐艦の主砲や機関砲といった、数を撃てる装備が中心になる。

まあ、これが主力部隊の戦艦や重巡・軽巡クラスになると、艦体そのもので進撃路を遮ることができるから話は変わってくるが……」

「作戦主力を一時的に離脱させるのですか⁉」

堅物揃いの日本海軍においては、まずこのような変則的な作戦運用は考えられない。

作戦主力は作戦の要であり、堂々と中心に居座るべき……海軍教本にもそう書かれているからだ。

「君は自由連合海軍での経験が浅い。私と同格の少将だが、それはあくまで日本海軍としての階級だ。そもそも任務部隊というのは、作戦目的に特化されて臨時編成される部隊をいう。

そこで作戦目的を達成するためには、大胆なほどの作戦変更も可能となっている。

今回の場合、ロシア沿海州艦隊が出てくるか否かは半々と予想されていた。

出てこない場合は、我々も全力で敵の渡海作戦を阻止できる。

まず独立駆逐部隊を渡海ルートのど真ん中に割り込ませ、物理的に航路を遮断することになる。行き場を失った敵船団は、当然、迂回するか逃げ戻るしかないが

……ナチス連邦軍の常道的な運用を見る限り、逃げ戻ることは考えにくい。

となると、迂回して先に進むことになるが、これは我々にとって格好の標的にな

る。敵船団の武装は、あって機関砲程度だ。戦艦や重巡・軽巡なら、撃たれても沈むことはないから、その場に居座ってしらみ潰しに沈めることができる。

そして我々が撃ち漏らした敵船を、今度は小回りの利く独立駆逐戦隊の駆逐艇が沈めてまわる。これで一網打尽……北一号作戦の前半は、こんな予定になっていた。

だが、沿海州艦隊が出てくるとなれば話は別だ。まず対抗できる戦力で追い返し、作戦の障害を取り除かねばならない。

そうなると、北一号作戦の実施時刻に遅れて到着することになるが……遅れて到着するくらいでちょうどいい。沿海州艦隊と戦った後でな。

味方の艦艇が引っかきまわした後、遠巻きに砲雷撃を実施するだけで、敵渡海船団は絶望的な気分になるはずだ。

下手に接近するより、大型艦は持ち味を生かした戦法を選ぶべきだと思っている。

これらは作戦指示書には書かれていないが、それは作戦司令長官の判断で変更できる決まりのため、改めて書くこともないと判断されたからだ。

なに、そう長い時間、敵艦隊にかかわる必要はない。先ほど届いた札幌からの報告によれば、敵艦隊に戦艦はいないらしい。巡洋艦が二隻、あとは駆逐艦と防護艦ということだった。

これならば、敵が必死の思いで突っ込んできても、なんとか跳ねかえしてダメージを与えられる。ある程度の被害を与えれば、敵は深入りすることなくウラジオストクに逃げ帰るだろう。

ここで沿海州艦隊を全滅させてしまうと、今度はウラジオストクまで危うくなるからな。

だから敵の退路は断たない。むろん、いったん引いて再攻撃してくるようなら別だが、時間的に考えて敵が態勢を整えて再攻撃してきても、その頃には北一号作戦の半分以上が達成されているから、敵も自滅覚悟の再攻撃はしてこないと思っている。

ただし……敵艦隊がコルサコフ軍港へ逃げ込もうとするなら話は別だ。コルサコフ軍港は敵渡海船団の出撃拠点である以上、北一号作戦でも最優先の破壊目標とされている。そこにいれば、とことん追い詰めて殲滅する」

キンケードは合衆国海軍の将官にあっては目だたないほうだが、それはフレッチャーやスプルーアンス、ハルゼーやニミッツといった絢爛豪華な顔ぶれが揃っているからである。

それらを見なければ、かなり思慮深く、それでいて大胆な戦法に出ることもある柔軟な頭の持ち主だと理解できるはずだ。

それを友成は再確認した思いだった。

「承知しました。では艦隊参謀長に、応戦態勢を整えるよう伝えてきます」

壱岐にある参謀控室に集まって作戦実施までの艦隊運用を検討している参謀部に、友成は自ら伝令役を務めると告げた。

「よろしく頼む。私から直接言うと、あまりにもアメリカ臭が強くなる。今回の主役のほとんどが日本海軍所属の艦艇である以上、君の存在は、自由連合海軍が協調するためには必要不可欠なものとなる。そこのところを常に忘れないでいてほしい」

「もとより承知しております。では」

キンケードの命令には疑問を抱くかもしれない独立駆逐戦隊も、重巡艦長を務めた経歴のある友成の口から命じられれば、言うことを聞く。

これはキンケードや友成が考えたことではなく、もっと上……自由連合軍極東総司令部の基本方針として、開戦早々に決められていたことだった。

かくして……。

カリブ海と日本海で、新たな戦いが始まろうとしていた。

第3章　作戦開始！

1

一九四一年八月二七日　利尻島南方海上

同日、夕刻……。

宗谷海峡の西側では、待ったなしで作戦が進行していた。

ロシア沿海州艦隊は、自由連合の監視がしにくい沿海州沿いを北上しているらしく、いまのところ現在位置は捉えられていない。

しかし、日本海は日本の海だ。

そのためロシア陸海軍の航空機が届かない沿岸から四〇〇キロ付近には、漁船に擬装した偵察船を多数くり出し、一種のピケットラインを構築している。

もし沿海州艦隊が、このラインの突破を行なうために東進すれば、その時点で位置を把握することは難しくない。

それまで第二任務部隊は、一瞬も緊張を解かずに待機しなければならなかった。

「阻止部隊は、すぐに進撃できるよう準備しているのだろうな」

キンケードは駄目押しするかのように、友成佐一郎副長官へ質問した。

この質問、本来なら艦隊参謀長へ行なうべきものだが、いつも影のように寄りそっている友成に聞くのが手っ取り早いと考えたらしい。

「作戦待機命令と同時に、阻止部隊各艦に対しては、ボイラー蒸気圧を一定以上に保つよう参謀長へ伝達しておきましたが……これ以上の圧力上昇を新たに命じますか」

友成の返事には、否定的ニュアンスが込められていた。

現在の蒸気圧はスタートダッシュを迅速に行なうためのもので、通常なら缶室圧力を上げてからでないと加速できないのを、燃料と缶室・タービン機関の寿命が短くなるのを承知の上で、通常の半分程度の時間で艦隊全速まで加速できるようにしている。

これをさらに上昇させるとなると、艦によっては蒸気パイプやバルブの破損が起こりやすくなる。とくに年式の古い艦は要注意で、もし故障したら部隊から外して修理できる港へ帰港させねばならない。

そこまでのリスクを負ってでも、さらなる圧力上昇をさせるのかと、友成の返事は暗にほのめかしていた。

「危険を覚悟で、あとどれくらい上げられる？」

「上げられて一五パーセント程度と思います。しかし、それで得られる時間的短縮は八分ほどですので、増える危険度を考えると割りに合わないと判断します」

今度の返事には、はっきりと反対の意が込められていた。ここまで友成が反対するとなると、キンケードも無理強いはできない。

なにしろ大半の艦が日本海軍から出したものであり、多少無理をさせても余裕の設計をしてある合衆国の軍艦とは違うのかもしれない。

日本軍の装備は、どれも洗練された完成度を持っているが、裏を返せばそれだけ余裕のない設計で造られているということだ。

それをキンケードは、迂闊にも極東方面海軍へ配属されてから知ったのである。

「……そうか、ならばやめておこう。少しでも接敵地点を沿海州側へ寄せたかったのだが、無理なものは仕方がないな」

「台湾の基隆造船所で建艦中の最新鋭巡洋艦や駆逐艦なら、日米共同設計艦のため、もう少し無理をさせられるですが……現在の艦は、壱岐と朝日は純日本製、小笠原はシアトル級改装艦ですが、すでに第二次改装まで施されている関係で、機関は丸ごと日本製に置きかえられています。

これに対し、今後就役する艦は、基本的に艤装以外の基本仕様は完全共通となっていますので、日米両国の艦が合同しても、ほとんど性能的には差が出ないことになっています。

やはり自由連合軍が各国軍の集合体として機能するためには、これまでのような寄せ集めでは駄目だということが認識されたのでしょう。

これまでも共通化の試みは何度も行なわれてきましたが、平時の建艦だと政治的事情も割り込みますので、そう簡単にいきませんでした。

しかし現在は戦時ですので、ともかく最高効率で戦えることが最優先されます。

そのため共通化も一気に進み、今回初めて完全共用艦が実現したのです」

自由連合の強みは、ともかく自由な経済活動を活用し、可能な限り短時間で大量の軍備を調達できることだ。

ただし、そのためには製造が簡単に行なえ、資材もありふれたものばかりで作る必要がある。

ナチス連邦軍のように、ヒトラー連邦総統の好みに合わせて、製作難度の高いものや希少資源を多用する設計では、大量生産するには特殊な工場をいちから建てねばならず、工員も高い技量を要求される。

それでもナチス連邦が、ある程度の大量生産を可能にしているのは、たとえ歩留まり率が低くても、強制的に大量の人員を配置し、無理矢理製造しているからだ。

その点、自由連合の装備や軍備は、どれも町工場や鉄工所でも、一般的な製造設備さえあれば、なにかしらの部品を作ることができるよう考慮されている。

そして、町工場から集められた部品を組み立てるのも、特殊な技能を持つ熟練工員ではなく、若輩の期間工でも可能なようマージンを取った設計になっている。

むろん、似たような装備の場合、性能はナチス連邦軍のもののほうが優れている。

たぶん一対一で性能を比較すれば、ナチス連邦軍のほうが一割から二割程度性能が高いと出るはずだ。

しかし自由連合軍は、現在でこそ彼我の数的な戦力差は僅差だが、いずれ自由連合軍のほうが大量に保有できると読んでいる。

ナチス連邦が一から二へと数を増やすあいだに、こちらは一から四へ増やす。彼我の数的差が二倍になれば、たとえ一割二割の性能差があっても勝てる。いわゆる物量戦略の論理が、いまでは自由連合軍の基本方針になっているのである。

「こちら第二通信室。第三ピケットラインに所属する、秘匿名『竹二二六』漁船より夕音連打の電信が発信されました！　敵艦隊は第三ピケットラインを突破した模様です!!」

突然、艦橋に設置されている艦内有線放送用のスピーカーに、第二通信室からの緊急伝達が流れた。

「阻止部隊、出撃せよ！」

すかさずキンケードが声を張りあげる。

その途端、はっきりとわかるほど、戦艦壱岐の床が前へ押し出された。

充分に缶室圧力が上がっていた旗艦壱岐は、戦艦に似つかわしくない反応を見せた。微速を飛ばし、一気に中速まで回転数を上げたスクリューが、巨大な戦艦の艦体を前へ押し出したのである。

阻止艦隊の中で最も反応が鈍いのが壱岐である以上、艦隊速度を上げるためには、なりふり構わず増速する必要がある。

報告にあった第三ピケットラインは、現在位置から西南西へ四〇〇キロほど行った先にある。

敵艦隊が二〇ノット程度の艦隊全速しか出せなくとも、こちらが二二ノットまで増速すれば、合成速度は四二ノット……時速にして七八キロだから、わずか五時間余で接敵となる計算だ。

おそらく敵は、夜間のあいだに可能な限り距離を詰めるつもりなのだろう。

二〇ノットで夜明けまでの一二時間を進めば、四四〇キロ。位置的に見ると、利尻島北方海域に到達できる計算になる。

利尻島北方から宗谷海峡の渡海ルートまでは、もう目と鼻の先だ。

そこまでたどりつければ、たとえ夜が明けても、現地にいる沿岸護衛部隊の支援を得られると考えたのだろう。

艦隊決戦の最中に、周囲を魚雷艇や防護艦がうろちょろすれば、まともな戦術が取れなくなる。そこがロシア沿海州艦隊の狙いだとキンケードは結論づけた。

「だが、させん！　夜の間に決着をつける!!　たとえ阻止できなくとも、夜が明ける前に海戦を中断し、退避行動へ移る。あとは後方退避させている空母二隻に叩かせる。

いいな、各艦に厳重伝達しろ。功を焦るな。最終的に海空合同で敵の戦力を削ぎ落とす。そのためには空母と打撃部隊の連携が不可欠なのだ。伝えろ!」

艦隊分離とまではいかないが、第一二任務部隊は、ある程度の距離まで敵艦隊に接近した時点で、軽空母二隻を後方へ残す策を実施する。

敵に空母がいないことと、軽空母二隻が退避する海域まで敵の陸上航空隊が届かないことから、軽空母には護衛すらつけない予定になっている。

もしロシア潜水艦が密かに接近していたら、この措置は標的同然になるだけの愚かな策だ。

しかし……。

手持ちの戦力に限りがあるキンケードは、たとえ軽空母二隻を危険に晒しても、打撃艦部隊による夜戦を優先させる策を選んだ。

これは一種の賭けだ。

慎重派の友成は最後まで反対し、せめて二隻だけでも空母へ駆逐艦をつけてやれないかと粘ったが、キンケードは意志を曲げようとはしなかったのである。

この無謀にも見える果敢な策が、吉と出るか凶と出るか……。

それはウラジオストク港を沿海州艦隊とともに出た、六隻のロシア潜水艦の行方にかかっていた。

＊

二八日未明利尻島西方二〇〇キロ――。

「前方正面、距離八〇〇〇に艦隊！　長官、起きてください!!」

悲鳴のような報告が、巡洋艦イシムの来賓室（臨時長官室）で仮眠していたエルシャ・ロポフ少将を叩き起こした。

「敵だと……？」

寝不足のところを無理矢理に起こされ、まだ頭がまわらない。

しかし『敵艦隊』という言葉は、恐怖を伴って急速に彼の頭脳を覚醒させていく。

「夜間戦闘用意だ！　走って艦橋にいる参謀長へ伝えろ。私もすぐに行く!!」

夜明け前の闇のため、距離八キロまで敵を発見できなかったのは仕方がない。おそらく敵艦隊も、まだこちらを発見して間もないはずだ。

もし新兵器のレーダーを稼動させていたら、こちらの通信室が察知できないはずがないから、敵艦隊はレーダーを装備していないか、もしくは使っていない。

となれば、条件は同じ……。

そこまで考えたロポフは、予定とは違ってきているものの、まだ勝算はあると思った。

長官服の袖に腕を通しながら艦橋へと走る。

上甲板を走っている時、いきなり前方で砲火炎がきらめいた。

「先に撃ってきたか。急がねば」

艦橋に通じるハッチをくぐり、艦橋内のタラップを駆け上がる。かなり息が苦しいが、それでも艦橋に入った途端、かすれる声で叫んだ。

「攻撃準備はできているか」

「いつでも撃てます！」

すかさず参謀長が返事をした。

「よし、ともかく敵艦隊を牽制する。その間に防護艦を左右へ展開。防護艦は外洋での機動力が貧弱なため、左右に居座らせて雷撃を続けさせろ。駆逐艦は第一駆逐隊を本隊護衛につかせ、第二護衛隊五隻で砲雷撃戦を行なう。

旗艦およびヤナは、敵艦隊の右舷側をすり抜けつつ砲雷撃戦を挑む。そして一番重要なことは、ともかく敵艦隊をやり過ごし、すばやく味方防護艦のいる宗谷海峡

へ入ることだ。間違っても追撃などするな。夜明けと同時に北へ転進。コルサコフ軍港に
防護艦部隊の支援を受けられたら、コルサコフ軍港の制海権へ入
いる陸上航空隊の支援を受ける。ひと息つけるのは、今日の夕刻まで敵は攻めてこないだろう」
った後だ。そこまで行けば、今日の夕刻まで敵は攻めてこないだろう」
昼間は自由連合軍の陸上爆撃機部隊がやってくる。そのため渡海作戦は夜間のみ
行なわれる。

夜明けまでは渡海ルートを護衛している防護艦や魚雷艇も、陽が昇る寸前までに
は反転し、急ぎコルサコフ軍港近くまで退避している。

その流れに沿海州艦隊も乗ることが、最も安全に行動できる策となっている。

そして今夜になれば、多数の防護艦と魚雷艇を従え、再び宗谷海峡へ出る。

現在より戦力が大幅に増えるため、敵艦隊もそう簡単には手を出せないはず……。

それを可能とするには、ともかくこの場を切り抜けるしかなかった。

――ドンドン！

一番砲塔の二〇センチ四五口径二連装主砲が、まず二発の砲弾を発射した。これ
は適当な夜間測距しかしていないため、まず当たらない。

たった八キロとはいえ、夜の闇の中では着水爆発の水柱すら見通すのは難しく、

照準を適確に行なうためには、まだ何発かの測距射撃が必要である。

「左舷後方八〇メートル付近に、戦艦主砲弾と思われる着弾水柱！」

艦橋の上にある監視所から、伝音管を通じて報告があった。それを伝令が受け、ロポフのところへ伝えに来た。

「やはり戦艦がいたか。イシムとヤナは縦列陣のまま左舷二〇度転進。巡洋艦は敵主力艦と距離を保ち、いつでも離脱できるよう準備せよ。

その間、駆逐部隊は敵主力艦群へ突入雷撃を実施。防護艦部隊は、敵艦隊が雷撃距離に入り次第、ありったけの魚雷を叩き込め！」

ロポフの命令は威勢こそいいものの、そのじつ、主力となる巡洋艦二隻を逃がすため、残りの艦は踏みとどまって敵を阻止せよというものだ。

これは部下たちを死地へ追いやる愚策だが、ロポフの中では、主任務となっている渡海船団の護衛が最優先であり、巡洋艦はその要（かなめ）として必要不可欠となっている。

反対に多数引き連れてきたコルベット級防護艦は、行った先にもコルサコフ軍港所属の防護艦が多数いるため、失った戦力は彼らを一時的に艦隊へ合流させればよいことになる。

自由連合軍においては道義的にどうかと思う策も、全体主義かつ独裁主義のナチス連邦においては良策と判断されることもある。今回の場合、ロポフが恐れるべきは二度めの敗北であり、小型艦の損失では絶対になかった。

「そういえば、我が方の潜水艦部隊はどこにいるのだ？」

ふと思いだしたように、ロポフは作戦参謀へ尋ねた。

ウラジオストク港を一緒に出撃したはずの潜水艦部隊だが、最初から独立行動となっているため、ロポフも子細は知らされていなかった。

「我々が艦隊全速で進撃したせいで、後方へ取り残されています。作戦予定では、敵艦隊が出てきた場合に、側面から支援攻撃を行なうとなっていますが、とても間に合いません」

「間に合わなければ、どうなる？」

「ひとまずコルサコフ軍港沖に移動し、港を出入りする船団や護衛部隊の支援を行なうとなっています。もし我々がコルサコフ港へ移動すれば、その頃には彼らも所定の位置で警戒任務についているでしょう」

艦隊決戦には間に合わなかったが、その後の避難の支援にはなる。

そう理解したロポフは、まあ仕方がないと、これ以上潜水艦部隊のことを気にしないようにした。

＊

「前方に敵艦隊！　距離八〇〇〇!!」

　一方の第一二任務部隊も、ほぼ同時にロシア沿海州艦隊を発見していた。

　合衆国海軍の大型艦の一部には、すでに対水上レーダーが設置されているが、戦艦壱岐には、まだつけられていない。

　ないものは仕方がないが、キンケードはいまこそがレーダーを使用する場面なのにと、心の中で口惜しさを滲ませていた。

「壱岐、砲撃開始！」

　まずキンケードは、これだけ命令した。

　そして次に部隊参謀長に対し、重巡二隻は砲撃戦用意、軽巡二隻に従う二個駆逐隊のうち一個駆逐隊を、主隊の左舷方向へ突出させるよう命じた。残る一個駆逐隊は主力艦群の直衛となっている。

「敵主力艦、砲撃開始！　敵は二〇センチ主砲の模様!!」

　報告を聞いた副長官の友成が、そっとキンケードへ耳打ちする。

「壱岐を先頭に出しますか」

二〇センチ主砲となれば、相手は巡洋艦に間違いない。敵が巡洋艦であれば、砲撃戦で戦艦が沈むことはない。

非装甲部分に当たればそれなりの被害を受けるものの、それが致命傷になることはないだけに、旗艦を最前列に出して敵の弾除けとし、こちらの戦艦主砲も自由に撃てるポジションを選択するのは、たしかに選択肢としてはありえる。

なのに友成が耳打ちという密談を選んだのは、部隊旗艦を最も危険な場所に出すのをキンケードがどう考えるか、判断に迷ったからである。

キンケードは即座に答えた。

「それはできん。いまのところ撃ってきたのは敵巡洋艦のみだが、背後に戦艦が控えている可能性もある。たしかにウラジオストク港を監視していた味方潜水艦からの報告では、敵艦隊に戦艦はいなかったとあった。

しかし、監視任務についている潜水艦は、一日に一度、浮上して換気を行なわねばならず、そのためには沖に退避しなければならない。

その間、交代の潜水艦が入れ代わることになっているが……敵艦隊が出撃した後は、監視任務そのものが手薄になっていると聞いている。

となれば、その後に沿海州艦隊に所属している戦艦セバストポリが出た可能性も、わずかだが残っているということだ。

いまの砲撃が、闇夜を利用して我々を油断させる策だとしたら、こちらも一隻しかいない戦艦を最前列に出すのは危険すぎる。

ともかく……しばらく様子を見よう。敵艦隊に戦艦がいないとわかれば、改めて壱岐の主砲を生かす戦術を実施する」

思慮深さと用心深さを持ち、それでいて臆病ではない。

それがキンケードという男である。

たしかにハルゼーほどの勇猛さはないし、スプルーアンスほどの知略も駆使できない。

しかしバランス的にいえば、よく均衡の取れている頭脳だけに、正攻法でいく限りは失敗の少ない指揮官といえる。

「敵巡洋艦二隻、右舷方向へやや角度をつけて遠ざかりつつあります！」

「……!?」

友成が、はっとした表情を浮かべた。

「司令官、敵の主力が逃げにかかっています。おそらく小型艦部隊で我々を足止めし、その間に宗谷海峡へ突入するつもりでしょう。敵は最初から、ここで決戦を行なうつもりなどなかったのです！」

せっかくこちらが正面から対峙してやったというのに、敵艦隊はすり抜けようとしている。それを成功させたら、戦略的にこちらの負けだ。

「壱岐、エリー、朝日の三艦は、縦列陣のまま右舷回頭四〇度を実施せよ。回頭後は左舷斉射で追撃する。第一駆逐隊はそのまま追撃。正面および左舷前方にいる敵小型艦部隊は、直衛の第二駆逐隊が対処しろ。主力群は敵主力を追撃する。ただちにかかれ！」

キンケードの命令が下された。

速度的に考えると、こちらに戦艦がいるぶん遅いから、追撃しても振りきられてしまう。

ならばともかく、徹底的に食い下がって砲弾を浴びせる。

第一駆逐隊が肉薄雷撃を実施し、それで敵の艦速が落ちれば大成功……。

その間、敵の小型艦部隊に邪魔されないよう、第二駆逐隊を投入する。主力群の直衛を捨てての、イチかバチかの策である。

このような博打（ばくち）まがいの大胆な策も、キンケードは即座に命じることができる。

そこが臆病なだけの指揮官と違うところだった。

「敵駆逐部隊の後方左右に多数のコルベットがいます！　こちらが突入したところを集中雷撃するつもりだったのでしょう」

重要な報告だけに、参謀長が直接口頭で伝えにきた。

「このまま直進していたら、敵の思う壺だったか……あぶなかったな」

いかにちっぽけなコルベットとはいえ、数が揃えば撃ちこんでくる魚雷も多数になる。

すでに小型の航空魚雷でも戦艦を沈めることが可能と判明しているだけに、航空魚雷よりは大きいコルベット搭載の中型魚雷を多数食らえば、いかに重防御の壱岐でもタダではすまない。

キンケードの思わぬ安堵の声を聞いた友成が、自分なりの返答をした。

「敵艦隊の指揮官は逃げることに夢中なあまり、いささか焦ったようですね。もう少し……あと一〇分ほど巡洋艦の進路変更を我慢できていれば、我々は罠にはまっているところでした。

しかし、安心はできません。

敵の駆逐隊とコルベット部隊に対し、こちらは第二駆逐隊のみで対処せねばなりませんので、よほどうまく立ちまわらないと、大被害を受けるのは味方駆逐隊のほうです」

すでに走りだした第二駆逐隊は、命令に従い独自判断で交戦する。

いまさら危ないからといって反転命令など出せば、敵駆逐隊に横腹と尻を見せる醜態を演じるだけでなく、格好の標的となってしまうだろう。

こうなると、もう第二駆逐隊にできる選択は、敵駆逐隊と砲撃をかわしつつ交差し、交差した直後、右舷側のコルベット部隊に目標を変更、ありったけの砲弾と魚雷を叩き込んで牽制し、そのまま右舷側を突き抜けるしかない。

そうすれば交戦は二回で終わる。

味方駆逐艦の速度にコルベットは追従できないし、敵駆逐隊が反転して追撃してきても、もう間にあわないからだ。

ともかく、多数のコルベット艦を置き去りにできれば、こちらも対処する余裕が出る。

友成の描く策は、彼我の艦種別の戦力差を可能な限り小さくすることだった。

「巡洋艦の数は、こちらが二倍だ。さらには戦艦もいる。たしかに、総数がわからぬコルベットは脅威だが、所詮(しょせん)は沿岸警備艦、外洋での交戦には制限がありすぎる。

そのコルベット部隊を強引に切り放すことが、いま選択できる唯一の策となるだろう。まあ、これくらいのことは副長官も考えているだろうが……しかし、第二駆逐隊は被害をまぬがれぬだろうな」

そうキンケードが口にした瞬間。

「敵巡洋艦に命中弾！」

これは壱岐の着弾観測報告のため、部隊報告ではない。おそらく艦橋上部の夜間観測所から、艦長宛に入った報告だろう。

たった一発だが、壱岐の四〇センチ五〇口径主砲弾が命中した。

まだ命中部位の報告がないため、それが致命傷になったかどうかはわからないが、おそらくタダではすまないはずだ。

「左舷正面で多数の砲火炎！　距離四〇〇〇‼」

「第二駆逐隊が突入したようだな。あとは運次第だ」

すでに右舷転進を終了している主力艦三隻は、すべての主砲を左舷方向へ向け、敵巡洋艦の砲炎が見える場所へ砲弾を叩き込んでいる。

しかし、当たらない。

高速で移動する巡洋艦を追撃しつつ主砲を命中させるのは、よほど接近しないと難しい。しかも彼我の距離は徐々に開きつつあった。

「……追撃を中止する。主力三艦と第一駆逐隊は、第二駆逐隊救援のため左舷四〇度転進を行なう。敵コルベット部隊の外側を迂回しつつ砲雷撃を実施せよ。敵駆逐部隊は第一駆逐隊が対処すること。

敵巡洋艦は、夜明けと同時に軽空母群で叩く。そう軽空母群司令へ通信を送れ。

ともあれ、敵巡洋艦の一隻には痛手を負わせた。これで今後の作戦も少しは楽になるだろう。皆、あとひと踏ん張りだ。夜明けは近いぞ！」

ここで激励しても、艦橋にいる者たち以外には伝わらない。それを承知の上で、キンケードは声に出していた。

2

八月二八日朝　礼文島北方海上

二八日朝、礼文島北方八〇キロ付近――。

海峡越しに見える朝日を受けて、ロシア沿海州艦隊は、進路をやや北よりに取りながら、まっしぐらに宗谷海峡中央部をめざしていた。

「あと二時間ほどで渡海ルートへ到着します。現地の輸送船団は、すでにコルサコフ港方面へ撤収中との報告を受けました。なので、我が艦隊の正面には護衛の魚雷艇と防護艦のみが待機しています」

参謀長の報告を聞いたロポフは、ようやく緊張していた顔を緩めた。

「敵艦隊は追撃してこないようだな。ここまで明るくなっても、後方に艦影がない以上、最低でも三〇キロは離れたことになる」

一応、ロポフも艦隊司令長官を長くやっているため、彼我の距離が三〇キロも離れてしまえば、たとえ多少の速度差があったとしても、自艦隊が護衛部隊と合流するまでに追いつけないことは計算できる。

ただ、悲しいかなロシア太平洋艦隊には空母運用に関するノウハウがまるでない。

これが軽空母を有している黒海艦隊とバルチック艦隊なら、もう少し空母に気をまわすことも可能なのだが、ロシア太平洋艦隊に空母が配備される予定は、新造艦がすべて計画通りにいったとしても来年となっている。

ツアーノブルグを母港とするロシア太平洋艦隊ですらそうなのだから、沿海州艦隊に空母が配備されるのは、さらにその後となる。

ここまで未定では、誰も本気で空母運用のことなど考えない。

しかも、つい先日にロシア太平洋艦隊が空母航空隊によって大被害を受けるまでは、空母艦上機は艦隊護衛用と誰もが信じきっていたのである。

では、先日の大敗北をロポフが知らないのかといえば、そうではない。

出撃時点で、すでに被害状況は手元に届いていた。艦上機により戦艦が沈められたという事実は、ロポフの目から鱗（うろこ）を落とすのに充分だった。

なのに彼は、致命的な判断ミスをしでかしたのである。

それは……。

日米の連合艦隊が全力でロシア太平洋艦隊を迎え撃ったのだから、他の作戦に使える日本にいる艦は、沿岸防衛用艦艇と精鋭の選抜から漏れた二線級の留守部隊のみと判断したのだ。

いかに自由連合が海洋国家の集合体であろうと、総本山の合衆国主導でカントリーロード作戦が実施されている現在、主力艦の大半もアメリカ大陸に釘づけになっているはず……。

極東にまわせる艦は少なく、日本の保有する空母数も判明している。

カントリーロード作戦に軽空母三隻、済州島付近に正規空母一隻と軽空母二隻を出している以上、残りは正規空母大龍(だいりゅう)一隻と、以前、朝鮮半島南東部へ上陸作戦を実施した、朝鮮支援作戦艦隊に所属している二隻の軽空母(一隻は合衆国海軍所属)。これらがロポフの把握している極東海域の自由連合空母だった。

情報によれば朝鮮支援作戦艦隊は、引き続き対馬海峡付近で、九州北部から釜山への物資輸送護衛に専念しているとあった。

この情報が、最終的にロポフに間違った判断をさせたのである。

むろん、この情報は偽物だ。

すでに自由連合極東海軍司令部は、大幅な艦隊再編を完了させている。

それまで第一/第二/第三連合艦隊として海域割り当て制の警戒任務についていたものを、ロシア太平洋艦隊との決戦に備え、一個の臨時編成艦隊——極東連合艦隊を組ませたのだ。

当然、残りの艦はもとの所属軍港へ戻り、新たな任務に備えて整備を受けていた。

そして北一号作戦が実施に移されるにさいし、日本海軍の二級暗号(すでにナチス連邦によって解読されている)を用いて、あたかも第三連合艦隊がまだ存在しているかのような偽情報を流し、第三連合艦隊は対馬海峡に張りついているとロポフに信じこませたのである。

現実には、新たに編成しなおされた第一二任務部隊が、軽空母雲鷹（うんよう）／マザーホークを従え、密かに石狩湾へ移動をすませていた……。

つまりロポフは、夜戦を行なった相手には空母がいないと確信していたわけだ。

そして現在に至るも、それを修正する情報はもたらされていなかった。

当然……。

それは、いきなり始まったのである。

「敵襲！　西南西方向より敵機多数！」

最初ロポフは、利尻島か礼文島に日本軍が滑走路を作り、そこから陸上機を飛びたたせたのかと思った。

以前から両島には非常用滑走路二箇所が設営されていたが、そこに常駐していたのは偵察機と若干数の基地防衛用戦闘機のみで、攻撃任務は、もっぱら北海道北部にある天塩と中頓別の陸軍航空隊基地が担っている。

しかし、北海道北部から出撃したにしては、まるで方向が違っていた。

「敵機は空母艦上機の模様！」

急速に接近してくる敵航空攻撃隊を双眼鏡と肉眼で観測している対空監視員から、切迫した報告が続く。

「対空戦闘！」

ともかく命令を下す。

それはロポフにとり、息をするのと同じようなものだ。命令の後で思考がついて

くる。

「どこから空母が……」

敵艦隊に空母がいるという情報は、どこを探してもなかった。となると別部隊が、

利尻島南方に潜んでいたのだろうか。

そこまで考えた時、参謀長が走ってきた。

「イシムは巡洋艦ですので、艦上機の爆弾でも、当たれば大被害を受ける可能性が

あります。対空戦闘と同時に、個艦回避を実施するよう命じてください」

現在は艦種別に単縦陣を形成している。

空から見れば、どれが主力艦か一目瞭然で、それがまっしぐらに東をめざしてい

る以上、このままだと標的演習なみに爆弾が当たってしまう。

それに気づいた参謀長が慌てて進言したのだ。

「各艦に緊急伝達、個艦回避しつつ対空戦闘を続行せよ！」

回避運動をすれば、それだけ目的地に着くまで時間がかかる。

しかし、他に方法がなかった。

「後方上空、爆撃機！　急降下してきます!!」

「コルサコフの陸軍司令部に、戦闘機の支援を頼めないか」

使えるものはなんでも使う。

ロポフにとって、今回の作戦は後がない。また敗退すれば、まず間違いなく粛清されるだろう。

「とても間に合いません！」

ロポフの声がかん高くなるにつれて、参謀長もつられて高い声になった。

——ザウッ！

右舷第二砲塔のすぐ脇の海面が、いきなり見事な水柱と化した。

「右舷至近に爆弾！　右舷第二砲塔付近、上甲板および一部右舷側に被害を受けた模様!!」

「左舷後方より雷撃機！　距離一〇〇〇!!」

「右二〇度、回頭！」

報告の叫びや転舵を命じるイシム艦長の声、爆弾の炸裂する音や対空砲／機関砲が奏でる射撃音が、艦橋一杯に充満している。

そして……。

ついに、その時が来た。

ロポフが踏みしめている艦橋の床が、いきなり縦に跳ねた。

──ドッ！

「艦中央、煙突付近に爆弾命中！　被害、確認中‼」

すぐに報告が舞い込む。

煙突付近といえば、艦橋のすぐ後ろにあたる。

まさに艦の中央部であり、もし煙突部分に命中したのなら、煙路は甲板装甲を貫いているため、防護区画内へ爆弾が飛びこんだことになる。

軍艦にとって最悪の事態は、防護区画内部で爆発が起こることだ。

「正確な命中場所と被害確認を急げ！」

まず命令を下し、次に参謀長を見た。

「機関部へ速度の維持ができるか、大至急問い合わせてくれ。もし速度低下を来していないのなら、煙路は無事だ」

「了解しました」

実際、ロポフや参謀長はこの時点で知らぬことだが、爆弾は煙突をわずかに外れ、艦中央左舷に命中していた。

そこにあったのは人力操作の一二・七ミリ機銃座一基のみ。

すぐ近くに三連装魚雷発射管もあり、その両方が破壊されたものの、かろうじて中甲板装甲は破られていなかった。

だが、死神は別方向から忍びよっていた。

――ズン！

腹に響く振動とともに、左舷後方部分に高々と水柱が巻きおこった。

しばらくはなにごとも起こらなかった。

やがて艦後方からの伝令が走りこんできた。

「左舷後部に魚雷一発が命中！　左舷側に破口が生じ、第一機関室へ浸水中!!」

そこへ参謀長が戻ってきた。

「艦内電話で機関長と話していたところ、いきなり途絶えました」

二つの情報は、あからさまなほどの事実を物語っている。それに気づいたロボフは、瞬間的に顔を青ざめさせた。

「両舷全速！　ともかく増速を試みろ!!」

本来なら艦長の権限だが、言わずにはいられなかった。

もし第一機関室が完全に水没したら、両舷全速は不可能になる。たとえ第二機関室が生きていても、通常の半分以下にまで速度が落ちる……。

機関室との連絡が途絶えたいま、増速命令だけがそれを確かめる術だった。

その間も、敵機の攻撃は止まらない。

——ドガガッ！

第一砲塔付近に盛大な爆発が生じた。

爆煙が薄れると、砲塔天蓋がささくれたように割れ、左舷側に傾いた第一砲塔が見えた。

「……第一砲塔、直撃です」

参謀長が見たままを報告する。

「長官、増速できません。現在の速度は一二ノットのままです」

艦長が、なにかにすがるような目で報告した。

「駆逐艦マリョーシャ、爆沈！」

攻撃を受けているのは巡洋艦だけではない。

対空砲火を有効なものとするため、主力艦二隻に接近していたマリョーシャが被弾したらしい。

反対に、後方へ取り残された防護艦群は、そのせいで攻撃されていない。

敵航空隊の目標は、巡洋艦二隻と駆逐艦群のみに絞られていた。

「あと少しというのに……くそっ！」

ロポフは口惜しさのあまり、大声で罵り声を発した。

「このままでは作戦を続行できません。ともかくコルサコフ港へ逃げ込みましょう！」

「しかし、作戦失敗は……」

失敗は粛清に繋がる。

そう言いかけて、それが保身しか意味していないことにロポフは気づいた。

「……そうだな。まず、部下の命を救うことが最優先される。ほかのことは後まわしだ。

よし、全艦個別に最大戦速でコルサコフ港へ退避せよ。ともかく生き延びるのが先決だ。ただし、一直線に動くと的になる。最低限の回避運動を忘れるな。すぐに送れ！」

ロポフの命令が艦橋に響くと同時に、艦長の声が続いた。

「艦隊より離脱する。出せる限りの速度を出せ！　目標、コルサコフ軍港。ただちにかかれ‼」

機関を殺られた艦が生き延びるのは難しい。

それでもなお、艦長は一縷の望みを部下に託し、なおも奮闘し続けた。

3

二八日午前一〇時　コルサコフ港南方海上

ともかく警備が厳重な軍港へ逃げ込もうと、ロシア沿海州艦隊の各艦は、それぞれの最大戦速に近い速度で北へと突っ走った。

しかし、さすがに軍港が見えはじめた沿岸から二〇キロ付近ともなると、狭い湾口へ猛スピードのまま突っ込むわけにもいかず、各艦とも一六ノット程度まで減速しはじめた。

「目論み通り……」

第九海区潜水戦隊第三分隊の備型潜水艦二隻のうちの一隻――備三〇潜で潜望鏡を覗きこんでいた時松雄三艦長（大佐）は、覗きこむ両目はそのままに、左腕を大きく上に持ちあげた。

「一番、二番、発射！」

機関を停止し、潜望鏡深度で待機していただけに、二回の魚雷発射音は耳ざわりなほど響く。

「急速潜航、右四〇度、水深四〇。急げ！」

射ったら逃げる。

敵はバラバラの状態で、真正面からこちらへ向かってくる。

つまり亜二二六潜は、コルサコフ軍港に尻を向けて待ち構えていたのである。

この待機作戦に従事しているのは、第三分隊の備型潜二隻のみ。

僚艦の備三一潜は現在位置から左舷方向——南東八〇〇メートル地点で、依然潜水待機中だ。

「魚雷一、命中！　ただし艦種わからず」

聴音手から命中の報告が入る。

時松が狙いを定めたのは巡洋艦だったが、発射後に駆逐艦が割り込んだ可能性も否定できず、戦果確認は後まわしとなった。

「敵駆逐艦の機関音、まっすぐ魚雷発射地点へ接近しています」

いまは命中による海中雑音が酷すぎて、おそらく備三〇潜の所在はつかめていない。

しかし、電池推進の最大速度で急速潜航しているため、いずれ気づかれる。

ただし、ここまでは予定の行動だ。

時松の潜水艦は、ともかく第一撃を食らわせ、その後は敵駆逐隊を引きつける囮の役割を果たすことになっている。

だから、追いかけてくれなければ困る。

「駆逐艦二隻が追撃してきます」

「少ないな……」

せめて三隻、願わくは四隻は引き寄せたかったが、敵艦隊も軍港へ逃げこむほうを優先したのだろう。来ないものは仕方がなかった。

「深度四〇にて機関停止。最大静粛」

できればもう少し潜りたかったが、敵を可能な限り引きつけるための距離五〇〇での至近雷撃だったため、四〇メートル潜るのが精一杯だった。

モーターの唸りが消え、静寂が艦内を支配しはじめた。

——ザザッ！

敵駆逐艦が爆雷を投射したのだろう。

耳ざわりな着水音が二回聞こえた。

ズズン！

艦尾方向から振動に近い爆雷炸裂音が響いてくる。わずかに遅れて、艦全体を揺さぶるような圧力波が届いた。

機関を停止しても、潜水艦は惰性で前へ進む。その距離のぶん爆雷から遠ざかっていたため、かろうじて命中は避けられた。

しかし、ロシアの駆逐艦に能動音響探査装置が積まれていれば、すぐに発見される。そうなれば機関停止していても意味がない。

またピンガーがなくとも、二発のみで敵が爆雷投射をやめるはずもない。

いかにロシア海軍といえども、各国海軍の潜水艦駆逐の常識的な方法くらいは知っている。

すなわち、二隻が交差しながら交互に爆雷を投射しつつ前進するやり方だ。

これをやられると、悲しいくらい海中速度の遅い潜水艦は捕まる可能性が高い。

――ドガッ！

遠くで爆雷とは別の爆発音がした。

最大静粛命令が下されているため、聴音手からの報告はない。しかし時松には、その音が救いの神の声に聞こえた。

いまの音は、僚艦の備三一潜が敵艦の真横付近から四発の魚雷を発射し、そのうちの一発か二発が命中した音だからだ。

それが最初からの打ち合わせ通りの行動だった。

わずか七〇〇メートルの近距離から、ほぼ一直線に対潜駆逐行動をしている水上艦を狙う。これはもう初歩的な演習に近い。まず外すことはなかった。

「敵駆逐艦、急速反転中……」

抜き足差し足で聴音室から出てきた聴音手が、時松のそばまで来ると耳打ちした。

「敵全艦が港方向へ向かっているのか」

時松も負けじと小声で返す。

「はい。下手に追撃しても被害が拡大すると考えたようです。亜三一潜を追撃する駆逐艦もいません」

時松は聴音手に持ち場へ戻れと告げると、そのまま三分間、じっと動かなかった。

そして三分後……。

「敵艦の位置は？」

打てば響くように聴音室の中から声がした。

「最も近い駆逐艦で、距離四〇〇ほど。ほかはもっと離れて北進中！」

「機関始動、深度そのまま。二〇分、潜水航行する。その後に浮上。礼文島東岸沖の合流地点まで水上航行する」

敵艦隊は逃げ去った。

これにて第三潜水分隊の任務は終了する。

あとは第九海区潜水戦隊の備型潜四隻（第四分隊二隻は監視任務を続行）と合流し、今度は渡海船団の撃滅に向かう予定になっていた。

「キンケード提督、あとは任せましたよ。お手並み拝見……です」

ようやく小さな据えつけ式の鉄パイプ椅子に腰を降ろした時松は、南から追撃してくるはずの第一二任務部隊へ、聞こえるはずのないエールを送った。

＊

二九日未明――。

第一二任務部隊は、二八日の夕刻までには、コルサコフ港南方六〇キロ地点に到達していたが、そこで進路を南東へ転じ、サハリン島から遠ざかる素振りを見せた。

夕刻に航空攻撃、そして夜間に港至近まで接近して砲撃を食らわせてもいいが、それだと港へ逃げ帰った敵艦隊は潰せても、多数が港のあちこちに分散退避している渡海船団を一網打尽にできない。

そこでキンケードは、自分たちがロシア沿海州艦隊を取り逃がしたため、諦めて北海道に上陸したロシア陸軍に対処する行動へ移った……そう思わせる動きに転じたのである。

いま北海道北部にいるロシア陸軍は、上陸こそ成功させたものの、後続部隊を断たれて孤立した状況にある。

これを放置すると武器弾薬糧食の欠乏は無論のこと、孤立無援との思いから士気が大幅に低下してしまう。

そうさせないためには、強引にでも渡海作戦を続行する必要がある……。

おそらくナチスロシア側は、コルサコフ港へ逃げ込んだ沿海州艦隊の尻を叩き、被害を受けた艦のみ外した上で、渡海作戦の護衛を務めさせるはずだ。

再編された沿海州艦隊には、魚雷艇が少なくとも二〇隻以上、防護艦が四〇隻以上従う計算になる。これだけあれば、なんとか第一二任務部隊の突入を阻止できると考える……。

そこまで先読みしての北一号作戦である。

二八日の深夜に至るまで、コルサコフ港を出た艦船はいなかった。

さては臆病風に吹かれ、上陸した陸軍部隊を見殺しにしてまで様子見を決め込んだかとキンケードが思いはじめた頃――。

敵渡海航路の最もコルサコフ港側を見張っていた、第九海区潜水戦隊四分隊の二隻のうちの一隻――備三四潜から、敵船団が護衛艦隊に守られながら港を出たとの至急電が届いたのである。

「第九海区潜水戦隊の六隻は、所定の位置につけたのか」

たった八隻しかいない第九海区潜水戦隊の備型潜は、今回の作戦で北へ南へと酷使されている。

本来であれば最低でも二個潜水戦隊で役割分担をさせたいところだが、さすがに日本海軍も出せる潜水艦には限りがあり、他の潜水艦は支援に出せなかったのだ。

「まだです。現在、六隻は礼文島東岸近くで合流したものの、一部の艦が燃料と魚雷の補給を受けており、朝にならないと所定の位置へは移動できないとのことでした」

作戦参謀が、状況報告を逐一記載しているらしい作戦進行表を見ながら答えた。

「まあいい。もう彼らは充分に任務を果たした。以後は攻撃に参加してくれるだけでも儲けものだ。では、初動はBプラン……我々と第九海区地方駆逐戦隊で行なうことにしよう」

北一号作戦の主作戦は、いくつかの部隊が合同で行なうため、どれかの部隊に不都合が生じても作戦進行に支障が出ないよう、パターン別のプランが用意されている。

さすがに第一二任務部隊が抜けるパターンは可能性が低いとして、プランZというあり得ない末尾文字がつけられているが、AからDまでは、どれも可能な限り作戦の成功を盛りこんだ代物(しろもの)に仕立てあげられていた。

「第九海区地方駆逐戦隊に連絡。Bプランにて作戦を実施する。ただちに所定位置にて出撃態勢を取れ。以上、送れ」

部隊参謀長の命令で、北一号作戦の海軍側第二段階が始まった。

「第一二任務部隊、艦隊陣形そのままで北東へ二〇ノットで進撃開始。地方駆逐戦隊とタイミングを合わせて突入砲雷撃を実施する」

　この命令は、キンケード自身が行なった。

　それを副長官の友成が復唱し、艦隊参謀部を通じて各艦へと命じられた。

　いまキンケードが命じたものは、当初からの作戦予定に沿ったものだ。

　沿海州艦隊との海戦を行なったせいで、一時は予定に遅れると思われた第一二任務部隊だったが、結果的にそれは杞憂に終わったことになる。

「軽空母部隊の位置は？」

　命令が一段落すると、まず最初に聞いた。

「予定通り、利尻島と礼文島の間にある礼文水道に隠れています。夜明けと同時に、コルサコフ軍港へ航空攻撃を実施することになっています」

　再び作戦参謀が答えた。

　それにつけ足すように、友成副長官が口を開く。

「敵もまさか、出撃した後の港を攻撃されるとは思ってもいないでしょうね。誰が考えても、艦隊が在泊している時を狙うと考えますから。しかし出た先には我々が、戻る場所は爆撃後の港と理解したら、きっと顔面蒼白になるでしょう」

　軽空母二隻による軍港爆撃は、徹底して補修設備と船舶用燃料タンクを狙うよう命じてある。

つまり、なんとか港へ舞い戻っても、補修もできなければ燃料も乏しい。

かといって基幹軍港ではないコルサコフ港では防備も薄く、居座れば居座るほど被害は増大する。

となれば……。

決死の覚悟でコルサコフ港の包囲網を抜け、ウラジオストクへ戻るしかない。

そこでまた、被害が増大する。

ナチスロシアには、日本本土へ侵攻したことを死ぬほど後悔してもらわねばならない。

そのためには情けは無用……。

これが北一号作戦を立案した者たちの総意だった。

「この作戦が成就したところで、戦略的には大して影響は出ない。だが……たとえ戦術的勝利にすぎないとはいえ、敵陣営に与える心理的な影響は計り知れない。どう転んでも、もう沿海州艦隊は、新規に大規模な艦隊が配属されでもしない限り立ち直れないからな。

しかしロシア海軍は、沿海州艦隊を増強するくらいなら、まずツアーノブルグにいるロシア太平洋艦隊を復旧させるほうを選ぶだろう。

それすら、黄海や東シナ海、台湾海峡、南シナ海を我が陣営に制圧されている現状ではなかなか難しい……下手をするとナチスロシアは、太平洋方面の海軍を見捨てるかもしれない。

むろん、スターリン首相がそう決めても、ヒトラー総統が大戦略的な見地から見捨てないと決意していれば、そうはならんが……肝心のナチス連邦総統の情報が、まったくもって入ってこないのは困りものだ」

ナチス連邦各国の情報なら、多少の差はあれ自由連合側にも入っている。

だが、本家本元のナチスドイツとドイツＳＳ、そしてヒトラー連邦総統の情報だけは、病的とも言えるほど徹底的に秘匿され、いまもって一週間以上もの遅延した情報以外、まったく入ってきていない。

こちら側の情報がどれくらい漏れているのかも、ナチスドイツからの逆情報が皆無なためわからないのだから、自由連合各国の情報部は、いま現在、死にもの狂いでナチス中枢部の情報を追っている。

「せっかくエニグマ暗号機を解読できたと思ったら、敵もさるもので、すぐさま新たな暗号に切りかえたと聞いています。

むろん自由連合側も負けてはおらず、エニグマのような機械式ではない、まったく新しい方式の暗号作成・解読装置を開発中と聞いていますが……」

友成の情報通は有名だが、その彼にしても自由連合の最新式暗号装置は、ただ開発中ということしか伝わっていない。

実際には、危険度が増した英本土から合衆国本土へ移動させた多数の科学者と数学者が合同チームを組み、世界初の実用型電子計算機(コンピュータ)を使用した暗号装置を完成させようとしている。

合衆国ではエニアックという名の、もともとは砲弾の弾道計算のため開発されていた電子機械が開発中であり、英国ではコロッサスという名の暗号解読目的の電子計算機が完成間際にあった。

それをそっくり合衆国に移し、二種類のコンピュータのよい部分を合わせて再設計したのが、現在開発中の『ソニックI』……むろん自由連合の最高機密事項に指定されている超国家的プロジェクトである。

「なんのことかさっぱりわからんが、ないものねだりしても仕方がない。現場の我々は、粛々と作戦を成功させることだけ考えよう」

現実主義者のキンケードは、友成の話を夢想と捉えた。

軍人にとって夢想は百害あって一利なし。現実直視と適確な判断だけが勝利をもたらす……。

　これは合衆国海軍に所属する多くの提督が口にすることだが、それを確実に実行しているのはスプルーアンスくらいのものだ。

　キンケードにしても、時として夢想に走りそうになる自分を戒めるために使っていた。

　ましてや精神論に走りがちな日本軍の指揮官は、自由連合軍として行動することにより、ようやく目から鱗が取れたばかりである。

「敵の渡海ルート北側予定地点まで、おおよそ三〇分！」

「全艦、陣形の再確認を実施せよ。予定地点に到着寸前に地方駆逐戦隊と連絡を取る。

　先方が先に突入することはない。まず我々が敵後方より突入し、渡海ルートを後方遮断する。その後に巻きおこる混乱状況に応じて、南側予定地点から地方駆逐戦隊が突入を開始する。以上だ」

　無駄口を叩けるのも、そろそろ終わりに近づいてきた。

　これからが正念場だと、キンケードはかぶっている海軍将官帽を両手で正し、迫りつつある戦場へ視線を向けた。

4

八月二九日夜明け　宗谷海峡

第一二任務部隊から、無線電信信号『ト』の連続平文打電が打ち出された。

日本ではトだが、英文ではO(オー)を意味するそれは、モールス信号の緊急救助信号『SOS』にも使われているため、無線従事者なら誰でも耳にしたら聞き逃すことはない。

「突入！」

無線通信を受けた第九海区地方駆逐戦隊の隊長――稲沢六郎大佐は、指揮下にある二個駆逐隊一〇隻の北竜型駆逐艇に対し、作戦開始を告げる発光信号『青』を射ちあげるよう命じた。

同時に、稲沢自身の乗る第一駆逐隊一号駆逐艇も、神戸船舶発動機製のディーゼル一二気筒エンジンを全開にして、最大出力八二〇〇馬力の高みへと駆けのぼらせ始める。

北竜型駆逐艇は、六八四トン／全長七六メートル／全幅七・四メートル、最大速力二七ノットをたたき出す日本海軍の沿岸警備艇だ。

基本設計は、日本列島の沿岸の大半を守っている竜型駆逐艇のものを流用しており、それに北洋特有の厳冬期および流氷対策を施してある。

そのため速力が一ノット落ち、排水量が二〇トンほど増えたが、これは特殊な条件下で戦うためには必要不可欠なものである。

魚雷艇とともに沿岸防衛の要として大量生産されている船種だが、八センチ四五口径連装砲二基／二五ミリ連装機関砲二基／一二・七ミリ単装機銃二基／五六センチ魚雷発射管連装二門（次発装塡装置付き）／爆雷投射機一基は、明らかにトップヘビーすぎる過積載だ。

日本海軍はそれを承知の上で就役させている。

たとえ外洋航行能力がなくとも、沿岸部を徹底的に防衛できればそれでいい。

航続距離が最大で一二〇〇キロしかなくとも、沿岸限定なら問題ない。

もし波高三メートルを越えるような荒れた海であれば、魚雷艇と海防艦にバトンタッチする。

中・大型海防艦は自由連合にも参加させている関係から、日本海軍独自での運用には制限があるものの、駆逐艇が出られない場合のみ代理で出撃する程度なら可能と判断されたのだ。

これら制限の多い北竜型駆逐艇にも、ついに出番が来た。

この時期の宗谷海峡が荒れることは滅多にない。万が一に備えて、天塩沖には六隻の第八海区（東北）所属の海防艦六隻が待機しているが、どうやら彼らが活躍する場面はないようだ。

「第一駆逐隊、突入せよ」

この時点で彼我の距離一二キロ。

縦列船団を組んで渡海中の敵輸送部隊の両側には、おおよそ二〇〇メートル間隔でロシア製の魚雷艇やコルベット級防護艦が連なっている。

一二キロの距離を二七ノットの全速で駆け抜けるには、おおよそ一四分が必要だ。

夜明け前の暗闇とはいえ、全速で突っ込んでくる敵に気づかぬわけがない。事実、第一駆逐隊は、あと六キロの時点で敵魚雷艇に気づかれた。

「敵魚雷艇四隻、こちらへ向かって来ます。正面付近のコルベットはそのままで護衛を続けるようです」

「隊進路、左三〇度。転進完了直後に右舷魚雷発射管二門で雷撃。雷撃終了後、た

だちに右三〇度転舵。砲撃戦を行ないつつ、敵ルートの真横から突入。そのまま突っきる！」

稲沢が命じた戦術は、一見すると無謀すぎるものだ。

しかし彼らの任務は、まず敵を攪乱することにある。渡海ルートを強引に横断することで、輸送部隊の動きを止める。逃げ場を失った輸送船が右往左往する海で、敵魚雷艇やコルベットは応戦せざるを得なくなる。

そこに味方駆逐艇まで居座っては、せっかく混乱させた意味がない。

ともかく突き抜け、開けた海で回頭する。

その頃には、第二駆逐隊が反対側で砲雷撃戦の用意を完了させている。

そこまでたどり着けば、第一駆逐隊も敵渡海ルートに沿って進撃しつつの挟み撃ち戦法が可能になる……。

稲沢たちがかきまわすのは、北海道北部に近い渡海ルート南側の一定範囲だ。

そこで阻止すれば、敵の動きは止まる。引き返そうとする輸送船も出てくるだろう。

だが、そうはさせない。

その頃には、サハリン南部に近い渡海ルート北側へ、第一二任務部隊が徹底的な砲雷撃戦を開始しているからだ。

左右前後の挟み撃ち……。

どこにも逃れることのできない十字砲火である。

――ドッ！

前方で盛大な爆発炎があがった。

さすがに敵魚雷艇はこちらの魚雷をなんなくかわしたが、後方にいるコルベットもしくは輸送船に命中したらしい。

最初の雷撃は牽制のためであり、狙いをつけて射ったわけではない。当たれば儲けものだった。

「前方正面、魚雷二！」

交戦に入ってから稲沢は、迷うことなく探照灯を使用させている。

まもなく夜明けを迎えるが、それまで敵を確実に捕捉するために必要だからだ。

「右、急速転舵！」

稲沢は艦長命令として一号艇へ命じた。

これが特殊な構造を持つ海狼型襲撃艦なら、正面を向けたままの横移動が可能だ。

しかし駆逐艇は一般形状の軍艇のため、普通の機動しか行なえない。

ただし、海狼型襲撃艦は流氷にきわめて弱い。しかも一隻で駆逐艇三隻が建造できるほど値段が張る。そのため北海道北部およびオホーツク海方面の防衛には使われていなかった。

――ズドドドッ！

低い艦橋を挟むよう前後に配置された二五ミリ連装機関砲二基が、やや左舷側へ向けて激しい連射を開始した。

「敵魚雷艇一、撃破！」

ロシアの魚雷艇は一〇〇トンに満たない。したがって、なまじ主砲で狙うより、大量の機関砲弾を叩き込むほうが撃沈しやすい。

さんざん訓練で練習した成果が、いま発揮されようとしていた。

「魚雷二、かわしました」

「舵、戻せ。敵魚雷艇は機関砲と機銃で対応。前部主砲は後方のコルベットと輸送船を狙え。

魚雷艇をやり過ごしたら、あとは無視して突っ込む。その時は、全装備で前方の突破地点のみを集中攻撃する。いいな！」

乱戦の最中、発光信号は連絡ミスを起こす。

そのため突入開始と同時に、第一駆逐隊は完全に各艇長の裁量任せとなっている。

そのせいで稲沢も、駆逐戦隊長ではなく一号艇の艇長として存分に采配をふるうことができている。

「三号艇へ魚雷命中！」

「……くそっ！」

北竜型駆逐艇は、駆逐艇としては最大級の船体を持っている。

しかも流氷の漂う海面でも航行可能なよう、艇首には砕氷構造を、舷側には防護鋼板が張られているため、中型魚雷一発の命中で必ず爆沈するとは限らない。

それでも大幅な戦闘力の低下を来すのは間違いなく、この時点で一隻減るのは痛すぎた。

「三号艇は相良(さがら)艇長に任せよう。最初からそう取り決めてある」

聞きようによっては見捨てたようにも聞こえるが、現状、被害艇は艇長へ任せるしかなかった。

「正面、小型漁船！」

いきなり探照灯に照らしだされた小型漁船らしい船が、行く手を阻(はば)むかのように存在している。

「主砲で吹き飛ばせ！　当たらなければ、そのまま体当たりする!!」

相手の漁船は五〇トンもない。なのに甲板にはロシア陸軍兵がぎっしりと見える。

おそらく過積載なのだろう。漁船の舷側はあり得ないほど沈み込んでいた。

――ガガッ！

「右舷後方上甲板、敵砲弾命中！」

艦橋左右にあるデッキで両舷前後の監視を行なっている兵から、大声が届いた。

「速度は大丈夫か」

稲沢は自ら機関室へ通じる伝音管まで走り、大声で聞いた。

『こちら、機関室。上のほうに当たったようですが、機関室は無事です』

「そうか……そのまま全速を保ってくれ」

現在、大至急で被害確認させているが、おそらく後部主砲塔に被害が出ているはずだ。

こうなると後方の守りは、一二・七ミリ単装機銃のみとなる。

「長居はできんな……」

一刻も早く渡海ルートを横断しないと、敵の追撃を受ける。

そう思った稲沢の耳に、再びデッキ監視員の声が聞こえた。

「本艇後方に、二号艇が張りつきました。後方の護衛を専任するようです」

「あの馬鹿が……」

口は悪いが、稲沢は身をもって一号艇の背後を守ろうとしている二号艇の艇長――真壁結蔵（まかべゆうぞう）少佐の顔を思いだした。

「敵輸送船、直近！」

「全員、衝撃に備えろ！」

前部主砲による砲撃は、残念ながら敵漁船を粉砕できなかったようだ。

――ドガガッ！

凄まじい衝撃が一号艇を前後上下に揺さぶった。流氷を粉砕する時より格段に酷い。

もっとも、流氷粉砕時は最大速度など出さないのだから、それも当然だ。

いきなり、ふわりとした感触を受けた。

次の瞬間、艇首が海面にのめりこむ。

「敵船を乗り越えました！」

「敵船、両断！」

左右のデッキから、ほぼ同時に声がした。

　思わず目を向けた稲沢は、デッキの手すりにロープで身体をくくりつけた監視兵が、声の限りを尽くして叫んでいるのを見た。

「よくぞ頑張った！」

　聞こえないとは思うが、身を挺して監視任務を続行している部下へ、心の底からの声をかけた。

「突破！」

　ついに、その時が来た。

　いきなり前方が開け、ゆるく波打つ海面だけが見えた。しかしすぐに、左右の海面に砲弾が着弾する水柱が巻きおこる。

　突入した場所にいた西側の敵護衛部隊は、かなり潰せた。

　しかし突破した後の東側にいる敵は、ほぼ無傷で待ちうけている。それらによる容赦ない攻撃が始まったのである。

「右転舵、四五度。離れつつ、こちら側の敵艦へ砲雷撃を実施せよ！」

　まだまだ稲沢の戦いは始まったばかりだった。

＊

「全門斉射！」

こちらはところ変わって、第一二任務部隊旗艦――戦艦壱岐。

壱岐は渡海ルートから西へ一二キロ離れた地点で、艦首を南に向けて微速前進している。

その左舷側四キロ地点には、重巡エリー／朝日が同じく艦首を南に向けて砲撃を開始している。

残る軽巡シアトルと小笠原はそれぞれ三隻の駆逐艦を従え、渡海ルート寸前まで突入しつつあった。

第一二任務部隊の作戦は、基本的に駆逐艇部隊のものと同じだ。

軽巡を旗艦とする二個駆逐隊のうちの一個が、なりふり構わず渡海ルートを強行突破し、敵の帰還ルートを遮断する。

その間、残りの一個駆逐隊と戦艦／重巡は、味方駆逐隊が突入する前後の渡海ルートをめがけ、ありったけの砲弾と魚雷を叩き込むことになっている。

――バウッ！

日本の戦艦にしては甲高い主砲射撃音――四〇センチ五〇口径連装三基の雄叫びが舞い上がった。

左舷前方に味方重巡二隻がいるため、直射は行なえない。そこで、重巡部隊を飛び越す曲射弾道で撃つことになっている。

そのためわざと主砲薬包を減らし、仰角二五度で渡海ルートのど真ん中へ着弾するよう工夫が凝らされていた。

反面、突入部隊の左右を狙う重巡二隻は、前方を遮る味方がいない。そのため距離八キロで、主砲すべてを仰角五度にし、ほぼ直射で目標を狙っている。

「突入部隊阻止のため、敵魚雷艇四隻が接近中」

艦橋上部の監視所から報告が入った。

「第二駆逐隊に始末させろ。第一駆逐隊は、突入突破に専念してほしい」

ともかく向こう側に出て挟み撃ちにしなければ、何も始まらない。

そのためには余計な攻撃は禁物だった。

「後方に敵艦！」

「出てきたか……」

こちらが攻撃を開始するタイミングで、必ずや沿海州艦隊の生き残りが出てくると思っていた。

しかし、油断はできない。

現在の陣形は渡海ルート遮断に特化したものであり、敵艦隊に対処できるようにはなっていないからだ。

そう考えたキンケードは、思わず友成副長官を見た。

「旗艦護衛は、駆逐艦二隻のみです。敵は巡洋艦と駆逐艦ですから、砲撃は耐えられますが、雷撃されると守りきれません」

「ううむ……」

自分の乗る戦艦を守るため、作戦実施中の艦を引きもどすのは気が引ける。

そう考えたキンケードは珍しく判断に迷った。

「まあ、それなりには戦えますから、なんとかしましょう」

そう言うと友成は、なにやら耳打ちした。

「仕方がないな。護衛の駆逐艦二隻は、本艦左舷につかせろ。壱岐、二〇ノットへ増速。増速しつつ左転舵二〇〇度。敵艦隊を迎え撃ちつつ、味方攻撃部隊へ近づかせない策を展開する」

友成の策は、この場で三隻を転回させ、左舷を向けて敵艦隊と逆行しつつ砲撃戦を行ない、時間を稼ぐというものだった。

むろん二隻の駆逐艦は、敵艦隊と壱岐の間に位置できるよう、最初から左舷側に移動させてある。

火力はこちらが圧倒しているが、砲門数は敵のほうが多い。

こうなると一発当たればでかいが、その間、敵に軽めのダメージを連打されることになる。つまり、間違いなく被害を受ける前提での迎撃戦だった。

「すまん、日本の戦艦を傷つけることになる」

結果を予想したキンケードは、ここに来て初めて合衆国海軍将官として友成に軽く頭を下げた。

「仕方ありません。しかし、それも夜明けまでです。空が白んでくれば、軽空母からの支援が来ます。幸いにも今日は快晴、多少の被害なんぞ、五倍返しにしてさしあげましょう。それまでもちこたえれば我々の勝ちです」

キンケードには、軽空母二隻という切り札がある。彼らは現在、礼文水道に身をひそめ、ひたすら夜が明けるのを待っていた。

その夜明けまで、あと一時間を切っている。

あと、もう少し……。

いよいよ宗谷海峡における戦いも、終盤に達しようとしていた。

第４章　自由連合海軍、奮戦！

1

一九四一年八月二七日　西インド諸島

在米日海軍第一派遣艦隊はスペイン艦隊を迎撃すべく、急ぎフロリダ半島東岸を南下していた。

現在位置はマイアミ東方八〇キロ地点で、まもなく半島南端のキーラーゴ沖へ到達する見込みだ。

ちなみに日付は二七日となっているが、これは日本時間で、現地ではまだ二六日のままだ。日本時間の二七日といえば、ロシア沿海州艦隊が機雷帯を突破し、沿海州沿いに北上しつつある頃で、まだ北一号作戦は実施されていない。

ただし在米日海軍派遣部隊は、基地のある合衆国の東部時間に合わせて動いている（第一派遣部隊は東部時間。第二派遣部隊はニューオリンズが母港だが、在米日海軍司令部が東部にあるため、これも東部時間で動いている）。

しかしながら、日本へ報告するさいは日本時間に換算するため、戦時記録はすべて日本時間で記載されるのである。

加藤隆義長官は半島南端を通過する夕刻後、ただちに軽空母部隊を分離する予定でいた。

そのままフロリダ半島をまわりこみメキシコ湾へ入るのは、戦艦阿波／重巡琵琶／駆逐艦二隻のみ。

残る軽空母涛鷹／軽巡基隆・伊豆・三宅／駆逐艦八隻はそのまま南下して、キューバ島の北岸にあるサンタクララ沖ぎりぎりまで行き、そこで発艦態勢を整えつつ朝を待つことになっている。

当初、常鍋参謀長が話していた軽空母部隊編成と違い、さらに軽巡三宅が追加されているのは、可能な限り軽空母部隊の安全を確保したいという加藤の意志が固く、仕方なく軽巡全艦を組み入れたことによる。

こうなると阿波のいる主力隊は名ばかりで、たんに戦艦一隻と重巡一隻、駆逐艦二隻の集まりにすぎず、もしスペイン艦隊が健在なまま激突すれば、下手をすると全滅するのはこちらのほうになりかねない。

それでも加藤は、軽空母部隊が必ず敵を漸減し、うまくいけば水上打撃戦を行なうことなく追いかえすことができると信じていた。

そのような艦隊分離直前の緊張感が溢れる現在、在米日軍のもうひとつの基幹軍港となっている米本土南部のニューオリンズ海軍基地から、最優先の至急暗号電が届いたのである。


「敵艦隊が転進しただと？」

在米日海軍第一派遣艦隊司令官の加藤隆義中将は、受けとった至急電を見るや否や、思わず驚きの声をあげた。

最短距離で西インド諸島を突っきると思われていたスペイン艦隊が、合衆国海軍の偵察飛行艇に発見されるや、ただちに進路を東へ転じたという。

これはまったく予想外の行動だったため、さしもの加藤も予測していなかった。

「発見されて奇襲の旨味がなくなったため、作戦を中止したのでしょうか」

常鍋参謀長が、いきなりの転進の意味を自分なりに考え、すぐに進言した。

「それも考えられるが……それでは、あまりにも腰砕けの行動に思える。いまのナチス連邦軍において、ヒトラー総統の直命で実施された作戦を、現場指揮官が戦いもせずに中止などしたら、それこそ粛清ものだ。スペイン艦隊の指揮官が誰か知らんが、当人が弱腰か否かは別にして、敵前逃亡したら軍法会議で死刑となれば、逃げる奴などおらん。となると、残る選択肢はひとつしかない。

すなわち、我が方に発見されたため、ひとまず逃亡するように見せかけ、そのじつ、進路を変更して再突入するつもりなのだろう。

敵はバハマ諸島東方海上で転進したのだから、いまさらウインドワード海峡を抜ける策は使わないと思う。

となると……少し遠回りになるが、イスパニョーラ島とプエルトリコ島の間にあるモナ海峡を抜けるか、完全に西インド諸島を迂回するプエルトリコ島東方沖をまわりこむ作戦に変更したのではないだろうか」

驚きのあまり判断間違いをしないようにと、あえて加藤は深読みをした。

「いまからプエルトリコ島東方沖まで戻ってまわりこむと、今日の夜のあいだにキューバ島の南岸を抜けることは不可能になります。

モナ海峡を抜けても、キューバ島を三分の一ほど残した地点で朝になり、こちらの軽空母部隊やキューバの米陸軍航空隊の攻撃を受けることになります」

スペイン艦隊の速度が遅いため、取れる航路にも制限が出てしまう。

航空機による攻撃には、スペイン艦隊に一隻いる軽空母で対処すればいいと考えているのかもしれないが、加藤は、スペインの空母に搭載されている艦上機が、いまだに複葉機のみであることを知っていた。

「スペイン海軍が、自由連合側の航空攻撃を直掩複葉機だけで阻止できると考えているのなら、これほど楽な戦いはない。しかしナチス連邦側にも、艦上機ではないが、強力な陸上単発単葉戦闘機がいくらでもある。

それらとの模擬戦闘を、スペイン海軍がやっていないわけがない。もし高性能な単葉機を相手にしても勝てると考えているのであれば、それなりの策があると考えるべきだ。

そうでなければ、我が方の戦闘機の届かぬ場所まで南下し、陸上爆撃機のみを相手にするしかない。

これらを勘案すると、個人的には南方退避しつつ進撃し、昼間は陸上爆撃機のみ警戒する行動を取ると思う。

むろん、南下すればそれだけ燃料と時間を余計に消費する。しかし敵の目的が、メキシコシティ包囲網を実施している自由連合軍の攪乱にあるのなら、一日や二日遅れても、そう状況は変わらないから、自分たちの状況さえ許せば選択肢となり得るだろう」

今度の加藤が告げた想定には、常鍋も異論はないらしい。そこで加藤の話を引きつぎ、捕捉する意見のみを口にしはじめる。

「おそらくメキシコシティへ引き籠もっているナチスSS軍は、スペイン艦隊の突入と同時に反撃に転じると思われます。それまでは、とうの昔にやる気をなくしているメキシコ国軍を監視し、反乱や逃亡を阻止することに精力を傾けているはずです。

包囲している味方の陸軍としても、下手に突入するとSS軍が自暴自棄に陥り、メキシコ市民を巻きぞえにして大量虐殺を行なう可能性があるため、なんとか突入のタイミングをつかめないか苦慮しているそうです。

なにせナチスメキシコ政府は、ナチスロシアなみの督戦を命じたらしいので、グアダラハラでの甚大な民間被害に頭を抱えた連合陸軍総司令部が、戦争の大義にも関わる重大事として自由連合最高会議に泣きついたほどです」

グアダラハラにおける悲劇的な戦闘は、最終的に住民を含めると一二万六〇〇〇名余もの被害（戦闘による死傷者）をメキシコ側に出して終了した。

このうちメキシコSSおよびメキシコ国軍の死傷者は、わずかに八二〇〇名余。残りはすべて、督戦に駆り出されて弾除けにされた一般市民だった。

このような悲惨な戦いは、メキシコの将来に重大な禍根を残す。

たとえ政治体制が自由主義に転換されても、自由連合軍兵士に惨殺された市民の家族や親族は、末永く恨みと憎しみを抱くことになるはずだ。

これではメキシコを自由連合の聖域にするという目的は果たせない。

あくまで悪者はナチス陣営であり、自由連合は正義の救援活動を行なっているというお題目を守らねばならず、そのためには敵に無茶をさせない工夫が必要だった。

「ナチス連邦は、鉄の規律と民族浄化の恐怖で国民を縛っている。それだけに、支配されている国民は不満を表に出せず、いまもじっと我慢している。なのに救援してくれるはずの自由連合軍に殺されては、死んでも死にきれんだろうな。

そこあたりの駆け引き、カントリーロード作戦に従事している指揮官たちは、どう考えているのだろう。

まさか無為無策のまま包囲しているとは思えんが、よその作戦だけに子細がわからん。

ただ……スペイン艦隊が状況打開、もしくは状況悪化の鍵を握っていることだけは確かだ。

もしかするとヒトラー総統は、最初からスペイン艦隊に期待などしておらず、たんに事態を動かす引金として利用するため、捨て駒覚悟で出撃させたのかもしれんぞ。

もしそうなら、我々も慎重に対処しないと墓穴を掘ることになる。たんに追いかえすだけでは駄目だ。被害を与えるにしても、タイミングが重要になる。

そうだな……ここらへんのことを、一度、カントリーロード作戦に従事している第二派遣部隊の宇垣（うがき）司令官と、暗号通信で確認してくれんか」

加藤は、若くして第二派遣艦隊司令官に抜擢された宇垣纏（まとめ）のことを、扱いづらい性格ながら、きわめて有能と評価している。

その宇垣の意見が聞くことができれば、なにか参考にできるかもしれないと考えた。

「承知しました。宇垣司令官の考えは、ある程度は以前の作戦会議で知らされていますが、念には念を入れることにします。

では、艦隊分離の時期については、確認の後で行なうことにしますか」

ともかく方向性が見えたことはよいことだと、常鍋がすぐさま動く仕草を見せた。

「いや、分離は予定通り行なう。ただし状況の変化により、どうとでも動けるよう、サンタクララ沖へ直行するのではなく、フロリダ半島とキューバ島の中間地点で待機するよう命令を変更する。

軽空母部隊には、敵艦隊の進路が明確になり次第、あらためて作戦行動の子細を通達することにしよう。

そうそう、万が一にもスペイン艦隊の行方を見失ってはならんから、東海岸の連合総司令部に打電して、西インド諸島全域にある味方の偵察用航空機を、一時的にスペイン艦隊監視のため総動員してもらわねばならん。

あと、カリブ海を担当海域とする合衆国の哨戒部隊と潜水艦部隊についても、最優先でスペイン艦隊の位置捕捉に動いてもらおう。これくらいのことは、我々を単独で出撃させた見返りにしてもらわんと、釣り合いが取れない」

キューバ島には、合衆国陸海軍・海兵隊の各航空基地が存在している。

また、合衆国海軍の軍港も存在しているが、現時点では、そこに所属している駆逐部隊などはカントリーロード作戦に駆り出されているため、残っているのは沿岸防衛部隊のみだ（ただし参加しているといっても、輸送部隊の護衛などの後方任務となっている）。

本来であれば、最低限の駆逐部隊くらいは残すものだが、なにしろメキシコ湾とカリブ海は、ナチスメキシコ海軍が話にならないほど脆弱なため、ほぼ合衆国の制海権が確立している。

そこにナチス連邦の海軍勢力が割り込むことはないと思われていたからこそ、それなりの艦艇しか残さなかったのだ。

つまりスペイン艦隊の遠征は、まさに驚きの一手だったことになる。

「私もそれが良策だと思います。もしスペイン艦隊がキューバ島に接近しすぎれば、合衆国海軍の沿岸防衛部隊の阻止行動を受ける可能性もあります。たいして被害は与えられないと思いますが、それでも魚雷艇などが、まぐれ当たりでも大型艦に一発食らわしてくれれば、その後の展開が非常に楽になるでしょう」

「そのぶん、我々の手柄も取られることになるが……まあいい。大事の前の小事にこだわっていては、勝てる戦も勝てなくなる。

我々でなくとも誰でもよい。ようはスペイン艦隊を追い返し、メキシコシティに籠もっているナチス勢力を降参させられれば、我々の目的は達成される」

ここらあたりが、勇猛果敢な他の日本海軍指揮官と加藤が違うところだ。

宇垣纏といい、加藤隆義といい、在米日海軍の指揮官に抜擢された者は、いずれも日米協調を第一に考えるだけの思慮深さを持っている。宇垣などは、合衆国滞在中は自分の日本海軍の籍を抜いてくれと頼んだほどだ。

思慮深く、日本海軍の独断専行を戒めるバランス感覚がなければ、豪放磊落なアメリカ人指揮官とは協調できない。

なにしろ相手は、世界一わがままな国民性を持っていて、なおかつ自分たちの力に対する絶対の信頼を正義と置きかえるような頭の持ち主なのだ。

「ではともかく、各員に命令を下してきます」

どうやら明日朝一番の航空攻撃は、順延される可能性が高くなってきた。

相手が遠回りしたぶん、作戦予定も遅れる。それらを調整し、新たなタイミングを探ることが、常鍋参謀長率いる艦隊参謀部の主な任務である。

それを重々自覚している常鍋は、作戦変更は戦の常と自分に言い聞かせつつ、『今夜も徹夜になりそうです』と言い残すと、足早に艦橋を後にした。

2

二八日　キューバ島オルキン北方海域

現地時間の午前五時四八分――。

一時行方がわからなくなっていたスペイン艦隊を、プエルトリコ島の米軍グアヤマ水上機基地所属のグローバル飛行艇二号機（日米共通の基本設計機、日本版は九九式飛行艇）が再発見した。

その位置は、プエルトリコ島南西三八〇キロ。

そこはプエルトリコのグアニカにある米陸軍航空基地からだと、なんとか単発爆撃機でも往復できる距離だが、実際に最大爆装させると届かない。

基地には少数だが双発爆撃機――B－23ドラゴン（米独自設計機）が配備されているが、爆装しての巡航速度は三三〇キロしか出せず、海上を移動する艦船に対し、水平爆撃する能力も低い。

おそらくスペイン艦隊は、これらのことを事前に知っており、爆撃されにくいギリギリの北寄り航路を選択したと思われる。

その知らせを在米日海軍第一派遣艦隊の軽空母部隊が受けとったのが、午前五時五六分のことだった。

「彼我の距離は、どれくらいある」

加藤隆義第一派遣艦隊司令官から空母部隊を任された野元為輝大佐（軽空母涛鷹艦長）は、涛鷹副長の加世邦彦中佐に声をかけた。

二人はマイアミ南方沖で加藤の乗る戦艦阿波と分かれてからは、これまでずっと涛鷹の艦橋に詰めっぱなしだ。

本来なら指揮系統を保つため、どちらかが休憩して睡眠を取るべきなのだろうが、合衆国へ派遣されて初めての実戦とあっては、眠気など吹き飛んでしまったのである。

「報告によると六七〇キロくらいです」

「届かんか……仕方がない。敵艦隊の進撃を予測し、ウインドワード海峡方向へ進撃しよう。

すまんが、航行担当と航空隊長に発艦最適位置と時間を計算させて、その地点をキューバ島の陸上偵察機か飛行艇に監視してもらえるよう、至急、加藤司令官に要請してくれ。むろん我々も発艦最適位置へ向かうわけだから、本隊とはますます離れることになる。

もし敵艦隊が再び我々を翻弄するような航路を取れば、航空攻撃に失敗するだけでなく、その後に本隊と合流する時間も遅くなってしまうだろう。

そうなると、本隊と合同した後の作戦に支障が出るかもしれん。しかし、なんとしても先に航空攻撃で一撃食らわしてやりたい。そう加藤司令官へ嘆願し、なんとしても許可をもらってほしい」

同じ空母を操る山口多聞少将が、朝鮮半島西岸において海軍史上初となる大戦果をあげた。山口は空母乗りの先輩であり、野元も尊敬している。

となれば自分も……。

そう気がはやるのも人間として当然である。

「了解しました。ともかく敵艦隊の航路予測と発艦位置の特定を急がせます。では」

まだ目は赤くないが、加世には若干の疲労が見られる。寝ていないだけでなく、副長という激務が彼を疲れさせているらしい。

二〇分ほど経過した頃――。

加世が戻ってきた。

「敵艦隊が米軍航空隊の攻撃を逃れつつ、イスパニョーラ島の南岸を進むとすれば、こちらは二七ノットで八時間後の午後四時頃に、彼我の距離三二〇キロで敵艦隊を捉えることができそうです。

我が方の艦爆の爆装航続半径は五〇〇キロですので、それより前に攻撃半径に入る計算になりますが、直前索敵の状況や敵艦隊上空での時間的損失を加味すると、午後四時の発艦が最適と出ました。

これだと夕刻の攻撃となり、敵艦隊にも軽空母が一隻いる状況から、直掩機を上げている可能性がかなり高いと思われます。

涛鷹航空隊長の進言では、敵は軽空母を艦隊護衛の任務につけている可能性が高いとのことですので、搭載している艦上機の大半は複葉戦闘機と判断しているそうです。

むろん、少数の複葉爆撃機や複葉雷撃機もいると考えるのが妥当ですが、その数はそれぞれ数機に限定され、残る二〇機ほどは、すべて戦闘機と考えたほうがよろしいかと」

やけに加世副長が敵艦上機を気にしているのを見て、野元は意外そうな表情を浮かべた。

「相手は時代遅れの複葉機だぞ」

「当然、我が方の艦戦には歯がたたないでしょう。しかし身軽さにかけては複葉機のほうが上です。

鈍速を逆手に取り、水面近くまで降りて味方艦戦の突入攻撃をかわしきれば、少なくとも味方艦攻の雷撃態勢時に一撃食らわすことは可能です。

味方艦爆は急降下爆撃を実施するため、敵艦戦はなす術がありません。そう考えると、おそらくこちらの艦攻を狙ってくるかと。その場合、それなりの損害を被る可能性があります」

全金属単葉機の味方艦上機は、米国設計の大馬力エンジンを搭載しているせいで、驚異的な速度と加速を誇っている。しかし反面、複葉機に比べて翼面積が圧倒的に小さい。

翼面積が小さければ、小回りが難しい。

とくに大馬力エンジン搭載で重くなった機体は、直進急加速は得意だが、曲芸なみの機動は苦手となる。まさにアメリカ製自動車の長所と短所が、そっくりそのまま出たような代物なのだ。

いくら一撃離脱で突入しても、直前でひらりと機体を翻(ひるがえ)されたら、そう簡単に射撃は当たらない。

もっとも、スペイン海軍が採用している複葉艦上戦闘機は戦前から機種更新されていないため、自由連合軍も大雑把な諸元を入手済みだ。

それによると、もとは陸上戦闘機だったイタリア・フィアット社製のファルコ30を艦上戦闘機に改造したもので、最大速度三六〇キロ、航続七二〇キロ、一二・七ミリ機銃二挺を搭載している。

この諸元を参考に、航空隊長は進言してきたらしい。

「艦戦の護衛を増やしたらどうだ。敵空母の艦上機では、こちらの発艦地点まで届かんだのだろう？　ならば我々が航空攻撃を受ける可能性はないから、直掩もいらないことになる」

野元は航空隊長ではなく、加世副長へ聞いた。やはり重要な判断は、女房役にやらせたいと思ったからだ。

「はい。往復六四〇キロですので、計算では敵艦上機でもなんとか届くことになりますが、複葉機に爆装させた場合、ほとんど攻撃に必要な時間を取れない計算になります。敵からすれば、片道三〇〇キロでもきついでしょう。

対する我が方は、じつに二〇〇キロ近いアウトレンジで攻撃が可能です。

このような不安定な状況でなければ、あと八〇キロは距離を開けたいところですが……距離を開ければ開けるほど敵艦隊を取り逃がす可能性も高くなりますので、どうしても最適発艦地点は敵艦隊の近くに設定せざるを得ませんでした。

護衛艦戦の追加に関しては、航空隊長と協議してみます。ただ、敵戦が身軽なことを考えると、こちらが二機で対処するならまだしも、多少の追加では意味がないと思いますが……」

一機の複葉戦闘機を、二機の中島九九式艦戦が追いかけまわすなど、なにか喜劇でも見ているような感じがするが、実際には起こりうることだと加世は考えているらしい。

「敵の艦戦に対処する護衛機とは別に、味方艦攻に張りついて低空まで降りる別動艦戦がいれば、艦攻の生存率も上がると思ったのだが」

野元のアイデアを聞いた加世は、はっとした表情を浮かべた。

「その手がありましたね。艦爆の護衛が不必要ですので、護衛の艦戦は余るかもと考えていました。では早速、航空隊長と相談して、すぐ艦長……あ、失礼しました、いまは部隊司令ですね。ともかく早急に、その案を検討してみます」

やれることは何でもしてやりたい。

それが出撃していく者に対しての、指揮官としての義務だ。

先輩の山口多聞は、部下を徹底的に鍛えぬくことで生存率を上げることこそが、最も当人たちのためになる……そう公言している。

だが、多聞ほど勇猛にはなれない野元は、他の方法で部下を助ける方針を貫くつもりだった。

「部隊増速、二七ノット。進路、南東！」

在米日海軍第一派遣艦隊の軽空母部隊は、いよいよ最後の高速進撃を開始した。

あとは夕刻近くに、キューバ島やイスパニョーラ島に展開している米偵察機からの索敵報告を受けるだけだ。

いよいよ大西洋側でも、決戦の時が近づきつつあった。

＊

同日、夕刻。

米偵察機からの報告が入る少し前に、ニューオリンズの海軍司令部から、極東方面における海戦結果が届いた。

それによると、ウラジオストクを脱出したロシア沿海州艦隊と、日本で編成された自由連合海軍の第一二任務部隊が北海道北西沖で激突、敵に致命的なダメージは与えられなかったものの、ある程度の阻止行動は成功したとなっている。

敵艦隊がまだ止まっていないため、いまもって極東方面——宗谷海峡をめぐる北海道方面の状況は予断を許さない様相だが、少なくとも敵海軍の最大戦力を把握できたことは、これから先の勝利へ大きく貢献したと判断されていた。

「この知らせは、主隊の戦艦阿波を中継して送られてきたのか」

軽空母部隊を預かる野元司令は、あい変わらず寝ずに横に立っている加世副長に、様子をうかがうような感じで聞いた。

「こちらでも傍受できましたが、宛て先が第一派遣艦隊となっていますので、あちらで転送する判断をしたようですね。

ともあれ……朝鮮半島西岸での海戦に続き、今回も比較勝利となったようです。こうなると我々も、ますます失敗は許されなくなりました。

なにしろ合衆国へ派遣された二個艦隊は、日本海軍の最精鋭と言われてきたのですから、日本で留守を守っている部隊と合衆国部隊の混成部隊にばかり活躍されては、まったく申しわけがたちません」

その合衆国に派遣された二個艦隊のうちのひとつ——第二派遣艦隊は、すでにメキシコ作戦で成果をあげている。

なのに第一派遣艦隊のみが戦果なしでは、以後の扱いにも影響してくる。

加世の言動は多分に政治的な意味合いが深いものだったが、作戦実施直前の現在、副長兼参謀長として口にしていい部類のものではなかった。

「貴様……少し休んだらどうだ？　疲れているように見えるぞ。身体が疲れては頭もまわらん。少し休め」

日頃なら絶対に口にしないようなことを吐いた加世を見て、野元もすぐに感づき、遠まわしに『正気に戻れ』と注意した。

「まだ、大丈夫です。それに司令も、ろくに寝ていないじゃないですか。司令が陣頭に立って指揮なされているのに、女房役が寝ていてどうします！」

思わぬ注意といたわりの言葉に、加世は本気で苛ついたらしい。だが、その苛つきそのものが疲労のせいとまでは、頭がまわらないようだ。

その時、通信連絡将校が走ってきた。

「キューバ島のサンディアゴ陸軍航空基地から、我が部隊へ直接通信が送られてきました！　ウインドワード海峡南方三〇〇キロ、ジャマイカ島東方一二〇キロ地点にて、敵艦隊を発見とのことです。敵艦隊は、夜間にジャマイカ島とキューバ島の間を抜け、最短距離で進撃する模様とのことでした‼」

「来たか！」

これから夜になることを利用して、航空攻撃のないあいだに、可能な限り目的地へ近づく策を取ったようだ。

もしジャマイカ島の南側を迂回されていたら、現在位置からも航空攻撃がしにくくなるところだったが、敵艦隊は予想通りのコースをやってきた。

そう考えた野元は反射的に命令を下した。

「涛鷹航空攻撃隊、出撃せよ！」

野元の命令を、すぐさま加世が復唱する。

命令を下す軽空母が、いま搭乗している涛鷹一隻のため、命令はすぐさま実行に移されはじめた。

「予想が当たって、ほっとしました」

加世がついに、自分の疲労を隠しきれなくなったらしく、がっくりと身体の力を抜いた状態で声をかけてきた。

「ここから先は航空隊に任せてあるから、貴様はひと休みしろ」

「いいえ……せっかくですので、結果を聞いてから休ませてもらいます」

「いいか、これは艦長兼司令の命令だ。加世副長、貴様に二時間の強制睡眠命令を下す。考えてもみろ、一隻の軽空母による航空攻撃では、どう甘く見積もっても敵艦隊を全滅させられない。

ということは、まだまだ作戦は続くということだ。だから、寝られる時に寝るのも大事な任務のひとつと思え。それに貴様が起きてきたら、次は俺が寝る番だ。俺を寝させたければ、まず先に貴様が寝ろ。いいな!?」

駄々をこねる副長には、もはや命令するしかない。

それが野元のやさしさだと気づいた加世は、ようやくゆるやかに敬礼すると、「それでは二時間だけ……」と言い残して艦橋を出ていった。

彼我の距離は、わずかに三〇〇キロ強。

多少の迂回コースを取っても、航空攻撃隊なら四〇分から五〇分で敵艦隊のいる場所へ到達できる。

そこで航空攻撃に二〇分を費やしても、加世が起きてくるまでには決着がついている。

そこまで考えての野元の命令だった。

3

二八日夕刻　ジャマイカ島東方一〇〇キロ

『前方に敵直掩機！』

涛鷹飛行隊の一部をなす戦闘機隊。

九九式艦戦二〇機・四編隊で構成される、航空攻撃隊にとっての守り神である。

彼らを率いるのは榊昇（さかきのぼる）大尉。

その榊の機に搭載されている英国製無線電話へ、第二編隊二番機に乗る井関一飛曹から連絡が届いた。

ともかく調子が悪いと評判の無線電話だけに、榊も声が届いた時はかえって驚いたほどだ。

返電しようかと思ったが、伝わらない可能性のほうが高いと判断し、風防を開けて右手を出し、大きくぐるぐると振りまわした。

この合図が下されると、戦闘機隊は二手に分かれることになっている。

第一編隊と第二編隊は、敵直掩機の迎撃へ。第三および第四編隊は急速下降して、後方から突入してくる艦攻隊の護衛にまわる。

今回の出撃は、九九式艦戦二〇機／九八式艦爆一〇機／九七式艦攻七機によって行なわれている。涛鷹の最大搭載機数が四〇機なのだから、ほぼ全力出撃と言える。

対するスペイン艦隊の軽空母エルマセラは、給炭艦エルドラーナを改装したもののため、排水量は一万六〇〇〇トン強あるにも関わらず、搭載機数は二四機と少ない。

しかも古い設計の空母のため二段飛行甲板構造となっており、格納庫は存在しない。つまり搭載する艦上機は、すべて上下二枚の飛行甲板上に係留されていることになる。

その理由は、一にも二にも複葉機の翼が折りたためないためで、そのまま格納できる大型エレベーターを設置すると、今度は格納庫容量が足りなくなるからだ。

その代わり、下段の飛行甲板には左右に張り出しデッキが設置され、上段の飛行甲板には、同じ部位に吊り下げ式クレーンが取りつけられている。

着艦はすべて上段の飛行甲板で行なわれるため、着艦した機をクレーンで下段に降ろす仕様となっていた（発艦は上下とも可能）。

これでは着艦から再出撃を行なう場合、かなりの時間を浪費してしまう。

そこはスペイン海軍も承知しているらしく、上段には反復出撃の度合が高い戦闘機を搭載し、下段には艦爆と予備の戦闘機を搭載し、普段の直掩任務はすべて上段のみで行なうといった工夫をしていた。

それにしても、なぜ給炭艦なのか？

じつは世界の空母において、主に黎明期では、給炭艦を改装した空母が意外と多いのだ。

開戦前は空母建艦も模索をくり返していて、そもそも必要性を見いだせないと採用を見送った国も多い。それでも日米英独露仏蘭の七大列強は、見栄もあって空母を持とうとした。

そこで目をつけられたのが、大型艦の燃料が石炭から重油に切り替わったことで大量に余った給炭艦なのである。

給炭艦はタンカーには改装しにくく、そのままでは廃艦にするしかない。

自分自身も石炭を燃料としてボイラーを焚き、それを蒸気タービンや蒸気ピストンで動力に変える方式のため、わざわざ燃料用に石炭を積載するのは馬鹿げているというのが理由だ。

　そこで各国は、大型戦闘艦の機関を石油・石炭混焼缶に改良し、中甲板より上を取り払って飛行甲板を一段もしくは二段設置する案を採用した。

　その後、日米は全金属単葉の艦上機の開発に成功したため、すべての空母が一枚飛行甲板と格納庫の組みあわせに改装されたが、他の国の海軍では、まだ旧式のまま運用しているところも多いのである。

　最大速度五一〇キロを誇る中島九九式艦上戦闘機から見ると、ファルコ30を改良したスペインの艦上戦闘機エストラーダⅠ型は、たった三六〇キロしか出ない。

　しかも現在は直掩中のため、おそらく二〇〇キロも出ていない。

　まるで止まっているかのように見える十数機の敵機を見て、榊はまるで標的のようだと感じた。

「よしッ！」

　自分に気合を入れると、スロットルを全開にして間合を詰める。

　彼我の距離が一六〇メートルに達した時、榊の九九式に搭載されている両翼の一二・七ミリ機銃が火を噴いた。

　その瞬間——。

「なんだと!?」

止まっていたかのように見えた敵機が、ひらりと体をかわし、ほぼ真横になりながら右旋回に入った。

榊の機は勢いがついているため、そのまま敵機のいた場所をすり抜けていく。

その瞬間、敵機は背後にまわりこんだ。

複葉機だけにできる、きわめて小さい旋回半径でのまわりこみである。

「いかん……」

榊は、このまま速度を生かして逃げるか、左右上下のいずれかに回避するかの選択を迫られた。

しかし、それより先に、敵機の一二・七ミリ機銃二挺が機銃弾をばらまきはじめる。

「ていッ!」

ともかく逃げなければ……。

そこで馬力を生かし、スロットルはそのままで強引に操縦桿を右手前に引いた。

機体がぐっと持ち上がり、ゆるやかに右方向へ移動していく。

——カカカッ!

左翼に三発ほど食らった。

燃料タンクに穴が開いたらしく、翼の後半部が徐々に濡れはじめる。

そこで榊は左翼燃料タンクのバルブを閉め、飛行に影響が及ばないようにした。

「ふうー。舐めてかかると危ないな……」

被弾したものの、なんとか炎上することだけは避けられた。母艦が比較的近い場所にいるため、帰投する燃料は充分に残っている。

「どうしたものか……」

彼我の速度差が三〇〇キロ近くもあるため、榊を狙った敵機は、すでにはるか後方へ置き去りになっている。

ひとまず離脱に成功したものの、どうにも勝手が違い、榊は攻めあぐねていた。

＊

一方……。

艦爆隊二編隊一〇機を率いる矢島清一郎大尉は、早々に急降下態勢に入っていた。

「複葉機なんぞ、急降下速度について来れまい！」

七〇度という深い角度で突入する九八式艦爆は、最大速度の四六五キロを超える五〇〇キロ以上で落ちていく。

そのまま速度が増すと、爆撃どころか機体が分解してしまうため、頃合いを見て両翼に設置されたダイブ・ブレーキを開かねばならないほどだ。

矢島の視界の中で、不格好な張り出しデッキ付きの改装空母が急速に大きくなっていく。

まずは空母を潰す。

戦艦は艦攻隊に任せる。

これが出撃前の打ち合わせで決まっていた。

高度五〇〇……。

そこで矢島は、四〇〇キロ徹甲爆弾を放った。

「丸山、確認頼む」

後部座席にいる丸山二飛曹に着弾確認を頼むと、矢島は機体を引き起こす作業に専念しはじめた。

と、その時――。

丸山が短く叫んだ。

「どうした⁉」

「急降下中の二番機と、敵艦戦が衝突しました‼」

丸山の怒鳴り声が聞こえてきた。

「自爆攻撃か」

まさかスペイン海軍の航空兵が、自殺特攻をかませるとは思っていなかった。

「いいえ、どうやら敵機は二番機を銃撃するつもりだったようですが、二番機の速度を見誤ったようです。

敵機の直上から二番機が突っ込みました。敵機は完全に空中分解しました。二番機は分解していませんが、プロペラを破壊されたらしく、そのまま落ちていき……あ、海面に落ちました！」

すでに機体は水平飛行から上昇に転じている。

後方の光景は丸山にしか見えない。

「二番機には大木少尉と水元二飛曹が乗っていたな……くそっ！　丸山、爆弾はどうなった‼」

なかば八つ当たりぎみに怒鳴った矢島に対し、丸山は恐縮したのか、やや遅れて返事をした。

「敵空母の上部飛行甲板後部へ命中です！　これで敵空母は着艦できません!!」

「当たったか。大木、かたきは取ったぞ」

そう呟いた矢島は、もうこの場には用がないとばかりに、スロットル全開のまま戦闘空域を離脱しはじめた。

＊

「落ちろ！」

失速ぎりぎりまで速度を落とした戦闘機隊三番編隊の多々良清三准尉は、すぐ目の前で雷撃態勢に入った九七式艦攻を銃撃している敵複葉戦闘機に対し、距離六〇メートルまで接近して、機首に装備している七・七ミリ機銃二挺を撃ちまくっていた。

こちらは失速ぎりぎりというのに、敵機との距離は縮まっていく。

このままでは追い越してしまう……。

その焦りが、多々良の歯ぎしりを伴った声となって現われていた。

――ボッ！

次の瞬間、露天になっている敵機の操縦席のすぐ後ろから火が出た。

九九式艦戦の七・七ミリは焼夷弾仕様にはなっていないものの、一〇発に一発の割合で混ぜられている曳光弾には軽い焼夷機能がある。

おそらく曳光弾が敵機の燃料タンクに命中し、そこから発火したのだろう。

海面からわずか八メートルほどを、九七式艦攻の後方について飛んでいたため、敵機は発火直後に海面へ激突した。

しかし、金属骨格ながら帆布張りの機体は軽いらしく、矢島の機が上空を通過するまで、のんびりと海面に浮いていた。

その操縦席で、矢島を見上げるスペイン飛行兵の顔が見えた。

「野郎、笑ってやがる……」

その笑いが自虐のためなのか、それとも安心してのものなのか、それはわからない。

ただ、一足先に戦闘を離脱し、しかも生き残った安堵感が込められていたことだけは確かのようだった。

矢島としても、のんびりと眺めている暇はない。

海面の敵機は一瞬で過ぎ去り、すぐ下には魚雷を投下しつつある九七式艦攻がいる。

そしてその先には、スペイン艦隊の主力――エル・フェリペ級戦艦の一隻が近づいていた。

＊

「攻撃隊より電信連絡。軽空母に爆弾一、命中。敵空母は着艦能力を喪失した模様。敵戦艦一に魚雷一、命中。報告では若干の速度低下を来したものの、なおも進撃中。軽巡一に爆弾一、命中、こちらは中破判定で、かなり速度低下を来しているそうです」

空母涛鷹にて胃が痛む思いをしていた野元為輝司令のもとへ、ようやく第一報が届いた。

「撃沈はなしか……」

全力出撃に近いといっても、半数が艦戦。艦爆・艦攻合わせて一七機では、敵に直掩機がいる状況では大戦果は望めない。

それでも、敵直掩が複葉機ということで、もしかしたらと期待していたのだが、やはり難しかったようだ。

「味方の艦戦一、艦爆一、艦攻一の合計三機が落とされました」

第一報の電文を受けとった航空隊長が、申しわけなさそうな表情で報告した。

「戦争だから仕方がない。演習とは違うからな。しかし、相手が複葉機なのに撃墜された機が出たことは、あとでしっかり原因を究明してくれ。場合によっては、合衆国本土に戻ったら、旧式の米陸軍複葉機を使って模擬演習を行なわねばならんかもしれんぞ」

予想では、味方機で被害を受けるのは艦攻のみと思われていた。なのに新鋭の九九式艦戦まで落とされたとなると、何か根本的な問題があるに違いない。

そのことに気づいた野元は、今後は絶対に味方機を失わないための方策を大至急徹底しなければならないと思った。

「承知しました。なお現地では、そろそろ攻撃が終了する頃です。涛鷹への帰投は四〇分後となります」

「かなり暗くなりそうだが、大丈夫か」

「大丈夫です。飛行甲板に大型のランタンを焚いて、着艦コースを明確にしますので」

「そうか……」

思ったより戦果が少なく、予想より被害が大きかった。おまけに重度の睡眠不足で気力が落ちている。

「まだ終わったわけではない。着艦後、ただちに本隊合流地点へ向かう。勝負は明日の夕刻だ。チャンスがあれば、第二次攻撃を仕掛ける。それが駄目な場合は、主力部隊が夜戦で食い止め、明後日の朝、我々がトドメを刺す」

副長兼参謀長の加世を休ませているため、野元は加世の代理を務めている作戦参謀にむかって命じた。

加世が起きてきたら、少し寝るとしよう……。

心の底で、自分も限界が近づいていることに気づき、ようやく身体をいたわる気になった。

だが、戦死した者たちは戻ってこない。

そう思うと、何か自分が休息を取ることが悪いことのような気がした。

4

二九日午後　横須賀

自由連合海軍極東司令部の長官室……。

そこで執務を行なっていたチェスター・ニミッツは、予約なしで訪れた極東連合艦隊司令長官の古賀峯一中将を、異例のことながら返事ひとつで入室を許可した。

なにしろ古賀は済州島沖から戻ってきたばかりで、つい先ほど極東連合艦隊の解散式を終えたばかりである。

そのためニミッツとしても、ロシア太平洋艦隊をツァーノブルグ港へ封じ込めた立て役者を、一刻も早くねぎらいたいと思っていたところだった。

ちなみに自由連合における連合艦隊の定義は、いわゆる多国籍編成艦隊というだけでなく、基本的には中核部隊を常設した上で、作戦に応じて支援艦を増減するものとなっている。

これは以前に存在した常設の第一から第三連合艦隊の流れを引きついだものだが、

より流動的に戦力を動かせるよう、仕組みの一部を変更したものだ。

考えようによっては、日本海軍の臨時編成艦隊だった連合艦隊と、作戦ごとに艦隊を編成する合衆国海軍の任務部隊の長所と短所をカバーしたものと言えなくもない。

ようは、平時とはまるで違う戦時の艦隊のあり方を模索した結果、自由連合海軍にとって都合のよい仕組みを作りあげたことになる。

「疲れているだろうに、わざわざ来てくれてすまんな」

長官席の椅子から立ちあがったニミッツは、部屋の中央まで歩いて行くと、そこに立っている古賀に握手を求めた。

「艦隊の一部を博多港へ残して釜山支援にあてましたので、まだ厳密に言えば作戦は続いていることになります。したがって、艦隊長官だけが休むのは気が引けますので、どうぞお気になさらないでください」

社交辞令ではなさそうな口振りの古賀だが、案外本音かもしれない。

現在の極東情勢は、海軍の活躍によりひと息ついた状態になっているものの、朝鮮半島および中国北部、そして北海道北部では激しい戦闘が続いている。そのため安堵などできないのは、ニミッツも古賀も承知していた。

「大西洋方面にもスペイン艦隊が現われ、どうやら空母航空隊が一撃食らわせたらしいが……あっちは、まだ作戦途上のため予断を許さない。

まったくナチス連邦は、こちらが隙を見せると、すかさず手を出してくる。

極東方面も、朝鮮半島をめぐる海軍作戦こそ一段落したものの、宗谷海峡のほうは陸軍次第でどう転ぶかわからない。もっとも第一二任務部隊のキンケードは、旗艦の横腹に魚雷を一発喰らいながら、その後にコルサコフ港急襲を強行したそうだ。

その結果、北海道北部に侵攻したロシア陸軍は、完全に孤立している。

せっかく先に戦車や大砲を陸揚げしたというのに、肝心の燃料と砲弾の多くが海の藻屑と化したのだから、いまは南下を諦めて稚内周辺部の守りを固めている状況らしい」

古賀も長官室に来る前、日本海軍総司令部においてひと通りの状況報告を受けている。

しかし、ニミッツが嬉しそうに話しているのに水を差すような無粋はせず、黙って話し終えるのを待っていた。

「そういえば……北海道北部に展開しているカナダ陸軍と日本陸軍に配備された例の新兵器……バズーカ砲とか呼んでいましたが、実戦で使用した結果はどうなのでしょう。海軍が気にすることはないと言われればその通りなのですが、現状でロシア陸軍の主力戦車を食い止められる味方戦車が少ないのは、ずっと気になっていましたので」

海軍の司令部で陸軍の戦果を聞くほど間の抜けたことはない。

しかし古賀は、少しでも日本にとって有利になる情報がほしかった。

「ああ、あれか。いや、大活躍してるようだぞ。なんでも揚陸されたロシア戦車の六割をガラクタにしたらしい。

とはいえ……敵戦車の多くが燃料不足に苦しんでいて、なかには動かさずに砲台として使用しているものもあると聞いている。

相手が動かなければ、バズーカ砲を抱えた歩兵の的になる。それがロシア陸軍部隊に知れ渡る前に、かなりの数が撃破されてしまったらしい。

さらには、ロシア自慢の長距離砲部隊も、対空砲や対空機関砲が不足しているらしく、味方陸軍の襲撃機や爆撃機によって、稚内周辺へ展開した砲兵陣地が穴ぼこだらけにされているとのことだ。

こうなるとロシア兵は、なんとも心細い思いになっているだろうな。サハリンに戻りたくとも渡海ルートは寸断され、稚内の橋頭堡にたどり着く小型輸送船は時間単位で少なくなっている。

第一二任務部隊の報告では、確認しただけで五二六隻を沈めたというから、いまや宗谷海峡は小型輸送船の墓場と化している。護衛していた敵魚雷艇は、大半が味方駆逐艇に沈められるか、ほうほうの体でコルサコフ港へ逃げ込んだそうだ。

高速で逃げ足の速い魚雷艇ですらそうなのだから、より図体のでかいコルベット級哨戒艦はもっと被害を受けていると聞いた。

肝心のロシア沿海州艦隊だが、コルサコフ港に逃げ込んだところを、二隻の軽空母から飛びたった航空攻撃隊に襲われ、港内で二隻の巡洋艦が撃沈着底している。残りの駆逐艦とコルベット級哨戒艦は、このままでは全滅すると思ったのか、夜に紛れて港を脱出したらしい。

おそらくウラジオストク港へ戻るつもりなのだろうが、近いうちに我が海軍主導でウラジオストク破壊作戦を実施する予定になっているから、これでもう事実上、沿海州艦隊は消滅したも同然だ」

なるほど、ニミッツが上機嫌なのも理解できる。永年の悩みだった日本海の聖域化が、ここに来てようやく実現しそうなのだ。

日本海を聖域化できれば、自動的に朝鮮半島東岸部の制海権と制空権が転がり込んでくる。朝鮮東部に対する味方陸軍の作戦行動も、これまでとは段違いに楽になるだろう。

それにも増して、ロシアが営々と築き上げてきた太平洋への玄関口であるウラジオストクを無力化できる算段がついたのが、自由連合にとっては最大の利益となるはずだ。

反面、ナチスロシアの受ける心理的なダメージはきわめて大きい。

これでツアーノブルグ軍港が健在ならまだしも、ほぼ同時に太平洋方面に開けたふたつの港が無力化されるとなると、ナチス連邦軍の太平洋方面に関する戦略は総崩れになってしまうだろう。

むろん、ツアーノブルグにしてもウラジオストクにしても、陸路による補給は可能なため、港湾設備の復旧などは可能だ。しかし復旧したところで、肝心の艦隊がボロボロでは話にならない。

ウラジオストクやツアーノブルグは、日本に近い前線基地扱いのため、修理設備はあっても建艦設備は貧弱だ。建艦できるとしてもコルベットや小型潜水艦までで、駆逐艦すら難しいと事前の情報では聞いている。

だから、もしナチス連邦海軍が太平洋方面の海軍を増強するとなると、最短でもロシア黒海艦隊かイタリア艦隊を、スエズを通して移動させねばならない。

スエズは英軍とエジプト軍が死守しているものの、ナチス連邦の実力ならすぐに確保できる。なのに実施しないのは、その先に戦闘地域を拡大する目処が、いまのところ立っていないからだ。

したがって、実際に増援を行なうとなると、紅海あたりまでは大丈夫だろうが、その先が駄目だ。

インド洋には英東洋艦隊の一部であるインド洋艦隊が睨みを利かせているし、それを突き抜けても、マラッカ海峡付近には日米混成の駆逐部隊が待ち構えている。

それも力ずくで押し通ったとしても、南シナ海あたりで古賀率いる連合艦隊の手痛い歓迎を受けることになる。

インド洋から南シナ海まで、連続的に漸減されつつ進撃するなど、実際問題として行なえることではない。

もしそれが可能になるとすれば、英東洋艦隊と極東連合艦隊の総戦力を軽く上回るほどの大艦隊を用意できた場合だけだ。最低でも打撃力で二倍、可能なら三倍は必要になる。

しかし……。

そのような海軍戦力など、いま現在のナチス連邦には存在しなかった。

「ウラジオストクを無力化するのは、私個人としても積年の悲願ですので、その時には是非とも参加させてください」

日本海軍が怨んでも怨みきれない、あのバルチック艦隊……。

思えばロシア太平洋艦隊は、あのバルチック艦隊がウラジオストクに凱旋した時から始まっている。

その後、より自由度の高いツアーノブルグ港を手に入れたロシア海軍だが、日本海軍にしてみれば、ずっと日本の喉元に刺さったままの特大の棘（とげ）は、ほかならぬウラジオストク港なのである。

「君が出るということは、極東連合艦隊の主力部隊が出るということになるが……現状のウラジオストク港を破壊するのに、そこまでやる必要はないだろう。あくまでカントリーロード作戦の進捗状況によるが、極東連合艦隊は、早々にインド洋方面で活躍してもらいたいのだが」

「いいえ、インド洋に行くにしても、先にウラジオストクを叩き潰してからでないと、日本海軍将兵は納得しません。

自由連合から見れば、過剰戦力で袋叩きにするのは無駄なことに見えるでしょうが、これは日本人の精神の根本の部分に関わることですので、おそらく私でなくとも、誰もが同じことを言うと思います」

この件については、古賀は一歩も譲るつもりはないらしい。

そこまで日本海海戦の敗北は、日本にとって根深いトラウマになっているのかと、ニミッツは改めて心の中で思った。

「まあ、破壊作戦については、近日中に極東総司令部のほうで立案し、合衆国の最高司令部で承認を受けねばならんから、それまでに君の意に沿ったものに仕立てる余地はある。

それよりも、第一二任務部隊の戦艦壱岐が、雷撃で被害を受けたのが気になる。

キンケードからの報告では、敵艦隊と交戦中に、密かに忍びよってきた敵潜水艦部隊に雷撃されたというが……左舷バルジ部分に破口が生じたものの、左舷装甲は破られていないそうだ。

敵潜水艦の長魚雷を食らって、舷側装甲が無事だったのは幸運だった。しかも敵潜水艦は、どうやら逃げ腰で戦ったらしく、数隻が第一射を放った後は、さっさと逃げ出したそうだ。そのため被害が増大しなかったこともよかった。

もし壱岐の被害が報告通りなら、バルジの修復だけで戦列に復帰できるから、おそらく二ヵ月程度で大丈夫だろう。

ここのところ海戦が続いたせいで、手持ちの艦も傷ついたものが出ている。それらを早急に修理しないことには、この先の作戦も難しくなる。

とはいえ……そろそろ台湾の基隆造船所で、駆逐艦と軽巡が完成する頃だ。さすがに空母は時間がかかるが、あちこちで同時に建艦しているから、完成する時はいっぺんにできる。

その流れさえできてしまえば、以後は楽になるのだが……もう少しだな、そうなるのは」

海軍の戦時大規模増産計画は、日米豪だけでなく、台湾・シンガポール・上海(シャンハイ)・カナダ・タイ王国・インドにおいて、規模と艦種こそ違うが、同時並行的に実施されている。

それらが完成しはじめれば、海軍将兵の損耗にのみ注意を払えば、多少の被害は無視できるようになる。

その時こそが、反撃の時だった。

海軍が充実すれば、陸軍の増産計画も軌道に乗る。

海洋国家群で構成されている自由連合では、陸軍は海軍の手助けがあって初めて、敵地に乗り込むことが可能になる。そのため陸軍だけを先に増強しても意味がない。

むろんナチス連邦も、おそらく未曾有の軍備大増産を実施しているはずだ。その兆しは、すでに英国本土に対する航空攻撃でもうかがえる。

機種こそ変わりばえしないものの、英国の防衛航空隊がいくら叩き落としても、さらに多くのナチス空軍機が襲いかかってくる。

最近の報告では、あまりの敵機の数に英国空軍が対処しきれず、防衛網を突破してロンドンへ到達する敵爆撃機が増えているという。

それらのナチス機が、すべて戦前から温存されていたはずがない。ナチス連邦各国において、すでに航空機の大量生産態勢が完了しているからこそ、いくらでも飛ばすことが可能なのだ。

しかも新鋭機が見当たらないということは、ナチス中枢国家の虎の子航空機は、まだ温存されている。

おそらく英国を攻撃している部隊は、フランスやオランダなど、ナチス勢力に支配された地域から飛行兵を集めていると思われるので、いくら消耗しても、ナチスドイツやナチスイタリア、そしてナチスロシアの空軍は痛くもかゆくもない。

それらが出てくる時、自由連合は正念場を迎える。総力戦に持ち込み、そこで勝利を得ない限り、ナチス連邦の牙城は揺るがないのである。

その時がいつになるか……。

まだニミッツや古賀ですら、おぼろげにしか推測できなかった。

5

三〇日夕刻　ユカタン半島東方沖

「そろそろ第一派遣部隊が到着する時間です」

戦艦伯耆の司令官室で手紙を書いていた宇垣纏は、予定を告げにきた専任参謀の声で我に返った。

「もう、そんな時間か……すぐに行く」

宇垣率いる在米日海軍第二派遣艦隊は、一時的にカントリーロード作戦から離れ、第一派遣艦隊とともにスペイン艦隊を待ち受けることになった。

海軍の作戦司令長官を務めるスプルーアンスは、米海軍第八任務部隊に所属する二隻の軽空母のうち一隻を出そうかと提案したが、宇垣は、メキシコシティ封鎖作戦に一隻の軽空母しか使えなくなるのはよくないと固辞し、自分の艦隊のみが対処すると言い張ったのである。

伯耆艦橋へ戻った宇垣は、まず最初に作戦参謀を呼んだ。

「スペイン艦隊の動向はどうなっている？」

ウインドワード海峡南方三〇〇キロで、第一派遣艦隊の空母攻撃隊による第一撃を受けたスペイン艦隊は、その後の夜のあいだに行方をくらましている。

あれから丸二日が経過したというのに、キューバ島の味方偵察機は発見できていない。

おそらく自由連合の空母に第二撃を受けないよう、ジャマイカ島の南方へまわりこんだと思われる。そのためユカタン半島東方沖において迎撃する作戦は、丸一日順延されたままだ。

もし今夜も現われなければ、逃げ帰ったことも視野に入れなければならない。

ナチス連邦の命令系統から推測すると可能性は薄いが、それなら戦わずに事なきを得ることができるため、あくまで低い可能性として頭には入っていた。

「まだ発見の報告はありません。ただ、被害を受け速度低下を来した艦をそのまま引き連れているとは考えにくく、おそらく被害艦を安全な地点で分離したのち、こちらに向かっていると推測されます。その場合、遅くとも今夜の零時をまわる頃にはユカタン海峡へ到達すると、計算ではそうなっています」

スペイン艦隊の速度は、主力艦の戦艦に制限される。

エル・フェリペ級戦艦は、継続的に出せる最高速度が二〇ノットのため、その速度で進撃していると考えるのが妥当だ。そこから目的地へ到達する時間を割り出すのは、そう難しいことではない。

しかもスペイン艦隊は、もはや夜戦を挑むしか攻撃方法がなくなっている。

唯一の空母は、撃沈こそされなかったものの、飛行甲板に被害を受けて着艦不能に追いやられた。おそらく出撃していた直掩機は、すべて着水ののち破棄されたはずだ。

艦上機の多くを失った空母は、艦隊にいても邪魔になるだけだから、すでに離脱してスペイン本国へ向かっているはず……。

となれば、残る艦は水上打撃艦のみ。

自由連合側に空母がいる限り、夜戦しか勝つチャンスはない。

「中途半端な敵空母とはいえ、一隻でもいると、そう簡単には戦果を得られない。だから加藤司令官は、恥を忍んで自分に支援要請をしてきたのだと思う。第一／第二派遣艦隊が合流すれば、軽空母三隻、戦艦も二隻になる。戦艦数が同じになれば、夜戦にも応じられる……もし加藤司令官が、意地でも自分たちだけで戦うと言い張っても、自分としては最初から支援するつもりだった」

冷静に考えれば、第二派遣艦隊だけでスペイン艦隊に夜戦を挑むのは無茶だ。あくまで昼間に空母航空隊で漸減した後でないと、対等にすらならない。

しかし削ったのが一隻の軽空母だけでは、敵の打撃力に変化はない。せめて加藤の艦隊に二隻の軽空母、もしくは正規空母一隻がいれば、宇垣も加藤に恥をかかせてまで支援に駆けつける気にはならなかったはずだ。

ナチス連邦が、ヒトラー総統の直命で出してきた初めての艦隊……。

それを完璧に阻止しきることが、いまは一番最優先されるべきことである。

そこに軍人の意地や恥といった感情論が割り込む余地などない。今回は、ともかくスペイン艦隊を徹底的に阻止し、ナチス連邦に世界の海は誰のものかわからせる必要がある。

そのためには、たとえ一時的にカントリーロード作戦が手薄になっても、万全の態勢で迎え撃たねばならなかったのである。

伝音管の集中している艦橋右舷の壁際にいた通信参謀が、その場で声をあげた。

「第二派遣艦隊から暗号電を受けとりました。第一派遣艦隊は予定地点に到達。現在、軽巡三宅を中核艦とする第三駆逐隊がユカタン海峡に入り、前方索敵を実施しているそうです」

「我が艦隊との距離は？」

宇垣は航行参謀を見て、短く聞いた。

「予定地点まで二五キロほどです。軽空母二隻は後方一二〇キロに退避させていますので、まもなく第一派遣艦隊の涛鷹も、同じ地点へ移動してくるはずです」

夜戦に空母は不用……。

彼らが活躍するのは、明日の夜明けになる。

それまでにスペイン艦隊との夜戦が行なわれなければ、夜明けと同時の水上機による索敵を広範囲に行ない、もし発見できれば軽空母三隻による航空攻撃が実施される予定になっていた。

つまり自由連合側からすれば、夜戦は次善の策であり、可能なら空母航空隊のみで決着がつくほうが最善となるわけだ。

「我が艦隊は、第一派遣艦隊の右舷後方一〇キロ地点で待機する。あくまで正面で待ち受けるのは第一派遣艦隊だ。これ以上、彼らに恥をかかせるわけにはいかん。夜戦があるなら、まず砲火を交えるのは彼らでなければならない。

我々は支援に徹し、状況に応じて臨機応変に対応する。むろん、第一派遣艦隊の旗色が悪くなれば、その時は遠慮しない。敵艦隊に、第一派遣艦隊のみが相手と信じ込ませれば、それだけで海戦が有利になるだろう」

加藤隆義中将は、宇垣から見れば旧海兵の九期も先輩にあたる。

おまけに階級も上のため、在米日海軍においては加藤が最高位、宇垣は次席という厳然たる事実があった。

自由連合軍においては、しばしば各国の階級の仕組みから逆転現象が起こっているが、在米日海軍の枠内で見ると、二人とも日本海軍の将官なのだから、序列を無視するわけにはいかなかった。

「第一派遣艦隊の発光信号を確認。彼我の距離一二キロです」

「艦隊、右三〇度転進。第二／第三駆逐隊は前へ。第一駆逐隊は主力群の直衛につけ」

前もって決めていた陣形へ推移するよう、宇垣は命令を下した。

あとは待つだけである。

＊

八月三一日、午前二時。

「南東二〇キロ付近に砲火炎！」

それは、いきなりの出来事だった。

ユカタン海峡の西側で待機していた第一派遣艦隊は、前方索敵に出した第三駆逐隊の前方八キロ付近で、激しい砲火炎が巻きおこったことを視認した。

それと同じ砲火炎を、主力群の阿波監視員も観測したのである。

「全艦、機関始動。対水上戦用意！　第二駆逐隊、左舷へ移動の後、前方突入。主力艦群は重巡琵琶を先頭にし、戦艦阿波は後方に位置する。第一駆逐隊は阿波の右舷に位置し引き続き直衛、ただし敵主力艦が急迫してきた場合は、遠慮せずに突入せよ！」

古いタイプの海軍指揮官である加藤は、空母運用に関しては慣れていないものの、日本海軍の伝統とも言える夜戦に関しては、五本の指に入るほどの練達として名を馳せている。

それだけに、比較劣勢な夜戦であっても怯みはしない。

しかもいざとなれば、右舷後方一〇キロに待機している第二派遣艦隊を投入できる。

加藤は宇垣の承諾を得て、第二派遣艦隊の投入時期についての全権委任を引き受けていた。

「第三駆逐隊より至急電。敵艦隊は戦艦二を中心に、艦種別の複列縦陣を形成しつつ突入してきたそうです。第三駆逐隊は、敵駆逐隊の阻止行動に阻まれ、敵主力艦列に突入できないとのことでした！」

通信参謀の報告を聞いた加藤は、ほぼ即答で答えた。

「ただちに返電。無理をせず、本隊前方まで回避しつつ戻れ。敵が突入陣形を取っている以上、小細工は状況を悪化させる。

第三駆逐隊は戻ったのち、第二駆逐隊と左右に分かれ、敵艦隊を挟撃せよ」

主力の重巡琵琶と戦艦阿波が正面に居座れば、敵はまっしぐらに向かってくる。

その左右から二個駆逐隊を突入させて砲雷撃戦を実施すれば、それなりのダメージを与えることができるはず……。

いかにも古典的な戦法だが、正面にいる主力艦群も無傷ではすまない。いわゆる肉を切らせて骨を断つ戦法である。

「敵艦隊主力群との距離、一七キロ！」

――パパパパッ！

正面で四つのまばゆい光が巻きおこった。

「ほう……測距射撃もせずに、いきなり前部二砲塔四門の斉射か。敵も焦っているようだな」

敵戦艦のほうが先に撃った。

敵には二隻の戦艦がいるが、縦陣を構成しているため、射撃可能なのは先頭の戦艦の前部主砲のみだ。

それをいきなり全門撃ってきたことで、かえって加藤は冷静な気持ちになった。

「彼我の距離一二キロで、左舷二〇度転進。射界を確保できたら、ただちに全門直射を実施せよ。そののち機関全速で、敵艦隊の横に移動する」

いつまでも正面に居座るつもりはない。

敵艦隊の目的は、とうの昔にわかっている。

夜のあいだにこちらの艦隊防衛網を突破し、なんとしてもメキシコシティを攻めている自由連合軍の主力拠点――タンピコ沖まで達することだ。

そこでタンピコへの対地砲撃を許せば、集積されている装備や物資・燃料、そして宿営している陸軍部隊に甚大な被害が出る。

しかもタンピコが混乱すれば、おそらくメキシコシティからもＳＳ部隊が反撃に出ると思われる。

ようはカントリーロード作戦従事部隊を混乱させられれば、スペイン艦隊の目的は達成されるわけだ。そのための砲撃は、タイミングさえあえば短い時間ですむ。

あとはメキシコ湾を遁走するだけ……。

むろん加藤や宇垣たちも怒りの追撃を開始するため、スペイン艦隊が生還できる可能性は薄い。

それでもなお作戦を実施したのは、ヒトラー総統がメキシコを見捨てないという姿勢を、形だけでも見せつけるためだ。

しがない遠方の衛星国家でしかないメキシコとはいえ、ナチス連邦を構成する国家のひとつには違いない。それをまったく支援することなしに陥落させてしまえば、今後のナチス連邦の結束に重大な支障が生じる。

もとから事態を好転させようとは、ヒトラー総統も思っていないはずだ。あくまで反撃のチャンスを与えること、それがスペイン艦隊を派遣した真の理由と考えられた。

「敵主砲弾四発、すべて遠弾。着水位置は、本艦左舷後方三二〇〇」

一七キロの距離で主砲を撃ち、三・二キロも外した。

これを見る限り、かつては世界の海に君臨したスペイン海軍も、いまは見る影もないほど劣化しているようだ。

「琵琶、測距射撃を実施！」

前方にいる重巡琵琶の第一主砲塔一番砲が火を噴いたはずだが、大きな艦橋が邪魔をして、阿波艦橋にいる加藤には見えなかった。

その代わり琵琶艦橋の後方から発せられる発光信号により、逐一報告が入っている。

「琵琶より射撃データが届きました」

琵琶の送ってきたデータは、いま測距射撃した結果である。それは浅い曲射弾道によるもののため、加藤が予定している直射には使えない。

「距離、一二キロ！」

「左舷転進、二〇度。速度二〇ノット」

「全砲門、斉射用意」

にわかに艦橋内が騒がしくなった。

二万五八〇〇トンの阿波が、わずかに右へ傾く。それに合わせ、直射弾道を確保するため、全主砲の仰角がわずかに上をむいた。

「射撃開始！」

阿波艦長が、砲術長に対し射撃命令を下した。

——ズドドドドッ！

四〇センチ四五口径二連装四基が一斉に吼える。すべての砲が、右前方に位置する敵艦隊主力群の方向を狙っていた。

「敵先頭艦に命中！」

わずか一二キロの直射距離まで我慢したのだ。

当たって当然だった。

着弾観測員の歓喜に満ちた声がした直後。

——ドガッ！

艦橋右舷、夜戦艦橋のすぐ上にある観測所付近に凄まじい爆発が巻きおこった。

「ぐっ……」

右舷艦橋の窓に張られている対爆ガラスに白いヒビが走る。夜戦艦橋内も激しく揺さぶられ、加藤は足もとをすくわれて転倒した。

「大丈夫ですか!?」

近くにいた阿波の副長が慌てて駆けよってくる。それに艦長の声が重なった。

「加藤司令官！　あとは我々に任せて、艦隊司令部は司令塔へ入ってください!!」

本来ならとうの昔に、司令部全員は司令塔に降りていなければならない。

だが加藤が艦橋にいると言い張ったため、仕方なく艦隊参謀長と艦務参謀、そして控えの操舵手のみが司令塔へ降りていた。

「いらん心配はするな！　この夜戦、タイミングが命だ。私が司令塔に降りてしまえば、誰が正確なタイミングで第二派遣艦隊を突入させられるというのだ！」

見れば加藤は、左足を引きずっている。

ズボンの裾から細い血の筋が流れ出しているところを見ると、どこかぶつけて裂傷を生じたか、さもなくば左足に開放骨折を受けた可能性もあった。

それに気づいた副長が、血相を変えて叫んだ。

「衛生兵、すぐ来い！　医務室に大至急連絡、司令官が負傷なされた!!」

「私は艦橋にいるぞ。どうしても治療したいなら、ここで受ける」

加藤が見せる、鬼のように上気した顔。

そのような表情を見るのは、艦橋に詰めている者も初めてだった。

6

三一日未明　ユカタン半島東方沖

「両舷方向より敵駆逐部隊！」

血相を変えた伝令が、スペイン艦隊旗艦――戦艦エルカミラの司令塔へ走りこんで来た。

「このままだと集中雷撃を食らう恐れが……」

艦隊参謀長が、慌てた素振りで艦隊司令長官のロベルト・レデーロ中将に進言する。

「先ほどの報告では、敵艦隊旗艦へ直撃弾を与えたとあった。その敵艦隊は、我が艦隊の右舷方向へ向かいつつ、堂々と逆行戦を挑もうとしている。

なのに優勢な我々が、なぜ回避せねばならん。敵駆逐隊が挟み撃ちにしようとしているのは、少しでも敵主力艦から注意をそらしたいという焦りからきていることがわからんのか！」

「ですが……」

参謀長がなおも食い下がるのも、まあわからないではない。

この夜明け前の暗闇、しかも敵主力艦と激しい砲撃戦を行なっている最中に、複数の魚雷が放たれたら、まず避けきれない。

戦艦主砲弾が当たれば上甲板や喫水上の構造物に被害を受け、その結果、戦闘能力が低下する。しかし魚雷が当たるのは喫水下のため、被害は速度低下と浸水となって現われる。

現状でどちらを取るとなれば、レデーロは雷撃ダメージを優先しなければならない。

スペイン艦隊は海戦を終えた後も、はるか彼方のスペイン本土まで戻らねばならない。その場合、敵の追撃を振りきる速度が重要なのだ。

戦闘能力が低下するといっても、主砲すべてが沈黙することはまずない。ならば、どちらを選ぶかは明白だった。

なのにいま命じたことは、完全に逆をいっている。その真意はレデーロにしかわからないが、もしかすると焦りのあまり誤判断した可能性もあった。

「第二／第三駆逐隊に、敵駆逐隊を阻止するよう緊急命令を出せ。第四駆逐隊は、そのまま敵艦隊に張りついてよい。第一駆逐隊は、現状のまま主力艦の直衛を努めよ。すぐに送れ！」

このままユカタン海峡を突っきれば、敵艦隊は反転して追撃に移るはずだが、そのぶん時間が必要になる。

対する自艦隊は艦隊最大速度で直進中のため、このまま進めばかなりの距離を開けることが可能になるはずだ。

その距離を生かし、なんとしてもタンピコへ一撃を食らわせ、メキシコシティにいるメキシコ・ナチスSS部隊に反撃の合図を送らねばならない……。

それが、ヒトラー総統直々にレデーロが命じられたことなのだから、たとえ艦隊が全滅しようとなし遂げなければ、最悪の場合、スペイン海軍の最高幹部にまでヒトラーの怒りが及ぶ。

自分が粛清されるだけならともかく、恩義ある上官や家族親戚まで罪に問われることだけは、なんとしても避けねばならない。

ナチス連邦軍は、勝利を得れば法外な褒美を、失態を演じれば想像以上の罰が与えられるよう、鉄の規律で縛りあげられている。

なにしろ比較的少数にすぎない各国SS部隊が、大多数の各国国軍を統率するには、飴と鞭による規律の維持しかなかったのである。

「重巡ビセンテ、敵重巡の砲弾が第三砲塔付近に命中！」

伝音管を通じて、夜戦艦橋から報告が入る。

司令塔には、きわめて視界の悪い丸窓が数個しかないため、ほとんど外の様子はうかがえない。

情報はすべて、エルカミラの艦長が個艦の指揮を行なっている艦橋から得るしかなかった。

――ドガッ！

いきなり真横から、見えない大ハンマーで殴られたような衝撃が起こった。

次の瞬間、司令塔の丸窓に大量の海水が降りかかる。

「艦橋左舷中央、魚雷一命中！」

やはり避けきれなかった。

相手はどうやら米海軍ではなく、命知らずの日本海軍のようだ。

米海軍の駆逐艦は、比較的遠くから雷撃を実施する。だが今回の敵は、先ほど報告のあった時点からかなり遅れて雷撃してきた。

遅れたということは、それだけ砲弾の嵐の中を突っ込み、距離を詰めてきたということだ。

二隻の戦艦と二隻の重巡相手に、たかだか四隻ずつの二個駆逐隊が戦果をあげるには、本気で死ぬつもりでないと届かない。それを相手はやってのけたのである。

「敵駆逐隊の動きはどうなっている」

魚雷を放った駆逐隊は、ひとまず離れて再突入をくり返す。そうでなければ、艦尾方向へ逃れた後、後から追い撃ちの魚雷を発射する。

それらを見極めなければ、主力艦を守ることなど不可能だ。

「左舷から突っ込んできた敵駆逐隊は、重巡スハイツの集中砲撃を受け、一隻が撃沈されています。残り三隻のうち、雷撃を実施できたのは一隻のみです。その一隻が放った魚雷の一発が、先ほど我が艦へ命中しました。他の二艦は、雷撃態勢に入る前にいずれも被弾し、隊列を離れています。

なお、右舷側から接近していた敵駆逐隊は、二隻の戦艦の直射範囲内に飛びこんできたため、敵戦艦を狙った戦艦主砲弾の一部が、直撃ではないにせよ牽制の役割を果たしていて、なかなか第一駆逐隊の直衛を突破できないようです」

「これは……勝てるぞ！」

状況を聞いたレデーロは、確信を声に出した。

敵にいる一隻の戦艦は、艦橋付近に砲弾を食らい、かなり指揮系統に混乱を来しているると考えられる。

先頭を行く敵重巡一隻は、すでに何発かの砲弾を食らい、砲塔の一部も沈黙している。

そして、敵艦隊の頼みの綱ともいえる駆逐隊は、味方艦による猛烈な砲撃により、もはやこれ以上の戦果を望める立場にない。

対する自艦隊は、旗艦に魚雷一発と僚艦の戦艦に砲弾一発を食らい、重巡一隻も被弾したものの、まだ優勢に戦いを進める余地がある。

このまま撃ち勝った状況で戦闘海域を離脱できれば、たとえ敵艦隊が追撃に転じても脅威度はかなり低くなる。

そう感じたレデーロは、司令塔に響くほどの大声で命じた。

「全艦、応戦しつつ全速で戦闘海域を突っきる。そのままタンピコ沖まで突っ走れ。これから先、いかなる邪魔が入ろうとも、足を緩めることは許さん。我々のタンピコに対する対地砲撃こそが、メキシコ軍に対する反撃のとなるのだ！」

頑とした態度のレデーロを見て、ついに参謀長も翻意（ほんい）させることを諦めた。

すぐに伝音管のところへ走り、艦橋と信号所に対し長官命令を伝えはじめる。

と、その時……。

こちらから呼び出したはずの信号所から、命令を遮る形で報告が入った。

「正面やや左舷方向に、新たな艦隊を発見！」

それはレデーロにとって、まさしく死刑の宣告にほかならなかった。

＊

「第一派遣艦隊が反転するまで、時間を稼げ」

敵艦隊をほぼ正面に見すえた宇垣纏は、落ち着いた声で参謀長へ告げた。

宇垣は現実主義者であり、戦いにロマンを求めるようなことはない。当然、艦橋に立ったまま戦闘に入ることもなく、いまは司令部全員とともに旗艦伯耆の司令塔へ入っていた。

「全駆逐隊、鶴翼陣（かくよくじん）にて突入命令を待っています」

命令を受けた参謀長は、返事として現状を報告した。

「まだだ。第一派遣艦隊が反転し、完全に包囲網を閉じてからでないと一網打尽にはできない。ここで決着をつけないと、敵は包囲網を振りきり、なんとしてもタンピコ方面へ突進するはずだ。そうさせてはならん」

「敵主力縦陣の戦闘艦、前部砲門の射撃を開始しました!」

観測所からの報告のすぐ後、かすかに海面へ着弾する音が届いた。

「遠いな……」

少し前まで第一派遣艦隊に向けられていた主砲のうち、前部にある四門をこちらへ向けなおし、強引に撃ってきたらしい。

そのようなつけ焼き刃的な攻撃など、当たるはずがなかった。

「彼我の距離、一三キロ!」

そろそろ主砲直射距離に入る。

直射は面倒くさい弾道計算がいらないし、まっすぐ狙えるため命中率も高い。

これ以上の待機は、第二派遣艦隊にとっても賭けとなる……。

「第一派遣艦隊、反転終了。かなりの被害を出していますが、戦える艦すべてが鶴翼陣に移行し、敵艦隊後方より追撃を開始! 我が艦隊に対し、作戦開始命令が出ました!!」

いまの報告は、通信参謀が受けた通信室からの連絡である。

「艦橋へ命令伝達。伯耆、前部主砲射撃を開始せよ。重巡十和田へ伝達。同じく前部主砲にて、敵重巡を阻止せよ。

全駆逐隊へ伝達、第一派遣艦隊が砲撃を開始するまで、突入態勢を維持して待機せよ。第一派遣艦隊の砲撃開始と同時に、両艦隊の駆逐隊すべてが全方位から突入する。以上、ただちに伝えよ！」

ふたつの鶴翼陣が敵艦隊を包み込む。

宇垣の乗る伯耆と重巡十和田は、ツルの胴体から飛び出た長い首と頭部だ。

ツルが嘴（くちばし）で相手を牽制する。後方からも、もう一匹のツルが同じように嘴でつつく。

当然、囲まれた敵は、嘴の攻撃に対処するしかない。

だが……。

本当の脅威は、二匹のツルが大きく広げた両の翼なのだ。両翼は素早く間隔を狭めていき、最後に二匹の翼が致命的な打撃を相手に与える。

逃げ場は、どこにもない……。

これが加藤隆義中将が宇垣纏へ伝えた、乾坤一擲の殲滅作戦だった。

＊

三一日、夜明け――。

「天鷹／海鷹／涛鷹航空隊、出撃！」

第二派遣艦隊の後方一二〇キロに退避していた三隻の軽空母は、夜明けとともに最新の敵艦隊情報を受けとるや否や、上空待機させていた全航空隊に対して出撃を命じた。

三隻の空母を任されたのは、涛鷹艦長の野元為輝大佐だ。

本来なら二隻の軽空母を参加させている第二派遣部隊から臨時の指揮官を選ぶのが妥当だが、なんとしても第一艦隊主導で作戦を完遂させてやりたいと考えた宇垣が、あえて涛鷹を軽空母部隊の臨時旗艦に推薦したのである。

「これで終わりになるかな」

飛び去っていく八〇機余りの航空隊を見送りながら、野元は元気を取りもどした加世参謀長へ尋ねた。

「最新の報告によりますと、敵艦隊で無傷の艦は駆逐艦数隻のみとなっています。やはり包囲集中雷撃、しかも見通しのきかない夜明け前の攻撃とあっては、敵も逃げ場がなかったようです。

なお、敵重巡一隻と軽巡二隻は、すでに撃沈を確認しています。残る戦艦二隻のうち一隻は、複数の魚雷を両舷に受け、かなり喫水が下がっているようです。速度も八ノットまで落ち、もはや逃走することすらできません。

もう一隻の戦艦は、沈んだ軽巡が魚雷を防ぐ盾となったせいで、右舷のみの被弾となっています。現在も右舷側へ三〇度ほど傾いた状態ですが、速度は一六ノットほどで航行可能なようです。

もっとも、速度低下のひどい戦艦のほうに艦隊速度を合わせていますので、全体の速度は八ノットのままです。

残りの重巡一隻と軽巡二隻、駆逐艦数隻は主力艦群を周回しつつ、いったん離れた第一／第二派遣艦隊を警戒している模様です」

「さすがに敵も、夜が明ければこちらの航空攻撃があることを承知しているだろうな。なのに、加藤司令官による降伏勧告をはねのけて進撃を続けている。おちぶれたとはいえ、さすがはスペイン艦隊と言うべきだろうか……」

スペイン海軍は、こと矜持にかけては現在も世界一を自負している。

名だたる提督が、いずれもスペイン王室ゆかりの貴族出身であることも、気位の高さを助長しているようだ。

なのに頭をナチスSSに押さえつけられているのだから、その鬱憤たるや日本人の想像以上のものに違いない。

反対に日本海軍のほうが、最近はアメリカナイズされて、すっかり精神論が影をひそめているのと対照的である。

「ヒトラー総統からすれば、扱いにくい貴族出身のスペイン艦隊を、たんなる様子見を兼ねた捨て駒として使ったわけですから、ここで全滅させても痛くもかゆくもないでしょう。

それよりも、スペイン艦隊が全滅するまで、ヒトラー総統とナチスメキシコのために奮戦したという事実のほうが重要になります。おそらくナチス連邦は、勇猛果敢に戦って果てた彼らというストーリーを、ここぞとばかりに連邦内で喧伝するでしょう。

その結果、全方面におけるナチス連邦軍の士気が高揚する……ここまで読むことはできても、それを阻止することは、いまの我々にはできません。口惜しいですが、まだ自由連合は、ヒトラー総統の手のひらの上で遊ばされている感じがします」

自由連合は、ひたひたと迫るナチス連邦の魔の手から逃れようと、カントリーロード作戦をはじめとする果敢な作戦を実施してきた。

これに対しナチス連邦中枢部は、あい変わらず英国本土に対する大規模空襲のみでお茶を濁し、唯一ナチスロシアを使って満州攻略を達成しただけだ。

当初、自由連合最高会議は、ヒトラーがヨーロッパを席捲した時のような、目が醒めるような電撃作戦を用いて、全世界で同時多発的な侵攻を実施すると思っていた。

しかし、現実は正反対となっている。

まだ充分すぎる余力を持っているにも関わらず、ナチス連邦各国は、すでに交戦を行なっている国を除き、ひたすら軍備を温存しつつ様子をうかがうばかり……。

ここまで徹底されると、何かあると勘繰るのが普通だ。

ヒトラー総統は、何を待っているのだろう。

カントリーロード作戦が、どこかで破綻するのを待っているのか。それとも、ロシアが中国へ攻め入るのを待っているのか。

はたまたナチスイタリアが、北部アフリカ戦線において唯一の自由連合陣営にいるエジプトを席捲するのを待っているのか……。

それこそ、ナチス連邦の思惑は、ヒトラー連邦総統の思惑次第だ。

事前にどれだけ周辺情報を集めようと、土壇場でヒトラー総統が拒否すれば、すべての計画は変更される。当然、事前情報をもとに敵情の推測を行なっていた自由連合の情報機関は、すべて裏をかかれることになる。

これがあるからこそ、ナチス連邦の出方が読めないのである。

「しかし、ここでスペイン海軍の戦力の三分の一を削ることは、今後の大西洋方面における諸作戦において、かなり有利になる。

むろん、まだスペインには三分の二の海軍戦力と、ほぼ無傷の陸軍戦力が残っているのだから、そう簡単に大西洋を渡らせてはくれんだろう。

だが……カントリーロード作戦が成就すれば、南北アメリカ大陸は自由連合の聖域となる。そうなった場合、太平洋全域もまた、自由連合の海となる。そうなって初めて、自由連合は大西洋に打って出ることが可能になるのだ。

まだまだ先は長い。ナチス連邦軍も、いずれどこかの時点で、我々を阻止すべく全力で向かってくるはずだ。それに負ければ、せっかく手に入れた聖域も、やがて削り取られてしまうだろう。

第二次世界大戦は、どう考えても長期戦になる。ひとつやふたつの国が滅んでも、おそらく決着はつくまい。

その点、衛星国家が多少滅んでも平気なナチス連邦に比べ、自由連合は所属国家のひとつでも滅べば重大な局面に立たされる。

とくに中心となる米国／英国／日本／豪州／カナダの五ヵ国のいずれかが再起不能な状況に追い込まれたら、自由連合も瓦解する可能性が高い。

そして……恐ろしいことに、この中で最も滅ぶ可能性が高いのは英国であり、次に日本であることだ。

ただし英国は、段階的に本土を蹂躙された場合、国家国民ともに合衆国へ逃れることができさえすれば、最悪でも国家が滅亡することだけは避けられる。

しかし日本の場合、日本がナチス連邦に占領されるだけで、太平洋の半分が無防備となり、南北アメリカ大陸が直接の脅威に晒される。

こうなると、劣勢をくつがえすのは難しい。つまり日本の存亡が自由連合の存亡に直結するわけだ。

英国の場合は、まだ耐えられる。だからこそ極東方面では、ロシア軍がかなりの無茶をしてでも、北海道北部へ乗り込んできたのだ。

あの行動は、本気で日本を攻めたわけではあるまい。今回のスペイン艦隊同様、あくまで相手の手口を見るための様子見と、自陣営における士気の鼓舞にあると私は考えている。

だから、ナチス連邦の次の一手が本命となる可能性が高い。極東とメキシコ湾における様子見を終えたヒトラー総統が、次に何をしでかすか……その兆候のかけらでも手に入れられれば、今後の展開も読めるのだが、まだその報告はない」

野元にしては、ずいぶんと長く喋ったものだ。

どのみち航空攻撃隊が戦闘に突入するまで、あと数分の余裕がある。

たった一二〇キロとはいえ、爆装や雷装した艦上機が飛び越えるには、それなりの時間が必要だからだ。

その間、野元たちは空母周辺の警戒をする以外、やることがない。だからこそ、珍しく長話になったのだろう。

しかしそれも、もう終わりだ。

「攻撃隊、到達時刻です」

涛鷹の航空隊長が、予定の時間になったことを告げに来た。

あとは現地から、攻撃隊による無線電信連絡が届くのを待つばかりだった。

第5章　新たな戦いの兆候

1

一九四一年九月　ドイツ・リューベク

ベルリンの北方二〇〇キロにあるリューベクは、ナチス党がドイツの支配権を確立して以降、最初に大規模な軍港機能の拡張と建艦の中心的役割を与えた港湾都市である。

とはいっても、すでにリューベクは大航海時代あたりから港湾都市として栄えていた歴史があり、プロイセン帝国時代であっても造船や海運・漁業の盛んなところではあった。

しかし、ヒトラー総統が命じた開発規模は、当時の世界においては驚愕すべきものであり、その大半が軍事機密に覆われて外国へは隠されているにも関わらず、自由連合の各国情報機関が懸命の努力を傾けた結果、ある程度のことまでは判明するに至っている。

その情報によると、現在リューベクに存在する建艦用注水ドックは、一〇万トン一基／八万トン一基／五万トン三基／二万トン五基、これとは別に、建艦用船台が九万トン一基／七万トン二基／二万トン四基となっている。

これは日本全土にある既存の大型建艦施設の半分に達する規模で、基本的には陸軍国家であるはずのナチスドイツが、なぜここまで海軍に固執するのかと、どの情報機関も首を傾げたらしい。

だが、ヒトラーは見抜いていた。

自由連合に壊滅的打撃を与えるには、海を越えて攻撃する能力が不可欠なことを。

そこで、まず陸の覇者となるべく陸軍の大増強を行ない、見事にナチス連邦を築き上げた。

ナチス連邦は一言でいえば、ヨーロッパ大陸とユーラシア大陸の大半を制する国家群である。

まずハートランド（神聖不可侵な中核地域）を陸軍で確保し、つぎにハートランドを取り巻くリムランド（中核地域を守る周辺地域）を確保する。

これをナチス連邦に当てはめると、ドイツ／フランス／オランダ／イタリア／ロシア／東欧諸国がハートランドであり、スペイン／北欧諸国／バルカン半島／ギリシャ／トルコ／イラン／メキシコ／南米諸国／北アフリカがリムランドとなる。

そして、その外側に海洋国家群の自由連合諸国が位置している。

つまり自由連合に勝利するためには、リムランドから侵略を開始するか、もしくは海を渡るしかない。それをナチス連邦結成の一〇年も前に、ヒトラーは計画していたのである。

むろん海洋国家群の意地にかけて、自由連合も前代未聞の海軍大増強計画を練った。

日本や合衆国国内の既存造船所の近代化はもちろんのこと、新たに日本国内で一〇万トンドック一基／一〇万トン船台一基を、長崎湾の香焼島（こうやぎしま）にあった民間造船所を拡大する形で設置、佐賀県の伊万里湾に中・小型造船所の集合地帯を建設、同時に八〇〇〇トン級六隻／五〇〇〇トン級八隻／二〇〇〇トン級一〇隻が建艦できるようにした。

横須賀にある既存の六万トンドックは延長され、一〇万トンドックとして生まれ変わっている。横浜には二基の四万トン空母専用船台が新設された。

その他の地域でも、主に民間造船所を増強するかたちで、最大二〇〇〇トン級の潜水艦・駆逐艦や、最大一〇〇〇トン級の海防艦／防護艦／襲撃艇／駆逐艇などが大量生産できるよう法律で定められ、多額の国家予算が投入された。

合衆国はさらに大規模な計画を実施していて、戦艦を半年で一隻／正規空母を三ヵ月で一隻／護衛空母と軽巡を一ヵ月に一隻／駆逐艦を一週間に一隻／潜水艦を一週間に二隻の予定で建艦できる態勢を完了させつつあった。

英国は英本土が猛攻に晒されているため、英本土での建艦を諦め、早々にインドを英国の後方支援地域と定め、日米には劣るものの、英本土なみの新規造船所を複数、インド沿岸の諸都市に建設中だ。

これら日米英とは別に、自由連合の予算を用いて、カナダのトロント／バンクーバー、台湾の基隆／高雄、オーストラリアのダーウィン／ブリスベン、シンガポール、スマトラのバンガ島、中国の上海にも新規の軍用造船所が建設されている。

このうち台湾の基隆とオーストラリアのブリスベン、カナダのトロントにある造船所はひときわ大規模で、それぞれ極東／南太平洋／北米の三方面で大規模な艦船喪失が発生しても、一ヵ月以内に半数以上の復旧が可能になるよう工夫がなされている。

ともかく……。

ナチス連邦は、なんとしても海のむこうへ攻め入り、敵地を占領しなければならない運命にあるし、自由連合は、攻めてくる敵をことごとく殲滅（せんめつ）しても、敵のハートランドとリムランドをどうにかしないと永久に戦争が終わらないことになる。

そして現在。

戦争を仕掛けられた側の自由連合は、まず自分たちの聖域を確保すべく、南北アメリカ大陸を支配下におく作戦――カントリーロード作戦を発動した。

対するナチス連邦は、ハートランド確保の仕上げとなるユーラシア大陸東端の満州・朝鮮・中国を強襲する作戦を実施、耐えきれずに自主的な撤収を行なった自由連合の策もあり、見事、満州全域を確保するに至っている。

つまり両陣営とも、現在までの戦いは自陣営の聖域を確保するための防衛的な戦闘であり、まだ本格的な敵陣営への侵略は行なわれていないことになる。

しかし、両陣営の戦略が進むにつれて、そろそろ新しい動きが出はじめる時期に達していることも確かだ。

そして、常に先手を取らねば気がすまないヒトラー総統は、今回もまた、自由連合を出し抜く形で新たな戦線を構築する目論みを張りめぐらせていた。

リューベクにあるナチス連邦海軍建艦廠支部に、やや嫌味のこもったヒトラーの落ち着いた声が流れた。

「どうしても、カタパルトの装備は無理というのかね」

ヒトラーの座る一人掛け用ソファーの前には、三人の男が立っている。

一人はドイツ人科学者、一人は建艦廠支部長、最後の一人は、ナチスドイツ海軍大臣に昇格したエーリッヒ・フォン・レーダー（連邦海軍相を兼任）である。

ちなみにナチスドイツにおいては、以前は国防大臣が一人いるだけで、陸海空三軍は国防大臣に統率されていた。

最後の国防大臣はヴェルナー・フォン・ブロンベルグだったが、ブロンベルグが連邦陸軍相になったのを機会に、ドイツ国内も連邦最高会議にあわせ、陸海空大臣を新設したのである。

声をかけられたドイツ人科学者は、連邦建艦廠本部から派遣されてきた空母建艦の専門家で、名前をヴィルヘルム・ハーデラーという。

まだ若い科学者だが、ベルリン工科大学の船舶造船科助手を六年務め、昨年に斬新な設計の本格空母設計を発表したことがきっかけとなり、ヒトラーの目にとまった男だ。

「総統閣下がご希望なされている蒸気式カタパルトは、蒸気供給の安定と密閉に難があり、まだしばらくは実用化できません。

既存の火薬式射出方式であれば可能ですが、これだと射出ごとに火薬カートリッジを装填しなければならず、しかも燃焼ガスの圧力による金属劣化と酸化で、頻繁なユニット交換が必要になってしまいます」

ヒトラーは、すでに開発が開始されているジェット機を念頭に置き、ドイツ製ジェットエンジンの欠点である初速の遅さを補うため、最初から空母にカタパルトを装備させようとしていた。

だが、まだ小型水上機を射出する程度の火薬式カタパルトしか存在しないため、一足飛びの蒸気式大出力カタパルトは開発が難航しているらしい。

「ふむ……では、カタパルトなしで当面は運用し、開発に成功したらユニット交換で設置できるようにならぬか」

これには建艦廠支部長が額（ひたい）に汗を浮かべながら答えた。

「それは可能です。どのみち飛行甲板は爆撃を食らった場合に備え、一定サイズで交換修理が可能になるよう設計されていますので、一ヵ月程度の入渠で大丈夫と判断します」

「ならば、仕方がない。ともかく一日でも早く空母を大量に建艦せねばならん。極東とメキシコ湾で起こった海戦で、私が実験のため派遣させたスペイン艦隊とロシア艦隊が、日米の軽空母によって多数の艦を失ったのだ。

まだ連邦各国の首相は気づいていないが、強力な艦上機を多数搭載できる大型空母は、日昼においては戦艦をも撃沈できる海の覇者となった。

日米が使ったのは軽空母との報告だったが、軽空母二隻か三隻で大型正規空母一隻に該当することを考えれば、我がナチス連邦は、ともかく大型空母を早急に三隻用意し、その後、補助用として軽空母を多数建艦せねばならん。

そして、ジェット機が実用化されたあかつきには、速やかに既存空母へカタパルトを追加し、同時に、ジェット専用の超大型空母の建艦を実施する予定になっている。

これはドイツ本国のみの場合であり、既存形式の正規空母そのものは、イタリアで二隻、ロシアで一隻、スペインも一隻が建艦中だ。

軽空母に至っては、軽巡の建艦に準じるとして連邦各国に任せてあるが、総数で一〇隻以上が年内に就役することになっている。まあ、その中には軽空母というより航空機運搬船に近い代物も混じってはいるが……。

むろん、このリューベクにおいても、一〇万トンドックと七万トン船台において、H2級戦艦二隻の建艦が行なわれているのを見てもわかるとおり、あくまで打撃戦力の中心は戦艦と考えている。

しかし、その戦艦を目的地まで無事に届けるためには、絶対に空母が必要なことが判明した。そのためのロシア海軍とスペイン海軍の犠牲だったのだ。

現状の海軍戦力は、まだ自由連合のほうが優っている。しかしそれも、来年末までには逆転するはずだ。それを可能にするのも失敗に終わらせるのも、諸君たちの双肩にかかっている。

海軍大臣に、現役の海軍最高位にあるレーダーを据えたのも、この私が本気で連邦海軍を世界最強に仕立てるつもりであることの証だ。それを拒む者は、いかなる地位、いかなる名声があろうとも、私は断固として排除する!」

次第に演説調になっていくヒトラーの声。

その声の高さが上がっていくにつれて、レーダーを除く二人の顔色が、紙のように白くなりはじめた。

「総統閣下、そろそろ作戦会議のため、ベルリンへお戻りになる時間です。直通の総統専用アウトバーンを使えば一時間半程度で到着できますが、それでも時間ぎりぎりになりますので」

レーダーが澄ました顔で進言した。

彼がここにいるのは、空母建艦を予定通りに完了させるための方便であり、総統の意志は海軍の総意でもあることを知らしめるためだ。

したがって、レーダーがヒトラーの逆鱗（げきりん）に触れることはない。それがわかっているだけに、さっさと仕事を終わらせて海軍の実務へ戻りたいようだった。

「もうそんな時間か。今回、総統府には連邦三軍の担当相が集まる以上、遅れるわけにはいかんな……よし、戻ろう。諸君、ナチス連邦に忠誠を見せてほしい。いいな？」

最後に駄目押しをすると、ヒトラーはソファーから立ちあがった。

＊

九月一〇日午後——。

待ちに待った報告が、ワシントンのロズリン地区にある自由連合最高会議の議場にもたらされた。

しかも、二つ同時にだ。

ルーズベルト大統領は、連邦各国の全権委任者たちと、ちょうど情報関連の会議を行なっていた最中だったため、情報を持ってきた情報調査局の局員は、席に座って説明を行なっていた局長のウイリアム・ドノバンのところへ書面を置いた。

それを一読したドノバンが、ふいに立ちあがった。

「皆さん、朗報です！　メキシコシティにおいてメキシコ国軍がクーデターを起こし、ナチスSS隊員全員と装備のすべてを確保したそうです！

それから、日本の北海道北部で孤立していたロシア陸軍部隊が、ついに音をあげて降伏してきたそうです!!」

いきなりのサプライズだったため、一瞬、議場がどよめいた。

すかさずルーズベルトが、議長としての役目を果たす。

「それは確報なのかね。この場で発表することは、すべて確報でなければならん。憶測を交えれば、自由連合全体の方向性に狂いが生じる」

「ロシア陸軍の降伏については、在米日本軍総司令部から正式の報告が文書で届いています。実際の降伏受諾は六時間前だったそうですが、現地での確認に時間がかかったようです。

その報告によると、降伏したロシア陸軍は、ハバロフスク軍区所属の第八六歩兵師団と第二二六機甲旅団、第五二／第八四砲兵連隊となっています。

捕虜となった将兵は、傷病兵を含め二万四〇〇〇名余。これらは日本政府の管理下に置かれ、当面、旭川に捕虜収容所を設置して、そこに収監するとのことでした。

また、ロシア陸軍の出撃拠点となったコルサコフ軍港は、三日におよぶ空母航空隊の爆撃で、ほぼ港湾機能を喪失。港へ退避した重巡二隻を含む大半の船舶を、爆撃と銃撃で破壊することに成功したそうです。

コルサコフで待機していたロシア陸軍部隊に対しても、戦艦と重巡による砲撃を交えた昼夜連続攻撃を実施し、集積物資の大半と予備の戦車や砲などの補充用軍備の大半、予備兵員宿舎、船舶用燃料タンク、陸軍用燃焼集積所などを破壊したとのことでした。

これによりコルサコフ軍港は、軍港としての機能だけでなく、出撃拠点としての機能も完全に失い、残存ロシア陸軍部隊のおよそ四個師団相当は、サハリン北部へすべて撤収したとなっています。

つまり、ロシア陸軍による北海道侵攻作戦は完全に阻止され、今後も当面の間は再侵攻を実施できない状況に陥った。日本陸軍ではそう判断しています。

次にスペイン艦隊関連ですが……。

三時間ほど前に、東岸作戦司令官のアンソニー・マコーリフ少将から、連合陸軍総司令部へ直接に暗号電文が送られてきました。

そこで合衆国政府所属の情報調査局としても、情報の確度を上げるため、現地にいる作戦随伴要員へ至急暗号電を送り、前後の状況を精査させていました。

その返事がこれですので完全に事実です。

メキシコシティを掌握したメキシコ国軍は、ただちに我が方の作戦実行部隊に対し、抵抗をやめて投降することを伝えてきました。

投降条件は、首都住民の安全確保と自分たちの身分および待遇の保証、ナチスSSやメキシコナチス党員、ナチスメキシコ政府要人の、連合軍による迅速かつ完全な捕縛および戦時法廷での厳重な裁定を確約するよう言ってきました。

かように、彼らはクーデターを起こして政権を奪取しましたが、今後、軍政を敷くつもりはないようです。

なぜなら、彼らの大半が中位から下位の将校、あとは兵たちばかりで、上位の将や佐官はクーデター勃発時に多くが拘禁されていたため、ほとんどが射殺されたということで、軍政を担える人材がいないそうです。

また、ナチスSSとナチスメキシコ政府は、スペイン艦隊が味方作戦部隊の背後から砲撃を実施すると同時に、起死回生の反撃に出るつもりだったようです。

しかし、スペイン艦隊が敗退して全滅同然になったことが判明すると、一転して南米諸国へ亡命しようと画策をはじめました。

国を捨ててまで生き延びようとするナチス党政府とSS隊員に、国軍若手将校が怒り心頭に発し、ついに三行半を突きつけた……じつのところ、これらの流れは、自由連合各国の情報機関が総力を結集して行なったメキシコ国軍離反工作が、見事に成就したことを意味しています。

これは永遠に表に出せないことですが、確報をもたらしてくれた現地工作員が、離反工作の重要な役目を果たしており、その彼が現状で最も正確な情報を持っていると判断したからこそ、いまこうしてご報告できているわけです」

さりげなく自分たちの手柄を自慢するあたり、さすがは煮ても焼いても食えないと評されているドノバンだけある。

「反乱軍が軍政を担わないとなると、メキシコは無政府状況となるが……」

本業が政治家のルーズベルトは、まずそこに注意を向けた。

「それは大丈夫です。もともとカントリーロード作戦では、メキシコ首都陥落のあとの無政府状態を最短期間とするため、駐留部隊による暫定的な臨時政府の立ちあげと治安維持を予定していました。

当座は駐留部隊の軍事力を背景に治安の安定を行ない、その間に制圧したメキシコ各地で救助した親米政治家や政治活動家、そして潜伏していた旧メキシコ政府要人などへ政権を引きついでいくことになっています」

「それなら、まあ大丈夫だと思うが……念のため合衆国政府としても、現地へ政権移行のための監視団を派遣することにしよう。新たなメキシコ政府が、自由主義陣営の一員となるためには、それなりの手順が必要になるからな」

すかさず合衆国の影響を植えつけようとするルーズベルトに対し、カナダ政府の特使として来ている副首相が、慌てて口を挟んだ。

「そういうことでしたら、監視団は自由連合各国の合同派遣という形にしてほしいですな。我が国としては、すぐにでも用意できますが」

あまりに正論だったため、ルーズベルトは自分の浅慮に気づき、少し苦笑いした。

「これは失礼した。それもそうだな。では、この会議の席もあることだし、各国全権委任に監視団派遣の有無を含めた、本国に対する打診をお願いしよう。

ただし、あまり悠長に準備されても困るから、三日後までに結論を出し、二週間後には監視員が合衆国へ到着するようにしてほしい。これでよろしいかな」

ルーズベルトが簡単に折れたため、カナダ副首相もそれで納得した。

ひとまず話がついたのを見計らうように、イギリス全権委任のハリー・ホプキンス特使が発言を求めた。

ホプキンスはルーズベルトとも親交があり、チャーチル首相の信任も厚い。そのため、当座は在米英国大使が務めていた全権委任の職を、先月末あたりから引きついでいる。

「これでメキシコ方面は一段落したわけですが……我が英国は、まさに風前の灯火の様相となっております。

ナチス連邦の航空爆撃は熾烈を極め、最後の防波堤となっていた英本土空軍も、次々と投入されてくる連邦の戦闘機や爆撃機の前には多勢に無勢。最前線の南部航空隊に至っては、残存戦闘機ゼロのまま、連日、滑走路へ爆弾を食らっている始末です。

それでも英国空軍は、ロンドン上空の直衛と迎撃を、主にバーミンガムとヨークシャーの航空隊でカバーしつつ、南イングランド市民の北部およびスコットランドへの避難を急いでいるところです。

だが……そう長くはもちません。自由連合を通じて合衆国から航空機の提供こそありますが、肝心のパイロットが激減しているせいで、飛ばせる戦闘機に限りがあるからです。

そこで今回、私はチャーチル首相の特命を受け、この会議において是非とも自由連合軍の航空部隊を、航空兵ともども英本土へ派兵していただきたく、この席へ座っております。

各方面、苦しい戦いなのは重々承知しておりますが、英国は祖国存亡の危機に面しているのです。もし英軍航空隊が壊滅すれば、間違いなくナチス連邦は上陸作戦を実施するでしょう。

そうなれば、英本土は短期間で陥落します。

その結果、英王室と政府、多くの国民が亡命を余儀なくされ、その多くが合衆国やオーストラリアへと移動することになるでしょう。その時の輸送状況によっては、恐ろしいほどの人的被害が生じると予想しています。

ですから、そうなる前に、なんとか皆さんのお力で英国を助けてほしい！

軍事的に見れば、英国はすでに大半の軍備生産設備と専門要員をインドへ移動させていますので、今後も自由連合とともに戦う所存なのはむろんのことですが、その彼らにしても、祖国を失う哀しみは、今後の継戦意欲に無視できない影響を及ぼすことでしょう。

もし皆さんが、最終的な勝利の日まで、ともに英国と手を携えて行くと決心なされているのであれば、是非ともチャーチル首相の懇願をお聞き入れてほしい……この私からも深く頭をたれてお願いいたします」

そう告げると、ホプキンスは本当に深々とお辞儀をした。

英国の苦境は、この場にいる誰もが熟知している。だが、抜本的な解決に繋がる一手がない……。

出てくる策は、いずれも当座しのぎの救済策でしかなく、よくて現状維持をどれだけ長引かせられるかといったものばかりだった。

それでは、もう駄目だ。

ホプキンスは、それを正式に自由連合内の共通認識として認めさせるため、わざわざ大西洋を越えてやってきたのだった。

「あと二ヵ月で、戦時増産体制の第一段が現実となりはじめる。それまで堪え忍ぶのは無理なのか」

ルーズベルトは、会議の出席者を代表するかたちで質問した。

一〇月末になれば、世界各地の造船所で、まず軽巡と護衛空母／駆逐艦／潜水艦が艤装を完了しはじめる。

最初に建艦される艦は、いずれも既存艦と操艦および戦闘方法が同じように設計されているため、いわゆる習熟訓練はほとんど必要ない。まずは艦を失った提督や乗員に、新たな即実戦可能な艦を与えることが急務となっている。

そして年末になると、新設計の艦――これは正規空母や戦艦といった大型艦を含む、本格的な反攻のための主力艦が完成しはじめる。

その後は五月雨式に完成が続くため、来年の四月には、現在を大きく上回る大海軍が出現することになる。

陸軍や空軍に関しても、ほぼ似たような進行状況となっている。

ただ一部の装備については、たとえば特殊装備扱いで先行配備された各種バズーカ砲なども、一〇月末からは正規の装備として各国陸軍に配備が開始される。その頃には、シャーマン戦車の改良型で主砲サイズを拡大させたシャーマンⅡ型が、合衆国でロールアウトする予定だ。

同時期に、日本とオーストラリア・カナダでも、シャーマン戦車の車体に独自砲塔を乗せた各国仕様が配備を開始される。オーストラリアでは、既存型の駆逐戦車と軽戦車・装甲車輌の量産が開始される予定だ。

日本ではなんとハーレー社の軍用オートバイが、専用ラインを丸ごと輸入し、日本のオートバイ製造会社で量産される。

航空機に至っては、すでに既存機種の生産ラインをオーストラリアとカナダへ移し、日本と合衆国の国内では、新たな大規模生産ラインが工場ごと建設され、そこで次世代機種の拡大試作が始まっている。

なかでも特筆すべきは、ボーイング社の大型爆撃機製造部門から多数の専門技術者が長期来日し、中島飛行機と共同で次世代型の大型爆撃機を試作しはじめていることだろう。

つまりルーズベルトは、それらが続々と戦場へ運ばれるまで、英国は耐えきれないのかと質問したのである。

「難しいところです……ロンドンを放棄し、スコットランドへ政府機能を退避させれば、あと少しは耐えられるでしょうが……。

そうなると、ナチス連邦陸軍を英国南部に上陸させてしまうことを容認することになりますので、チャーチル首相としては、もう後がない最後の策でしか採用しないと思います」

イングランドをナチス連邦に占領されることを容認し、自分たちはスコットランドまで逃げる。

これは英国史上、最も屈辱的な出来事になるはずだ。そうまでして英本土にしがみつく以上、それなりの見返りが必要になる。

それを自由連合は提供できるのか？

ホプキンスの目は、そう問うていた。

問われたルーズベルトも、居並ぶ各国代表も、どうにも妙案が浮かばないらしく、しばらく気まずい沈黙が漂った。

その時。

先ほど議場に入ってきた情報調査局の局員が、再びドアを開けて現れた。

「未確認情報ですが、ドイツ正規軍がナチストルコ軍と合同で、中東方面へ進撃を開始したとの第一報が入りました！

これには一部、ナチスポーランド軍とナチスベルギー軍も参加している模様です!!

なお、エジプトのアレキサンドリア沖に、イタリア艦隊とロシア黒海艦隊が出現し、いまにも砲撃を開始しそうな状況だそうです。

両艦隊の背後には大規模な輸送船団が随伴しているとのことですので、おそらく上陸作戦が実施されると情報調査局では判断しています！」

やはりヒトラーの決断のほうが速かった。

いまにも英本土へ上陸作戦を実施するかのように見せかけ、その裏ではまったく別方面への侵略を計画していたのだ。

むろん英本土についても、状況さえヒトラーの思惑に沿えば、すぐに上陸作戦が実施されるはずだ。それだけの余力が、いまのナチス連邦軍には充分にある。

自由連合軍がメキシコを制圧することを予想の範囲内とし、すでにナチス連邦軍は、次なる一手へ向けて動きはじめていたのである。

しかも今回の中東進軍は、トルコ軍を前面に出しているものの、あくまで主力となるのはドイツ正規軍……。

ポーランド軍とベルギー軍は、おそらく予備戦力もしくは制圧地域へ駐留させるための治安維持部隊になるはずだ。

そうしておけばドイツ正規軍は、後方のことを気にすることなく、電撃的な連続侵攻が可能になる。

あくまでナチストルコ軍の先鋒は、『かつての領土を奪還する』という大義名分を得るための露払いにすぎないのである。

これまでヨーロッパの域内でしか戦闘行動を取っていなかった虎の子中の虎の子が、ついに連邦域外へ出てきた。

これは、よほどの勝算がなければ実行しない部類のものであり、ヒトラー総統の意志の強さと決断力、そして連邦の軍事力を如実に見せつけるものだった。

「次は中東とエジプト……しかも、中東へドイツ正規軍だと⁉」

完全に裏をかかれたルーズベルトは、日頃の政治家としての鉄則を忘れ、思わず内心の思いを顔に出してしまった。

意思決定において時間のかかる自由連合の弱みが、いま露呈している。

いつかは戦場になると考えていた場所ではあるが、たったいま、いきなり現実のものとなって突きつけられた。

それに対して最高会議は、まだ英国をどう助けるかに汲々（きゅうきゅう）としている。

これでは駄目だ。

そう考えたルーズベルトは、テーブルを拳（こぶし）でドンと叩くと、強い口調で告げた。

「カントリーロード作戦と極東作戦に従事している部隊を除く、自由連合の全軍に対し、最高会議議長として最高度の出撃態勢を取るよう要請する！

行き先が英国になるか、さもなくば中東か北アフリカかは、まだわからない。だが、どこの国のどの部隊であっても、出撃命令を受けたら三二時間以内に移動を開始できるよう、連合加盟国政府に対し強く要請する。

ここで無駄話に時間を費やす余裕など、もうなくなってしまったことを、各代表はただちに本国政府へ伝えてくれ。

合衆国軍に対しては、いまこの場で全軍出撃態勢の命令を下す。私は、ヒトラーなどに遅れを取るような恥辱を容認できない。

なんとしても、ナチス連邦の野望を事前に打ち砕く。諸君も母国政府に対し、合衆国に続くようしっかり伝えてほしい。以上、今日の会議はこれで解散する！」

議長の強権を最大限に発揮するのは、自由連合においては難しい。

下手に先走れば、あとあと問題となり、議長国の座を追われることにもなりかねない。

しかしルーズベルトは合衆国の矜持にかけて、このまま指をくわえて見ている気にはなれなかったのである。

かくして……。

自由連合のささやかな勝利など吹き飛んだかのような、超特大の暴風が吹き荒れ始めた。

ヒトラー総統の直命でドイツ正規軍が動いたとなると、これまでの戦いとは次元が違う戦争になる。

自由連合軍もよほど身を引き締めないと、ナチス軍を押し返すどころか、防衛線を各地で喰い破られ、窮地に陥りかねない。

新たな方面での戦争は、間違いなく既存の作戦にも影響を及ぼすだろう。

順調に行っているカントリーロード作戦も、この先、安泰とは限らなくなる。これからが反撃と準備を進めている極東方面も、どこで破綻が訪れるかわかったものではない。

だが、すべての局面で勝利を得ない限り、自由連合に明日はなかった。

第一部資料

〈自由連合軍編制〉

＊本巻に登場する事項のみ記載

◎在米日海軍第一派遣艦隊

＊在米帝国海軍北米艦隊に所属。日米共闘の場合は米軍指揮下に入る
＊所属軍港は米東海岸にあるノーフォーク海軍基地の一画
＊以上は日米同盟の取り決めによる

第一派遣艦隊司令官　加藤隆義中将（旧海兵三一期、在米帝国海軍司令長官を兼任）
旗艦　阿波
　戦艦　阿波
軽空母　涛鷹

重巡　琵琶
軽巡　基隆／伊豆／三宅
駆逐艦　一〇隻
潜水艦　一二隻
魚雷艇　二四隻
海防艦　二四隻
掃海艇　一〇隻

◎在米日海軍第二派遣艦隊
＊在米帝国海軍北米艦隊に所属。日米共闘の場合は米軍指揮下に入る
＊所属軍港はメキシコ湾に面したニューオリンズ海軍基地の一画
＊以上は日米同盟の取り決めによる
第二派遣艦隊司令官　宇垣纏少将（旧海兵四〇期）
旗艦　伯耆

戦艦　伯耆
軽空母　天鷹／海鷹
重巡　十和田
軽巡　恒春／八丈／神津
駆逐艦　一〇隻
亜型潜水艦　一二隻
魚雷艇　二四隻
海防艦　二四隻
掃海艇　一〇隻

◎第一二任務部隊（日米合同艦隊）

＊北一号作戦のため急遽編成された自由連合極東海軍所属艦による任務部隊

主隊　トーマス・C・キンケード少将

戦艦　壱岐
重巡　エリー／朝日
軽巡　小笠原／シアトル
軽空母　雲鷹／マザーホーク
駆逐艦　八隻
第九海区地方駆逐戦隊　稲沢六郎大佐
第一駆逐隊　北竜型駆逐艇　五隻
第二駆逐隊　北竜型駆逐艇　五隻
潜水隊　第九海区潜水戦隊

◎ロシア沿海州艦隊

第三艦隊（エルシャ・ロポフ少将）
旗艦　戦艦　セバストポリ
巡洋艦　イシム／ヤナ

駆逐艦　一〇隻
防護艦　二四隻
第三潜水戦隊
カラギン級　ヴァイガチ／シャンタル／コングエフ
マガダン級　ビゴゼロ／ヴィボルト／メゼニ
　　　　　　ファデフ

〈ナチス連邦軍編制〉

◎スペイン艦隊
スペイン第二艦隊（ロベルト・レデーロ中将）
戦艦　エルカミラ／エルガウデリオ
重巡　スハイツ／ビセンテ
軽空母　エルマセラ

軽巡　エミリオ／ベルガラ／モンテス／ルビオ
駆逐艦　一二隻

〈自由連合軍諸元〉

＊本巻で新登場する装備のみ

備型ー甲潜水艦

＊備型は近距離遊撃型潜水艦を意味している
＊日本海軍が近海特化型海軍へ進化したのに伴い、潜水艦も沿岸防衛中心に整備されてきた。その流れを受けたのが備型
＊甲型は外洋航行可能だが、自由連合海軍の要請により、日本周辺および東南アジアの諸島警備を主な任務としている

基準排水量　九八〇トン
全長　七二メートル

全幅　七・五メートル
主機　ディーゼル・エレクトリック／一軸
出力　五八五〇馬力（水上）／一八〇〇馬力（水中）
速力　二〇ノット（水上）／八ノット（水中）
航続　一四ノット／六五〇〇キロ
兵装　八センチ四五口径単装砲　一基
　　　一二・七ミリ単装　一基
雷装　五六センチ　四門

備型-乙潜水艦

＊備型は近距離遊撃型潜水艦を意味している
＊日本海軍が近海特化型海軍へ進化したのに伴い、潜水艦も沿岸防衛中心に整備されてきた。その流れを受けたのが備型
＊乙型は最も小型の艦種で、主に敵拠点の偵察および待機攻撃を主任務としている
基準排水量　七二〇トン

全長　六六メートル
全幅　七・五メートル
主機　ディーゼル・エレクトリック／一軸
出力　三六〇〇馬力（水上）／一四〇〇馬力（水中）
速力　二〇ノット（水上）／八ノット（水中）
航続　一四ノット／三八〇〇キロ
兵装　八センチ四五口径単装砲　一基
　　　一二・七ミリ単装　一基
雷装　五六センチ　四門

北竜型駆逐艇

＊竜型駆逐艇の北海バージョン
＊艦首砕氷構造および舷側流氷防護板を採用
基準排水量　六八四トン
全長　七六メートル

全幅　七・四メートル
主機　神戸船舶発動機ディーゼル一二気筒／一軸
出力　八二〇〇馬力
速力　二七ノット
航続　二〇ノット／一二〇〇キロ
兵装　八センチ四五口径連装砲　二基
　二五ミリ連装機関砲　二基
　一二・七ミリ単装機銃　二基
雷装　五六センチ連装　二門（次発装填装置付き）
爆雷　一基

中島九九式艦上戦闘機（F3F日本仕様）
＊基本設計は中島飛行機。一次／二次改良私案はグラマン社
＊第一次試作はグラマン社。第二次拡大試作からは両者で独自に実施された
＊二次試作からは別々の改良が許される計画のため、日米機は細部で違う部分が出た

＊共用可能な部品は八二パーセント

乗員　一名
全長　八・二メートル
全幅　一一・二メートル
重量　一三八〇キロ
発動機　Ｐ＆Ｗ・Ｒ１８２５ツインワスプ
出力　一一二〇馬力
速度　時速五一〇キロ
航続　最大一四〇〇キロ（落下増槽使用時）
武装　一二・七ミリ×２（両翼）
　　　七・七ミリ×２（機首）
爆装　三〇キロ通常爆弾×２

三菱九八式艦上爆撃機（Ｆ３Ｂ日本仕様）

＊基本設計はカーチス社。一次改良私案は三菱。二次はカーチス社

＊第一次試作は三菱。第二次拡大試作からは両者で独自に実施された
＊共用可能な部品は八六パーセント

乗員　二名
全長　一〇・二メートル
全幅　一四・三メートル
重量　二八五〇キロ
発動機　ライトM・R2550三菱サイクロン
出力　一六〇〇馬力
速度　時速四六五キロ
航続　最大一二〇〇キロ
武装　一二・七ミリ×2（両翼）
爆装　四〇〇キロ徹甲爆弾×1

三菱九七式艦上攻撃機（TBC日本仕様）
＊基本設計は愛知飛行機。一次改良私案はグラマン社。二次は愛知飛行機

＊第一次試作は愛知。第二次拡大試作からは両者で独自に実施された
＊共用可能な部品は八〇パーセント

乗員　三名
全長　一〇・三メートル
全幅　一五・二メートル
重量　二五七〇キロ
発動機　金星52P&W改　空冷星型
出力　一三四〇馬力
速度　時速四五〇キロ
航続　最大一二〇〇キロ
武装　一二・七ミリ×2（両翼）
　　　七・七ミリ×1（後部座席）
爆装　八〇〇キロ魚雷×1／八〇〇キロ通常爆弾×1

第二部

反撃開始！

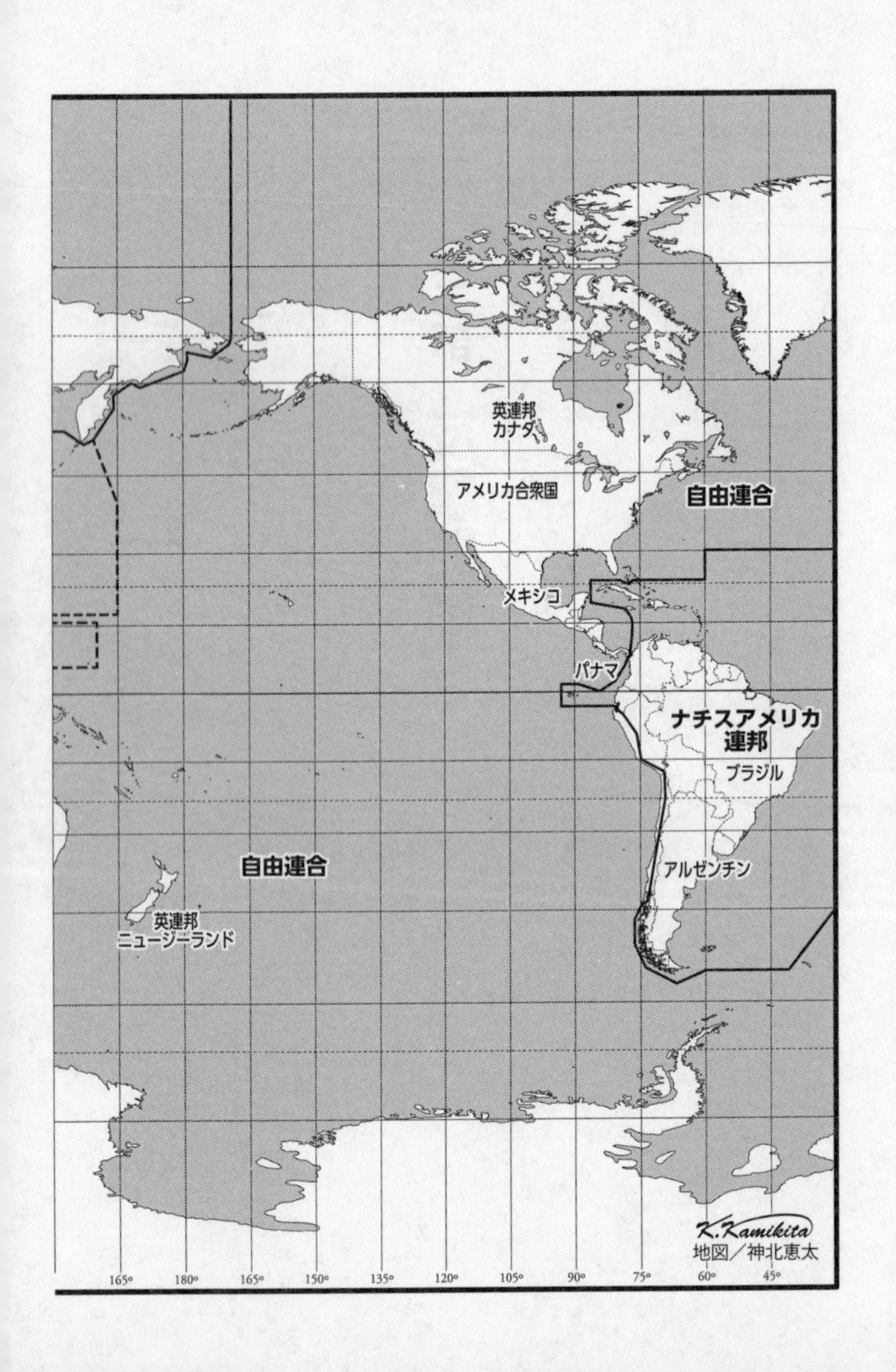
英連邦
カナダ
アメリカ合衆国
自由連合
メキシコ
パナマ
ナチスアメリカ
連邦
ブラジル
アルゼンチン
自由連合
英連邦
ニュージーランド
165°
180°
165°
150°
135°
120°
105°
90°
75°
60°
45°
K.Kamikita
地図／神北恵太

自由連合
イギリス
ナチスドイツ
ナチスロシア
モンゴル
満州
ナチス
ペルシャ
エジプト
自由連合
中華民国
大日本
帝国
英連邦
インド
連合国
植民地
イタリア領
ソマリア
日領インドシナ
（ベトナム）
英連邦
オーストラリア
ナチス
アフリカ戦線
自由連合
75°
60°
45°
30°
15°
0°
15°
30°
45°
60°
75°
15°
0°
15°
30°
45°
60°
75°
90°
105°
120°
135°
世界情勢
1941年11月
赤道縮尺
0
5000
km

黒海
カスピ海
ナチストルコ
レバノン
シリア
ダマスカス
イラク
イラン
テルアビブ
エルサレム
ベエルシェバ
アンマン
トランスヨルダン
カイロ
アレクサンドリア
シナイ半島
スエズ運河
タフィラ
タブーク
英領パレスチナ
イスラエル
エジプト
メディナ
サウジアラビア
紅海
スーダン
イエメン
アラビア半島
アデン
アラビア海
エチオピア

ビスケー湾
イタリア
ポルトガル
スペイン
バレアレス海
リスボン
ギリシャ
アルメリア
アルボラン海
アルジェ
ジブラルタル
海峡
オラン
ウジュダ
トレムセン
地中海
ラバト
カサブランカ
トリポリ
モロッコ
アルジェリア
リビア
モーリタニア
マリ
ニジェール
チャド
ナイジェリア

アムール川
ハバロフスク
コルサコフ
ナチスロシア
沿海州
斉斉哈爾
松花江
哈爾浜
満州
ウラジオストク
吉林
長春
羅津
日本海
四平
遼源
鉄嶺
利原
奉天
新浦
遼東半島
北朝鮮
錦州
営口
元山
海城
平壌
遼東湾
ケソン
京城
南朝鮮
大連
ツアーノブルグ
(旧ナムポ)
天津
大邱
ウルサン
渤海湾
威海
大田
密陽
釜山
朝鮮半島
山東半島
福岡
青島
黄海
対馬
中華民国
済州島

第1章　中東危機

1

一九四一年一一月　佐世保

長崎県の佐世保。その中心部から南東へ四キロほど行ったところに、佐世保湾へ突き出るようにして大塔(おおとう)地区がある。

以前は低い丘陵地帯だったが、いま現在、そこはアメリカ製の大型ブルドーザーやパワーショベルが大量に入り、周囲の平地だった部分を含め、ほぼ真っ平らになっている。

そして、開戦直後あたりから盛大に基礎杭が打ち込まれはじめ、いまではコンクリート製の基礎が完成し、直径五メートルはある鋼鉄製のパイプなども山積みにされ、まもなく実施される本体建設工事の出番を待っていた。

　ここに建設されるのは、巨大な総合製鉄所である。

　その規模は北九州の八幡製鉄所を上回り、事実上の東洋一となることが決定している。

　佐世保に決まったのは、近くに佐世保／北方（きたがた）／武雄（たけお）／唐津などの炭鉱があることと、造船のメッカである長崎に近いこと、オーストラリアや中国・フィリピンから輸入されてくる鉄鉱石を搬入する整備された港があるなど――いわゆる立地条件がよい場所だったからだ。

　製鉄所を運営する新会社は、USスチール社が株式の四九パーセントを出資し、残りの二〇パーセントを日本製鉄株式会社が出資、三一パーセントを当面のあいだ大日本帝国政府が出資するという変則的な方法が採用された。

　なにしろ日本最大の八幡製鉄所をしのぐ最新鋭の巨大製鉄所になることが決定しているだけに、資本主義が大原則の自由連合においては、戦後の世界的な需給バランスや国別の格差の増大まで考慮されたらしい。

　当面、建設される高炉は四基。

　高炉に付随して、製錬所や各種鉄鋼生産設備も完備される。ようは、ここに鉄鉱石と石炭（コークス生産施設もある）を搬入すれば、特殊鋼から延べ板まで加工され、鉄鋼製品として搬出できるようになっているのである。

また、鉄道の長崎本線が複線化工事の真っ最中のこともあり、支線の佐世保線も複線化が急がれている。予定では製鉄所が完成するまでに工事を完了することになっていた。

製鉄所の工事予定としては、まず二基の高炉を先行して建設し、その二基が稼動すると同時に、日本製鉄八幡製鉄所の従来型高炉二基を止めて、屑鉄を必要としない、純粋に鉄鉱石のみから粗鉄を生産できる最新鋭高炉へと近代化改装が行なわれる。

当然、佐世保に新設される高炉は合衆国の最新鋭高炉と同じシステムを採用するため、最初から鉄鉱石のみで生産が可能となっている。

この措置は、多分に自由連合の政治的思惑によって実現したものだ。

自由連合では、第二次大戦で長期的な物量戦が可能になるよう、まず日本と合衆国の工業生産能力を倍増させる計画を立てた。

同時にオーストラリアとカナダ、インド、東南アジア各地を資源生産拠点と定め、こちらは鉱山や油田開発、そして大規模な輸出が可能になるよう港湾建設と設備の充実を重点目標とした。

現時点においても、太平洋は完全に自由連合の海となっている。そのため、ナチス勢に海上輸送路を遮断される可能性はきわめて低い。

とくに一ヵ月前、大日本帝国海軍単独によるウラジオストク港破壊作戦が実施されて以降、ナチスロシアの太平洋における海軍拠点すべてが消滅したこともあり、誰はばかることなく大規模な海上輸送が可能になっている。

ナチスロシアは、破壊されたツアーノブルグとウラジオストク、そしてコルサコフの各港を再建する素振りを見せていない。

どのみち港を再建できても、そこに戦闘艦艇が存在しないのであれば意味がないため、当面ロシア海軍は、太平洋方面に関する海軍再建を諦めたようだ。

これらのロシア海軍拠点が根絶されたことにより、朝鮮半島において微妙な変化が生じている。

各港とロシア艦隊が健在な頃、自由連合軍は釜山周辺にまで追い込まれ、このままでは朝鮮半島全体が陥落するのも時間の問題と思われた。

しかし、ロシアが海軍戦力を失ったことで、朝鮮半島を取り巻く三方の海の制海権が自由連合へと移り、そこへ軽空母機動部隊を含む打撃艦隊が常駐するようになった。

結果的に見れば、釜山と対馬、そして福岡の板付飛行場から飛びたつ陸軍機だけでなく、空母艦上機部隊も、朝鮮半島のすべての地点を重爆撃することが可能になったのである。

結果は、すぐに現われた。

釜山を攻めていたロシア陸軍部隊は、当初こそ朝鮮各地の飛行場から陸軍機をくり出して地上部隊の支援を行なっていたが、それらの飛行場と陸軍機の大半が、一ヵ月間の反復的な自由連合軍航空機による攻撃で失われてしまったのである。

その後のロシア陸軍部隊は、一方的に自由連合軍の航空機に攻撃されることになってしまい、日に日に勢いを失っていった。

現在は大田(テジョン)付近まで退却し、なんとか部隊の再編と再侵攻を可能にしようと苦慮している。

だが、先の北海道侵攻作戦の失敗でコルサコフ港を失ったことと、大田に撤収した時点でウラジオストクを徹底的に破壊された結果、今度は日本海全体が日本海軍の制海・制空下に入ってしまった。

こうなると、沿海州に沿って鉄路で補給を行なっていたロシア軍は苦しくなる。

海上からの砲撃や爆撃に日常的に晒されることになり、ウラジオストクを経由して朝鮮半島を横断するシベリア鉄道延長路線は完全に寸断されてしまったからだ。そのせいでロシア陸軍の補給路は、満州内陸部を通じてしか行なえなくなってしまった。

しかし、肝心の満州鉄道は寸断されたまま放置されていたため、いまから再建しても間にあわない。仕方なく道路を使ってトラック輸送で物資を補給しているが、それだけでは圧倒的に足りないようだ。

さらには、シベリア方面へ配備されていたロシア陸軍機を満州経由で朝鮮半島へ移動させてはいるものの、ガソリンや爆弾などが不足しているため、それらの補給を待っているあいだに、自由連合側の航空機によって地上破壊された機も多数にのぼる。

とどのつまり……。

朝鮮半島全体の制空権もまた、自由連合の手に落ちることが確定的となったのである。

「くそっ！　またインチとセンチを間違ってやがる……」

高炉建設現場で現場監督を任じられた玉置数茂（たまきかずしげ）は、USスチール社から派遣されてきた高度技術者たちに聞こえないよう、声をひそめながら、部下となっている現場作業員たちにむかって悪態をついた。

玉置は日本製鉄株式会社の社員で、USスチール社が設計した第一高炉の基礎部分のチェックを行なっている最中だ。

左脇に今日チェックしなければならない部分の図面を抱え、据えつけられつつある現物を見ながら、右手に持っているノギスで各部の寸法を測っていた矢先の出来事だった。

「アメリカさんは、絶対にメートル法を採用しませんからねえ」

土台に使用される大きな二インチボルトを手に持った工員頭（がしら）の井上勝治が、かすかに揶揄（やゆ）するような口調で返事をした。

「だよなぁ……日本／台湾／シンガポール／中国はメートル法、アメリカ／カナダはアメリカインチ。不幸中の幸いだったのは、自由連合国の協議によって、英本土を除く英連邦各国は、いずれもアメリカインチを採用することになったことくらいか。

でもインドは、日本の技術者を大量に送りこんでいるから、アメリカインチとメートル法が混在してしまい、ちょうど俺たちの現場みたいに混乱しているらしい。まあ、ひとつの図面をメートル法とアメリカインチの二種類・二枚で一組にする取り決めがあるから、図面をきちんと見りゃ間違わないんだけど……どうもアメリカの技術者連中は、無意識にインチで合わせようとする癖がついてるらしい。鋼鉄製のパイプ部分はアメリカ製のインチ基準で作られているのに、土台のコンクリ部分と連結部分は日本のメートル基準で作ってある。本来ならインチとセンチの換算でぴったり合うはずなのに、なぜかそうならない……。

最終的には日本側が譲歩するしかないから、連結部分の穴を削ってインチ基準に合わせることになる。実際に作業するみんなには申しわけないが、ここはぐっと我慢してくれないか。

あっちは高度技術者というご大層な名目で来てるから、そうそう言うことを聞いてくれないんだ。だいいち、ここにぶっ建てる新型高炉自体、日本の技術じゃ作れないんだから、いまは我慢してアメリカの技術を学び、一日でも早く自分たちのものにするしかない。

聞いた話じゃ、高炉内部に使う高性能耐熱煉瓦の製造を伊万里でやってるが、そこでも昔ながらの磁器職人たちが我慢を強いられているらしい。頑固で有名な職人さんですら耐えてるんだから、俺らも臥薪嘗胆（がしんしょうたん）しなきゃな。ともかく、技術を学び切るまでの辛抱だ。高炉や精錬施設をいちからすべて作るのだから、全部を通して学べば、必ずや次は自分たちだけで作れるようになる。いや、そうしないとアジアの夜明けはこない。

ここで俺たちが学んだことを、今度はアジアでいずれ独立する国々へ教え、アジア全体の工業力の底上げをしなければ、いつまでたっても先進国に搾取されるだけだ。いまは戦時中だが、いまやっていることは絶対に戦後に役立つ。そう信じて頑張ろう」

玉置は日本製鉄の正社員だが、部下として実作業を担当している井上たち工員は、非正規雇用……さすがに日雇いではないが、建設現場が完成すれば解雇される期間労働者でしかない。

それでも、日本を最速で工業先進国へ脱皮させるという自由連合の確固たる方針があるため、軍への徴兵を免除する代わりに工員をやっている者も多い。

現在の日本陸軍の実数は一五〇〇万名に達している。このうち満州方面から総撤収した部隊と、朝鮮半島へ派遣されている部隊が約五〇〇万名だから、日本国内の予備兵力は一〇〇〇万となる。

しかし、ナチスロシアの総兵力を考えると、明らかに足りない。本来なら追加の徴兵を実施し、最低でも倍の三〇〇万名に増員しなければ、今後の戦争を勝ち抜くことは難しいと考えられている。

だが自由連合は、カナダやオーストラリア軍、東南アジアの義勇兵部隊までくり出し、そのぶんの日本人を労働人口に割り当てることにしたのである。

ともかく、圧倒的な物量が必要なのはわかっている。兵員だけ増やしても、ろくに装備を与えられないのでは犬死にさせるだけだ。

食料に関しては、莫大な生産量を誇る合衆国が一手に引き受けているが、一部の地域限定作物――たとえば短粒米などは、中国の広東あたりで大規模な生産が始まっている。そこにも技術指導として日本人の農家出身者が出向いているのだから、工業従事者だけが徴兵をまぬがれているわけではない。

可能な限りの人的パワーを国力増強のために投入し、それが達成されたのち、改めて兵員の増加を行なう。それまでは資源国から兵員を調達し、急場をしのぐ……。

ここまでやりくりしなければ、ナチス勢には勝てない。ひとつでもどこかの歯車が狂えば、ドミノ倒しのように敗北へと転がっていく。

それだけナチス勢は強い。とくに陸軍戦力は、現在のところ圧倒的だ。

そのナチス勢の総本山であるドイツが、正規軍を中東へ送りこんだ……。

これはもう自由連合が、待ったなしの状況に追い込まれたことを意味していた。

「この高炉二基が完成するのに、あと一年はかかる。それまで自由連合は、ナチスの脅威に耐えられるんだろうか……」

連結孔のサイズ合わせを始めた工員たちを見ながら、玉置はそっと呟いた。

同じ帝国大学の同期には、陸海軍の技術者として採用された者たちも多い。

彼らとは滅多に顔を合わせないが、さすがに同郷の者同士ともなると、勤務地が近い場合には集まって呑むこともある。

そのような呑み会で、軍機密にふれない範囲での情報なら聞くこともできる。

それら軍技術者たちに言わせると、ともかく鉄とアルミが足りないらしい。材料となる鉄鉱石とボーキサイトは潤沢に輸入されているが、肝心の金属精錬施設が足りないのだ。

電力は急造の火力発電所を複数建設し、石油は東南アジアからピストン輸送しているため大丈夫だが、資材がなければ製品は作れない。

いくら戦車や航空機の設計開発を行なっても、それらの量産工場を建設しても、肝心の金属材料が不足しているのでは予定生産量を維持できないのだ。

そこのところは自由連合も考慮しているらしく、一部は合衆国から金属製品を緊急輸出しているが、それでは足りない。仕方なく急場しのぎとして、民間から金属供出（買取制）や一部の貨幣の材質変更と旧貨幣の回収、建築廃材の再利用などが行なわれている。

そこまで苦労して国力増大を図っているのだから、必然的に期待の矛先は、玉置のような基礎工業分野の建設に携わる者たちに向けられる。

それがおっくうで、最近は呑み会に誘われても欠席することが多くなった。

もちろん現場が本格的な建設に入る関係で、呑んでなどいられない状況になってきたことも確かだが……。

とにかく日本人の誰もが、程度の差こそあれ無理をしている。

食料増産、漁業拡大、林業興産、道路整備、鉄道整備、海運増強、物流改革、各種研究開発、高度教育の拡充……やることは無数にあるが、日本人の数には限りがあった。

こうなると、最も国力の低下を引き起こす適正年齢の大規模徴兵など、大々的には実施できない……。

「頑張るしかないか！」

自分を叱咤するように、玉置はそう声に出して言った。そして、次のチェック場所に該当する図面を見ながら、ノギスを手に歩きはじめた。

このような光景は、現在の日本では各地で普通に見られるものだ。

合衆国と大英帝国連邦の金融資本が、これでもかと資金を投入している。

むろんこれは日本だけでなく、自由連合各国に共通することだが、とくに日本は極東の工業中心地としての役目を、オーストラリアに対しては太平洋全域の大規模資源供給地としての役目が与えられ、国家予算をはるかに上回る資金が投入されている。

英国に至っては、地理的に不安定になっている英本土への投資を見送り、インドの急速な発展と日本の先進国家化に全力を注いでいるのだから、まるで英国政府が日本のパトロンになったかのような様相だ。

もちろん、これらすべては資本主義の大原則に則って行なわれており、戦時下だからといって慈善事業化しているわけではない。

日本国内にある軍需産業の大半が海外企業からの出資や合弁を受けているのも、戦後まで睨んだ自由連合枠内でのグローバル化の一環なのである。

＊

一二月一六日、ワシントン。

第二次大戦の状況が激しく変化しつつあるという理由で、今年最後になるであろう自由連合最高会議が開かれた。

最高会議は定期的に行なわれるのではなく、参加各国の呼びかけに応じ、開催が必要と考えられる状況下で招集される。そして開戦以降、苦しい戦いを続けてきた自由連合各国だけに、今年になってすでに六回の開催を数えていた。

「ここは、反撃すべきです！」

常に緊急招集に近い状況で開催される会議のため、今回も政府首脳はルーズベルト大統領とカナダ首相のみだ。

英国は外相すら出席できない状況に追い込まれているため、席についているのは在米英国大使である。タイとシンガポールは在米領事、亡命フランスと亡命オランダは特使となっている。

オーストラリアは副首相が参加し、中華民国は、あい変わらず米国に常駐している汪兆銘特使が出席している。

そして日本からは、日本海軍総司令部長官の米内光政大将が、国家全権大使として顔を並べている。

じつのところ米内は、自由連合海軍の新造艦船配分の取り決めのため渡米していたところに、いきなり日本政府から全権委任大使の役目を命じられ、有無を言わさず担わされた格好になっている。そうでなければ、在米日本大使になっていたはずだ。

そして、いま威勢のいい発言をしたのも米内だった。

「いきなり強気の発言だが……勝算はあるのか」

米内とは初顔合わせとなるルーズベルトが、怪訝そうな表情で尋ねた。

たしかに現在の状況は、苦しいながらも悪くはない。

ナチスメキシコを制圧した結果、カントリーロード作戦は第一段階を終了し、一ヵ月前まで、第二段階にあたる中米縦断制圧作戦の準備に入っていた。

その後のスペイン艦隊の動きがないことから、あの艦隊派遣は、ナチス連邦の政治的な意志表明だけのために行なわれたと分析されている。

その敵艦隊が大被害を受けたことで、まだナチス政権を維持していた中米各国に激しい動揺が走った。

作戦第二段階の陸上兵力は、もっぱらメキシコで補充と再編を終えたパットンの機甲師団が担当することになっていたが、そのパットン師団が南下を開始する直前、なんと、メキシコと国境を接するナチスグアテマラで、国内武装勢力によるクーデターが発生したのである。

かなりの戦力を有していたメキシコSSと違い、中米各国のナチス政権は、少数のSS戦力を政府要人の護衛のために用意しただけで、国防はもっぱらナチス化する前からあった国軍が担っていた。

どうやらナチスメキシコとのあいだに相互防衛協定が結ばれていたようで、中米各国は、いざとなったらメキシコSSとメキシコ国軍の助けを借りるつもりだったらしい。

ところが、ナチスメキシコがいきなり崩壊し、メキシコ国軍が自由連合側に寝返ってしまった。

この現状だと、中米ナチス各国の政府を守っているのは、多くて一個旅団程度の各国SSのみ……。

中米各国の国軍は、ナチス政権よりメキシコ国軍に親近感を感じていたため、こわもてしていたメキシコSSが壊滅した途端、手のひらを返したのである。

このままでは、メキシコと同じになる……。

そう考えたグアテマラ／ホンジュラス／ニカラグア／エルサルバドルなどのナチス政府要人たちは、相次いで南米のナチス大国であるブラジルへ亡命しはじめた。

こうなると各国軍も、嫌々ナチス政府に従う必要がなくなり、メキシコ国軍の呼びかけに応じ、次々にクーデター側へと参じていった。

そして一一月八日、中米にある全国家がクーデター側の手に落ち、戦争ではなく内戦の形でナチス勢力を駆逐してしまったのである（内戦といっても、残敵掃討レベルの小規模戦闘で終わったらしい）。

何もしないのに、カントリーロード作戦第二段階が達成されてしまった……。

しかも今回は、自由連合の情報組織が裏から手引きしたわけでもない。

まさしく自由連合にとっては嬉しい誤算であり、当然のように、天から与えられたような状況を確固たるものにすべく、カントリーロード作戦の大幅な前倒しが実施された。

その結果……。

南下するはずだったパットン師団は、メキシコ国内にいる全部隊をタンピコへ集結させると、海路により合衆国南部のニューオリンズへ帰還することになった。

この措置は、極東において既存の米国製戦車がナチスロシアの戦車に苦戦した現実を打破するため、大規模な組織改編と装備の全面刷新を行なうためのものだ。

幸いにも、日米英で共同設計していたM4A1中戦車（日本名・零式中戦車／英名・プレデター中戦車）が量産に入ったため、まず中戦車の完全刷新から始めることになっている。

この新型中戦車は、ロシアのT－34（初期型）を完全撃破できることを目標に開発されたものだけに、重量三八・四トンながら砲塔前面に一〇〇ミリの傾斜装甲（傾斜装甲換算のため実厚はもっと薄い）を備えるなど、T－34を徹底的に分析した結果が生かされている。

主砲も七八ミリ五〇口径戦車砲と、現時点においては、中戦車としては世界最強と考えられている（実際には、すでにドイツがパンターI型を開発完了しているため、実質的に二番めとなる）。

この中戦車を皮切りに、軽戦車や重戦車／駆逐戦車、対戦車砲（バズーカ砲を含む）なども刷新される。

その先駆けとして、米陸軍機甲軍団を米陸軍第一機甲軍団と改名し、いずれ第二機甲軍団以降の整備も可能なように組織が改編された。

そのせいでジョージ・パットンは、いきなり少将から大将へと格上げされ、まだ存在していない『米機甲軍（機甲軍団の集合体）』総司令長官に抜擢された。

これに伴い、日本陸軍と英陸軍（実質的なインド英植民軍）にも、新たに機甲軍団の設置が決まった（米海兵隊と日本海軍陸戦隊には強襲機甲旅団が新設された）。

海軍の動きとしては、中米縦断南下攻撃の必要性がなくなったため、在米日海軍第一／第二派遣艦隊は、ひとまず米国本土の母港へと引き上げ、本格的な艦隊整備を行なうことになった。

そして、メキシコへ派遣されていた米海兵隊中米作戦部隊と在米日海軍第二派遣陸戦隊は、米海軍第四任務部隊を伴い、一気にパナマへと移動した。

これによりパナマの防衛戦力が大幅に増大し、なおかつ、後続として米本土から新造の護衛空母二隻を伴った第二一任務部隊も到着、陸海共同による南米方面や大西洋への睨みを利かせることが可能になった。

同時に米海軍第八任務部隊が米本土へ帰還したことにより、米本土の大西洋側には、日米合わせて五個艦隊が常駐することになり、今後の作戦を立てる上での戦力配分に大幅な余裕が出たのである。

米内の発言は、このことを前提にしているのだろうとルーズベルトは考えたが、ナチス連邦も独自の動きを強めており、とくに中東方面へのドイツ正規軍の進出は大いなる脅威となっている。

現在はナチス連邦の同盟国となっているシリアとイラクの領域内で侵攻態勢を固めているようだが、これに対抗できるのはエジプトにいる英陸軍アフリカ軍団のみだ。

イランとサウジアラビア／トランスヨルダン／パレスチナは自由連合に所属しているものの、保持している戦力はお世辞にも優秀とは言いがたい。もともと大英帝国の植民地だったものが、近年になって独立した結果、なんとか国家の形をなしはじめている場所だからだ。

つまり中東方面は、ドイツ正規軍がシリアとイラク領内から出た瞬間、英陸軍北アフリカ軍団との直接対決となり、圧倒的に優勢なナチス連邦軍が勝利するのは時間の問題と考えられている。

しかも英陸軍北アフリカ軍団は、北部アフリカにおいてイタリア陸軍と交戦中であり、さらにはアレクサンドリア沖に現れたイタリア／ロシア合同艦隊の攻撃にも晒されている。

ナチス勢の合同艦隊には上陸部隊が随伴しているとの情報もあるため、英陸軍北アフリカ軍団は三方から攻められ、アラビア半島方面に全戦力を振りむけることなど不可能なのだ。

ゆえに中東方面の敵を阻止するためには、最低でも一個軍団規模（五〜七個師団）の緊急派遣が必要となる。

それを担えるのは、現在のところ英インド植民軍と日米陸軍のみだ。

日本陸軍は国内の工業化に若年人口を注いでいるため、来るべき極東方面での反抗作戦に全兵力を投入しなければならず、いまはまったく余裕がない。かろうじて出せるギリギリの線が、東南アジアの防衛を担っていた南方軍の一部――一個軍団程度となっている。

オーストラリア陸軍は極東方面派遣で手一杯、カナダ陸軍は合衆国陸軍と行動を共にすることが多いため、新たな方面への派遣は質的に難しい。

そして、人口だけはやたらある中華民国も、現時点においては満州および朝鮮方面のロシア軍を牽制しつつ、国内のナチスチャイナ軍（非正規軍）撲滅のため戦力を分散させているせいで、とても海外への派遣はできないと返答している。

となれば、カントリーロード作戦で浮いた海軍部隊と陸軍部隊に、英インド植民軍を加えた部隊を中東へ派遣するしかないが、それだけでは兵力で拮抗できても、装備の質的な部分で負ける結果となる。

だからルーズベルトは、米内の反攻発言に懐疑的な目を向けたのである。

「現在の我が陣営に、戦略的な勝利を確約する要素は皆無です。これは中東方面、極東方面、英本土方面のいずれにおいてもです。唯一、南米方面だけが、カントリーロード作戦の実施により、なんとか先が見えはじめた程度と言えるでしょう。となれば、敵の出てきたところを叩き、戦術的な勝利を積み重ねるしかありません。

戦術的な勝利であれば、どの方面も工夫次第で可能です。ただし、そのためには英本土の防衛は英国に任せ、インドを英本土と分離して別の国扱いにする必要があります」

大英帝国の解体とも受けとれる暴言を吐いた米内に対し、すぐさま在米英大使が顔を真っ赤にして反論した。

「日本はさんざん英国の世話になっておきながら、いまになって英国を見捨てるというのか！」

その剣幕があまりにも強烈だったため、米内も真顔になって答えた。

「いいえ……見捨てるどころか、英国の国体と将来を案じた結果の発言です。ドイツ正規軍の中東進出により、ひとまず英本土上陸は遠のいたと思われます。しかし、英国政府が英本土死守に拘泥する限り、ヨーロッパの情勢は変わりません。

立場を変えて、先に行なわれたロシア軍による北海道上陸作戦が成功していた場合、日本も本土決戦の脅威に晒されていたはずです。

その場合、日本政府は北海道を死守して戦力の暫時的な低下を来すくらいなら、いっそ北海道を放棄し、全道民と北海道の戦力を本州へ移動させるプランを練っていました。

北海道に上陸したロシア陸軍に対しては、海軍部隊と陸海軍航空隊を中心とした砲撃と爆撃／雷撃で補給を断ち、ロシア軍の物資および武器弾薬が欠乏した段階で、一気に北海道逆上陸作戦を実施して包囲殲滅するのが最も有効であると結論が出ました。

とはいっても……英国政府は、英本土を捨てて亡命政権を打ち立てる気はさらさらないようですので、最後まで英本土に残り、ナチス連邦軍に押されたら首都を北へと移しつつ、継続的な防衛戦争を実施なされるおつもりなのでしょう。

そのことについては、国家の自主性の観点から日本がとやかく言う筋合いはありません。

いや……むしろ日本政府としては、英国政府には最後の最後まで英本土に踏みとどまっていただき、たとえ北端のフェロー諸島にまで逃れてでも、英国健在なりと主権を主張していただきたいと思っております。

しかし、事が世界大戦ですので、どう考えても英国方面を自由連合の反攻主軸に置くのは無理がある。そう申しておるのです。

現在の反攻主軸は、極東もしくは中東に限られます。南米方面は合衆国のカントリーロード作戦のみで対処可能ですので、南米を主軸とするはずもない。

で……最も緊急度が高いのは中東方面でしょう。次に極東です。この順番を違えてはなりません。そこで自由連合の予備兵力を、まず中東へ集中します。

インドだけでなく、タイや蘭領東インド・英領インドシナ・フィリピン、日本が統治を委任された旧仏領ベトナムなどでも、現在、日本主導で植民地義勇軍の訓練が行なわれております。

この植民地義勇軍をうまく重武装させられれば、中東方面において得難い戦力になると確信しております。

また、極東方面も野放しにはできません。幸いにもロシアの太平洋方面における海軍戦力が壊滅状態にあるせいで、対処はロシア陸軍のみを考慮すればよい。そして現在の中国では、旧満州に駐留していた米軍と日本軍の部隊が、いま大車輪で再建中です。

これにナチスチャイナ軍を撲滅した後の中華民国軍が加われば、少なくとも中東方面やイラン・中国・インドの背後からロシア陸軍が襲いかかることだけは防ぐことができます。

つまり反攻主軸は中東で行ない、ロシア陸軍は極東の自由陣営戦力で足止めさせられれば、少なくともナチス連邦の当面の意図を挫くことが戦術的には可能になると考えています。

その上で、あと半年足らずで軌道にのる大増産計画の結果を待つ。一部ではすでに増産態勢に入っているものもありますが、全面的な反攻を支えるには、最低でもあと半年が必要であり、最終的には一年後の完全増産態勢維持まで到達できれば、さしものナチス連邦も正面から阻止できる状況が生まれる……そう信じた結果の発言です」

米内の返事は英大使に対するものというより、会議に参加している全員、とくにルーズベルトに向けて行なわれたようなものだった。

それを証明するかのように、次の発言はルーズベルトが行なった。

「君の話を聞いていると、当面は我が国主導でナチス軍を食い止めるしかないように聞こえるが、そうなると日本としては、中東方面への戦力提供は行なわないつもりなのか」

「当面は、海軍部隊および陸軍の南方軍の一部のみの派遣となるでしょう。ご存知の通り、我が国の人口を考えると、あと最低でも半年は、労働人口に重点をおいた政策が不可欠となっております。

ということは、半年後から徐々に労働人口を兵力へ転換することが可能になってきます。その頃になれば、東南アジアから多数招聘した労働研修生たちも、生産現場へ入れる状況ができているでしょう。彼らが兵士となる日本人の肩代わりをしてくれるはずです。

我が政府の試算では、兵士の戦時促成に半年必要と見た上で、一年後の陸軍戦力を最大で五〇万名増やすことになっています。一年半後には、さらに五〇万。既存兵力と合わせると二五〇万。

これに退役した予備兵力の徴集を加えると、最大で三〇〇万となります。現在、海外に出ているのが五〇万ですので、一年半後には、最大で一五〇万の海外派兵が可能になる。これは合衆国の海外派兵と同規模ですので、充分な数だと思っております。

さらには、その頃には中華民国から二〇〇万～三〇〇万、インドから一〇〇万～二〇〇万、植民地義勇部隊として三〇万から五〇万、その他の自由連合各国も戦時徴兵の拡大が不可欠でしょうから、それなりの数が用意できる……。

これだけの兵力を投入できれば、増産態勢が完備された結果の最新装備もありますので、一年から一年半後には、全方面において強力な戦略的反攻作戦を実施できるはずです。

それまで決定的な敗北を被らなければ、我々は勝つことが可能なのです。そして決定的な敗北を避けるには、戦術的な勝利を積み重ねつつ、効果的にナチス連邦軍を漸減し、連邦全体を疲弊させるしかありません。

人口は我が陣営が圧倒しています。その優位な点を生かした戦略・戦術を採用しなければ、現時点において陸上戦力的に優位なナチス連邦軍の、地理的な拡大を阻止することはできません」

米内の言っていることは、昔から日本が考えていた太平洋における漸減戦略を、ユーラシア大陸周辺部へと置き変えたものにすぎない。

その根底には、ナチスドイツも信奉している地政学的な理由があった。

「……君の意見、いや日本国の意見は聞いた。ともかく早急に中東方面へのテコ入れをしないと大敗北は間違いない状況だから、負けないための戦略が不可欠となる。日本が艦隊を出してくれるというのなら、それを活用すべきだろう。

合衆国も出すが、どうしても主力は大西洋側となる。北部アフリカのイタリア軍とスペイン軍を牽制するためには、まずモロッコに自由連合陸軍を投入しなければならないからな。

したがって、インド洋方面からのアプローチは日本海軍が主体とならざるを得ない。むろんインドにいる英東洋艦隊も参加してもらう。そのことを主眼において、具体的な策を練ることになるが……それでよろしいか？」

強気の発言をしたからには、それ相応の負担をしてもらう。

ルーズベルトの声音には、その強い意志が込められていた。

2

一二月二日　シンガポール

マレー半島の先端に位置するシンガポールは、所属こそ英領インドシナの一部になっているものの、実際には自由連合各国が関税なしで利用できる国際交易港に指定されている。

この措置は戦前からのもので、自由連合が発足した直後、合衆国の『アジアの中心となるハブ港がマラッカ海峡の近くになければ、インド洋と南北太平洋に存在する地域の飛躍的な発展は望めない』との強い要望で、英国が折れるかたちで実現された。

ただし……これはなにも、合衆国の博愛的な方針というわけではない。

東南アジアへの植民地進出に遅れをとった合衆国は、先駆者となったヨーロッパ列強の利益を共有するため、どうしても関税なしの交易港が必要だったのだ。それに比べれば、日本などのアジア諸地域の利益など些細(ささい)なことだった。

もっとも、英国としても英領インドシナ各地からの産物を集積する大規模港が必要だったため、それを自由連合各国の拠出金で建設してくれるという旨味もあったわけだから、なにも嫌々承諾したわけではない。

他の植民地を所有している国は当初反対していたが、大戦勃発初期に母国をナチス陣営に蹂躙(じゅうりん)された結果、現在は亡命先に頼るしかない立場となり、承諾する以前にアジア植民地の実質的な統治を他国へ委任せざるを得なくなっていた。

そして、シンガポールが自由連合各国の生命線となるにつれて、そこを守るための各国海軍の派遣艦隊も増強された。

現在のシンガポールには英/米の大規模軍港が存在し、以前はフランスとオランダの艦隊が常駐していた中規模港もある。

その二箇所の中規模港を、現在は日本海軍とオーストラリア海軍/カナダ海軍が共用している（蘭仏の残留艦隊は、豪艦隊と共に合同艦隊を編成し、いまは南シナ海周辺で警備任務についている）。

ただし、日豪加の艦隊が自由連合艦隊を編成する場合には、英/米どちらかの軍港に集結する決まりになっていた。

「ロシアの北海道侵攻を阻止した直後、いきなり艦隊再編が実施されて、インド洋派遣艦隊の構成が決定した。そしてすぐに、シンガポール行きが決まった……まるで予定されていたかのような作戦行動だが、まさか帝国海軍は、中東へのドイツ正規軍侵攻を予期していたんじゃなかろうな」

大日本帝国海軍インド洋派遣艦隊司令官に抜擢された草鹿龍之介（くさかりゅうのすけ）少将は、旗艦となった戦艦丹後の左舷中部甲板に出て、暮れゆくマラッカ海峡の光景を眺めていた。

「いくらなんでも、それは勘繰り過ぎでしょう。だいいち、我々が出撃準備をしている段階で、古賀長官率いるウラジオストク作戦艦隊が先に出撃したんですから、どちらかといえばウラジオストク作戦艦隊の編成が突貫で行なわれ、その後、本土に残っていた艦を集めてインド洋派遣艦隊が編成された……そんなところでは？」

草鹿の疑問に答えたのは、インド洋派遣艦隊の空母部隊を預かる酒巻宗孝（さかまきむねたか）少将である。

草鹿の一期後輩にあたる酒巻は、階級こそ同じ少将だが、草鹿が派遣艦隊司令長官を兼任しているせいで、意識的にナンバー2の態度で接している。

「まあ、どのみちインドにおいて自由連合艦隊を編成するから、現時点において艦種ごとの構成に多少の不備があっても問題ないが……我が部隊単独で見ると、空母を護衛する艦が少ないのが気になる。

英国海軍は、インドで訓練中だった最新鋭空母二隻を出し、巡洋戦艦も二隻出している。合衆国海軍がアメリカ大陸方面と大西洋方面で手一杯のため、どうしてもインドにいる英東洋艦隊から主力を出さざるを得ないのは理解できるが、本当にキチキチの編成になってしまったのが心配だ。

なにしろ日本は、朝鮮半島反攻作戦と中東方面作戦の両方に艦隊を出すのだから、既存の在米日海軍とあわせると、じつに三方面同時の出撃となる。これはもう、日本の国力をはるかに超えている……」

常日頃から帝国海軍は、在米日艦隊は別組織のようなものと言ってきたが、ここまで稼働率を上げると、一隻でも余裕がほしくなる。

合衆国海軍には、艦隊編成に組み入れられていない艦がまだあるというのに、大西洋方面や中南部アメリカ大陸に対する新規の艦隊編成を行なうつもりはないらしい。

むろん、戦時増産態勢が軌道に乗り、大量の艦が毎月のように就役するようになれば、必然的に大幅な艦隊再編が必要になるため、それを待っているという言いわけも妥当なのだが……。

だからといって、常に八〇パーセント以上もの稼働率で所属艦を出撃させている日本から見れば、いいようにこき使われていると感じるのも無理はなかった。

「だからこそ、米英豪加などの自由連合主力国家が、身を惜しまず支援してくれているわけですので、ひとつの国単位で見れば、合衆国を除くと、どこも似たようなものですよ。

対するナチス連邦は、ナチスドイツとナチスロシアという二大強国が中心となり、その他のナチス国家を巻き込んでの同時二正面作戦、しかも大規模作戦を実施できます。これをどうにかしない限り、自由連合に勝ちめはありません。

それには合衆国と同じくらいとまではいかずとも、せめてナチスロシアなみの国力を、日本を中心とするアジア諸国が連合して達成し、自由連合も大規模二正面作戦を可能とするしかないのです。

今回は、まだその域に達していないにも関わらず、必要に駆られての出撃となってしまいましたが、これこそナチスドイツ……ヒトラー総統の思惑通りでしょう。

自由連合が戦時大増産を軌道に乗せる前に、なんとしても叩いておきたい。それもドイツ陸軍が得意とする場所で。それが今回の中東方面侵攻だと思います。ようは、我々を誘いだすための壮大な罠というわけです」

酒巻は航空畑で出世してきた男だが、空母使いというより艦隊参謀長的な役職が似あっている。

時には海軍総司令部の見解と正反対の意見も堂々と述べるなど、まさに帝国海軍という枠組みに捉われず、自由連合海軍という広大な海を自在に泳ぐのに適している男だった。

そのことをよく知っている草鹿だけに、本来なら自分が空母部隊の司令官になるべきところを、あえて彼にその座を譲り、自分は打撃艦隊司令官を引きうけたのだ。

結果的には、草鹿が派遣艦隊司令長官を兼任することになり、酒巻より上位の立場になってしまったわけだが、これはその後の自由連合と帝国海軍との協議によるものであり、草鹿の意志ではない。

「英艦隊の巡洋戦艦……アンソンとハウは、いずれも空母機動部隊に随伴できる三〇ノットを叩きだせる。それに対し、この丹後は壱岐型戦艦のため最大で二四ノットしか出せない。

実際問題、丹後が最も遅い艦なのだから、自由連合艦隊の足を引っぱることだけは避けたいのだが……そうなると紅海方面への進出は無理で、どうしてもアラビア海方面の沿岸砲撃や上陸支援が中心となるはずだ。

ということは、自由連合艦隊が編成されたら、貴様の空母部隊とは別行動になる可能性が高い。いや……おそらく間違いなく別行動となる。その時、貴様を十全に使いこなせる指揮官がいればいいのだが……」

自分が酒巻を評価しているだけに、離れ離れになり、他の国の指揮官の下で空母部隊を運用する際、過小評価されないかと草鹿は心配していた。

「英東洋艦隊が最新鋭の正規空母二隻を出した以上、おそらく空母機動部隊の指揮官は、東洋艦隊司令長官のサー・ジョフリー・レイトン大将になると思います。もしレイトン大将が巡洋戦艦を旗艦とするのなら、もしかすると空母機動部隊は、英本国から優秀な指揮官が異動してきているかもしれませんね。なにせ英本土は、もっぱらサー・ジョン・トーベイ大将率いる英本土艦隊のみで守っている状況ですし、すでに英本土での建艦も小型艦のみとなっている現状では、一時的にせよ海軍主力をインドへ移さざるを得なくなっていますから」

英国はあいかわらずドイツ空軍の爆撃に晒され、最近では無人のロケット突入兵器——V-1と呼ばれる自爆兵器まで投入されているという。

一時は英国空軍が新機軸として投入した、英本土対空レーダー網が有効に働き、多数のドイツ空軍機を叩き落とした頃もあった。

だが最近は、大量生産されているドイツの長距離戦闘機に混じり、ドイツ空軍専用の新型戦闘機まで投入しているらしく、現時点では英空軍の圧倒的な数量不足による苦戦となっている。

それでもチャーチル首相は、ロンドンから首都を移していない。

当然、英本土艦隊もイギリスの南半分を死守するかたちで沿岸警備を行なっているため、海軍力に劣るナチスドイツ単独では、なかなか上陸作戦を実施できないようだ。

それでも、ナチス化したフランスとオランダ、スペイン、バルト海のロシア艦隊を合同させれば、さしもの英本土艦隊も敗北する可能性が高い。

それをヒトラー総統が実行すると自由連合が推測した矢先、ナチスドイツ正規軍による中東侵攻が開始された……。

おそらくスペイン艦隊の一部を使い、カリブ海へ威力偵察を実施させた結果、予想以上に自由連合艦隊が精強だったため、このまま英本土上陸作戦を実施すると合衆国に居座っている日米艦隊が出撃してくることにより、かなりの被害を受けると判断したのだろう。

そこで自由連合の作戦行動を狭めるべく、新たに中東方面へ戦線を構築したのである。

これにより合衆国にいる日米艦隊は、エジプトおよびアラビア半島救援のため、北アフリカへ進出せざるを得なくなる。相対的に、英国本土に対する支援体制が極端に乏しくなってしまう。

また、日本がさらなる艦隊を合衆国へ派遣できないよう、インド洋方面に対して圧力を高める。日本は合衆国派遣とインド洋派遣、そして日本本土周囲の三方面で手一杯となり、英国支援にはまったく手を出せなくなる……。

これがヒトラーの描いた全地球規模の戦略であり、自由連合も状況が判明するにつれて、ヒトラーの真意をようやく知ることとなった。

カントリーロード作戦の第一／第二段階が完璧に成就した現在、北アメリカ大陸は自由連合の聖域と化した。棚ボタ式だったが第二段階も勝手に成就したことで、中部アメリカ各国も自由主義陣営に加わった。

今後、さらに南アメリカ大陸へも作戦が進捗するにつれて、その聖域はさらに広がっていく。

この事実をヒトラーがどう見ているかで、今次大戦の行く末も変わってくる。下手に南アメリカ大陸のナチス国家を助けようとすれば、おそらくナチス陣営の海軍戦力は大ダメージを被り、今後のユーラシア大陸周辺部（主に沿岸部）への対処が難しくなるだろう。

だが、もしヒトラーが南アメリカ大陸すら捨駒にして、ユーラシア大陸全域の聖域化を進行させせつつ、海軍力の大幅な増大を達成できたら、今度は自由連合のほうが苦しくなってくる。

そのどちらも、いまは可能性がある。

ただし、ドイツ正規軍の中東侵攻という事実が、ヒトラーが後者を選択した可能性を示唆しているだけに、自由連合としても、あまり悠長に構えていると酷いしっぺ返しを食らうかもしれない。

そう考えての、無理を承知での中東方面作戦の発動だった。

「それにしても、あと一年すれば富士型戦艦が戦列に加わる。いま丹後の代わりに富士型戦艦があれば、完璧な空母機動部隊が編成できたのだが……どうして日米海軍は、もう少し空母機動部隊に随伴可能な高速戦艦を、開戦前の段階で計画しなかったのだろう。

まあ、結果的に見れば、日本の富士型と合衆国のオハイオ級は、史上初の完全互換性のある同一艦種となったから、就役後はあれこれ便利にはなるだろうが、それにしても一年先は遠い……」

草鹿は言いにくいことをズバリ口にした。

日頃は温厚な『仏の草鹿』と呼ばれているのに、酒巻を信頼しているからこそその上層部批判だった。

「富士型は日本が二隻、合衆国が三隻の予定でしたね。完成したら、ドイツ海軍もあっと驚くことでしょう。なにしろ主砲は……」

「おいおい。完成するまでは、日米の最高機密だぞ？　軽々しく性能のことは口にするな。

いくら艦隊旗艦の甲板だからといって、どこで聞き耳を立てている者がいるとも限らん。我々が口にしていいのは、新型の戦艦が来年に完成する……これだけだ」

富士型（オハイオ級）は、大戦勃発を前後して入ってきたドイツ海軍の建艦情報に、ニューメキシコ級戦艦をしのぐ巨大戦艦が存在していたことに端を発している。

いわゆるH級戦艦と呼ばれるもので、四〇センチ五〇口径三連装主砲を三基搭載と想定されるとなっていた（ただし確実ではない）。

主砲のサイズと口径はニューメキシコ級と同じだが、砲門数は一基多い。

しかも予想以上の高初速砲らしく、そのぶん艦の最大装甲も大幅に増大している。

情報にあった排水量が五万トンを超えていることからも、中距離で撃ちあえば自由連合側が負ける可能性が高いと出た。

そこで富士型（オハイオ級）は、計画から一年半かかるにも関わらず、日米海軍において空母建艦をしのぐ最優先事項として進行している。

「これは失礼しました。たしかにそうですね。今後は口を慎むことにしましょう」

草鹿の口調が厳しかったせいか、酒巻も素直に非を認めた。

「ともかく……いまは、あるもので戦うしかない。誰が指揮官になろうと、空母機動戦は日本、そして合衆国の戦訓が圧倒的だ。

だから今回の作戦においても、何かあったら空母使いの貴様が正しい方向へ導かねばならない。たとえ上官と喧嘩することになっても、空母を沈められるよりはマシだ」

「喧嘩は得意ですので……」

やや照れながら答えた酒巻を見ていると、本気でやらかす覚悟のようだ。

いまはまだ静かなシンガポールの夕暮れを見ながらの会話だが、いずれインドへ到着すれば、そこには日本海軍にとっての正念場が待っている。

日本海海戦に敗北して以降、日本海軍は近海海軍に特化した軍を構築してきた。

それは合衆国をはじめとする自由連合諸国の希望でもあったのだが、時が過ぎるにつれて、日本海軍も遠距離作戦行動が可能な巡洋海軍としての役割が求められるようになってきた。

資金と労力と技術力があれば、すぐにでもそうしたかった日本だが、そのどれも国力なみしか持っていないため、早々に脱皮するのは不可能だったのだ。

そこで開戦前の一〇年間、合衆国が救いの手を差し伸べた。

互いに得意とする技術を融通しあい、両国の会社を合併や合資・出資させることにより、開発スピードと機密保持の両方を可能とした。ユダヤ系財閥は潤沢な資金を注いでくれた。

それでも、開戦までには充分な戦力を用意できなかったのだから、それを全体主義という強引な手法である程度達成したナチス陣営は、今次大戦においては完全に先手を取ったと言える。

強い相手に先手を取られたら、なかなか巻き返すことが難しくなる。

それでも自由連合は、地球を全体主義で染められることだけは阻止しなければならない宿命を担っている。

勝てないなら、負けない工夫が必要だ。

それは地味でつらい作業だが、自暴自棄になって自滅攻撃に出るより未来はある。

そして……。

開戦から七ヵ月が過ぎ、ここに初めて自由連合側から仕掛けるチャンスが訪れた。しかもこれをモノにできなければ、さらに半年以上、堪え忍ばねばならなくなる。しかも今度は、半年先にナチス陣営と拮抗できるかわからない状況での戦いとなる。

失敗は許されない……。

かといって、予想している以上の大被害を受けるわけにもいかない。

勇猛果敢に攻めつつ、繊細で臆病なほどのダメージ回避を必須とする作戦……それは軍人にとって、最もストレスのかかるものになる。

そういう意味では、今日が最後の安息日なのかもしれなかった。

＊

同時刻……博多湾。

博多湾に勢揃いしていた自由連合軍朝鮮方面艦隊が、ついに動きはじめた。

自由連合の反攻作戦の中で、最も早く敵陣に切り込むのは朝鮮方面となっている。

これは極東において大規模な反攻作戦を実施することで、中東方面におけるナチス勢を少しでも牽制する意味合いがあるからだ。

こうしておけば、最低でもナチスロシア軍による中央アジア方面への南下を阻止できる。

自由連合軍が、インド方面から中東へ攻め込んだ時、アフガニスタン方面からロシア軍が大挙して攻め込んできたら、とてもイラン軍だけでは耐えきれない。

当然、インドからイランを通じ、アラビア半島最深部のイラク海岸地帯へ攻め込む予定のインド植民軍は、側方からロシア軍の猛攻に晒されることになり、直接戦闘だけでなく、最重要な陸路による補給線も寸断されてしまう。

これを阻止するためには、ロシア軍の主力部隊を極東へ釘づけし、他の地域へ移動させない工夫が必要になる。

それが今回の朝鮮反攻作戦の骨子となっている。

したがって、作戦目的は朝鮮半島を強引に取りもどすことではなく、できるだけ長い時間、ロシア正規軍を朝鮮半島付近に足止めすることである。

幸いにも、朝鮮周囲の制海権と制空権は、ほぼ自由連合が奪取した。

そこでまず、海上と日本本土／釜山などの朝鮮支配地域から航空隊を出し、朝鮮各地に展開しているロシア軍を徹底的に爆撃することになった(既存の山東半島からも航空隊が出ることになっている)。

つまり、上陸部隊を送りこむのは、もう少し後になる。

これは中国方面から攻め込む自由連合陸軍部隊の進撃速度にも絡んでくるが、おおよそ中国方面部隊が大連を制圧した段階で、朝鮮半島の二箇所に対し上陸作戦が予定されている。

それまでは、海上と空から袋叩きにする。そのための艦隊出撃である。

「今回は出番があるかな?」

やや自嘲ぎみの口調で、自由連合海軍朝鮮方面艦隊司令長官となったF・J・フレッチャー少将は、作戦艦隊参謀長に抜擢された黒島亀人大佐へ質問した。

前回の連合艦隊編成の時には、古賀峯一中将が司令長官を務めていたため、フレッチャーは副長官扱いだった。

しかし今回は、連合艦隊の名こそ冠していないものの、フレッチャーが自由に采配できる艦隊が与えられている。しかもそれは、古賀がウラジオストク破壊作戦艦隊の長官になると我を通した結果なのだから、いわば譲られた長官職である。

「長官がこの戦艦ニューヨークへ乗艦なされているのですから、私としては戦艦部隊にも対地攻撃任務を充分にこなせるよう作戦子細を練ったつもりです」

流暢な英語は、黒島がエリートである証拠である。それなのに見た目はとてもそうには思えない。

一癖も二癖もある黒島を参謀長にあてるとは、帝国海軍もなかなか考えたものだ。

とくに、素直だがミスも多いフレッチャーのような真面目な指揮官には、黒島のような偏執的とまで言われている策謀家をあてないと、とてもではないが今回の『敵を牽制しつつ、その範囲内で最大限の戦果をあげる』という作戦目的は達成できない。

敵を追い詰めすぎてもいけないし、手を抜きすぎてもいけない。

中国方面からやってくる、主力となる陸軍部隊が満州の出口を塞ぐまでは、のらりくらりとロシア陸軍の痛いところをつつき続けなければならないのだ。

極東だけでなく、世界全体の戦略的作戦進行状況を見つつ、ここぞという時点で、一気に朝鮮半島にいるロシア軍を一網打尽にする。そしてロシア軍の戦力が分断されているうちに、一気呵成に満州へ攻め込む……。

馬鹿正直にロシア正規軍と正面対決などすれば、すぐに満州中央部で千日手となり、互いに無視できない損害を出しつつ泥沼の長期戦になってしまう。

これは、陸軍国家であるロシアにとっては容認できる範囲の被害だが、現状において予備兵力を除くとぎりぎりの線まで兵力を投入している自由連合軍には死活問題となる。

ならば敵を分断すればいい……。

黒島亀人の策略は、今回の作戦の中核に埋めこまれている。

人間心理から集団心理、疑心暗鬼、不安、恐怖、孤立、望郷……。

ありとあらゆる心理的効果を考慮した作戦だけに、そのターゲットとなる朝鮮へ派遣されているロシア陸軍将兵は、本格的な戦闘になる前に、心の中核的な柱をへし折られてしまうはずだ。

まさしく『いやらしい戦い方』であり、正々堂々を好むアメリカ人からみると、なんとまあ卑怯な男だと見えるに違いない。

その傾向が強いフレッチャーなら、なおさらだ。それらの複雑な心境が、黒島に対する皮肉っぽい言いまわしとして表われていた。

「それにしても……貴官の練った作戦予定は、本当にわかりづらいな。我が艦隊と警戒隊を合わせると、軽空母が一隻・護衛空母が二隻いる。私だったら三隻の航空隊を一度に出して、一箇所を徹底的に爆撃するんだが……」

今回の作戦には、合衆国で設計された航空機運搬船を兼用する低速軽空母――護衛空母が初めて参加している。

本来は大海洋に散らばる島々の航空基地や、日本とアメリカで生産された航空機を、他の自由連合国へ送り届けるために計画された艦なのだが、一応は飛行甲板もあるということで、激しい空母機動を行なわない作戦にならなら空母として参加できると判断された。

いまフレッチャーの指揮下にあるのは、日本本土で完成したばかりの護衛空母『水鳥型』の二隻――水鳥／海鳥である。

本家の合衆国でも、同型のグアム級護衛空母が四隻就役しているが、それらはすべて大西洋側へ配備されているため、極東には日本海軍所属の四隻しかない。

あと就役しているは、台湾で建艦された花蓮（日本海軍／訓練中）と、中華民国の香港と上海で建艦された青島／香港の二隻となっている。

このうち、日本に残る二隻（島鳥／波鳥）は訓練中のため、まだ参加できない。

花蓮は本来の任務である航空機運搬船として、訓練を兼ねてインドと日本の間をピストン輸送するのに使われている。

そして青島／香港は、中国方面から進撃する反攻部隊の航空支援のため、すでに青島で出撃態勢に入っていた。

今後も護衛空母は大量に建艦される予定になっていて、空母機動部隊が活躍するまでもない制空権を確保している戦場では、あちらこちらで活躍する場面があるはずだ。

なにしろ一艦あたりの経費が恐ろしく安い。

ブロック工法で大量生産される艦体（飛行甲板と格納庫を除いた部分）は、もとはといえば英国支援のため大量建艦される予定だった多目的輸送艦の設計そのままである。

現在も多目的輸送艦は、目的を『太平洋とインド洋各地を結ぶ補給路維持』と変えたものの、計画通りに造られている。英国支援のみが計画より細ったため、予定より多くの生産艦ができることがわかり、それならば最低限の改造で護衛空母にするプランが実施されたのだ。

商船構造の艦体に最低限の飛行甲板、発艦するにも合成風力二六ノット以上の向かい風が必要（最大艦速が二六ノットのため向かい風は必要ないとされているが、実際には艦の機関のばらつきや波高などの関係で、最低でも二ノット程度の向かい風が必要になる）との厳しい条件がつくものの、軽空母の三分の一以下、正規空母の八分の一以下の経費で建艦できるメリットは大きい。

問題は、いざ本格的な非機動作戦に投入した場合、本当に戦えるのか？

これだけである。

それらの試金石となるのが今回の作戦のため、自由連合海軍のトップも、護衛空母が本当に役に立つのか、固唾を呑んで見守っているのが現状だった。

「それだと爆撃地点の敵へは大ダメージを与えられますが、すぐに敵は散開して退避するため、その後の戦果が続かなくなります。しかも必要以上に敵を追いつめることにもなりますので、作戦の骨子にそぐわぬ結果を招いてしまいます。

そこで今回の作戦では、釜山近郊に配備してある帝国陸軍の九九式地上掃討機を有効活用し、空母航空隊による小規模爆撃の後に、九九式地上掃討機と護衛戦闘機のペアを使い、主に機動車輌や砲兵陣地を潰してまわります。

また、敵の滑走路の恒常的な破壊などは、福岡の板付飛行場や対馬飛行場から出撃する重爆部隊が担当します。こちらは反復して何度もしつこく破壊する予定ですので、そのうち朝鮮半島の上空を飛ぶナチス側航空機は皆無となるでしょう。

ともかく、第二段階となる上陸作戦のタイミングが、すべて中国方面軍の進撃状況にかかわっているのですから、こちらとしては常に待ちの態勢で動くことが肝心です。

焦らずじりじりとロシア陸軍を追い込んでいくことだけが、最終的な勝利に結びつくとお考えください」

すべてを見通したような黒島の返答に、ますますフレッチャーは不機嫌そうな顔になった。

どことなく馬鹿にされている感じがする……。

実際、黒島ほどの奇人天才ともなると、凡庸な頭のフレッチャーは馬鹿に見えるかもしれない。ただ、それをあからさまに見せすぎない世渡り技術も、黒島は最低限だが持っている。

それが『自分をあえて奇人として相手に認識させる』というのだから、これまた常識外れの思考だった。

「ともかく……我々はなんとしても、上陸部隊を朝鮮半島の予定地点へ送り届けなければならない。なにしろ上陸部隊を率いるのは、あのマッカーサー大将だ。

満州派遣軍総司令官の地位を追われ、何がなんでも満州を取りもどすと怒り心頭に発しているのだから、海軍がヘマをして上陸作戦を台なしにすることだけは避けたい」

予定されている上陸部隊は、二個部隊となっている。そのうちA部隊と呼ばれる米軍部隊は、マッカーサーが直率する。

それも当然のことで、このA部隊は合衆国陸軍の旧満州派遣部隊の一部を日本本土まで撤収させ、内地で再編成したものである（さらには、これに第九海兵旅団も参加する）。

そしてB部隊と呼ばれる部隊は、同じく旧満州派遣部隊のうち、帝国陸軍部隊の残存戦力を再編し、その一部をあてたものだ（A部隊同様、陸戦隊第五旅団が追加されている）。

A・Bあわせても一個軍団規模の部隊であり、ロシア陸軍を本気でたたき出すためには、もう一段階大きな『方面軍』規模が必要になるが、それは釜山周囲に展開している朝鮮方面軍と中国方面から攻める反攻部隊が引きうける。

つまり今回の最終的な反攻作戦は、まず中国方面から朝鮮北部へ攻め入り背後を取ることから始まる。

すでにナチス陣営のウラジオストクが大規模補給拠点として機能していない現在、朝鮮半島へ補給を行なうのは、すべて満州方面からとなっている。

それを側方から圧迫して阻害し、敵が補給線を断たれて混乱している隙に、釜山の主力部隊が全力で北上し敵を北へ押し戻す。

その北上を、これまた側面から支援するのがA・Bの上陸部隊となる。

当然、ロシア軍は釜山の主敵に対応しつつ、背後を断つように上陸してくるA・B部隊も気にしなければならない。下手をすると退路を断たれて全滅する可能性もあるため、おそらく釜山攻略を早期に諦めて全面撤収すると思われる。

しかし全面撤収したとしても、満州の海路出口に陣取る自由連合の中国方面軍に対処しなければならない。こうなると退路は満州方面一本となり、朝鮮半島は放棄せざるを得なくなる……。

まずこの状況を作りあげなければ、極東方面の戦局打開など夢また夢だった。

「マッカーサー大将には、もう少し我慢してもらいましょう。その代わり、最終的な勝利をプレゼントしてさしあげますので、それで満足していただければと」

不遜なほどの過剰な自信……。

これが黒島亀人の基本的な姿勢である。

敵も多いが、信奉者も多い。

敵を作るのはたやすいが、信奉者を作るには実力を見せねばならない。

そして黒島は、これまで帝国海軍内において凄まじいまでの力量を見せつけ、現在の地位にある。けっして、ただの口だけ達者な馬鹿者ではない。

「わかった、わかった。それでは参謀長のお手並み拝見といこうか。私も貴官を参謀長として迎え入れた以上、艦隊の知恵袋としてこき使ってやる。それでいいんだな？」

「ご随意に……」

この二人、対立しているように見えるが、意外と相性がいいのかもしれない。

むろんフレッチャーのストレス度合は鰻のぼりになるだろうが、作戦そのものは順調に進みそうな気配が感じられた。

3

一二月一五日　中東・パレスチナ

エジプトからシナイ半島を経てアラビア半島へ入ると、そこは英領パレスチナと呼ばれる地域となる。そして、英領パレスチナと北東部で国境を接しているのが、ナチス陣営に与するシリアとイラクである。

ただし中東のシリアとイラクは、ナチス党が政権を奪取したわけではない。

あくまでイスラム教を中心とする部族国家として存続し、ナチス連邦の一員ではなく、ナチスドイツと同盟を結ぶ間柄となっている。

なぜならシリアやイラクは、北にある強国のナチストルコとは歴史的に軋轢の深い国であり、トルコにナチス党政権が誕生した時点で、シリアとイラクの連邦入りも不可能となったからだ。

かといって、両国ともナチス連邦と敵対しているわけでもなく、どちらかというと辺境のナチス衛星国家よりも、本家本元のナチスドイツと一対一で同盟を結んでいる特別な国という自負を持ち、ヒトラーが連邦とは別扱いにしている『いわゆる枢軸国』の一員として、今次大戦にも積極的に参加しているのが現状である。

開戦以降、エジプトに本拠地をもつ英陸軍北アフリカ軍団は、英領パレスチナを防衛するため、主にサウジアラビア／トランスヨルダンと協力してシリアとの国境を警備してきた。

これまで数度、シリア軍との直接戦闘が勃発しているが、それらは越境してくる一般人をめぐる偶発的なトラブルだったり、国境警備部隊同士の『撃った、撃たない』レベルの戦闘だった。

ところが……。

ナチスドイツ正規軍がシリアへ入ると、たちまち動きが激しくなってきた。

まず、シリアの国境警備部隊が大幅に増強され、主要幹線のある場所にはコンクリート製の要塞に近い警備所が建設されはじめた。

同時に、トランスヨルダンの中核都市アンマン北方のイルビト／マフラクの二地区と国境を隔てた向こう側——シリア領のダルアー地区に、ナチストルコの精鋭部隊が集結しはじめたのだ。

どうやらシリアは、トルコ軍が国内で戦闘を行なうのだけは避けたいらしく、嫌々ながらトルコ軍の領内通過を認めたらしい。

なお、肝心のナチスドイツ正規軍は、エジプト方面を警戒しているのか、まだシリアのダマスカスから動いていない。

そして一二月一五日の未明……。

いきなり、それは始まった。

「トルコ軍の機械化部隊が、国境を越えて進撃してきます！」

偵察に出ていた英植民軍の小隊から、マフラクにある英陸軍アラビア方面警戒部隊の野戦司令部へ、車輌搭載無線による緊急連絡が入った。

ここのところ国境付近で怪しい動きが頻発していたため、英陸軍も、普段は植民軍部隊には持たせない最新式の車輌搭載型短距離無線電話装置を与え、何かあった場合に迅速な連絡が可能になるよう対策を取っていたのだ。

それがまさに、いま役に立った。

「侵攻規模はどのくらいだ！」

マフラクには、英正規軍の一個連隊（二個歩兵大隊／一個砲兵大隊／一個迫撃砲大隊）と、二個植民軍歩兵連隊が駐屯している。

多少のかたよりはあるものの、おおよそ一個旅団に匹敵する規模だけに、もし敵の侵攻が開始されても、それなりに対処できると考えられていた。

その前提があるだけに、野戦司令部を預かるウイリアム・マクスウェル中佐は、すぐさま応戦するための情報を求めたのである。

ちなみに、つい数年前までトルコ陸軍は、伝統的な歩兵と騎兵を中心とした、第一次大戦型の軍隊しか持っていなかった。

ところが枢軸国入りをした途端、ドイツから大量のトラックと装甲車、さらにはドイツでは早期に退役した二号戦車が供与されてきた。

そこでトルコ軍は、歩兵部隊に旧型四輪トラックを、騎兵部隊に一号戦車の車体を流用した126型半装軌式装甲車と二号戦車を与え、ドイツでいう軽装甲部隊を編成したのである。

「夜明け前の状況と機動偵察小隊の混乱により、不正確な報告しか入っていません。しかも偵察小隊は敵の侵攻と同時に、いまこちらへ全速力で退避中ですので、続報は無理かと思われます」

「不正確でもいい！　どれくらいだ!!」

強く叱責された通信員は恐縮した声で答えた。

「侵攻に先立ち、激しい砲撃が行なわれたそうです。着弾の状況や国境の向こうに見える砲火の規模から、おおよそ一個砲兵大隊規模ではないかと報告が入りました。その後、戦車を伴ったトラック編成の歩兵部隊が国境を越え、街道沿いに進撃中とのことです。

現在確認されている戦車は二〇輌ほどで、歩兵数は大隊規模とのことですが、これは街道周囲のみの話で、他の国境地点からどれくらいの敵が進撃しているかは不明です」

「戦車が二〇輌ということは戦車中隊規模か……。おそらくナチストルコ陸軍に所属する戦車だろうから、ドイツの二号戦車かチェコ製のVZ38戦車を中心としたものだろうが……もし三号戦車がいるとなると事だぞ！

よし！ともかく北方の前衛陣地を中心に迎え撃つ。現地の植民軍部隊には、ただちに戦闘態勢に入り、敵が見えたら全力で攻撃するよう伝えろ。それから第三五砲兵大隊は、ただちに司令部北方二キロ地点に野砲を展開させろ。

砲兵大隊に所属する対戦車中隊のうち、バズーカ砲小隊は前衛陣地へトラックで向かえ。残りの対戦車砲中隊は、砲兵部隊の前方に展開し、敵戦車を近づかせるな。主力の歩兵部隊と迫撃砲大隊は司令部直衛陣地に展開し、可能な限りここを守るよう命じる。

それから、アンマンの師団司令部へ緊急連絡を入れて、ザルカ地区周辺を警備している戦車中隊を、大至急こちらへ移動させるよう要請しろ。本当なら師団直属の戦車大隊を出してほしいところだが、さすがに無理だろうからな。

ともかく、マフラクを突破されると南のザルカ地区しかアンマンを守る拠点がない。敵をアンマンに入れたら、エルサレム方面まで脅かされる。そうなれば、アラビア派遣部隊は各方面で分断され、機能的な戦闘が不可能になる。これだけは避けたい！」

エジプトから北アフリカ軍団自慢の機甲師団がやってくるには、最低でも丸二日が必要だ。

もし来てくれれば劣勢をくつがえせるが、アレクサンドリアへ敵の上陸作戦が行なわれるかもしれない現状では、機甲師団の全部隊をアラビア半島へ派遣するのは無理だろう。

さらにはリビア方面からも、イタリア陸軍部隊が迫っているとの情報がある。

どこかが手薄になれば、そこを一気に突破され、たちまちエジプト領内へと攻め入られることになる。

あれやこれやを考えると、いま北アフリカ軍団がアラビア方面へ出せる戦力は、多くて一個戦車大隊／二個歩兵旅団／一個砲兵連隊程度のみ。

おそらく、それでは絶望的に足りない……。

こうなると、当面は殻に閉じこもったヤドカリのように、各地の防衛陣地に籠もって敵を可能な限り阻止し、その間に比較的戦力のあるサウジアラビア軍が、側面から奇襲戦を仕掛けるしか方法がない。

そうして時間を稼ぎ、インド方面からやってくるはずの自由連合軍の大規模増援を待つ……。

だが、マクスウェル中佐のところには、まだ自由連合軍の増援がいつになるか、まったく報告は入っていなかった。

「緊急報告！　レバノン方面に、ドイツ正規軍の装甲師団が侵攻中だそうです!!」

「こちらは陽動か……。パレスチナ北部方面からの侵攻となると、まさしく正攻法だ。ナチス連邦はアラビア半島を制圧するより、一気にシナイ半島を越えてエジプトを制圧するルートを選んだようだ。となると、あまり時間的な余裕はない。きわめて近い将来、パレスチナの地において、ナチスドイツの装甲師団と我が方の機甲師団が激突するはずだ。そこで押し負けると、あとがなくなる……」

状況は英軍にきわめて不利だ。

ナチスドイツ軍は、トルコを経由していくらでも安全に増援できるが、現状のエジプトは孤立していて、無理矢理に軍事的な補給を行なうとなると、アフリカ西海岸からサハラ砂漠の南側に迂回してスーダンへ入り、そこから北上してエジプトに至る、ほぼアフリカ大陸中部をまわりこむ遠大な補給路となる。

スーダンの南東にはイタリア領エチオピアがあり、ある程度の戦闘部隊を常駐させているため、補給路がエチオピア方面から脅かされる可能性もある。

考えれば考えるほど、不利な状況だった。

「カイロの軍団司令部へ緊急通信を送れ！　早急なるアラビア方面への大規模増援がなければ、エジプトは短期間でナチス陣営の手に落ちる可能性がきわめて高い。なんとしても自由連合各国に働きかけて、一時間でも早い緊急増援を切望する。以上だ！」

マクスウェルは真剣だったが、そう都合よくいくとは思えない。たかが野戦司令部の中佐の嘆願など、おそらく無視されるだろう。

それを承知の上でマクスウェルは、海を隔てたインドにいる味方の部隊に対し、絶望的なラブコールを送らざるを得なかった。

＊

エジプトの宝石と呼ばれる港町――アレクサンドリア。

しかしいまは荒れ狂う艦砲射撃のせいで、町並みは無残なほど破壊され尽くしている。

アレクサンドリア沖にイタリアとロシアの艦隊が現われたのは、おおよそ一ヵ月前のことだった。

当初は港周辺を守る沿岸警備部隊を警戒し、領海外となる三〇キロ沖を遊弋していたが、二週間ほど前から沿岸警備部隊を潰す目的で、主に駆逐艦を中心とした突入部隊が頻繁に攻撃を仕掛けるようになった。

そして一週間前になると、ほぼ沿岸警備部隊を殲滅できたと判断したのか、艦隊主力となる戦艦や重巡が、沖合一〇キロまで接近し、散発的な砲撃を実施しはじめた。

当初の砲撃は、どうやら陸上からの反撃があるかを見定めるものだったらしく、短い砲撃が終了すると、また沖へと去っていった。

しかし三日前の一二月一二日夕方になると、多数の艦が一斉に接近してきて、その後はあらん限りの砲を用いて市街地破壊を実施しはじめた。それ以降、ナチス勢の艦隊は沖合一〇キロから去ることはなかった……。

三日間におよぶ昼夜を問わずの艦砲射撃により、英陸軍が構築した沿岸砲台陣地は壊滅、アレクサンドリア南方にあった二箇所の航空基地も、イタリア艦隊に随伴してきた二隻の軽空母航空隊により壊滅させられた。

ナチスイタリア海軍は、最新情報によると一隻の正規空母と二隻の軽空母を保有しているらしいが、そのうちの軽空母二隻を出してきたのだから、かなりの入れこみようである。

ロシア海軍も、スターリンの言を信じれば軽空母三隻を保有しているはずだが、少なくとも黒海艦隊にはいないようだ。

むろん、出さなかっただけかもしれないが……。

一五日午後八時零分。

「作戦を開始する」

エジプト上陸作戦艦隊旗艦の戦艦アンドレア・ドリア艦橋において、作戦艦隊司令長官に抜擢されたイニーゴ・カンピオーニ大将が、おごそかに上陸作戦開始の命令を下した。

カンピオーニ大将といえばイタリア海軍でも著名な軍人であり、本来ならば海軍総司令部で指揮を取るのが妥当な人物である。

なのに作戦艦隊の指揮官を担っているのは、ここが地中海——イタリアの海のためだ。

地中海には自由連合海軍の艦は一隻もいない。

つまり、イタリア海軍はやりたい放題……。

気をつけるべきは、エジプト国内にいる少数の英陸軍爆撃機のみという状況のため、敵前で指揮を取っても危険性は低いと判断したのだ。

しかも今回は、初めてのロシア黒海艦隊との合同作戦のため、意地でもロシア海軍に気後れすることは許されない。

同じナチス連邦国家というのに、ムッソリーニはスターリンを本能的に毛嫌いしているらしく、カンピオーニの出陣もムッソリーニから『絶対にロシア艦隊に主導権を取らせるな』との密命あってのことだった。

上陸第一陣の部隊は、すでに大型や中型の舟艇へ乗り込んでいる。

内訳は、イタリア陸軍第六擲弾（てきだん）兵連隊とロシア陸軍第四一師団第四〇一歩兵連隊の二個連隊である。

同じ海岸への上陸ではあるが、両国の部隊が混在して戦闘するのではなく、きちんと攻略範囲を分けて攻撃することになっている。

戦車揚陸艦にはイタリアSS第二装甲旅団が乗っているが、第一陣が橋頭堡を築いたのちの上陸となる。これはロシア陸軍第一二戦車旅団も同様だ。

ともかくアレクサンドリア市街中心部を迅速に制圧することを目的とした作戦のため、上陸地点も、異例の市街地に隣接する北西の浜辺となっている。

アレクサンドリアを守っているのは、英陸軍の二個連隊とエジプト植民軍一個旅団だ。

普通に考えれば、ナチス側の上陸第一陣が二個連隊では押し戻される。

しかし連日連夜の艦砲射撃により、すでに英陸軍二個連隊は市街地中心部まで撤収しており、上陸予定の海岸線に構築された塹壕陣地には、装備の劣るエジプト植民軍一個連隊しか残っていなかった。

むろん、実際に上陸が開始されれば、他の地区を守っている自由連合側部隊も支援に駆けつけてくる。

その支援が本格化する前に戦車部隊やSS装甲旅団を上陸させ、火力で圧倒しつつ市中心部をめざす……これが上陸部隊に与えられた作戦だった。

「カーイト・ベイ要塞付近から敵の砲撃確認！」

艦橋に走りこんで来た伝令の声を聞くと、カンピオーニは反射的に命じた。

「戦艦部隊による敵砲台破壊を命じる。ただちに始めろ！」

カーイト・ベイ要塞は一五世紀に作られたマムルーク朝の要塞跡地だが、堅牢な石積み建築が残っているため、その上に沿岸砲を運びこんだのだろう。

時間的に見て加農砲を入れる余裕はなかったはずだから、おそらく一〇センチもしくは八センチ野砲だと思われる。

沿岸砲台を破壊されてしまったための、いわば苦しまぎれの対抗策だが、カンピオーニは上陸作戦の障害になる事象はすべて吹き飛ばすつもりだった。

「明日の朝に行なう予定の、空母航空隊の攻撃目標を指示してほしいとの連絡が入っておりますが……」

一瞬、カンピオーニの口元がぴくりと動いた。

朝に空母航空隊が出るのであれば、戦艦には上陸地点の敵塹壕陣地を叩かせるべきと気づいたのだ。

しかし、要塞への砲撃を反射的に命じてしまったせいで、いまさら取り消せない。

「海岸の塹壕陣地背後……おそらく市中心部近くの広まった場所に、上陸を阻止するための敵砲兵陣地が構築されているはずだ。まず朝一番に、それらを最優先で叩かせろ。場所の目安は、上陸地点方向の高い建築物がない区域だ」

塹壕陣地は、いわば上陸部隊を足止めするだけの暫定的なものであり、その足止めしている間、後方の砲兵陣地から集中的に砲撃すれば、効果的に上陸部隊を漸減できる。

これは正攻法だけに、英軍も準備している可能性が高い。

本来であれば、夜のあいだに戦艦主砲で市街地を徹底砲撃し、英側の砲兵陣地にも被害を与えるべきだ。

朝になって空母航空隊が出れば、おそらく英側も、後方の航空基地から迎撃戦闘機を出してくる。そうなれば、下手をすれば空母爆撃隊は充分に爆撃を実施できないかもしれない……。

一瞬の判断ミスが、これだけの不安材料として噴出したことになるが、それでもなおカンピオーニは、地中海を制しているイタリア艦隊の底力を信じることで、強引に不安を払拭（ふっしょく）してしまった。

どのみち市街戦になれば、市街戦の専門家である擲弾兵連隊が活躍してくれるはずだから、彼らを側面から支援する戦車部隊さえ上陸を完了させれば、もうアレクサンドリア中心部は取ったも同然……。

カンピオーニは海軍大将であり、陸軍の指揮官ではない。

今回の上陸後の陸軍部隊の指揮は、イタリアSS第二装甲旅団長が兼任している。

その旅団長が艦橋にいないのは、すでに揚陸艦で指揮を取っているせいだ。

つまり、カンピオーニがここでいくら上陸後の部隊運用を想定しても、それは絵に描いた餅でしかない。彼にできることは、海上および空からの支援のみだった。

――ズドドドッ！

アンドレア・ドリアの三二センチ三連装砲が、要塞跡に向かって砲弾を発射した。

ということは、第一砲塔による射撃である。

アンドレア・ドリアは変則的な主砲搭載艦のため、第一と第四砲塔は三連装、第二と第三は二連装となっている。先ほどの砲撃は、艦橋からだと第一砲塔しか見えないため、もしかすると第四砲塔も射撃したのかもしれない。

「地中海はイタリアの海だ。今回はロシア黒海艦隊も参加しているが、あくまで主役はイタリア海軍でなければならぬ。それはたとえ、ジブラルタル海峡やスエズ運河を越えて自由連合の艦隊がやってきても、断じて譲ることのできない神聖な領域として存在し続ける」

イタリア海軍と、事あるごとに比較されてきたスペイン海軍……。

その艦隊が、カリブ海で壊滅的な被害を受けた。

これを一番喜んだのは、じつはイタリア海軍ではないか……そう噂されるのも当然である。

同じナチス連邦中枢国家というのに、イタリアとスペインはあまり仲がよくない。フランコ首相とムッソリーニ首相は似た者同士であり、互いに意地を張り出すと止まらない悪癖の持ち主なのだ。

それでもなお、自由連合軍に対しては一丸となって戦わねば、ヒトラー連邦総統の信頼を失ってしまう。そうなれば、下手をすると現在の地位を追われかねない。

ヒトラー総統はよき結果を出した者は重宝し、下手をうった者には苛烈（かれつ）な処罰を下す。ただし、スターリンのように人間不信の結果、感情的な判断で粛清することがないぶん、まだマシだと思われている。

せっかく地球に四ヵ国しかないナチス連邦中枢国家の一員となったのだから、それを手放すようなことはしたくない。中枢国家と衛星国家では、まるで扱いが違う。むしろドイツと一対一で同盟を結ぶ枢軸国家のほうが、衛星国家より丁重に扱われている。

だからフランコ首相もムッソリーニ首相も、ヒトラー総統にだけは逆らわない。

そして逆らわない範囲での、中枢国家同士の仲違い（なかたが）いであれば、ヒトラー総統が容認することも知っている。

このことが、カンピオーニの見せる尊大な態度の原因となっていた。

珍しくやる気満々のイタリア軍に比べると、ロシア軍の動きは異様なほど静かだ。沖合に展開しているのがイタリア艦隊とロシア黒海艦隊なのだから、ナチスロシアが陸軍部隊を出さないはずがない。

本来なら、もっと主導権を主張してもおかしくないはずだが、どうやら今回は上陸作戦の経験を積むため、北アフリカへ何度も上陸しているイタリア軍のお手並みを拝見するつもりなのだろう。

なにしろロシア陸軍は北海道上陸作戦を強行した結果、予想を大きく上回る壊滅的打撃を受けた。そのトラウマが、スターリンを用心させたと思われる。

巨大な陸軍国家であるロシアといえども、海を越えて進撃するのは勝手が違うことに、ようやくスターリンも気づいたのである。

それは同じく陸軍大国のナチスドイツも同様だが、ドイツは理詰めで考える国民性が幸いし、常に渡洋上陸作戦のシミュレーションを実施している。

それでもなお、英本土へ攻め入るのを躊躇（ちゅうちょ）しているのだから、今回の中東侵攻でも徹底して地続きに攻めている。ここらあたりは、下手に上陸作戦を実施せず、手堅く陸路を選んだヒトラーの明晰さが光っていると言えるだろう。

果たして……。

やる気を出したイタリア軍と、様子見のロシア軍との組みあわせで、アレクサンドリア方面はいかなる進展を見せるのだろうか。

それは中東方面全体の戦局を占う上で無視できない場所だけに、ナチス側も自由連合側も、いま必死になって情報を集めている。

ともあれ、すでに口火は切って落とされた。

もう後戻りできない状況だけに、世界大戦の趨勢（すうせい）は中東の一点へと集束しつつあった。

4

一二月二六日　合衆国

合衆国東海岸で最大の海軍基地のあるノーフォーク。

その出口近くにあるウィロビー湾の外側に、出撃を控えた艦隊群が居並んでいる。

極東の朝鮮半島において反攻作戦が開始されたのを受け、既存のカントリーロード作戦従事艦隊と合衆国東海岸防衛艦隊（第一任務部隊）、および英国支援のための予備部隊（第二任務部隊）を除くと、ほぼすべての艦が出揃ったような光景だ。

むろん、実際はそうではない。

サンフランシスコの太平洋艦隊に所属する艦群や、少数だがハワイに常駐している艦、メキシコ湾に常駐しているメキシコ湾艦隊……合衆国はふたつの大洋に挟まれた海洋国家のため、よく調べると各方面の常駐艦隊とは別に、驚くほどの艦が予備役として艦隊編成を待っている。

実際に出撃するのは、その中の一部——任務に応じて編成される部隊のみである。

いまウィロビー湾の外側に集まっている艦群も、第七任務部隊として編成された一群であり、これからジブラルタル海峡の南側に位置するモロッコへ、自由連合陸軍部隊を送り届ける役目を担っている（モロッコは自由連合に参加している国家だが、まだ参戦意志を示していない。今回の部隊移送により、実質的に参戦国家となる）。

エジプトがナチス連邦の進撃により危機に瀕している。

それに対応して、インド洋方面から英国軍と日本軍を中心とする中東方面軍が出撃準備を急いでいるが、それだけではエジプトを救うことはできない。

インド洋方面からの出撃は、あくまでイランとアラビア半島を守るためのものであり、地中海沿いにエジプトへ南下しつつあるドイツ正規軍をせき止めるのは間にあわないのだ。

そこで、ともかくエジプトの英軍を後方から支援するため、モロッコへ新たな陸軍部隊を上陸させることになった。

これは開戦以前から、もしエジプト方面の支援を行なう場合には、必ず実施せねばならない必須作戦であるとの認識があったものだ。

北アフリカのリビアにいるイタリア軍（現在はナチススペイン軍／ナチスフランス軍／ナチスオランダ軍も参加している）を背後から攻めたて、それらを蹴散らしながら、モロッコからエジプトまで地続きの補給路を確保する。

これはアフリカ中央部を大きく迂回して補給を行なうより数倍も効果が出る支援策であり、英国がエジプトを手放さない決意である以上、早急に実現しなければならないものだった。

それが今回、ナチス連邦に先手を打たれる格好で実施されるのは、自由連合軍にとっては口惜しすぎる出来事に違いない。

しかし敵が動いた以上、嘆いていても仕方がない。

後追いになろうが、ともかく北アフリカの地中海沿いの地域を全力で掌握し、イタリア軍を地中海の北へ追い払わねばならないのである。

当然、送りこむ陸軍の規模は、カントリーロード作戦を上回るものとなる。

しかも砂漠を驀進(ばくしん)して短期間でエジプトへ達するには、最低でも先頭を走る部隊は機械化されていなければならない。

そこで白羽の矢が立ったのは、このたび大幅な組織改編で『機甲軍』にまで格上げされたパットンの機甲部隊だった。

進撃主力は、パットン自ら率いる二個機甲師団、それにチャーフィーJr大佐率いる米第二／第七機甲兵旅団がサポートにつく。

砲兵部隊ですら、牽引トラックによって完全自走化された米第二機動砲兵旅団が随伴する。

そして、ナチス勢の強力な装甲師団が立ちふさがった時のために、パットン直率の機甲師団とは別に、米第一一対戦車連隊が最前線で敵戦車を蹴散らす役目を担っている。

彼ら機械化部隊が猛スピードで北アフリカの地を制圧していった後には、あらためて米陸軍三個歩兵師団／三個砲兵旅団が地域の継続的確保のために送りこまれてくる。

また、機甲師団や機甲兵旅団にトラックで随伴し、主に機動歩兵の役目を果たすのが、カナダとオーストラリアの二個陸軍派遣旅団となっている。

しかも、いまあげた部隊は、すべて最初に投入される第一陣の部隊であり、北アフリカ方面に投入される総兵力ではない。

この作戦は、引くことを考えていない。

引けばエジプトは確実に失われるのだから、いかなる犠牲を払おうとも、力押しでエジプトにまで到達しなければならないのだ。

ゆえに第二陣以降の増援部隊は、まだ完全には固まっていない。

続々と合衆国へ集まってくる自由連合各国の陸軍部隊を訓練し、その中から実戦可能と判断した部隊を送りこむことだけが決まっている。

その中には、カントリーロード作戦に従事していなかった、在米日海軍第一派遣陸戦隊も入っている。

森国造（くにぞう）少将率いる二個陸戦隊旅団が常備兵力だったが、このたび合衆国陸軍と海兵隊の大幅な機甲部隊増強を受け、新たに日本から将兵を派遣し、合衆国国内において米軍装備を供与してもらった上で、初の第一陸戦機甲旅団が誕生した。

これまでの陸戦隊は、中型野砲や中戦車までを主体とした軽武装／迅速移動／強襲上陸任務用の集団だった。

ともかく敵前上陸を果たし、後続の陸軍部隊が上陸するまで橋頭堡を確保するための専門部隊である。

これに対して陸戦機甲旅団は、すべての部隊が機械化された上で、重戦車にあたる砲戦車や、敵の戦車を駆逐するための強力な対戦車連隊まで自前で持っている。

これはもう、敵前上陸や橋頭堡確保だけでなく、上陸後すぐに内陸部まで侵攻し、迎え撃つ敵の機甲部隊を撃破して一定区域を電撃的に確保するためのものである。

それだけ陸戦隊の役目が重視された結果といえるが、相手が機動力のある部隊を持っている以上、こちらもそれに対応しない限り、せっかく上陸しても敵の機動力で押し戻されるのだから、これは軍が進化していく上での必然といっていいだろう。

＊

まだ真新しい正規空母チェサピークの会議室。

さすがに戦時になって建艦されたフネだけあって、会議室といっても剝き出しの鋼板に不燃製ペンキを塗っただけの壁と天井が、同じくスチール製のテーブルとあいまって、参加者たちの気持ちを否応なく引き締めている。

「モロッコまでは、何があっても送り届ける。この俺が確約するのだから間違いない！」

居並ぶ北アフリカ作戦──『デザート・トマホーク作戦』に従事する自由連合陸海軍の指揮官たちを前に、まったく臆することなく大言壮語を吐いているのは、それを口にしても誰も咎(とが)める者がいない唯一の人物──作戦支援艦隊司令長官となったウイリアム・ハルゼー中将である。

それも当然のことで、今回の作戦艦隊は、すでに編成されて東海岸で訓練任務についていた第七任務部隊を母体とし、任務部隊ナンバーはそのままに、輸送部隊と護衛部隊を追加したものだからだ。

そして海軍の中で特筆すべきは、上陸させる部隊を輸送する一五〇隻にもなる輸送部隊の司令官に、在米日軍第二派遣艦隊司令官の宇垣纏少将が抜擢されたことだろう。

カントリーロード作戦第一段階を通じて、宇垣纏の働きが評価された証拠だった。

ただし、在米日軍第二派遣艦隊からは軽巡『恒春(ヘンチュン)／八丈』しか参加していない。

さすがに被害を受けた艦も多いため、大半の所属艦は母港のニューオリンズへ戻り、そこで本格的な修理と艦隊員の休養を行なわざるを得なくなったのだ。

そこで米海軍の新造艦で、まだ任務部隊に編入されていなかった護衛空母マニラベイ／バハマベイと、対空／対潜能力を強化した新型駆逐艦——ラドフォード級（日本海軍では花型駆逐艦）一〇隻があてがわれたのである。

「陸にさえ上げてもらえれば、あとは俺たちが敵を蹴散らす。だが海の上では陸軍は無力だ。よろしく頼むぞ」

ハルゼーのダミ声に負けじと大声で返答したのは、陸軍部隊の中核をなす部隊の司令長官——ジョージ・パットン大将だった。

階級からいけばパットンのほうが上だが、ついこの前まで少将だったため、それ以前に中将へ昇進していたハルゼーからすれば微妙な相手に違いない。

そこで役職が双方とも司令長官ということで、完全に対等の立場で話を進めるつもりらしい。

「将軍たちが上陸した後も、しばらくはモロッコ周辺で警戒任務につくが、艦隊はジブラルタル海峡よりむこうへは入らない。

本来ならエジプト沖まで継続して支援を行ないたいところだが、不用意に海峡を越えると、背後からスペイン艦隊、北からはイタリア艦隊が来る恐れがある。

そうなると支援どころではなくなる。今回の海軍部隊では、同時に大規模二個艦隊を相手にしつつ、陸上への航空および砲撃支援を行なえるほど余裕がないのだ。

そこで当面は、モロッコに送りこむ海兵隊の航空部隊のみの支援になる。まあ、そのうち米陸軍航空隊も移動するだろうから、それまでの辛抱だと思っていてほしい」

ハルゼーからしてみれば、この機会にスペイン海軍の主力艦隊、もしくはイタリア海軍の主力艦隊のどちらかを誘いだし、一気に叩きたいところだ。

しかし、作戦目的が陸上部隊の方面形成および北アフリカ横断、さらにはエジプト救援となっているため、とても浮気をしている余裕などないと判断されている。

そのことはハルゼーも納得しているため、次こそはと思いつつ、今回は主役をパットンへ譲ることにしたようだ。

「つかぬことをおうかがいしますが……」

二人のこわもて将軍に比べると、宇垣といえども影が薄い。それでも臆することなく、疑問に思ったことはいまのうちに聞いておこうという態度が明白だ。

二人の視線だけでなく、他の陸海軍指揮官の視線も集めた宇垣は、落ち着いた声で質問した。

「ハルゼー長官は、総旗艦を護衛部隊の旗艦となっているバージニアではなく、このチェサピークになされましたが……それは、いざとなれば空母部隊は機動部隊として単独行動を実施する可能性があるからなのですか」

空母部隊の構成は、新鋭の正規空母二／軽空母二／軽巡二／駆逐艦二〇となっている。

まさに日本海軍が編み出した空母機動部隊の構成そのものであり、戦艦主体の護衛部隊を守るための編成とはなっていなかった。

「まあ、万が一のことを考えての安全策だ。もしスペイン海軍の軽空母とイタリア海軍の正規空母が合同して機動部隊を組んだ場合、それに対処するには、こちらも機動部隊編成にしなければならん。

敵もむざむざモロッコへ陸軍部隊を上陸させたくはないだろうから、なんらかの妨害作戦を実施する可能性が高い。それに対処するためと思ってほしい」

ハルゼーにしては守勢一辺倒の返答だったため、宇垣は怪訝（けげん）そうな表情を浮かべた。

「長官の得意となされる戦術は、相手の隙を見つけ、一点集中的な高速突入しての強打にあると思っていましたが……今回は連合総司令部の立てた作戦に従い、我慢なされるおつもりでしょうか」

　宇垣も聞きづらいことを平気で口にしたものだ。その無神経というか我の強さに、ハルゼーも苦笑いを浮かべた。

「戦争は常に水物だから、いざ作戦が始まれば、その先にどういった突発事項が起こるか誰にもわからん。ましてや、相手はヒトラー総統の気分次第でころりと様変りするんだから、どんなことになろうと最大限の対処ができる陣容にしておくのは当然だろう」

　ハルゼーはうまくごまかしたが、いまの返答をうがった見かたで解釈すれば、相手の出方次第で自分は機動部隊を別動で動かすこともありうる……そう言っているようにも聞こえた。

　そのことは宇垣も感じたらしく、なにやら満足した様子で笑みを浮かべた。

「我々の任務は、パットン将軍の部隊をモロッコに送り届けるだけでは終わりません。その後も予備の陸軍部隊を、さらなる増援として送り届ける役目を担っています。

　その役目は、護衛部隊と私の輸送部隊とできっちり実行しますので、長官におかれては、大西洋を横断する輸送ルートの北側を、なんとしても死守していただきたく思います」

言葉の裏にあるものをやりとりしている宇垣とハルゼーを見て、パットンが面白そうな表情を浮かべている。

海の上の戦いは皆目わからないが、場所を陸上に置いて自分の立ち位置で考えると、似たような構図はいくらでも見いだすことができる。

たとえば、いくらパットンの機甲師団がナチス連邦陸軍を蹴散らして先へ進んでも、その後を米・加・豪の合同歩兵部隊が、面としてモロッコまでの安全地帯を確保してくれないと、そのうち燃料や弾薬が枯渇して動けなくなってしまう。

つまり陸の上では、パットンはハルゼーの立場であり、宇垣は歩兵部隊の役割を担わされていることになる。

実際には、これに米海兵隊や在米日海軍第一派遣陸戦隊が、身軽な特徴を生かして縦横無尽にサポートすることになっているため、事はそれほど単純なものではないが、大まかにいえばパットンの想像通りといえる。

ともかく……。

カントリーロード作戦と根本的に違うところは、進撃する陸地の北にある海は、ナチス連邦が制海権を握る場所だということだ。

もし地中海にイタリア海軍の空母が出てきて、北アフリカ沿岸に対して航空攻撃をしてきたら、パットンの機甲師団のみでは対処できない。

そこで、モロッコから当面は海兵隊の航空隊が護衛および支援につくが、作戦が進むにつれて、モロッコより東の地点に新たな航空基地なり滑走路なりを設営しないと、いずれ航続距離の関係で支援できなくなる。

おそらくイタリア海軍は、その時点を狙って空母を出してくるはずだ。

その時、ハルゼーがジブラルタル海峡を越えて突進してくるか、そうでないかは、ハルゼーの一存にかかっているのである。

パットンの上機嫌な顔を見て、米海兵隊北アフリカ作戦部隊を預かるバンデクリフト司令官（少将）が口を開いた。

「海岸沿いの攻略した敵拠点は、我々海兵隊と日本の陸戦隊が確保しますので、パットン長官の部隊は気兼ねなさらず、まっしぐらにエジプトへ最短コースで向かってください。

なに、イタリア陸軍なんぞ我々の敵ではありません。スペインや西ヨーロッパのナチス国家軍も同様。現在のところ、北アフリカ方面にドイツ正規軍が投入されたという情報はありませんので、我々だけで充分に対処可能と思います」

そう言うと、となりに座っている在米日海軍第一派遣陸戦隊司令官の森国造少将を見る。

森は口をつぐんだままだったが、小さく同意のうなずきを返した。

バンデクリフトと森の自信の源は、今回初めて編成されて投入された、第一海兵機甲旅団と第一陸戦機甲旅団に対する絶大な信頼である。

規模はパットンの機甲師団に比べると小さいが、とくに防御と遊撃に特化された部隊編成は、敵の拠点を迅速に攻略し、そのまま一定範囲を死守することにかけては凄まじいほどの威力を発揮すると期待されている。

これまでの海兵隊や陸戦隊の得意技である迅速な敵地殴り込みと短期間の徹底確保、この二点をさらに強化するための機動旅団なのだから、まさに鬼に金棒といったところか。

彼らの活躍なくしては、今回の北アフリカ作戦『デザート・トマホーク作戦』は成り立たないのである。

すべてのことが一斉に動きはじめた……。

いったん始めた反攻作戦は、そう簡単には中止できない。

なぜなら、投入する兵力と軍備の規模が、防衛作戦とは桁違い(けたちが)に大きいからだ。

それを途中でやめれば、投入したすべてを元の場所まで戻さなければならず、そこには悲惨な敗走がつきまとう。この時点で敗走すれば、自由連合は年単位で態勢を立て直さねばならない。

ならば、もう少し余裕を持って、戦力の充実を待って実施すべきではないか……。

たしかに自由連合各国からも、そういった声は多くあがった。

しかし、ナチスドイツ正規軍がエジプトに迫るという現実がある以上、これを見て見ぬふりをすれば、最悪エジプトの陥落だけでなく、アフリカ全体がナチス連邦の手に落ちることも充分にありうる。

ユーラシア大陸だけでなくアフリカ大陸まで取られたら、地球資源の半分以上をナチス連邦が確保できることになり、自由連合唯一の利点である大人口に似あった巨大物量作戦が根底からくつがえされることになるのだ。

アフリカを、ナチスの手に渡してはならない。

それは自由連合が最終的な勝利を得るための大前提であり、無理を承知で戦力の一点集中的な早期投入をしなければならない最大の理由となっていたのである。

第2章　ナチス連邦の脅威

1

一九四二年一月　オーストリア

ドナウ川に寄り添うように発展したリンツの町は、オーストリア第三の都市であるとともに、ヒトラーの故郷であるブラウナウ・アム・インの近隣都市でもある。

ただし現在、この一帯はナチスドイツに併合されている。

かつてのオーストリアは、いまもナチスオーストリアとして存在するものの、リンツを含むアッシャッハアン・デアドナウ地区は、ナチス連邦設立と同時にドイツ・リンツ州としてナチスドイツの直轄地となったのである。

その中心部――ドナウ川南岸に沿って走るオーベレ・ドナウレンデ通りに面した

一画に、かつてはリンツ城と呼ばれていた由緒ある建物がある。

一八〇〇年の火災により兵舎として再建されていたが、五年前に大改築され、現在はナチス党リンツ支部として使用されている。

しかし、中に入ってみると、そこはとても党の地方支部とは思えないほどの豪華さだ。

なぜならここには、ヒトラーが故郷に戻った際の定宿として用意された区画があり、支部とは名ばかりで、実質的にドイツSS本部直轄の総統府別館扱いとなっているからだ。

当然、敷地内を警備するのは総統直轄のドイツSS第一師団・第二親衛連隊であり、とくにヒトラーが在宿している時は、ベルリンから第一親衛連隊が増援として駆けつけてくる。

そして今日も、重要区画の警備を第一・第二近衛連隊が行なっている以上、ヒトラーが広大な敷地内のどこかにいるのは間違いないと思われる。

もっとも……。

厳重に機密保持がなされているものの、本日ここでナチス連邦中枢国家首脳会議が実施されることは、少なくとも中枢国家のナチス党本部と政府には知らされていた。

リンツ城のヒトラー専用区画の地下に設置された機密会議室は、連邦各地にある同じ名の会議室同様、たとえ一トン徹甲爆弾の直撃を受けても耐えうるよう、分厚い鋼鉄とコンクリートの壁で幾層にも防護されている（当然、総統地下退避室も隣接して造られている）。

連邦中枢国家の首脳が一堂に会する場所なのだから、もし機密が漏れれば、自由連邦側から爆撃を受けるかもしれない……。

その可能性は、現時点においては限りなくゼロにも関わらず、ヒトラーは完璧主義の性格そのものに、リンツ全体を封鎖状況にした上で、万にひとつの間違いも起こらないよう厳重な警戒態勢を取らせたのである。

「……さて、我がドイツ陸軍の中東侵攻は順調すぎるほど順調だが、他の方面がどうなっているのか、各方面担当の国家元首に説明してもらいたい」

磨きこまれた長いテーブルの一端に座ったヒトラーは、左右に居並ぶ各国元首をながめながら、どちらかというと優しげな口調で語りかけた。

ナチス連邦の序列は、ヒトラーに近い席順となっている。

最も近い右側の席には、連邦樹立以前からヒトラーが個人的に親交を深めてきたイタリア首相・ムッソリーニが座っている。

つまりムッソリーニは、ヒトラーが認めた連邦次席というわけだ。

それを快く思っていないのは、左側に座っているスターリンである。

国の規模では圧倒的にナチスロシアのほうが上だが、連邦樹立と同時に遅れて参加したぶん地位は低くなっている。これは右側二番めに座っているナチススペインのフランコ首相（第四席）も同様である。

フランコの対面には、ナチスオーストリア首相のアントン・ドレクスラー（五席）が座っている。

そして次の右三番めには、なんとナチスブラジルのジェトリリオ・ドルネレス・バルガス首相（六席）が座っている。

これは南米で唯一のナチス中枢国家として、ブラジルが異例の扱いを受けている証拠である（他のナチスアルゼンチン／ナチスコロンビアは衛星国家。他の南米諸国は中立を宣言した第三国）。

バルガスがリンツまでやってくるには大変な苦労があっただろうに、ヒトラーは会議へ出席するのは当然の責務と思っているのか、顔を合わせて以来、ねぎらいのひとつもかけていない。ここらあたりが名誉中枢国家扱いたる証拠だろう。

左三番めには、このたび準中枢国家へ格上げされたナチストルコのムスタファ・イスメト・イノシュ首相（七席）もいた。

イノシュは一九三八年に、先代大統領（トルコ時代）だったムスタファ・ケマル・アタテュルクの後継者と目されていた軍人だったが、ケマルが死亡したのと同時にナチストルコ党によるクーデターが勃発し、早い段階で指揮下にあった陸軍のナチス党支持を打ち出したおかげで、当時の首相だったにも関わらず、そのままナチストルコの首相として国家元首を務めることを許された経緯がある。

ヒトラーの質問には、とくに指名がない限り席順で答えることになっている。そこでムッソリーニが、席についたまま報告しはじめた。

「我がナチスイタリアは現在、北アフリカにおける自由連合最大の拠点であるエジプトを攻略すべく、ロシア陸海軍の協力を得て、アレクサンドリア上陸作戦を実施中である。

なおエジプト攻略作戦には、イタリア領リビアおよびフランス領アルジェリアに展開している、イタリア陸軍およびフランス陸軍・スペイン陸軍合同の北アフリカ方面軍も参加させる予定になっている。これは中東方面から進軍してくるドイツ陸軍に呼応する形で行なわれるため、現在は準備万端整えて待機中である。

それから、イタリア領東アフリカにも我が国の東アフリカ方面軍がいるが、彼らは紅海入口の確保と、南にある英領ケニア侵攻に従事中であり、さらに言えばエジプト南方の自由連合軍輸送路遮断の活動中のため、今回の作戦には参加しない。以上が、現時点における我がイタリアの連邦中枢国家としての活動となる」

さすがに元祖ファシストと呼ばれるムッソリーニだけに、ヒトラーを前にしても尊大な口振りは変化がない。

むろん、それはヒトラーが以前から容認しているからであり、他の首相が同じ口調で報告したら、たちまちヒトラーの逆鱗（げきりん）にふれるはずだ。

次にスターリンが眼鏡をかけた上で、手元にある書類を読みはじめた。

ロシア本国では好き放題しているスターリンも、ここでは借りてきた猫のようにおとなしい。いらぬ発言をしないよう書類に書かれていることだけを報告する姿勢も、連邦第三席の地位を失わないための防衛策だった。

「極東方面においては、日本を牽制するための北海道侵攻作戦こそ中断していますが、そもそもあの作戦自体、朝鮮半島に敵の戦力が集中しないよう、戦力分散を目的として行なった陽動作戦ですので、所期の目的は充分に果たせたと判断し、いずれ行なう予定になっている本格的な日本攻略作戦まで中断しているところです。

すでに満州地区全域はロシア軍の支配下にあり、ナチス満州政府の擁立も、来年中には達成できる見込みが立ちました。朝鮮半島については、さすがに自由連合最後の極東中核地区のため、南部の釜山を中心として激しい包囲戦を展開しています。

しかしこれも、先の陽動作戦が効果を見せて、近日中に完全制圧するメドがたっています。これらが終了したのち、いよいよ次は日本本土攻略と中国制圧となります。

ただ中国と日本は、ともに自由連合加盟国の中では大人口を有する国のため、これを同時にロシア一国で制圧するとなると、かなりの時間が必要ではないかと。

可能ならば、どちらかの方面の攻略時期をずらし、ナチス連邦主力軍が中東および北アフリカ全域を制圧したのちに、インド方面を絡めて連邦主力作戦のひとつとして実施できれば幸いかと考えております」

かなり虫のいいことを口にしたスターリンだったが、いまは各国の報告を順ぐりに行なっている最中のため、ヒトラーはあえて口を挟まなかった。

次に発言したのは、第四席となるスペインのフランコ首相だった。

「現在、我が国の陸軍はイタリア陸軍と共に北アフリカ戦線へ出兵しており、敵陣営のモロッコとエジプトの間を分断することに成功しております。そしてイタリア陸軍がエジプト方面へ進撃する場合に備え、手薄になる地域への増援予定も万端整えております。

　また、スペイン北部に展開している空軍部隊は、いまも英国本土爆撃を続行しており、日に日に成果を積み重ねております。

　ただ、さすがに国内で大量生産されている既存機種のみでは、英国空軍の新型機に苦戦している関係から、そろそろ次期機種へ生産を移したいと願っておりますが……これについては、連邦空軍省を通じて連邦総統府へ正式の嘆願書を提出してありますので、可能な限りで結構ですのでご対処願います。

　最後に……メキシコ救援のため出撃したスペイン第二艦隊は、予想をはるかに超える大被害を受け、現在、国内にて再建中となっております。

　そのためスペインの主力艦隊は第一艦隊のみとなり、あとは補助艦艇や沿岸防衛艦艇の小部隊のみであり、いましばらくは大規模な作戦には従事できない状況となっております。

　ただし海軍は現在、連邦増産第一次五ヵ年計画が終了間近のため、春までには続々と新造艦が就役する予定となっていますので、おそらく三月もしくは四月には、新たな艦隊編成が可能になると確信しております」

これまでの海戦で大被害を受けたのは、ロシア海軍とスペイン海軍のみだ。

ただ海軍の規模が両国では違うため、ロシアは主力のバルチック艦隊と黒海艦隊が健在であり、まだ余裕がある。それが今回のアレクサンドリア上陸作戦への参加へつながった。

しかしスペインは、往年の新世界を席捲した大海軍の面影も薄れ、ナチス政権を受け入れて連邦へ参加した時点では、イタリア海軍にすら劣る規模まで衰退していた。

これを是としないヒトラーは、早急なスペイン艦隊再建を命じたが、まもなく第一陣が加わるとはいえ、連邦海軍の一員として一方面を担うまでには、まだまだいくつもの難関が待ちうけている。

しかし、ムッソリーニやスターリンにも引けを取らないファシストのフランコは、自国海軍の比較劣勢を認めず、質では同等と言い張ってきた。

その言葉が、メキシコ支援艦隊の敗北で崩れ去り、さすがに意気消沈したのか、今日は比較的おとなしい口調になっている。

次の発言者となったブラジルのバルガス首相は、前の三人とは少し違い、どことなく覇気のない様子で口を開いた。

「ご存知の通り、ナチスメキシコが不甲斐なくも制圧された結果、ろくに軍事力を持たない中米各国では、連鎖反応を起こすがごとく反ナチスクーデターが発生し、現在ではパナマに至る中米全体が自由連合側に奪取されてしまいました。

とはいえ、それは中米を束ねていたメキシコの責任であり、パナマ以南を統括している我がナチスブラジルの責任ではありません。

ブラジルは南アフリカ大陸を死守するため、すでにパナマと国境を接するコロンビアへ派兵を完了させていますので、さすがに自由連合側も、これまでのようにはいかないと考えています。

しかしながら敵の主力は、あのアメリカ合衆国です。それに日本の陸海軍まで参加しているのですから、いかに南米随一の軍事力を誇るブラジルとはいえ、質の面でいささかの不安があることも事実です。

数の面であれば、ナチスアルゼンチンが後方にいるため、増援の兵員数は負けることはないのですが、とくに海軍戦力が我が方には乏しく、もし敵がアマゾンを越えてリオグランデ付近に上陸作戦を実施したら、南米ナチス陣営は北と南に分断されて苦しい戦いを強いられることになります。

そこで今回、南米ナチス陣営を代表し、総統閣下へ切なるお願いをしたく参りました。どうか南米死守のため、ナチス中枢国家の海軍部隊をブラジル支援のため出していただけないでしょうか。

それと、合衆国や日本の陸軍に対抗できる新型航空機と装甲車輌、強力な火砲の支援をお願いします。いまや旧式となった装備と貧弱な海軍戦力だけでは、いかに潜在的な兵力があってもじり貧に陥ってしまいます……」

これでは報告ではなく嘆願になっているが、パナマまで駒を進めたカントリーロード作戦は、第二段階を終了した段階のため、その後の第三段階を実施するためのインターバルに入っている。

つまり、コロンビア国内へは、まだ一兵たりとも進撃していないせいで、現在は両者とも睨み合いが続いている状態だ。

そのため特段の報告をすることもなく、より逼迫(ひっぱく)している支援要請を前面に出しての発言になったのだろう。

次のトルコ首相イノシュの発言は、じつに短いものでしかなかった。

「我がナチストルコは、国内にくすぶるイスラム原理主義勢力の撲滅と、イスラム穏健派との協調を基調とし、あとは全力でドイツ陸軍の支援に邁進中であります。

そのことは総統閣下もご承知のことと存じますので、新たな連邦作戦が下されない限り、なにもご報告することはございません」

イノシュの本音は、歴史的に軋轢のあるロシアが、トルコを経由して中東方面へ軍を進めやしないかとハラハラしているだろうが、それをいまの時点で否定的に発言すると、ナチス連邦全体の協調を乱す行為になるため言えない。

幸いにもスターリンがこの件を持ちださなかったため、内心ではほっとしているはずだ。

すべての中枢国家首脳が報告を終えると、ヒトラーは手元でメモしていた紙をチラリと見ると、やや早口で喋り始めた。

「おおむね予定通りということなので安心した。ただ、南米に関しては少し我慢してほしい。なにしろ陸軍については敵を圧倒している我が陣営だが、海軍戦力については明らかに劣っている。

なのでいま、連邦各国は総力をかけて海軍戦力の大拡充を行なっている。それが達成されぬ限り、大西洋を越えて南米へ戦力を送ることは不可能に近い。もし無理にやれば、先に実施したスペイン艦隊によるメキシコ救援作戦のように、手酷い反撃を受けてしまうだろう。

いまの時点で連邦の海軍戦力が漸減されると、いくら拡充しても敵陣営に追いつけない。事は連邦全体の大戦略にまで影響が及ぶだろう。それでもなお、どうしても南米へ増援を送ってほしいというのであれば、無理を承知で出せる艦隊と陸軍増援部隊を用意してもいいが……。

それから、スペイン艦隊には苦労をかけた。もともと敵艦隊が圧倒的に優勢だった場所への突入作戦だったのだから、あの結果は予想の範囲内だった。

メキシコ陥落の責任を問うとすれば、それは奮戦したスペイン艦隊ではなく、不甲斐なくも国軍のクーデターにより制圧されたメキシコのナチス党とSSにある。

したがって……連邦中枢国家は心配していないが、他の衛星国家においては、よりいっそうの国軍に対する綱紀粛正が必要だろう。その旨、すでに連邦総統名で命令を出しているから、今後は各国の国軍に対するナチス党への忠誠は、いちだんと向上するはずだ。

ああ、そうそう。英国本土爆撃に使用する機種の更新については、ドイツ空軍省と連邦空軍省が包括的な観点から、早急に対処するとの報告が上がってきている。

それを読むと、最近の英国空軍戦闘機は、従来のホーカーハリケーンからスピットファイアへ、さらには最近になってスピットファイア改良型へと移行しているそうだ。

こうなると、スペインやフランスなどで大量生産しているドルニエ217D型双発爆撃機とフォッケウルフ190F型単発戦闘機では、かなり苦しい戦いを強いられることになる。

とはいえ、生産ラインや部品、原材料などの関係から、一気に最新鋭機を大量生産できるわけではない。

そこで連邦空軍省では、とりあえず三月稼動を目標に、強化改良されたフォッケウルフ190A型に加え、メッサーシュミットBf109G型の量産ラインを追加することにしたそうだ。

また爆撃機も、爆弾搭載量が飛躍的に大きく、最高速度も出るユンカース88A型のラインを設置することになった。これらの機種により、英本土空襲作戦を今年一年、戦いぬいてもらいたい。

そして来年は、第二次戦時増産一ヵ年計画が開始される関係から、まったく新しい強力な機種を生産できるようになる。それまでのあいだの繋ぎと思ってほしい」

スペインやイタリア／ハンガリーの秘密工場都市で大量生産されているのは、あくまでドイツでは旧式となった既存機種でしかない。

なのに三月には、ついこの前までドイツ空軍の主力機だったものが、量産ラインごと移されるらしい。

ということは、ドイツ本国においては、すでに主力機種が最新鋭機に更新されており、その実体はまったく国外に漏れていないことになる。当然だが、自由連合の情報網にも、まだなにも引っかかっていなかった。

いまヒトラーが告げた諸々の話を総合すると、どうやらドイツ国内において、なにかのブレイクスルーが起こった可能性がある。

科学技術に関しては、すでに世界一になっているのだから、それは発明や発見というより、生産技術の革命ではないだろうか。

これまで国内の軍事産業を競合させることで成長してきたドイツ軍需が、なにかヒトラーのアイデアで、さらなる加速を見た……そのような発言だった。

むろん、ヒトラーが得意とする法螺に近い誇張と受けとることもできる。

なにしろ自分で演説していても、そのうちに神がかりとなり、思ってもいなかった言葉を連発する姿は、ここ一年ほど常態化しているのだ。あとでヒトラー当人に尋ねても、よく覚えていないと答えることが多くなった。

当人はこれを『ゲルマン神の神託』と呼んでいるため、意識が朦朧となっても何も不安には思っていないらしい。

しかし、その放言に近い言葉の奔流を受け止める側が秀でた頭脳を持つ者だった場合、これまた予想だにしないインスピレーションを受けとる可能性がある。

おそらく、そのようなことが何度かあり、各分野における最優秀な科学者と技術者、そして生産に携わる経営者の思惑が合致した結果、予定より三ヵ月ほど早い進捗を見たのだと考えられる。

これらは自由連合においては、なかなか起こらない出来事である。

新機軸よりは手堅い枯れた技術を用いた、確実で安定的な大量生産を目的とする自由連合の軍需産業においては、試作段階こそ奇抜なアイデアや画期的な発明が盛り込まれるものの、それが量産態勢にまで移行すること自体が希だ。

万が一の確率でそうなったとしても、ナチス連邦に比べると確実性を高める作業に時間を取られる傾向が強く、結果的に生産開始の時期が遅れることになる。

ただし、いったん量産に入ると作りやすさが効果を発揮し、ナチス連邦とは比べものにならない大量生産が可能になる。これはメリットとデメリットの関係にあるため、どちらが優れているか、現時点では判然としないのは当然である。

また、これらは国家体制の違いのため、そう簡単には修正できない。

となれば、自由連合は可能な限り未来を予測し、早め早めに生産計画を前倒しするしかない。それを実際に行なったのが、連合国戦時増産計画なのである。

「最後になるが……スターリン首相、極東戦線には充分な注意を向けてほしい。いまのところロシア軍は磐石(ばんじゃく)だが、このままロシアの思惑通りにいくとは限らない。どうも嫌な予感がするのだ」

なんの根拠もない、予感をもとに命令されてはたまらない。

しかし連邦総統が口にしたことは、たとえ中枢国家の首相といえども言下に否定することはできない。もし否定したければ、否定するに相応しい根拠を集め、それを正式の報告書と共に総統府へ送致し、ヒトラーの同意を受けねばならないからだ。

そのことを充分過ぎるほど知っているスターリンは、顔色ひとつ変えずに答えた。

「総統閣下のお言葉、しっかりと受け止めました。むろん、閣下の予感を軽んじるつもりは毛頭ありませんが、我がナチスロシア軍は、いまも着々と極東アジア全域の制圧へ向けて歩を進めていますので、いましばらく様子を見ていただきたく思います」

「だといいのだが……」

ヒトラーは自分の思考に沈み、上(うわ)の空で返事をした。

その後はヒトラーの発言も行なわれず、ゆうに五分は沈黙が続いた。

「……総統閣下、そろそろお時間です」

側近のゲッベルス連邦宣伝相がヒトラーへ近寄り、会議の予定時間がオーバーしつつあることを知らせた。

ヒトラーの予定は分刻みでスケジュールされている。それらを管理するのは本来なら連邦総統府秘書局だが、開戦以降は全面的にドイツ親衛隊が取り仕切っているため、いまでは連邦親衛隊全体指導者兼ドイツ連邦警察長官のハインリヒ・ヒムラーが総元締となっている。

そして、SSや秘密警察と密接な関係があり、常にヒトラーの近くで活動しているゲッベルスへ、ヒムラーから内々に総統のスケジュール管理を頼まれたのである。

「ああ、もうそんな時間か。それで……次の予定はどうなっている？」

まだ沈黙思考から醒めきっていないヒトラーは、どこか空ろな目で質問した。

「航空機メーカーのアラド社とメッサーシュミット社の首脳を交え、ドイツ総統官邸で懇談会を開くことになっております。ベルリンまでは陸路のアウトバーンで参りますので、やや時間が必要かと」

「おお、そうだった。この懇談会は重要だ。遅れるわけにはいかん。それでは諸君、これにて会議を終える。各自、今日の報告と私が与えた指針を熟慮し、次の会議まで連邦発展のために尽くしてくれ。では、失礼する」

ヒトラーにとって、次の予定はよほど重要なのだろう。

むろん中枢国家の首脳といえども、ヒトラーが何を重要視しているのか、まったく知らされていない。

しかし、これから行なわれる懇談会は、ナチス連邦の未来を左右するほど重要な決定がなされるものであることが、ヒトラーの態度からも見て取れた。

それはいったい……。

この件が明らかになるのは、おおよそ一年ほど経過した時点となるため、まだこの時点では、懇談会に出席する者しか知ることのできない、まさしくナチス連邦の最上級機密事項であった。

2

二月二六日　パレスチナ

エルサレム南方に位置するベエルシェバ。

そこはエジプトの領有するシナイ半島に通じる、二大幹線が交わる要衝である。

一二月中旬にレバノンへ侵攻したドイツ正規軍は、自由連合軍が当面の防衛線と定めていたナザレ地区を、たった一ヵ月足らずで制圧してしまった。

となりのヨルダンも、トルコ軍を中心とするナチス連邦軍により一月一八日にアンマンを制圧され、自由連合軍はアラビア半島とエジプトとの分断の危機に陥った。

そして今日……二月二六日。

ユダヤ教とキリスト教、そしてイスラム教による現地三者合意により無血開城したエルサレムを越え、ついにドイツ正規軍の装甲部隊が、南部の要衝であるベエルシェバ北方三〇キロにまで侵攻してきたのである。

「とても持ちこたえられません！」

ベエルシェバ北方に位置するベイトカマ地区に構築した多重阻止陣地から、緊急の無線連絡が入った。

そこには英北アフリカ軍団に所属する対戦車連隊と砲兵連隊、そしてエジプト植民軍一個旅団が陣取っている。

縦横に張りめぐらされた塹壕と砂礫を高く盛った土手、一部はコンクリートで固めた戦車阻止壕まである立派な陣地に、合計で一万三〇〇〇名近くの戦闘員が配置されているというのに、無線で伝わってくる状況は悲惨の一言に尽きた。

「航空支援を出せんのか⁉」

ベエルシェバに後退したアラビア方面軍司令部を束ねるブライアン・ホロックス中将は、頬が興奮で赤く染まるのも構わず、大声で方面軍参謀部の面々に質問した。

場所は方面軍司令部が徴用した現地部族長の屋敷で、土煉瓦と漆喰で固められた古風なブロック型の建物ながら、中は意外と涼しい。

しかも、ある程度の対爆能力もあるため、広大な敷地内に司令部直属部隊を警備につかせるだけで、あとはほとんど手を加えず利用することができた。

返事は、すぐに陸軍航空参謀が答えた。

「シナイ半島各地の航空基地に所属する陸軍機は、すでにかなりの被害を受けています。まさかドイツ軍が、シリアにまで新鋭戦闘機を持ってきているなど予想していませんでした。

また、シナイ半島にある三箇所の航空基地も、既存機ではありますが、敵の単発および双発爆撃機により被害を受けつつあります。肝心の迎撃戦闘機が敵の新型機に食われている現状では、早期に飛行場としての機能を喪失する可能性が高いようです」

敵の新型機は、通信傍受からハインケルＧ１０２型と判明している。

ハインケル社の社長であるエルンスト・ハインケルがナチス首脳部と非常に仲が悪いことは、自由連合側の情報部もつかんでいた。そのためハインケル社の新型機が制式採用されることはないだろうと予測していたのだが、ヒトラーの企みにより、それは見事にくつがえされた。

どうしてもナチス党になびかないハインケルを、ヒトラーは去年の段階で、連邦総統命令として、ナチスロシア政府へ航空技術の支援を行なう名目で、一部の技術者たちと共に移動させたのだ。

行き先もナチス党の支配するロシアだが、国内で消極的な反政府的態度を続けるならば、ハインケル社そのものをドイツ政府直轄企業として戦時徴用すると脅され、仕方なくロシア行きを受諾したらしい。

むろん引き連れていった技術者は熟練の中核的存在の者が多く、残された者は若手ばかり……これでヒトラーにひと泡吹かせられるとハインケルは考えたようだが、ヒトラーのほうが一枚上手だった。

なんとヒトラーは、残された若手のもとへゴータ社のレシプロ機部門をそっくり送りこみ、ゴータ社本体をジェット機開発専門会社にしてしまったのである。

もともとゴータ社は、レシプロ機においては他社にくらべぱっとしない成果しかあげておらず、制式採用されたレシプロ機もほとんどない。しかし機体設計部門だけは、常に挑戦的な斬新設計を行なうことが知られていた。

その設計図を見たヒトラーが、いっそ名門かつ優秀な既存機を数多く生み出したハインケル社で、ゴータ社設計のレシプロ機を作らせたらどうかと考えたのだ。

そして、エンジンや搭載火器などはハインケル社が担当し、機体をゴータ社設計陣が手掛けた一号機が、このハインケルG１０２型だったのである。

最高速度こそ以前にハインケル社が独自に開発したHe１００型と似たり寄ったりだが、エンジンを馬力のあるDB６０１Eに変えたせいで、中間加速や旋回時の加速が大幅に強化されている。

しかもドイツの単発機には珍しく、胴体下に落下増槽を備えることが可能で、最大航続距離も一二八〇キロと、自由連合軍の戦闘機に劣らない長駆を果たしている。

ただ、いかに性能が高くとも、ハインケル社だけで量産している関係から生産ラインが限られていて、これまでに製造された機数は六〇〇機ほどにとどまっている。

今後、連邦各地の大量生産工場へラインを移すにしても、元のライン数が少なすぎるし、量産工場用に新たなラインを新規設置するとも思えないため、それほど数は伸びないと思われる。

そのような主流から外れた機だからこそ、ヒトラーは中東という最前線に送ることを許可したのである。

どのみちドイツ本国の航空機メーカーは、すでにジェット機開発へ軸足を移している。

いずれもまだ開発段階だが、その中で抜きんでているメッサーシュミット社とゴータ社、ジェットエンジン開発ではユンカース社とBMW社が、すでに拡大試作段階に入っているという噂もある（すべてが極秘事項のため、自由連合側にはほとんど情報が渡っていない）。

相手が強力な新型機ともなると、従来機種しかない英軍はきつい。

英本国での航空機開発は、いまも中部以北で細々と行なわれているが、すでに大半の技術者はインドへ渡り、日米の技術者と共にインドにおいて新型共用機の開発を開始している。

それを英国に逆輸入するのは至難の業となっているため、英本土防衛の戦闘機は、今後ますます苦しい戦いを強いられるはずだ。

あれやこれやで、英軍の新型航空機（インド製）がエジプト方面へ送られてくるのは、当面先になってしまうだろう。

それらのことを知っているホロックス中将は、敵の装甲部隊に有効な手段となる航空攻撃すら危うい状況であることを即座に認識した。

「仕方がない。敵装甲部隊に対しては、私の直轄部隊の一部を出そう。第九機甲師団から一個戦車大隊を支援に向かわせる。対戦車連隊の一部も一緒に移動し、なんとしてもドイツの装甲部隊をベイトカマ陣地北方で食い止めるのだ！

シナイ半島の航空基地については、我々ではどうしようもない。エジプトの軍団司令部か、もしくは自由連合中東軍集団司令部に、早急な対処を嘆願するしかないだろう。これについては参謀部から大至急、上層部へ嘆願申請をしてくれ」

命令を終えたホロックスは休む間もなく、作戦指揮室にいる方面軍参謀長を呼びつけると、早口で聞いた。

「自由連合軍総司令部へ嘆願していた件は、どうなっている？」

ホロックスはドイツ正規軍の侵攻が開始された昨年一二月の段階で、自由連合軍総司令部に対して中東方面、とくにアラビア方面への早急なる大規模支援を嘆願した。

返事はすぐに来て、現在最優先課題として各方面で調整していると聞き、その時は安心した。しかし、それから一ヵ月が過ぎても、まだ支援部隊は到着していない。

インドとモロッコの二方面から支援のための作戦行動が実施されつつあることは承知しているが、ホロックスが望んでいるのは、いますぐ戦力になるダイレクトな緊急支援であり、戦略級の作戦遂行に従い、結果的に長期的な支援となるものではなかった。

そこで昨日、エジプトの北部アフリカ方面軍司令部経由で、いったいどうなっているのかと最優先で進捗伺いを出した。

いま聞いたのは、その返事についてである。

「モロッコ方面に上陸したアメリカ陸軍主体の作戦部隊は、すでに第一陣がアルジェリアに入り、一部ではナチス連邦軍と交戦に入っています。

ただ、第二陣以降については、スペイン艦隊の一部とナチスフランス／ナチスオランダ艦隊が大西洋に出てきているらしく、それらを排除しない限り、なかなか難しい状況になっているようです。

これに対し、すでにインドから英領ソマリランドの対岸になるアデン保護領へむけて、インド方面軍が上陸を果たしています。これらの部隊は軽装備の第一陣ですので、まずサウジ軍と合同してアラビア半島の絶対確保へ動いています。

よって我々の直接支援にあたる部隊は、こちらから派遣するとのことでした。それらの部隊の一部は、すでにアデン保護領に上陸していますが、主力部隊はまだだそうです。

なにしろ英領ソマリランドの三方を囲むように、イタリア領エチオピアとイタリア領ソマリランドが存在する関係で、とくに陸上航空機による不定期の攻撃に悩まされているようです。

もっとも、西インド洋へ英東洋艦隊所属の空母二隻が出撃していますので、まもなく敵の航空基地のうち、こちらの上陸部隊へ攻撃可能な基地については無力化されると考えています」

インドのボンベイには、すでに日本海軍のインド洋派遣艦隊が輸送部隊を伴って到着している。

　ということは、少なくとも日本陸軍インド方面派遣部隊の一部と米インド方面派遣軍団の一部も到着しているということだ。

　残りの部隊は、マレー半島のクアラルンプールとセイロン島のコロンボで待機中となっている。これらの部隊は、主にコロンボやボンベイへのピストン輸送を行なうため、輸送部隊および豪海軍派遣艦隊／カナダ海軍派遣艦隊／タイ海軍派遣艦隊が護衛についている。

「それじゃ間に合わん！」

　最も近い支援部隊がアラビア半島の端にようやくたどり着いた状況では、そこからゆうに二〇〇〇キロ以上離れている地中海近くに陸路でたどりつくには、ナチス連邦軍の邪魔が入らなくとも二週間は必要だ。

　これは紅海に沿って走る幹線道路の完全確保が大前提のため、どこかで寸断されていたら、さらに遅れる。こちらとしては、最悪でも一週間以内に増援を受けねば、エジプトとの国境線まで押し込まれる可能性が高い。

　ホロックスの声は悲鳴に近かった。

　エジプトのカイロに本拠地を持つ英北アフリカ軍団は、いまアレクサンドリアに上陸したナチス連邦軍の南下阻止のため全力を投入している。

なにしろカイロとアレクサンドリアの間は、二〇〇キロもない。

たとえ上陸した敵が北アフリカ軍団より弱勢力だとしても、アレクサンドリア市街地を住民もろとも確保している現状では、住民を見殺しにでもしない限り、無茶な力押しによる奪還は不可能だ。

さらには北部の海岸沿い――国境を隔てたリビア方面からは、着々とイタリア軍を中心とする連邦軍が迫っている。この部隊をアレクサンドリアに入れれば、それこそ大変なことになる。

そこで、リビア方面の連邦合同部隊（イタリア／スペイン／フランス合同軍）を国境付近で食い止めるため、ある程度の兵力を割かねばならない。

こうなると、とてもではないがアラビア方面へ追加支援の部隊を出せる状況にはなかった。

それらを熟知しているホロックスだけに、八方塞がりに見える現状をどうやれば打破できるか、いくら悩んでも悩みが尽きることはなかった。

３

二月二九日　パレスチナ

「駄目です！　阻止できません‼」

二九日午前一〇時、ベイトカマ地区。

約六〇〇メートル北にある中央阻止壕から戻ってきたエジプト人の伝令が、ベイトカマ陣地最南端に移動した前線司令部へ駆け込んできた。

この前線司令部は、つい三日前まで中央阻止壕内にある耐爆地下壕に設置されていたものだ。それが二日間のドイツ正規軍の猛攻で、ついに後方移動を余儀なくされたのである。

「一年以上をかけて構築した多重阻止陣地が、たった二日で半分占領されるとは……」

報告を受けた前線司令部（陣地司令）のコンラッド・ローソン大佐は、あまりの惨状に言葉を失った。

「支援に駆けつけてくれた第九機甲師団の戦車大隊長から、被害甚大につきベエルシェバの本隊へ戻ると連絡が入りました！」

「うぐぅ……」

まさに泣きっ面に蜂だ。

最も効果的にドイツの装甲師団を阻止できるはずの戦車大隊が、たった二度の交戦で戦力の三〇パーセントを失い、後退を余儀なくされた。

こうなると敵を阻止できるのは、ローソンの直接的な指揮下にある一個対戦車連隊と、支援に来てくれた第九機甲師団の対戦車一個大隊のみとなる。

三個中隊ある擲弾兵部隊もある程度は役に立つかもしれないが、いずれの部隊も機械化されていない歩兵部隊のため、いったん敵の機動車輌部隊に突破されると後方に取り残されてしまう。

そしてすぐ、敵装甲師団の後方からやってくるドイツ正規軍の擲弾兵部隊やシリアの歩兵部隊との近接戦闘に突入する。

対戦車戦闘では威力を発揮するバズーカ砲も、多少の起伏こそあるものの、砂礫と枯れ草しかない平坦地で敵歩兵を迎え撃つには不向きすぎる。

ここで最も威力を発揮するのは、広い面積を叩ける砲兵部隊と、前方正面に銃弾をばらまく重機関銃や軽機関銃である。これに航空支援があれば鬼に金棒だが、いまは望むべくもない。

砲兵部隊の役割の一部は擲弾兵部隊や迫撃砲中隊が担えるものの、圧倒的に機関銃の数が足りない。

しかも背後を無視していると、通過した敵装甲師団の軽戦車が戻ってきて残敵掃討を実施しはじめるとあっては、どうしても戦力を集中することができない。

かといって、敵装甲師団が走り去った方角へ全面撤収するのは馬鹿げている。

唯一の生き残る選択肢は、陣地塹壕をつたって北西もしくは南東方向へ戦いながら移動し、陣地の端から迂回しての退却しかなかった。

しかし……。

歩兵が戦闘しながら後退する速度は、機動車輌に比べると悲しいほど遅い。

ようやく最前線部隊が陣地南端にある前線司令部へたどり着いた頃には、おそらく司令部はさらなる南方移動を果たした後であり、そこには敵の警戒部隊しかいないはずだ。

そうなると、前線司令部のある陣地南端は無視して、迂回しつつ三〇キロ南方のベエルシェバまで撤収するしかないが、おそらく無事にはたどり着けないだろう。

つまり中央阻止壕へ配置した部隊は、完全に八方塞がりになっている。

それを救出するのがローソンの役目というのに、助け出すどころか前線司令部の確保すら怪しくなっている。これでは絶句するのも当然だった。

「中央阻止壕に連絡！　擲弾兵部隊は敵歩兵の阻止に専念。対戦車部隊は全員、敵装甲部隊の後方を追撃し、取り残された敵車輌を掃討しつつ前線司令部まで戻れ。退却のさいは、牽引式対戦車砲は破壊して破棄しろ。バズーカ砲や軽迫撃砲など歩兵が携帯できるものだけ持って下がれ。

それから、南部阻止壕にいるエジプト植民軍旅団の半数を、中央阻止壕支援のため前進させろ。残りの半数は対戦車部隊と合流ののち、敵装甲師団を漸減しつつ前線司令部まで退却せよ。

前線司令部直轄部隊は、中央阻止壕および南部阻止壕から戻ってくる部隊が到着するまで、なんとしても敵装甲師団の南下を阻止する。

直轄砲兵大隊は、敵装甲師団の進路に砲撃を集中しろ。味方を誤射しないよう、砲撃前に必ず無線で味方位置の確認を実施せよ。以上、伝えろ！」

味方部隊を見捨てることはできない。

しかし現実的に見て、味方部隊がすべて戻ってくるまでに、敵装甲師団が前線司令部を突破してしまう可能性のほうがはるかに高い。

　ということは、前線司令部直轄部隊が敵を食い止めている間に戻ってきた部隊のみを引き連れ、前線司令部はベエルシェバまで撤収するしか全滅を防ぐ手だてはなかった。

　ベエルシェバは方面軍司令部がある中核拠点のため、北方一〇キロと市街地北端部の二箇所に大規模な阻止陣地が構築されている。

　したがって、前線司令部が退却する距離は、おおよそ二〇キロになる計算だ。

　さすがに六個師団規模が待機しているベエルシェバは、そう簡単には落ちないだろう。

　しかしそれも、時間とともに優位性が失われていけば、いずれ突破される。

　その根拠となるのが、いまや圧倒的に不利となっている航空戦力の差だった。

　ドイツ側は、ヨーロッパ方面から新型の戦闘機を投入しているが、その他にもナチストルコから在来機種の爆撃機や戦闘機がシリア領内へ移動してきている。そして手薄になったトルコ国内には、おそらく東欧諸国の航空隊が後詰めとして移動しつつあるか、もしくはすでに移動しているはずだ。

　対する自由連合側は、泣いても笑ってもエジプト領内およびサウジアラビア領内の航空基地にある機しか動員できない。

このうちエジプト領内のシナイ半島各地にいた爆撃機と戦闘機は、ほとんど消耗してしまった。

しかし、エジプト国内からの追加移動はない。

エジプトはエジプトで、アレクサンドリアと西部および南東部国境の敵に対処しなければならず、とても支援できる余裕などないからだ。

となるとサウジアラビアの航空機が頼みの綱となるが、そこにあるのは、サウジが英国から独立する時に提供された旧式複葉機が大半であり、ドイツ軍機になんとか対応できる機は一〇〇機程度しかなかった。

その虎の子をいつ投入するかが戦局の鍵となるが、もし失ったら、シナイ半島はおろか、サウジアラビア本国まで制空権を取られ、まだ本格的に出てきていないイラク軍などの侵攻を招く結果となるだろう。

「カイロへ緊急連絡！　自由連合軍の増援部隊の到着がいつになるか、なんとしても具体的な日時を問いただせ!!

もう既存の部隊だけでは駄目だ。ナチス陣営は、本気で中東全域を制圧するつもりで攻めてきているんだ!!」

ローソンの命令が次第に甲高くなっていく。

これではまるで第二の電撃侵攻ではないか……。

西ヨーロッパを席捲したドイツ装甲師団による、目の醒めるような電撃侵攻。あの頃はまだナチスは連邦を構成しておらず、徐々に枢軸国同盟の数を増やしている頃だった。

あの時のドイツ正規軍に比べると、現在のものは倍……いや三倍以上に膨れあがっている。

しかも機動車輛の質と量も大幅に強化されている。

内容的には似た部隊を抱える英陸軍機甲部隊が、本国の危機により新型戦車の更新に手間取っているというのに、相手はすでに丸々一世代新しい戦闘車輛に衣更えしているのだ。

とくにローソンが恐怖を感じたのは、二日前に確認されたばかりの新型重戦車（そう報告を受けた）が、ゆうに二〇輛以上も中央阻止壕前方へ現われたことだ。

後日になって英国情報部が無線通信の解析から得た情報では、その戦車の名は『パンターIA中戦車』となっているが、現段階では報告以外、なにもわかっていない。

ともかく、従来の四号戦車を大きく上回る車体と、大部分に傾斜装甲を採用した斬新な砲塔、そして六〇口径を超えると思われる長大で凄まじい破壊力を想起させる主砲……これが中戦車と知ったら、ローソンはおそらく卒倒してしまっただろう。

これまでドイツ正規軍の最新戦車は、四号戦車の改良型と、三号戦車の車体を流用した数種類ある突撃砲戦車／榴弾砲戦車だった。

これならば、一部の分厚い正面装甲を持つ突撃砲戦車を除けば、なんとか英北アフリカ軍の持つ機甲師団の重戦車や対戦車砲、一二センチバズーカ砲などで撃破が可能と考えられていた。

しかし新型の重戦車は報告を聞く限り、絶大な破壊力を誇る一二センチバズーカ砲弾でも、前部砲塔の傾斜装甲部分では弾かれて致命傷を与えられなかったらしい。

ゆいいつ車体側面部を狙ったバズーカ砲により、二輌を撃破したとなっている。

その間、味方のマチルダ重戦車やバレンタイン重戦車は、正面から八〇〇メートルの距離で撃ち抜かれ、甚大な被害を出している。

重戦車ですらそうなのだから、1号から3号まで混在している英陸軍の中戦車などは、ほとんど標的のようなありさまだった。

「せめて、いま開発中の改良型A22型重戦車とクルセーダー戦車の改良型が間に合っていれば……ここまで惨めに殺られはしなかったのに……」

ローソンの言葉は次第に愚痴になっていった。

Ａ22型重戦車とは、英国内でチャーチル１型重戦車として開発されたものだ。

今年夏頃に制式採用されたものの、性能的に不備が多く、量産されたものを含め、すべてが改良型の２型へ生産が移行している。

また、Ａ22型はカナダとインドへも生産ラインが移され、それぞれ合衆国が設計した砲塔を搭載する３型、日本が設計した砲塔を乗せる４型、インド独自設計の５型が試作段階に入っている。

当初は四号戦車に対処するため開発されたクルセーダー中戦車も、装甲を厚くした３型が英本土およびインドにおいて拡大試作段階に入っていた。

だが、いまは間にあわない。

いまドイツ正規軍を阻止できなければ、すべては机上の空論にすぎなかった。

＊

同日午後八時……。

中央阻止壕をドーザ付きの三号戦車で埋めつつあった、ナチスドイツ陸軍中東方面軍に所属する第六装甲師団の動きが、いきなり止まった。

夜のうちに阻止陣地中央部を踏破可能にし、朝には一気に敵の前線司令部のある南端まで進撃する予定だったというのに、これはどうしたことだろうか。

「確認しろ！　誤認ではすまされんぞ‼」

英軍陣地の地ならしを終えるまで、一時的にホルヒ40型司令部幕僚車を降りていたヴァルター・フォン・ヒューナースドルフ少将（第六装甲師団長）は、いきなり飛びこんできた報告を聞くや否や、怒声になるのも構わず大声を出した。

師団の通信伝令が持ってきた報告によると、つい先ほど、現在地点の北東方向五〇キロ付近に位置するヘブロン地区に、多数の敵兵が出現とあった。

また、同じ伝令が持ってきたヘブロン守備隊からの緊急通信によると、現われた敵兵は落下傘降下部隊で、すでにヘブロン中心部を制圧し、守備隊を市街地周辺部へと排除しつつあるとのことだった。

これがもし本当ならば、ヒューナースドルフはエルサレムに陣取っている第四装甲集団（中東方面軍主力）との補給路を絶たれたことになる。

作戦予定では、ベイトカマの英陣地を占領後、エルサレムから増援部隊を含む補給部隊がやってくるのを待ち、燃料と砲弾、追加の戦闘車輌を補給したのち、敵のアラビア半島における中核拠点のベエルシェバを攻め落とすことになっていた。

その生命線ともいえるエルサレムとベイトカマを結ぶ主要幹線の中間地点――ヘブロンを敵に制圧されれば、完全に背後を絶たれたことになる。

いかに精強な装甲師団といえども、燃料と砲弾がなければ、ただの鉄の箱にすぎない。

それがいま、脅かされるかもしれない事態となったのである。

4

二月二九日　夜　ヘブロン

「……落ち着いてよく狙えよ。大丈夫、敵は絶対に気づけない」

ヘブロン市街地の北方にある、エルサレムに通じる街道沿いの丘陵に、迷彩を施した綿布を張った大きめの蛸壺が掘られている。

この場所は、西は地中海沿いにあるアシュケロン、東はヘブロンを迂回して南へまわりこみ、最終的にはベエルシェバに繋がる主要幹線の交差点だ。

しかも交差点は谷になっていて、谷の南側にある蛸壺から見ると、エルサレム方面から来る車輌は必ず谷の部分で下らざるを得なくなり、すべてを斜め上から見下ろす形になる。

つまり、狙撃するには絶好の立地条件なのだ。

いま落ち着けと言われたのは、日本陸軍第八空挺旅団第一対戦車大隊に所属する、一二センチバズーカ砲射手の蓮田音松一等兵である。

声をかけたのは、第一二小隊第一分隊長の朝霧朋近(あさぎりともちか)軍曹だった。

朝霧が自信をもって断言するのも当然のことで、いまいる左右幅一・五メートル、前後幅二・五メートルの大型蛸壺の上面は、すっぽりと迷彩綿布で覆われている。

しかも綿布表面には粘着製のある糊(のり)が塗られていて、そこには周辺の砂や小石、枯れ草が張りつけられているため、ものの数メートルも離れると周辺の地面と見分けがつかない。

それは現在のような夜間に限らず、昼間でも距離が少し伸びるだけで変わらないのだから、かなり優秀な迷彩方法と言える。

さらには、蛸壺前面に積まれた土嚢(どのう)にも綿布が縦に張られ、そこにも枯れ木や砂礫が接着されているため、谷底や対岸の丘から双眼鏡で見ても、そこに蛸壺があることは絶対に見抜けないはずだ。

「距離二五〇……照準よし」

声をかけられた蓮田は、返事の代わりに状況の報告をした。

その視線の先には、暗闇の中を灯火管制用ヘッドライトカバーをつけた車列が移動している。

「弾込め！」

朝霧が小声ながら強い口調で、弾手の瀬川辰治二等兵へ命じる。

「装弾完了！」

一二センチバズーカ砲は後方装填のため、短い三脚に支えられた長い発射筒の背後にまわった瀬川は、狭い蛸壺の後方にある土壁に注意しながら、凶悪な破壊力を発揮する一〇〇式対戦車MN噴式弾を装填した。

ちなみにMN噴式弾とは、モンロー／ノイマン効果（成形炸薬効果）を利用したバズーカ砲用貫徹弾のことで、一九四〇年に合衆国が開発したものを、現在は日本の工場で量産している。

バズーカ砲は無反動砲と違い、発射筒は文字通りタダの筒でしかない。

その点、無反動砲は火薬発射型の砲の系譜に属するもので、たんに後方から発射火薬の燃焼ガスを逃がして反動を減ずるものであり、外見が似ているだけだ。

したがってバズーカ砲弾は、自ら推進力を発生させるロケット弾でなければならない。


「撃てッ！」

――バシュッ！


後方の土壁めがけて、盛大にバックブラストが発生した。

しかしそれは、土壁に掘られた大きな横穴に吸収され、上を覆う綿布をわずかに揺らす程度しか周辺へは拡散しない。

また攻撃される側から見ると、ほんの一瞬、わずかな光が筒先を出している土嚢の凹部分から漏れるだけで、夜間における位置露呈は最小限に抑えられている。

一二センチバズーカ砲の有効射程は三五〇メートルだから、現在の二五〇メートルはかなり接近した位置となる。それもこれも、必中を狙うための捨て身技だ。

わずかに弧を描きながら、MN噴式弾は二五〇メートルの距離を飛び越えた。

そして、交差点手前にさしかかった敵輸送部隊の先頭車輌――チェコ製のVZ38戦車の車体前面へ、斜め上から吸い込まれていく。

――ドッ！

ドイツでは三八トン戦車と呼ばれているＶＺ38戦車は、まるで内部から爆ぜるように爆発した。

なにしろ一二センチＭＮ噴式弾は、正面からでなければ、ドイツ軍最新鋭のパンター戦車ですら撃破する能力を持っている。その強力無比な貫徹力の元は、成形炸薬効果によってもたらされる超高温の金属噴流である。

いったん車室内へ金属噴流が吹き込むと、内部にあるあらゆる物を燃焼・融解させる。

当然、予備砲弾なども誘爆するため、中から爆ぜるような爆発となるのである。

「よし、命中！　あとは第二中隊による後方遮断を確認したのち、下にいる八センチ小隊の砲撃を支援する。次の弾は対人榴弾だ。用意しておけ」

朝霧に与えられた命令は、ともかく味方のいるベエルシェバを脅かしているドイツ装甲師団の足を止めるため、大食いの敵装甲師団に燃料や砲弾を供給するため稼動している、エルサレムからの補給部隊を撃破することだった。

先頭を警戒しつつ進んでいた三八トン戦車を撃破したことで、すぐ後に続いている兵員輸送用兼戦闘車の半装軌車も止まった。その後ろにいた将校用のオープン式の軍用車も急ブレーキをかけたのがわかった。

軍用車の後には、四輌の輸送物資用トラックが続き、次に側面の警戒を担当する重機関銃と六名の歩兵を乗せた半装軌車が、だいたいトラック四輌に一輌随伴している。

トラックの総数は一六輌。最後尾にも三八トン戦車がいるはずだ。

物資輸送部隊としては中隊規模だからさほど大きくないが、この部隊は緊急に燃料と弾薬を補給するものらしく、かなり先を急いでいた。

おそらくベイトカマ方面からベエルシェバ攻略のため進撃しているドイツ装甲師団主力が燃料切れを起こす前に、ベイトカマ北方で緊急補給を行なうため派遣されたようだ。

ということは……。

この輸送部隊を潰せば、ドイツ装甲師団は一時的に動けなくなる。

そう判断した自由連合中東方面軍総司令部が、アラビア半島南端のアデンまで移動していた日本陸軍空挺部隊を、空路でサウジアラビアのメディナ飛行場まで運び、そこで米陸軍航空隊のC－46大型輸送機に乗り換えさせ、一気にヘブロンまで送り届けたのである。

むろん、空挺部隊だけ単独で敵地へ送りこむのは、死ねと言っているようなものだ。

そこで、サウジアラビア北西にあるタブークへ集結していたサウジ軍二個歩兵師団（一部自動車化されている）を、急遽、トランスヨルダンのタフィラへ進撃させることにした。

トランスヨルダンは、まだアンマン南方に主力部隊がとどまり、シリア方面から南下したナチストルコ軍を食い止めている。

そのためアンマンから二五〇キロ近く南にあるタフィラは、まだ自由連合が完全支配している地となっていた。

しかし、パレスチナのベエルシェバが敵の手に落ちると、そこから南東へ基幹街道が延びているせいで、タフィラまでは一直線に進撃される恐れが出てくる。

そしてタフィラに敵の別動隊が入れば、北にあるアンマン南部防衛拠点は、サウジアラビア北西部に繋がる一本の補給路を残すだけとなり、そこを遮断されれば容易に孤立させられてしまうだろう。

そのため自由連合側は、さほど大きくもないタフィラの町を、アンマン南部につぐ最重要拠点のひとつに指定し、絶対防衛の覚悟で挑んでいたのである。

そしてタフィラからは、ベエルシェバを迂回してヘブロンへ至る街道が通じている。

つまり……。

日本陸軍の空挺部隊は、ともかくドイツ装甲師団の補給路を一時的に破壊するため送りこまれたのであり、その後はあくまで状況次第だが、基本的には迂回街道を通じてサウジ軍が支援に来るのを待ち、自分たちはタフィラまで撤収することになっている。

作戦期間は、わずか一週間。

この一週間を耐えれば、サウジ軍の自動車化された先遣隊が到着する。

その間の補給は空輸のみ。しかもヘブロンの滑走路は破壊されたままのため、すべてが落下傘投下となる。

そのため空挺部隊が持ちこんだ砲は、最大で五・六センチ歩兵砲と一二センチおよび八センチバズーカ砲／八センチ迫撃砲となり、とても敵の主力部隊に対抗できるものではない。

あくまで歩兵砲やバズーカ砲／迫撃砲などの歩兵装備を駆使し、敵の主力とは可能な限り戦闘を回避しつつ、輸送部隊のみを狙う作戦だった。

「北方において爆発を確認。最後尾車輌の破壊が完了した模様！」

夜間仕様の双眼鏡で見ていた掩護射撃担当の真坂部亮太一等兵が、次の攻撃準備を急がせている朝霧に報告した。

一二センチ重バズーカ分隊の構成は、掩護射撃兼砲弾搬送担当二名（一名は分隊長）／三脚搬送担当一名／二分割砲身筒搬送担当二名（一名は射撃兼務）の五名となっている。

運べる砲弾は、砲弾搬送担当が背負いの砲弾籠に二発ずつの四発、他の分隊員が袈裟がけ式の革ベルトホルダーに一発ずつの三発、総数で七発となっている。

それ以上の射撃が必要な場合には、丘の最上部に設置されたバズーカ砲中隊司令部まで戻り、弾薬補給所で受けとるしかない。

一二センチバズーカ砲弾の重量は、軽いＭＮ砲弾でも一〇キロ、重い対人榴弾ともなると一五キロに達する。それを他の装備と一緒に背中に二発も担ぐ砲弾搬送担当は、日頃から相当の訓練をしていないと務まらない。

――パシュシュッ！

八〇メートルほど先、高度にして一五メートルほど下った地点から多数の発射炎が上がった。

その地点には、前方配備された八センチバズーカ分隊が展開している。

八センチバズーカ砲は、威力や射程は一二センチより劣るものの、運用分隊員三名（緊急の場合は二名でも可）という簡便性が重宝され、いまでは対戦車大隊の主力火器として活用されている。

その八センチバズーカ砲弾が、次々と半装軌車や輸送トラックを潰していく。

敵も半装軌車の重機関銃や、護衛部隊の歩兵による小銃射撃で応戦しているが、こちらは全員が蛸壺と土嚢で守られているため、ほとんど被害を受けていない。

そのうちに、北方に展開している第二中隊の付近でも、次々と盛大な爆発炎が上がりはじめた。

燃えている炎や爆発で、ガソリンに引火したか砲弾が誘爆したかはわかる。

それらは次第に数珠つなぎとなり、最後には一本の燃える線となった。

「撤収！」

あらかたの砲弾を撃ち尽くした第一分隊に対し、朝霧は撤収命令を下した。

戦果を確認したら長居は無用だ。

さっさと丘の上まで戻り、中隊司令部へ報告したのち、中隊そのものも後方へ撤収する予定になっている。

空挺部隊は、自分たちの非力を迅速な行動でカバーして利点へと繋げることを最優先課題としている。

今回は奇襲だったからこそ戦果をあげられたのであり、相手がこちらの蛸壺の位置を知っていたら、たとえ能力の劣る三八トン戦車の戦車砲であっても被害がまぬがれない。

そこで撤収するさいは、土嚢と蛸壺はそのまま破棄するが、迷彩綿布だけは絶対に回収するよう厳命されている。

この奇抜なトリック用具は、昼間の敵航空機による攻撃を避けるためにも重要であり、まだ敵側に知られてはならないものだからだ。

しかも糊で接着した砂礫や枯れ枝は、糊が乾燥した後は布を強くはたくだけで取り除くことが可能のため、撤収するさいの重荷にはならない。

「分隊長……いつまで通用するんでしょうね、この奇襲攻撃」

腰を屈めて迷彩綿布を折りたたんでいた三脚搬送係の田所周兵（たどころしゅうへい）二等兵が、心配そうな声で聞いてきた。

いまは夜のため表情はよくわからない。

「次からは敵も警戒するはずだ。もしかすると、ヘブロンに至る基幹街道を避けて、西側にあるキルヤト・ガトを通るもう一本の基幹街道を使うかもしれん。あれだと数十キロの遠回りになるが、攻撃を受けるよりはマシと考える敵上官もいるだろうからな」

「迷彩布、格納完了……そうなると、我々は役立たずになりますね。西の街道はパレスチナの現地民兵が抵抗活動をしている以外、ほとんど味方戦力はいませんから」

下っ端の二等兵のくせにやけに情勢に詳しい。そう思った朝霧は、見直したように田所に聞いた。

「貴様、そんな情報、どこで手に入れたのだ？」

「大したことじゃないですよ。中隊補給所の主任が司令部の輜重参謀と仲がいいそうで、主任のところへ砲弾配給の確認に行かされるたびに、あれこれ聞かされただけです」

「そうか……全員、撤収準備を完了したか」

打てば響くように小声の応答があがった。

「では、丘の上の中隊待機場所まで撤収する。その後は小隊長の命令次第だが、おそらくマクベラの洞穴付近まで下がり、昼間は身を隠して警戒任務につくことになるだろう。

あとは他の小隊に任せるぞ。朝まで粘ると、敵の戦闘機や爆撃機が飛んでくるから、それまでには隠れなければ殺られる。さあ、出発！」

あまり急ではないが、小石や突き出た岩に足を取られやすい斜面のため、中腰になって足もとを確認しつつ、目だたぬよう丘の上をめざしていく。

行きは重たい砲弾を抱えてだったが、幸い下りだったため苦労は少なかった。

いまは登りだが砲弾は撃ち尽くしたため、かなり身軽で楽だ。

あとの問題は、残る五日と二時間を生き延びつつ、不定期に現われるであろう敵輸送部隊を撃破するだけだった。

第3章　朝鮮反攻作戦

1

一九四二年二月三〇日　朝鮮半島西岸

『空母航空隊、平壌(ピョンヤン)に対する爆撃を開始しました！』

自由連合海軍朝鮮方面艦隊の旗艦・戦艦ニューヨークの艦橋に、通信室からの有線通達が響いた。

「砲撃開始」

報告を聞いたF・J・フレッチャーは、指揮下にある打撃部隊に対し砲撃命令を下した。

艦隊の現在位置は、平壌西方のオンチョン沖一五キロ。そこに二隻のニューヨーク級戦艦――ニューヨーク／テキサスが居座っている。

さらには海岸線に向かって五キロ近い場所に、重巡ハートフォード／オーガスタもいる。

ただし空母部隊は、ここにはいない。

軽空母マザーホーク／護衛空母水鳥・海鳥／軽巡コロンビア／ウィラメット／駆逐艦一二隻で構成される空母部隊は、現在位置より西南西二〇〇キロ地点において移動中であり、あと一時間ほどすれば着艦作業に入ることになっている。

――ズドドドッ！

ニューヨーク級戦艦の主砲――四〇センチ四五口径二連装四基が、一番砲塔から順番に火を噴いている。

斉射ではなく順次射撃なのは、オンチョン付近に点在する多数の海岸防衛陣地を正確に狙うためだ。敵陣地の位置は、前もっての航空索敵で判明しているし、すでに正確な測距も終わっている。

そこで各艦の砲塔ごとに別々の目標を定め、二隻の戦艦ですべての陣地破壊を一気に行なう予定になっている。

前方五キロにいる重巡二隻は、撃ち漏らした敵陣地があった場合の後詰めとなっているため、現在は護衛の駆逐部隊とともに海岸線一帯の警戒に集中している。

「今回の攻撃は、遠慮しないでいいですよ」

フレッチャーのとなりに立っている黒島亀人参謀長が、フレッチャーの爽快そうな表情に水を差すような発言をした。

「……もとより、そのつもりだ。上陸こそ行なわないものの、今回は平壌の徹底破壊と海岸までの陣地破壊に集中する予定になっているのだから、適当に仕上げて味方の陸上航空隊に後始末を任せるつもりはない」

「まあ、そうはおっしゃられても、黙っていてもこの場所だと、やがて中国の山東半島から双発爆撃機や飛行艇が飛んで来ますけどね。彼らは支援目的で飛んでくるので、我々と連動しているようでしていません。

おそらく今日の目標は、まだ破壊し尽くしていない平壌周辺の滑走路と砲兵陣地になると思いますが、そこは空母航空隊の夕刻における攻撃目標にもなっていますので、もしかすると目標変更の命令を出すことになるかもしれませんね」

あい変わらず、事前に立ててある作戦予定など完全無視する態度の黒島に、フレッチャーは振りまわされてばかりいる。

「この攻撃の目的は、大田を中心として戦力の再構築を行なっているロシア陸軍に対し、後方を無視していると退却路がなくなるぞと脅すためのものだろう？　だから、あえて日中に派手な砲撃を行ない、いまにも上陸作戦が実施されるような雰囲気をばらまいている。

しかし……実際には、まだ上陸作戦は実施されない。むろん敵の目を欺くため、空母部隊の南西一〇〇キロ地点には、宇垣司令官率いる輸送部隊が控えてはいるが、今回は完全なダミーだ。

ということは、作戦予定にある攻撃目標を破壊したら、もう目的達成でいいんじゃないか？

山東の航空隊が滑走路を潰してくれるのなら、彼らに任せて……なにもこちらの航空隊の攻撃予定を変更してまで、どこかを爆撃させる必要はないと思うんだが」

「いえいえ。だからこそ、駄目押しが必要なんです。ここで我々が、早々に作戦目的を達成したからといって撤収する素振りを見せたら、そのぶん上陸作戦がないことを早く知られてしまいます。

いま敵は、血相を変えて大田の方面軍司令部へ打電している頃でしょう。そして、大田の司令部が後方危うしと考え、ロシア本国へ緊急退避の許可をもらうのに、どうしても夕刻までは必要です。

もしかするとスターリンは、撤退不許可とするかもしれません。上意下達が絶対なナチス連邦軍の場合、国家元首の命令に逆らってまで撤収するとは思えませんので、そうなると明日もまた、場所を変えて陽動作戦を実施しなければなりません。このイタチごっこを一日も早く終わらせるには、大田の敵司令部が玉砕か撤収かの決断を迫られるようしむけるしかないでしょう。無慈悲で有名なスターリンでも、これは撤収させないと大変なことになると思わせるには、まだまだ危機感が足りないと判断します。

そこで、もし山東の航空隊が敵滑走路の完全破壊を達成できたなら、夕方の空母航空隊による攻撃は、平壌南方に位置するサリオンの町に対して行なわせます。サリオンは平壌と南部のケソンを結ぶ重要基幹幹線が通っているため、まず間違いなく中間補給基地が設営されています。

そこを破壊炎上させれば、敵陸上部隊は撤収先の重要な補給地点……しかも平壌に入る直前の最後の補給が不可能になり、下手をすると途中で立ち往生するか、もしくは新たな補給地点を確保するかを迫られます。

なにも敵部隊を漸減するだけが、我々の目的ではないのです。敵の補給を断ち、機動車輌を放棄せざるを得なくなるような状況を作ることも、これはこれで、重要な作戦目的の一つになります」

黒島の返答は、きわめてオーソドックスな用兵思想に貫かれているが、それが彼の口から出ると、まるでいま考えたばかりの奇策に思えるから不思議だ。

正論を吐かれて返答に詰まったフレッチャーは、それでも反撃を試みた。

「……しかし、いくら朝鮮の北西沿岸地帯を破壊しても、敵は朝鮮東岸から補給を得られるのではないか」

「ウラジオストクが破壊されたことを、もうお忘れですか？　いま極東ロシア陸軍の補給路は、その大半を満州経由で行なっており、ウラジオストク経由は国境にかかる鉄道鉄橋を破壊されたこともあり、ボートとトラックを使って細々と補給するしか手段がなくなっています。

たしかに東岸はガラ空きです。しかし敵が、大田から東岸にある元山（ウオンサン）方面へ撤収する決断を下したら、その先にあるのは補給が途絶したまま、燃料どころか食料さえ乏しくなった結果、すべての機動車輌を破棄し、徒歩で元山から新浦（シンポ）、利原（キムチヤエク）と海岸線沿いに北上し、最終的に羅津（ナジン）を経てロシア領へ戻るしかありません。

いくら敵がうろたえていても、そこまで愚かな選択はしないと思いますが、もしそうなった場合は、我が艦隊を東海岸へ移動させ、敵の撤収経路の先へ、今度こそ上陸部隊を送りこめばいいわけです。大丈夫ですよ、徒歩より艦隊がまわりこむ速度のほうが速いですから」

まったく……。

黒島はどこまでねちっこく先を読んでいるのだろう。

そうフレッチャーは内心で呟(つぶや)き、これ以上なにか喋ると墓穴を掘ると思い、当面は艦隊参謀部に任せようと決意した。

*

三〇日夕刻、大田。

大田市街の中ほどにある三階建ての百貨店。そこにロシア陸軍朝鮮半島方面軍司令部が置かれている。

以前は元山に設置され、次に平壌へ移動、前線が南下するにつれて京城へ移り、最前線が釜山北方にまで下りた時点で、ようやく大田へ移動してきたのだ。

「ええい！　まだSSからの返答は届かないのか!?」

方面司令部を預かるバシーリ・チュイコフ大将は、今日も機嫌が悪い。

昼過ぎに送られてきた平壌からの至急暗号電により、敵艦隊が平壌の西にある海岸に接近し、周囲一帯を破壊しまくっていることを知った。

チェイコフは開戦からずっと朝鮮方面を担当し、一時期は補給物資の不足により進撃の足が止まった苦い経験がある。

そのため今回も、もし平壌周囲に敵の上陸が行なわれると、満州へと繋がる最も大きな補給路が断たれる可能性が出てきたことに、ほぼ瞬時にして気づいた。

そして当然のごとく、ロシア本国にある陸軍総司令部へ釜山攻略作戦に関する状況判断を求めた。

いきなり撤収できないかなどと進言すれば、まず間違いなく更迭されて粛清される。

賢い生き延びかたを選択してきたチェイコフは、ここでもそれを活用した。すなわち、まずは上層部の判断を仰ぎ、そののち上層部の思惑の範疇(はんちゅう)で、できる限り生き延びられる判断を下す方法である。

敵の新たな動きを受けての状況判断なのだから、すぐに返事が来ると思っていた。

ところが、来ない。

なにかロシア本国、モスクワにおいて返答を遅延させる出来事が起こったのかもしれないと思い、三時過ぎの時点で、大田に待機しているロシアSS第四装甲師団（満州方面軍部隊の再編成部隊）に対し、ロシアSS本部のほうから総司令部へ探りを入れてもらえないかと要請を出した。

ところが、四時過ぎに返事をしてきたのは、ロシアSS朝鮮方面軍本部を預かるエルンスト・ピヨドール中将だった。

ピヨドールは祖母がドイツ人という変わった経歴の持ち主であり、その血統ゆえにナチスドイツから特別待遇を与えられ、若くしてロシアSSの重鎮に抜擢された人物だ。

それゆえに、ロシア国軍ではなくロシアナチス党に絶対の忠誠を誓っている。

つまり、チェイコフがそれとなくロシア中央の意向を知ろうとしたことが、いきなりロシアナチス党に直結する人物に繋がってしまったのである。

ピヨドールは電話を通じ、ナチスロシア政府および、オーストリアからの帰途にあるスターリン首相に現状報告はしてあるから、国軍は警戒態勢を維持した上で待つよう返答が届いていると告げた。

SSに先を越された……。

こうなると、もう国軍はSS方面軍本部からの命令伝達を待つしかなくなる。

下手に本国の国軍総司令部へ指示を仰いだりすれば、ナチス党最優先の鉄則を乱す者として粛清対象の筆頭にあげられてしまうだろう。

もはやチェイコフは、ＳＳ方面軍本部からの連絡を待つしか手段がなくなってしまったのである。

そして現在は午後六時……。

いまだにＳＳ方面軍本部からは、なんの連絡も入っていなかった。

百貨店の三階にある元は支配人室だった部屋が、チェイコフに与えられた方面軍司令長官室となっている。

そのガランとした部屋に机を持ち込み、長官用の有線軍用電話を引いただけだから、お世辞にも居心地のいい場所とは言えない。

「長官……そう気になさらないほうが。待機命令が出ていますから、少なくとも釜山攻略作戦の続行だけは中断できましたので、これは不幸中の幸いかと」

懸命になって苛立つチェイコフをなだめているのは、方面軍司令部参謀長のユーリ・スベルコフ少将である。

「こんな状況で釜山攻撃を無理強いしたら、それこそ逃げ場を失ってしまう。いくらなんでも、中央もそこまで我々を捨駒にはせんだろう。問題は、なぜ判断が遅れているかだ」

「わかりません。ただ、SS方面軍本部からの打電ですので、無視されることはありません。間違いなく本国のロシアSS本部経由で、スターリン首相閣下のもとまで届いているはずです」

チェイコフやスベルコフは、これまでずっと朝鮮方面のみのことを考えて行動してきた。

満州方面軍が満州全体を制圧した後も、一部の部隊の増援を受けたものの、指揮系統は朝鮮方面軍に一本化されたままだ。

しかし、周辺をめぐる情勢は大きく変化している。最大の変化は、やはりウラジオストクが役立たずになったことだろう。

破壊された当初は、ロシア本国もウラジオストクの重要性を鑑み、なんとか復旧させようと努力したらしい。

しかし、シベリア鉄道沿海州線が各地で寸断された結果、ようやく満州経由で復旧用の物資が運びこまれた途端、またしても日本海軍の空母航空隊による攻撃に晒され、補給物資もろとも破壊されてしまった。

これが二度くり返された時点でロシア本国も、日本が意地でもウラジオストクを復旧させないつもりであることを悟り、補給物資を送っても無駄だと結論を下した。

その代わり、満州を通じて平壌方面への輸送ルートを拡大する方策が実施された。

それが今日の攻撃により、中核となる平壌もろとも攻撃に晒されたのである。

ここまで至れば、かなり頭が悪くとも、自由連合側が本格的な反攻に出る予兆と考える。

事実、天津に集結している自由連合の中国方面軍が動きはじめたとの未確認情報も入っている。さらには中東方面において、小規模ながら自由連合側の落下傘部隊の降下や植民軍の進撃、未確認だが、シナイ半島の滑走路が補修され、そこにサウジアラビア方面から続々と陸上航空機が着陸しているとの報告もあった。

これらはユーラシア大陸全体における、自由連合軍による一大反攻の兆しではないか……。

ロシア中央が、そう考えるのも当然である。

事はロシア一国で判断できる範疇を超えている。そうスターリンが判断したなら、最低でもナチス連邦国家代表会議による判断を仰ぐか、もしくはヒトラー総統の直接命令を受けるか……ともかく国を超えた上層部への判断伺いをするはずだ。

それには時間がかかる。

しかも彼らは知らないことだが、オーストリアの会議でスターリンが、極東方面は順風満帆だと豪語してしまったせいで、いまさら朝鮮方面軍が危機的状況にあるとは言えなくなってしまったのだ。

それをなんとかでまかせで糊塗し、ヒトラーに気づかれないよう用心しつつロシア軍を動かすのは、なかなか骨の折れる仕事となる。

しかもナチス連邦としての総合的な判断は、『極東は安泰』との結論が出ているので、ヒトラーが連邦軍の規模で支援を行なう可能性はない。

これらが返答の遅れの原因となっているなど、チェイコフには想像もつかないことだった。

「我々には、待つしか方法がないのか……」

軍人の本能は、いま待つのは致命的だと叫んでいる。しかし、チェイコフは保身的な理由からその本能を押し潰した。

たとえ朝鮮方面軍全体を救うことができても、自分自身が粛清されては元も子もない。

そう考えたのである。

2

二月三〇日　夜　ベルリン

深夜というのに、ベルリンにある連邦総統府に一人の男が招聘された。ヒトラーが新たなプランを思いつき、それを実行させる指揮官を任ずるために呼びつけたのだ。

呼ばれた男の名は、エルヴィン・ロンメル陸軍中将。

ロンメルは指揮下にある第七装甲師団とともにフランスに駐屯していて、いずれ行なわれると噂のあった英本土作戦への参加を踏まえ、日々研鑽に務めていた。

そこにいきなり、なんの前ぶれもなくドイツ本国、しかも連邦総統府への緊急招集がかかったため、急ぎ空路にてはせ参じたのである。

フランスを出発してから休憩ひとつしていないにも関わらず、ロンメルの顔はいつも通り涼しげに見える。

己を律する鉄の克己心を持っているだけに、軍人としての矜持に相応しくない態度は微塵も見せず、総統執務室のソファーに座ったまま出迎えたヒトラーを前にして、いまも直立不動の姿勢を崩していない。

「英本土上陸作戦を想定して日々訓練に勤しんでいるところを悪いが……当面、英本土作戦は延期することにした。そこで貴君の処遇も改める必要が出てきたので、こうやって来てもらったわけだ」

いきなり本題を切り出したヒトラーを見ても、ロンメルは眉ひとつ動かさない。まだ話は終わっていないと感じ、沈黙を貫いている。

「じつは北アフリカ方面において、自由連合軍が大規模な作戦を実施するという緊急情報が入った。すでに自由連合軍は艦隊を連ねて合衆国を出撃し、数日中にはモロッコへ上陸する公算が大きくなっている。

知っての通り我が連邦は、ドイツ正規軍を投入してまで、早急な中東およびエジプト方面の制圧確保を実施中だ。

おおむね中東方面は順調に進んでいるが、それも北アフリカ方面において、イタリア／スペイン／フランス／オランダ合同陸軍が、エジプトの背後を脅かしてくれているからこそ可能になった。

したがって、もしここで敵が、モロッコ方面から北アフリカにいる連邦軍の背後を脅かすような事態になると、これまでエジプトを挟み撃ちにするはずだったのが、反対に北アフリカ連邦軍が東西から圧迫される結果となり、エジプト進撃どころか自軍防衛すら危うくなってしまう。

これに危機感を募らせたムッソリーニ首相とフランコ首相が、連邦全体の危機回避という理由をつけて、この私に支援を嘆願してきたのだ。

私としても、いまの時点で北アフリカの連邦領が脅かされるのは、戦略的に見て不都合だと考えている。そこで、貴君の指揮下にある部隊を中心として、連邦各国軍から兵力を拠出させ、モロッコから攻めてくる自由連合軍を完膚なきまでに叩き潰してほしいのだ。

現在の貴君の部隊は一個装甲師団のみだが、これにスペインへ派遣しているドイツ第一二装甲旅団を合流させる。さらには、貴君にも馴染みの深いカール・ローデンブルク大佐を少将へ昇格させ、新たにドイツ陸軍の第四軽装甲擲弾兵(てきだんへい)旅団を与える。

この三個部隊を中核として、スペインから一個機甲兵師団と一個砲兵師団、ポルトガルから二個歩兵師団、イタリアから一個対戦車旅団と一個航空団を拠出させ、ほぼ方面軍に相当する兵力を与える。

また、ドイツ本国からも麾下の方面軍司令部直属の航空隊として、空軍第二航空軍集団から第一五強襲航空隊を出す。その他にも、指揮系統は違うものの、リビアのトリポリがイタリア本国との最重要な補給拠点であることを鑑み、トリポリに連邦ＳＳ直属の第六ＳＳ師団を常駐させる。

むろん貴君は方面軍司令長官として相応しいよう、本日をもってドイツ陸軍大将へ昇進することになった。これだけの戦力を麾下に与えるということは、それだけ私の期待が大きいということだ。是非とも期待通り、自由連合軍を叩き潰してほしい。いいな」

ロンメルの意向を一切聞かず、ヒトラーはすべて断定調で命令を下し終えた。

「承知しました。我がドイツの栄光のため、全身全霊、この身を捧げる所存です」

無駄なことは一切口にせず、ロンメルはヒトラーの強引な命令を承諾した。

「さすがは、私が見込んだ男だ。本当は中東方面軍の司令長官にしたかったのだが、連邦陸軍参謀長のフランツ・ハルダーが、強くエーリッヒ・マンシュタイン大将を推薦したため、私としても軍の序列の観点から認めぬわけにはいかなかった。その点はすまんと思っている」

いかにも申しわけなさそうな表情で語るヒトラーだったが、むろんこれは演技にすぎない。

本当のところは、マインシュタインがドイツ貴族出身で連邦陸軍内に強固な地盤を確保しているのに対し、平民出身のロンメルは自身の功績以外に何もないことに起因しているのは明らかだ。

もしマンシュタインを軽んじてロンメルを採用すれば、ドイツ陸軍だけでなく連邦陸軍内にも軋轢（あつれき）が生じることを、ヒトラーは政治力学的な観点から見抜いていたのである。

もちろん、マンシュタインが身分だけの凡庸な指揮官ではないことは、ロンメル自身がよく知っている。

連邦設立前の『連邦統合戦争』と呼ばれた西ヨーロッパ電撃制圧作戦において、ロンメルはマンシュタインの指揮下で活躍した経緯もあるだけに、自分を活用してくれた上官として力量を認めぬわけにはいかなかった。

そこでロンメルは、かつては上官だったマンシュタインと、ようやく肩を並べられるまでに評価されたと感謝こそすれ、現状で最重要とされている中東方面の司令長官に抜擢されなかったことを恨むつもりはないと自分に言い聞かせた。

さらに言えば、もし今回の着任でマンシュタインより明白な戦果をあげ、北アフリカの自由連合陸軍の撃破だけでなく、余勢を駆ってエジプトまで先に進撃できたら、その時こそマンシュタインもロンメルを認めざるを得なくなると考えた。

その自信はある。

まだ与えられた戦力の練度その他は不明だが、少なくとも直率するドイツ陸軍第七装甲師団と、信頼できる部下の部隊である第四軽装甲擲弾兵旅団は磐石だと確信している。

新たに加わる連邦第一二装甲師団も、師団ナンバーから見て一線級部隊なのは間違いないから、指揮下に入れて訓練すれば、そう遅くないうちに中核戦力として使えるだろう。

問題なのは、スペイン／ポルトガル／イタリアから派遣されてくる連邦合同部隊だ。

これらの部隊は、いかにロンメルの指揮下に入るとはいっても、連邦国家の強い影響をまぬがれるわけではない。いざという時、果たして所属国家の意向よりロンメルの命令を優先するかは、各部隊指揮官の胸先次第なのだ。

むろんロンメルが命令絶対服従を強いて、それを各国派遣部隊指揮官が順守しなかった場合、ヒトラーへ直訴することにより、連邦各国首脳を介して強制処断することはできる。

しかし、それはロンメルの矜持に似あわず、自身も行なうつもりはない。

もしこれを見透かされたら、ロンメルの方面軍の統率は乱れるはずだ。

だが……。

これもまた、ロンメルは些細なことと切り捨てた。

ようは勝ち続ければ、そのような無様な失態をしでかすこともない。負けねばいいだけの話だ。

ここにもまた、これまでの平民からのしあがってきた人生を髣髴とさせるロンメルの気概が見て取れる。

「このたびの起用だけでも、身に余る光栄と感じております」

ヒトラーの演技に謙遜で答えたロンメル。

その返答に満足したのか、ヒトラーは上機嫌の表情を作ると珍しくねぎらいの言葉を吐いた。

「フランスからの急ぎの招聘に疲れているだろう。今日は連邦総統府が用意したノイエベルリンホテルで休んでくれ。すでに食事の用意ができているはずだ。総統府からは専用車で送らせる。ゆっくり休み、出撃の時を楽しみにしていてくれ」

「恐悦至極に存じます。ハイル・ヒトラー！」

お定まりの挙手をしたロンメルは、うんうんとうなずくヒトラーに対し、見事なまわれ右を見せて総統執務室を後にした。

それを見送ったヒトラーは、おおよそ一分ほど、そのままソファーに腰掛けて身動きひとつしなかった。

やがてテーブルの煙草入れから愛用の煙草を一本つまみあげ、自分で火をつける。

「……これでアメリカが自慢しているパットン将軍に対する対策は万全だ。ロンメルがパットンをせき止めているあいだに、マンシュタインがエジプトを制圧する。これで連邦陸軍には、なにも波風が立たずに戦略的勝利が転がり込むだろう」

この独り言は誰も聞く者がいない。

それだけに、ヒトラーの真意が露骨なほど出る発言だった。

＊

三一日朝……。

パレスチナのベエルシェバ北方七キロに位置するデュダインの森。そこに隠れるようにして、ドイツ正規軍の装甲部隊集団が潜んでいた。

「補給はまだかッ！」

急造のテント製幕舎の中に、苛立った怒鳴り声が響いた。その剣幕に木製のテーブルを囲んでいた面々がビクッと震える。

怒鳴ったのはドイツSS第三装甲旅団長のアレクシス・ヘルムート少将で、怒鳴られたのは各部隊の最高指揮官たちだ。

しかし……怒鳴られた者の中には、ドイツ陸軍第六装甲師団長のカールハインツ・ミレッカー中将や第一三軽装甲師団長のリヒャルト・ノルデン中将もいる。

これはナチス連邦特有のもので、階級が下の者が上の者を罵倒する光景は、下がSS将校の時のみに見られる珍しいものである。

「……もうまもなく西部迂回路を通じて、テルアビブからルーマニア陸軍補給部隊が到着する予定になっています。それまでの辛抱……」

なんとか返答したドイツ第三一歩兵師団の補給参謀が、そこまで口にした時。

同じ師団の通信参謀が幕舎へ駆け込んできた。

「ルーマニア陸軍補給部隊が自由連合側の航空攻撃隊の奇襲を受け、壊滅的打撃を被（こうむ）りつつあるとの緊急連絡が入りました！」

「なんだと……」

先ほど怒鳴ったヘルムート少将の顔が、瞬時にして青ざめる。

そして、次に口にした言葉を聞いた一同は、我が耳を疑った。

「……ここにいるドイツ装甲部隊の最高指揮官は、第六装甲師団長のミレッカー中将だ。私はヒトラー総統陛下直率のSS部隊長として、総統陛下の直命を達成するため不可欠な燃料と弾薬の補給を追求したまでで、補給作戦の指揮を担当しているわけではない。

それらは先遣電撃侵攻部隊司令官に抜擢されたミレッカー中将が担っている。よって、我々が補給を得られない状況が続いているのは、すべてミレッカー中将の立てた補給計画の欠陥によるものだと、ドイツ本国のSS総本部へ連絡する」

これまでさんざん作戦遂行から攻撃地点、補給要請や部隊士気のチェックまでSS部隊が率先して行なってきたというのに、見事なほどの手のひら返しだった。

本来であれば、部隊内の軍警察としての務めは、各師団や旅団に随伴している軍警察が担っている(時には秘密警察(ゲシュタポ)が担当する場合もある)。

ここにいるのはナチスドイツ正規軍だから、当然、ドイツ陸軍の軍警察がいるはずだ。ヘルムートのドイツSS部隊のみがドイツ・ゲシュタポを引きつれている。

これが連邦SS部隊の場合だと、フランクフルトに設置されている連邦秘密警察（コモンウエルス・ゲシュタポ）（連邦ゲシュタポ）の管轄となる。

したがって、これまで徹底した横槍を入れていたのは、SS部隊に随伴しているドイツ・ゲシュタポということになる。

「いや……」

なにか言おうとしたミレッカーは、苦笑いのような表情を浮かべたが、後の言葉を呑みこんだ。

ここで親分風を吹かせているヘルムートに何を言っても、プラスになることはない。

どのみちドイツ国軍よりSSのほうが総統府に信頼されているのは誰もが知っていることだから、下手な抗弁はヘルムートの気分次第で反連邦的な言動に変えられ、最悪の場合、ミレッカーの経歴に傷がつくことにもなりかねない。

せっかく高名なマンシュタイン大将の下で、中東方面作戦という大役の先鋒を担っているというのに、得られたものが左遷では生涯悔やんでも悔やみ切れない。そう思い、不用意な発言は慎もうと考えたのだ。

だが、これでは事態はなにも改善しない。

それどころか、急速に悪化しつつある。そのことを知らせる新たな報告が舞い込んできた。

「西北西方向、距離三八キロ地点を警戒中の第一三軽装甲師団所属、第一三五偵察小隊から緊急連絡！　デュダインの森方向に向けて、双発爆撃機を中心とする敵航空攻撃隊が進行中！　高度は一〇〇〇メートル以下、規模二個飛行隊程度。爆撃態勢です!!」

「輸送部隊を攻撃するだけでなく、別動の航空機を出せる余力があるのか!?」

思わず呟いたミレッカーだったが、そう思うのも当然だ。

つい一週間前、彼はシナイ半島にある敵側航空基地のすべてが破壊され、もはや自分たちを脅かす空からの攻撃は、エジプト本土からを除きあり得なくなったと報告を受けたばかりなのだ。

エジプト東部の英軍航空機については、あまり心配していなかった。

なぜならいま現在、カイロ周辺にある英軍航空基地はすべて、アレクサンドリアに上陸したイタリア・ロシア合同部隊の対処で手一杯になっていて、無理を承知で中東方面へ支援を出すにしても、一〇機足らずの双発爆撃機と双発戦闘機しかないと確信していたからだ。

それが二個飛行隊となれば、最低でも双発爆撃機が四〇機前後、戦闘機も三〇機を超えると考えられる。

それほどの航空機を中東方面にまわせば、アレクサンドリア防衛に致命的な支障が出るはずだから、まったくあり得ない話である。

「ヘブロンに敵空挺部隊が降下した時点で、敵航空戦力の大幅な増援が行なわれたことは予想できたはずだ。まさか中将閣下は、敵が落下傘部隊を送りこむだけのために、大規模な軍用機集団をパレスチナまで飛ばしたと思っていたのか？」

相手の非を責めることについては、たしかにＳＳ将校はエリートに違いない。

ヘルムートはドイツ・ユーゲント（ドイツ青年親衛隊）出身であり、一九二六年に制定されたヒトラーユーゲント法に基づくエリート士官養成の成果と見なされている。

当初こそドイツ国内の青少年集団活動を徹底するための組織だったが、連邦設立と同時に、ベルリンに連邦ヒトラーユーゲント本部が置かれることになり、ドイツ本国のヒトラーユーゲントとは別の組織となった（ドイツ国内のヒトラーユーゲントは、総統府直轄組織に変更され、名前もドイツ・ユーゲントに変わった）。

これは連邦の組織と差別化するためであり、ドイツ・ユーゲントを連邦ヒトラーユーゲントの規範——精神的な上位組織と位置づけるための画策である。

つまりヘルムートは、ナチス連邦すべてに睨みを利かせる連邦SSの中でも別格扱いのドイツSS将校、しかもドイツ・ユーゲント設立時期出身の超エリートということになる。

そうでなければ、三三歳という常識外れの若さで少将になどなれるはずがなかった。

「いや……当然、そのことは想定していた。だからこそ、テルアビブの味方航空基地に命じて航空偵察を行なわせていたのだ。

しかし敵は、どういった手を使ったか知らないが、うまくシナイ半島の飛行場の復旧と航空機増援を隠蔽したようだ。なにしろ今朝の報告でも……」

「——敵襲！」

またしてもミレッカーは、最後まで話を続けることができなかった。

「ここは森の中です。もしかすると敵爆撃隊は、我々ではなく、ヘブロンにいる敵降下部隊の支援をするため飛んできたのかもしれません。したがって、不用意な反撃は墓穴を掘ることになります」

第六重砲兵師団長が冷静な意見を口にした。

この部隊には新鋭の対空戦車が所属している。とはいっても試験的な配備だが、三号戦車の車体を流用し、モーゼル社製の三八式対空機関砲を連装したものだ。まだ試験段階のため制式名称はついていないが、実戦試験で有用と見なされれば即座に大量生産に移る準備がなされている。

それほど期待されている対空装備を持っていながら、重砲兵師団長が及び腰なのは、完璧に阻止する自信がないためだろう。

だが、どのみち遅かった。

航空機の爆音が聞こえはじめるにつれて、各装甲部隊に配備されている牽引式の対空機関砲が迎撃を開始したのだ。

「しまった……」

燃料と弾薬／糧食不足のせいで立ち往生しているため、森に潜む装甲部隊には、師団や旅団内でローテーションを組んでの常時臨戦態勢を取らせていた。

この対処は敵地上部隊の奇襲を想定していたものだったが、それが敵航空機にも自動的に適用されたのである。

そのため最高指揮官たちが幕舎で会議を行なっていても、誰に命令されるまでもなく応戦が実施されることになる。それを命じたのはミレッカー自身だった。

——ドドドドッ！

遠くから徐々に爆発音が近づいてくる。典型的な、水平爆撃による爆弾の大量投下である。

「全員、退避せよ」

もはや退避するしかやることがないと悟ったミレッカーは、幕舎のすぐ脇に掘られた耐爆防空壕へ避難するよう、幕舎にいる全員へ命令を下した。

3

三月一六日　朝鮮半島

「これより上陸作戦Bを開始する」

軽巡石垣に乗艦する青木正人大佐は、普段と格段変わった様子も見せず、淡々と作戦開始の命令を発した。

青木は軽巡石垣を旗艦とする朝鮮東岸上陸作戦——作戦Bを支援する海軍側の指揮官だが、片や西岸上陸作戦（作戦A）の海軍指揮官がフレッチャー少将であることを考えると、かなり枝作戦に近い感触を受ける。

それもそのはずで、ウラジオストク破壊により現在の朝鮮半島東岸は、最もナチスロシアの補給線から遠い地域になり果てているからだ。

ロシア軍の最大拠点である大田が西岸に近いせいもあり、ロシアの朝鮮攻略部隊の目は、ひたすら京城を向いているのが現実である。

そのため東海岸の元山へ上陸する陸軍部隊も、日本陸軍朝鮮派遣部隊（陸戦隊を含む）が一手に引き受けている。対する西岸には、自由連合各国の合同部隊や米海兵旅団が投入される。

青木が率いている上陸支援艦隊は、軽巡二／軽空母一／駆逐艦八／海防艦一六／竜型駆逐艇一〇のみだが、上陸する陸軍部隊はＡ作戦部隊とほぼ同規模……。

それもこれも、朝鮮半島東岸が日本の海である日本海に面していて、そこの制海・制空権を完全に自由連合が奪取しているからこそだ。

それでも満州方面から、時おり数機の双発爆撃機が飛んでくることもある。それらを阻止するため、ホワイトイーグル級軽空母『雲鷹』を参加させている。

雲鷹といえば、北海道上陸阻止のため第一二任務部隊に参加していた軽空母だが、第一二任務部隊が今回の朝鮮上陸作戦の中核部隊に決定した段階で、護衛空母二隻の追加が行なわれた結果、A作戦部隊はマザーホークと護衛空母二隻が担当することになった。

そこで青木のB作戦部隊には、日本本土で補修が終了した雲鷹が割り当てられたのである。

「陸戦隊第五旅団第一強襲大隊、侵攻します！」

狭い石垣の艦橋中央部に立つ青木のもとへ、艦橋後部にある参謀詰所から作戦参謀が報告にやってきた。

軽装備ながら簡易バズーカ砲（六センチ）や歩兵擲弾筒（六・五センチ）、さらには八センチ軽迫撃砲や七・六ミリ軽機関銃などを携えた一個強襲大隊九〇〇名が、上海や台湾・日本本土の民間造船所や鉄工所で完成したばかりの零式中型舟艇に乗りこみ、一目散に海岸をめざしていく。

対する敵――元山守備隊の応戦はにぶい。

「陸軍作戦司令部より連絡。元山を守備しているのは、ナチス朝鮮国防隊のみと判明。ロシア正規軍はいない。くり返す、ロシア正規軍はいない。以上であります！」

石垣の前部マスト信号所からやってきた通信伝令員が、元気な声で報告を行なった。

「ナチス朝鮮国防隊……もしかすると、あの金日成とかいう朝鮮人が率いる反乱分子か？」

まだそこにいた作戦参謀へ青木は質問した。

「はい、そのようです。もともと朝鮮半島のナチス化のため送りこまれたロシアの非正規部隊の指揮官となっていますが、率いている部隊の練度は低いと調査報告を受けています」

「だろうな。ロシア正規軍が釜山まで南下したというのに、まだ元山あたりでうろうろしているのだから、もともと本気で戦うつもりなどなかったのだろう。

どうせ中国のナチス勢力と同じく、ナチス革命が完了したあとに傀儡政権を作るための手駒にすぎない。それが戦闘部隊を名乗っているのは、ナチス国家を建国した時、自分たちもナチス連邦の一員として戦ったのだと喧伝するためのポーズにすぎん」

全世界に存在するナチス衛星国家の大半が、いま青木の言ったような経緯で建国を果たしている。

ただ極東においては、ナチスドイツ本国の秘密工作ではなく、スターリン率いるナチスロシア主導で行なわれたことが、まだ建国に至っていない大きな原因となっているのは皮肉である。

「砲撃支援を開始しますか」

そろそろ作戦予定を進める時刻になると、作戦参謀が腕時計を見ながら聞いてきた。

「海岸線の敵は、上陸部隊に任せよう。砲撃は元山市街地に対して行なう。目標は、事前に航空索敵で把握している敵の補給所と砲兵陣地だ。どのみち軽巡二隻による支援には限りがある。だから各砲担当は慌てず、与えられた目標のみを集中的に砲撃せよ」

軽巡石垣／式根の主砲は、一四センチ五〇口径二連装両用砲六基となっている。対空砲にも使える両用砲は便利だが、一四センチ五〇口径砲の威力はそれなりのものでしかない。

本来なら重巡クラスを参加させるべきなのだが、日本海軍が戦艦と軽巡を重視した結果、重巡の数が圧倒的に少なくなってしまった。

そこで開戦後に実行されている第一次建艦計画の中で、日米共通設計の拡大軽巡――ソルトレイク級拡大軽巡洋艦（阿蘇型拡大軽巡）が予定され、現在は日米加で八隻が建艦中となっている。

この艦種は一八・六センチ四五口径二連装両用砲三基を搭載しているため、対地砲撃支援にもかなりの威力を発揮してくれるはずだが、その登場にはもう少しの時間が必要だった。

ただし、一四センチ以上の艦載砲用に開発された九九式破砕弾（米海軍名・マーク40砲弾）は、陸上支援用の炸裂砲弾としては効果絶大であり、すでに自由連合海軍艦艇に広く支給されているため、狙われた者は災難と言うしかない。

「了解しました。では……」

おそらく戦闘参謀へ伝達するのだろう、作戦参謀は青木のもとを離れ、参謀詰所のほうへと歩いて行った。

「長い一日になりそうだな……」

そばに誰もいなくなった青木は、自分に言い聞かせるように呟いた。

なにか予想外の敵攻撃でもない限り、上陸はまず陸戦隊強襲大隊に始まり、次に第一三師団の工兵部隊が上がり、主に砂浜の地雷除去を行なう。同時に第二近衛師団第一強襲偵察大隊も上陸し、軽戦車を中心とした強行偵察小隊を周辺に走らせることになっている。

そして、上陸地点周囲一キロ（元山市街地の端にあたる）の安全を確保したら、第一八対戦車大隊、次に第三五砲兵連隊、そして第二近衛師団第一機械化歩兵連隊が橋頭堡（きょうとうほ）確保のため展開する。

これを明日の朝までに実現すれば、上陸作戦はほぼ成功したも同然だ。

その後は防衛と攻撃の中心となる第六戦車大隊／各師団の戦車中隊を陸揚げし、制圧地域を面で広げていく。

元山市街および西方に広がる元山平野一帯を制圧したら、ひとまず上陸拠点を元山市街地に設置するため守りに入ることになっていた。

同時刻、フレッチャーのA作戦部隊も、平壌西方の海岸——少し前に沿岸砲撃と航空攻撃を実施した地点に対し、似たような上陸作戦を実行しているはずだ。

AとB二つの作戦部隊は、まるで鏡に映したように同じ作戦行動を実施することになっている。

そしてB部隊は元山、A部隊は平壌に拠点を確保することが当面の目標とされている。

この二地点に各三個師団相当の部隊が常駐し、破壊された周辺の滑走路を復旧させてしまえば、いきなり朝鮮半島北部の両岸に、自由連合軍の強固な支配地域が出現してしまう。

もし両岸の部隊が逐次増強され、朝鮮半島北部を横断するかたちで繋がってしまうと、大田にいるロシア陸軍三〇万は、完全に逃げ場を失ってしまうはずだ。

むろん、そうなる前にロシア陸軍も打開策に打って出ることは間違いない。

その場合の策は、ひとつは大田の部隊全軍がなりふり構わず北上し、まず拠点を京城に移し、自由連合側の様子をうかがうことだ。

これが、最も被害を少なくする方法と考えられる。

そして京城で態勢を立て直し、改めて平壌方面へ進撃する。その時、満州方面から平壌へ向けても救援部隊を出す。

こうなると、下手に自由連合のＡ・Ｂ部隊が阻止線を張って食い止めようとすれば、反対に南北から挟撃されて大被害を受けることになる。

最悪な策は、大田にいつまでも居座り、釜山から攻め上がってくる自由連合の主力反攻部隊の接近を許すことだ。

この場合、ぎりぎりで大田から京城へ逃れようとしても、補給が完璧に行なわれている自由連合主力部隊の追撃速度のほうが速く、京城で充分な態勢立て直しができない。

その状況でＡ・Ｂ部隊が北に阻止線を張れば、たとえ満州方面からロシア側の支援部隊が来ても、阻止線を食い破ることが難しくなる。

もし阻止線が生きたままの状況で、自由連合主力の平壌侵攻を許せば、三〇万の飢えて燃料も弾薬もないロシア部隊は、そっくりそのまま白旗を上げるしかなくなってしまうだろう。

これは北海道北部に上陸した部隊の拡大発展した姿だ。

さすがに三〇万もの兵力を一度に失うと、ロシア極東陸軍も態勢を立て直せない。

その時、満州の海路出口である遼東半島(リャオトン)を、自由連合軍の中国方面軍が制圧していたら……。

ロシア極東軍にできることは、満州内陸部へひたすら敗走するしか手段が残されていない。まさしく自由連合軍の満州撤収を逆にした構図ができあがるのである。

そのことをロシア側はどれくらい把握し、対策を練っているのか……。

それが極東における反攻作戦の進捗を占う、最重要な要点であった。

＊

同時刻、大田。

「元山の朝鮮軍守備隊より緊急連絡！　敵の上陸が開始された。大至急、支援を求む。以上！」

「くそっ！」

大田の中心部に陣取ったナチスロシア朝鮮方面軍司令部において、チェイコフ司令長官は心の底から呪うような声を吐き出した。

つい先ほど、朝鮮西岸の平壌近くの海岸へ、敵上陸部隊が侵攻中との至急電が届いたばかりだ。

ここ数日の動きから、いずれ西岸において敵の上陸作戦が実施されると予測していたが、これまでノーマークだった元山にまで上陸するとは思っていなかった。

平壌方面に関しては、すでに京城にいる第五二師団から自動車化一個連隊をさしむけた。

ただしこの部隊は、平壌支援のためではない。

平壌の南に位置するサリオンが連日の爆撃を受けているせいで、そこに集積してある物資が日に日に目減りしている。そこでサリオンの補給部隊は、いま懸命になって周辺の山へ物資を分散移動させている最中だ。

しかし、敵上陸部隊の別動部隊がサリオンを急襲したら、ほとんど防備らしい防備のない補給部隊は一網打尽になる。

サリオンが敵の手に落ちれば、いかに物資を分散しようと、いずれ発見されて奪取される。そうなってしまうと、大田にいる中核部隊が京城まで撤収したとしても、その先で補給が続かず立ち往生してしまう。

平壌は大きな都市だが、それだけに敵の集中攻撃を食らう可能性が高かった。そこで、わざわざサリオンに物資補給所を移したのだが、敵は見逃してはくれなかったわけだ。

「ロシア陸軍総司令部から、スターリン首相名での撤収許可が出ました！」

新たに作戦指揮室へ舞い込んできた連絡を聞いて、チェイコフの表情が一気に緩んだ。

まだ報告の途中だったらしい通信伝令が、申しわけなさそうな顔で報告を続ける。

「……ただし、条件がついています」

「条件？　撤収期限でも切られたのか？」

現状を知れば、最大限の速度で撤収しなければ間にあわない。それには時間制限を設け、取り残された者は見捨てる非情な策が必要になる。

総司令部は、そこまで危機感を抱いているのではないかと、チェイコフは勝手に判断した。

「……条件をお伝えします。ロシアＳＳ所属の全部隊およびＳＳ朝鮮方面本部は、全力全速で平壌防衛のため移動を開始せよ。ロシア国軍所属の各装甲師団・各戦車旅団・各砲兵師団・各擲弾兵旅団は、ただちに京城防衛のため移動を開始せよ。残りの部隊は大田を死守しつつ、釜山方面からくる敵を完全阻止せよ。方面軍司令部は大田に残り、北上してくる敵部隊を阻止殲滅（せんめつ）すべく、陣頭に立って奮戦せよ。なお、京城方面および平壌方面の部隊指揮は、ＳＳ朝鮮方面本部が担当せよ。以上です」

「……なっ！」

いったん緩んだチェイコフの顔が、今度は凍りついた泣き顔になった。

スターリンの命令は、朝鮮半島にいるロシア軍の中核部隊のみを北上させ、残りの国軍歩兵部隊は殿軍（しんがり）を引き受けろというものだった。

しかも殿軍の指揮を方面軍司令部が行なえということは、中核部隊が逃げきるまで、死んでも敵の北上を許すなと言っているに等しい。

スターリンに見捨てられた……。

チェイコフの凍りついた表情は、この一言を如実に現わしていた。

「命令が下りましたので、私はこれで……」

そばにいたロシアSS朝鮮方面軍本部長のエルンスト・ピヨドール中将が、まるで捨てられた犬でも見るような目でチェイコフに声をかけてきた。

「貴様……我々を見捨てるつもりか!? しかも国軍の装甲部隊や砲兵部隊まで横取りして!!」

「スターリン首相閣下のご命令ですので、私としては逆らいようがありませんよ。ここを離れるのは忍びないのですが、逆らえば私とて粛清対象になってしまいますからね」

言っていることが事実だけに、チェイコフもこれ以上、ピヨドールを責めることができない。

それを知っているピヨドールが、追い打ちをかけるように告げた。

「大田を守備する部隊だけでも、ゆうに二〇万は残ります。下手な細工をして自滅しない限り、かなりの期間、釜山方面からの敵を阻止することは可能だと思いますよ。それが可能だと判断したからこそ、スターリン閣下も貴方を信頼して任せたのでしょう。

そういうことですので、私は京城の防衛と、敵上陸部隊が迫っている平壌の確保のため、ただちに指揮下に入った部隊を率いて移動を開始します。では、ご武運を」

そう言うとピヨドールは、ＳＳ方面本部の幹部たちに対し、ただちに移動する部隊の指揮官をＳＳ本部のあるとなりの建物へ集合させるよう命令を下しはじめた。

そしてこれ見よがしに、チェイコフにも聞こえるよう大声で命じた。

「各部隊指揮官には、集合する前に自分の部隊が移動するに充分な物資と燃料、そして砲弾を補給所から受けとるよう厳命しろ。大田から京城までの一四〇キロは一気に移動する。もし不備な車輌があれば、その場に置いていくからな！」

どうやらピヨドールは、京城で補給を追加するものの、そこには最短時間しかとどまらず、まっしぐらにサリオンまで突進するつもりらしい。

スターリンの私兵とも言われるロシアＳＳの指揮官としては当然の行動だろうが、残されるロシア国軍と方面軍司令部要員から見れば、我が身可愛さからの遁走にしか見えないはずだ。

それでも、その先にある平壌にたどり着く頃には、現地は激戦の最中のはず。

大田から平壌まで燃料と物資を補給しつつ突貫で進んでも、到着するのは最低でも一両日が必要だ。いかに機動車輌で固めた部隊のみの撤収とはいえ、主幹街道のあちこちにかかる橋は落とされたままだから、渡河にはそれなりの時間が必要だった。

となれば、到着したら即座に戦闘に入ることになる。

だが……。

口にはしなかったが、ピヨドールは前もってロシアSS本部から極秘命令を受けとっている。

その命令には、こう書かれていた。

『貴下に与えられた部隊は、サリオンで補給が可能な場合は補給を行ない、無理ならばサリオンを強行突破し平壌へ突入せよ。平壌においては、敵軍の手薄な地点を選んで分断突破し、そのまま安州（アンジュ）の補給所まで移動せよ。安州で万端の補給を終えたら、満州との国境にある永川（ヨンチョン）まで最短時間で移動せよ。

その後は国境を越え、南満州方面軍へ合流、先方のSS司令部の指揮下に入れ。

移動途中においては、いかなる支援要請があろうと無視せよ。

ロシア軍の極東方面における最優先事項は、南満州および大連の死守であり、現在、中国方面から侵攻中の自由連合の主力軍を阻止・撃退することである。貴下の部隊には、その中核的任務を果たしてもらいたい』

なんとスターリンは、朝鮮方面より南満州の防衛を優先するよう、極秘に別の命令を下していたのである。

なぜ正規の命令ではなく極秘命令なのか……。

それは、最近のナチス連邦におけるロシアの立場から見れば、おのずと明らかになる。

スターリンは中枢国家会議において、極東方面は予定通り推移していると報告してしまった。ところが実際は、自由連合の反攻がすでに開始されていて、当面は防戦一方になる可能性が高いと判断した。

となれば、大田から方面司令部を動かすことはできない。

朝鮮半島のド真ん中に方面司令部を居座らせ、釜山をいまなお圧迫しているというポーズが必要になる。

だが現実は、南満州と遼東半島が危うくなりつつある。

満州方面軍は五〇万の大戦力を誇っているが、その内容を見ると、大部分が各地の守備を担当する軽装備の歩兵部隊であり、都市部以外の広大な区域は、もっぱらモンゴル義勇軍の騎馬部隊によって監視されているにすぎない。

肝心の機械化部隊、なかでも装甲部隊や重砲部隊の多くは、再編されたのちに朝鮮半島へ投入されていたのだから、それらを急遽呼び戻す必要がある。

それがピヨトールの率いる撤収部隊なのだ。ようはスターリンのヒトラーに対する見栄と保身が、この事態を招いたことになる。

そしてスターリンは、絶対に自分の非を認めない。もし自由連合軍が朝鮮を奪還したら、その責任は不甲斐ない朝鮮方面軍司令部にあると弁明する。その真実味を増す工夫が、方面軍司令部の大田残留なのである。

事実上の捨駒……。

チェイコフが凍りついたのも当然だった。

いくら二〇万の歩兵戦力を与えられても、大田に残された物資や銃砲弾が尽きれば、もはや補給を受けることはできない。

かすかな望みとして、北上するピヨトールの部隊が敵上陸部隊を蹴散らし、満州との補給線を復活させた場合のみ、遅ればせながら物資が届く可能性もある。

しかし、それは表の命令しか知らないからそう思うだけで、もしスターリンの極秘命令をチェイコフが知ったら、自分たちが完全に見捨てられたことを悟ったはずだ。

味方すら欺くスターリンの戦略は、国家元首として何を優先すべきかという観点からすれば、あながち間違っているとは言えない。策としては常套手段に近いくらいだ。

しかし、その大前提が二〇万ものロシア兵を見捨てることで成り立っている以上、やはり人命軽視の無慈悲な策には違いなかった。

4

三月二五日　平壌

平壌西方のオンチョンに上陸した自由連合東岸作戦部隊は、平壌中心部までの二〇キロの行程を踏破するのに、丸三日を要してしまった。

それだけ平壌を防衛しているロシア軍部隊が手ごわかったのだが、それ以上に、上陸から一日半後の一八日、突如として京城方面から大規模な装甲部隊を含む完全機械化部隊が突入してきたため、一時的に平壌攻略を諦めて海岸方面へ戦線を縮小せざるを得なくなったことが大きい。

この時点では、第一陣となる上陸A部隊——二個師団相当の大半が上陸していたのだが、北上してきた新手は、ゆうに一〇万近くの戦力があると見積もられたのだ。

守る側が三倍以上、しかも強力な装甲師団を含む主力部隊となれば、とても勝ちめはない。

しかし自由連合側には、制空権と制海権の確保という力強い味方がいる。

無理に地上軍で戦わず、いったん引いて艦砲の届く距離まで誘い出すか、もしくは航空攻撃隊によって敵の重火器や機動車輌を破壊したのち、あらためて攻めるのが得策である。

そう判断したフレッチャー少将は、上陸部隊司令部と連携し、一九日の朝にはオンチョンまで上陸部隊を下がらせた。

その後は平壌に対する航空攻撃と、オンチョン方面へ出てくる敵地上部隊に対する艦砲射撃が主な攻撃となり、地上部隊は専守防衛に務めている。


「おっ、いたいた!」

中国の山東半島にある自由連合陸軍威海航空基地。

そこから海を越えて平壌まで、直線距離にして三六〇キロほどになる。

航空攻撃隊にしてみれば、この距離は至近距離に等しい。爆撃時間を加味しても、往復七一〇キロしかないのでは、単発爆撃機でも攻撃可能な距離である。

しかし、いま声を上げた操縦手兼機長の秋吉輝美戦技大尉の乗る機は、爆撃機でも戦闘機でもない。

その名を、東海一式双発地上掃討機『撃虎』という。

とはいっても、この名称は制式採用された時の予定名称であり、現在は開発段階にあるためADX－1と呼ばれている。

秋吉が、軍備の技術開発に携わる『戦技大尉』の階級なのも、本来なら日本国内にある航空機メーカーで試験飛行に専念するためのものだからだ。

それがなぜ、実戦投入されているのか……。

たとえ試作段階であっても、量産に焦点をあてた最終的な開発である拡大試作段階なら、実戦において交戦データを得るため出撃させることはよくある話だ。

しかし、まだ拡大試作より前の二次試作段階の機を投入するのは、きわめて異例である。

異例といえば、開発コードネームとなっているADX－1を見てもわかるように、この機種は在来機種には存在しない。まっさらの新型機種である。ADXのAはアタック、Dはデストロイ、Xは試作機を表わしている。

アタック・デストロイ――攻撃殲滅とは物騒だが、この機種は、現時点においては日本陸軍固有機種として開発されているため、日本語名の『地上掃討機』の略とされている。

その名から連想されるのは、地上にいる敵を専門的に掃討する役目だが、それなら日本陸軍が連合陸軍にも供与している九九式地上掃討機があるのだから、すでに既存機種があることになる。

なのに、あえて新たな分類にしたのは、この機種があまりにも既存航空機の常識から逸脱していたからだ。

九九式地上掃討機は自由連合軍に採用される以前は、日本陸軍で九九式襲撃機と呼ばれていた。

この機は、別名『九九式爆撃機／軍偵察機』とも呼ばれていることからもわかるように、基本的には単発の爆撃偵察機でしかない。二五〇キロ爆弾一発を搭載し、一二・七ミリ機銃二挺と七・七ミリ旋回機銃を一挺搭載する、ごく標準的な仕様となっている。

それでも低空飛行と急降下爆撃が可能なため、地上部隊の支援目的で重宝され、自由連合軍からも高い評価を受けている機である。

だが、ナチス連邦が大々的に装甲師団などの重装甲機動車輌を全面に出してくると、九九式では対処しきれなくなった。一発の爆弾で破壊できる戦車は一輌にすぎず、一二・七ミリ機銃では戦車に対し無力だからだ。

そこで日本陸軍は、極東方面における地上軍の不利を打開するため、突貫でＡＤＸ－１の開発を開始したのである。

開発に横槍が入らないよう日本陸軍独自の機とし、制式採用してから自由連合軍や各国軍におひろめする方針が貫かれている。

また、既存機種および新機種の開発に支障が出ないよう、開発自体を主力航空機メーカーではなく、中堅クラスの東海飛行機に一任するという荒業が実行された。

むろん制式採用されたあとの量産も、主力メーカーにしわ寄せがいかないよう、東海／中西／川島の三社が担当する段取りとなっている（もしその後も日本国内限定機のままなら、量産数は数百から千くらいにしかならないだろう。しかし自由連合軍に制式採用されれば、一気に数千から万の単位となる。その場合は合衆国国内でも量産されるだろう）。

肝心の性能だが、さすがにエンジンだけは国産ではパワー不足のため、三菱重工業がライセンス生産している三菱P&W・R－2800L（合衆国製の廉価・性能低下モデル）二三七〇馬力を二基搭載し、必要充分なパワーを得ている。

これだけの大パワーを必要としたのは、機体が自重九六〇〇キロ／最大一九八〇〇キロと、桁違いに重いからだ。

重い理由は、異常なほど翼面積の広い主翼と、機体下面すべてに設置された多重柔構造防弾帯――板バネ用の焼き入れ炭素帯鋼（厚さ二ミリ）を編み込んだ内蔵ユニット防弾板を採用しているからだ。

この防弾板は、ジュラルミン製の外板の内側に設置されていて、外板を貫通した銃弾を、ゼンマイ仕掛けにも使われる柔軟で強固、かつ復元性能が抜群に高い板バネの反発力で受け止める構造になっている。

通常の防弾板が剛性能力で阻止するところを、板バネの柔性能力と焼き入れ鋼板の固さの両方で防ぐことにしたのである。

この新機軸の性能は良好で、一二・七ミリ徹甲銃弾もしくは二〇ミリ対空機銃弾まで阻止することができる。それを機体下面（翼下面も含む）のすべてに設置すれば、それなりに重くなるのも当然だった。

さらには、自重と最大重量の差を見てもわかるように、一〇・二トンもの搭載可能重量が与えられている。

その一〇・二トンのうち、最大六〇〇キロまで爆装可能だ。残りは胴体内部に仕込まれた特殊火器と搭乗員の重量となっている。

最大爆装を超えない範囲で、八センチ対戦車成形炸薬爆弾／一二センチ対戦車徹甲爆弾／二〇キロ榴散爆弾の同時搭載が可能となっている。

しかし、この機の最も顕著な特徴は、なんといっても機首にある二連装七・七ミリ対人用斜め機銃と、胴体の翼に挟まれた部分に設置された四六ミリ対戦車斜め機関砲一門、そして胴体中央後部に設置された一二センチ汎用斜めバズーカ砲二門だろう。

すべてが斜め下方の前方へ向けて固定された装備は、超低空を水平飛行しながら地上を連続射撃できるよう設計されている。

照準は簡単で、各銃砲の高度と着弾までのタイムラグを手動で補正できる照準器で、ターゲットの中心に捉えた瞬間に発射すれば、高い命中率で敵を撃破できる設計になっている。

また、高翼構造の異様に広い翼へ設置された二基のエンジンは、完全に翼から上方へオフセットで設置されている。

しかもエンジン固定部分には、一〇度まで上方へ角度調整ができる油圧機構が組みこまれていて、エンジン自体を上方へ傾けることにより、従来機には不可能だった奇抜な機動や、緊急時の迅速な上昇が可能になっている。

これらの凄まじいまでの新機軸は、なにかと奇抜な機体設計を行なう東海飛行機技術陣の得意技であり、これまで奇抜すぎて採用されなかった恨みが凝縮しているような機体である。

ただし……。

試験飛行をしている秋吉たちパイロットからは、あまりにも不格好ゆえに、もう『ザブトンエイ』というあだ名がつけられている。水平尾翼の両端につけられた巨大な垂直安定板も、ザブトン型のエイの後ろに足が生えているように見えるのだから、どうしようもない。

真上から見ると海に住むエイにも似ているためつけられた名だが、制式後の愛称として予定されている『撃虎』のイメージとは、あまりにもかけ離れた姿と言えるだろう。

「前方二五〇〇に敵の重戦車一輌。例の新型のようだ」

秋吉の機内有線通達に答え、四六ミリ機関砲射手の水沢道雄戦技一等軍曹が返事をした。

『自分の獲物にします！』

「許可する。では、射撃コースに入る」

そう答えた秋吉は、巨大な翼の後部に設置された減速フラップを最大に開き、機体速度を限界の一三八キロ近くまで落としていく。

ＡＤＸ－１の最低速度は、複葉機なみの一三八キロ。最大速度は三八〇キロとなっている。

最大速度こそ遅いが、地上掃討機には上空支援が不可欠なため、いまも海軍の空母戦闘機が直掩（ちょくえん）についている。そのため、自らを守るための最高速度などあまり重視されていない。大切なのは、じっくり地表を狙うための最低速度なのだ。

『照準修正……撃ちます！』

――ズドドドッ！

五発ほどの連射により高速徹甲機関砲弾が、パンター戦車の車体後部から砲塔上部にかけて縫うように吸い込まれていく。

――ドン！

まず後部にある戦車のエンジンに火がついた。ついで砲塔上面を貫通した徹甲弾が車室内で暴れまくり、車内の全員を殺戮する。

すぐにパンターの動きが止まった。

「上昇する」

現在の高度はなんと一五メートル。

長居は無用と、秋吉はエンジン角度を最大の一〇度へ移行させる仰角レバーを引くと、同時にスロットルを全開にした。

劣化版のモンキーモデルとはいえ、元はP＆W社設計の大馬力エンジン。凄まじい咆哮とともに、機体をぐいぐいと引きあげていく。

「敵の数が少ないな……」

事前の報告では、ゆうに数個装甲師団規模の戦車が平壌にいるとなっていたが、どう目を凝らしても、市街地にいるのは一個戦車大隊程度でしかなく、しかもかなり疲弊しているらしく、あちこちに撃破された中戦車や装甲車が放置されている。

その時、秋吉の目に平壌市街地の東外れあたりから、しきりに砲撃を行なっている砲兵陣地が見えた。

「仕方がない。目標を敵砲兵陣地に移す。今度は全銃砲門を使うぞ。同時に爆撃も実施する。みんな、いいな！」

七名いる搭乗員の全員から、肉声による応答があった。

その中で奇抜なのは、秋吉の足もとから返事をした、前部七・七ミリ連装機銃担当の権藤繁馬二等戦技軍曹だ。

なんと権藤は、秋吉の足もとにある遮蔽板の下で、うつぶせ状態で寝そべっている。

やや伸ばした両手で二挺の斜め機銃の銃把を握り、押しボタン式のトリガーに親指をかけながらの返事である。照準器は顔のすぐ前にあるため、身体を固定する安全ベルトがなければ、急減速時などには顔をぶつけてしまいそうだ。

機首は上下とも風防構造となっていて、ここだけ防弾板がない。

そこで風防部分に二挺の機銃を斜めに設置し、権藤の寝そべっている部分からは防弾板がある機体下部となっている。

つまり最悪の場合、権藤は伸ばした両腕を撃たれる可能性があるが、それは下方視界を得るための最低限の妥協といえる。

「敵陣地まで八〇〇。降下する」

銃砲撃と爆撃を同時に行なうためには、完全な水平飛行が不可欠となる。

しかし秋吉は、敵砲兵陣地に対空装備が設置されている可能性を考え、ギリギリまで高度を維持し、そののち急速降下から一瞬の水平飛行、そして緊急離脱を実施するつもりだった。

この機動はＡＤＸ－１の最も得意とするものだけに、試験飛行や射撃試験時に何度も実施した。それだけに慣れている。

『投下！』

秋吉の後ろにいる機関士兼爆撃担当の瀬川勇二郎少尉が、対人用二〇キロ榴散爆弾と一二センチ対戦車徹甲爆弾の投下ボタンを順番に押していく。

同時に七・七ミリ機銃／四六ミリ機関砲／一二センチバズーカ砲も発射された。

「離脱！」

案の定、一二・七ミリらしい対空機銃弾が機体下面を叩いた。

だが、貫通しない。

さすがに三センチ以上の対空砲弾が直撃すれば大被害を受けるが、この高度ではまずあり得ない。わずか二〇メートルほどの高さでは、敵も対空機銃や機関銃、果ては歩兵銃で対抗するしか方法がなかった。

『敵砲兵陣地の三分の一を撃破した模様！』

最も後ろにいるバズーカ砲の装弾担当である戦技二等軍曹から、後部観測窓に見える敵陣の様子の報告が入った。

いかに地上掃討機であっても、直線的に上空を通過しながらの攻撃である以上、面として存在する敵陣地の一定幅しか破壊できない。

これはどうしようもない現実であり、それを超える戦果をあげるには、広範囲を一気に破砕する重爆撃機の絨毯爆撃しかないだろう。それには大規模な作戦計画と多数の重爆が必要なため、そうおいそれと実施できないデメリットがある。

あくまで地上掃討機の役目は、たとえ単機であっても護衛の戦闘機さえいれば、素早く臨機応変に、ある程度の敵殲滅が実施できる簡便性にある。

それに特化した機だけに、今日の戦果はまずまずのものだった。

「もうひとまわりして残敵を探す。いなかったら帰投だ。そろそろ燃料が怪しくなってきたからな」

ＡＤＸ－１の航続距離は、わずか九六〇キロしかない。

燃料を多く積んで長く飛ぶよりも、一発でも多くの銃砲弾や爆弾を搭載するため、必要最小限の航続距離となっている。

ここまで割り切った設計の特殊用途機だけに、果たして自由連合軍が制式機として採用するか、いまのところ不明だ。

もし採用されるとすれば、上層部を納得させる大戦果が必要になるが、それには今回の出撃や、これから起こるであろう南満州での攻防戦は最適である。

そこまで考慮に入れての、無理矢理な試作機投入だった。

第４章　激闘！　アフリカ北部戦線

1

一九四二年三月　アルジェリア北部

三月二八日……。

モロッコの大西洋岸にある歴史のある都市、カサブランカ。

そこを北アフリカ戦線の総基幹基地に定めたパットンは、良港に恵まれているのを幸いと、大車輪で指揮下にある機甲部隊を陸揚げしはじめた。

本来ならカサブランカより、ジブラルタル海峡に近いラバトに上陸したかったのだが、ラバトには大規模な港湾がなく、部隊をいちいち揚陸用の舟艇などに乗せかえる手間を嫌ったため、大型揚陸艦や戦車揚陸艦が直接接岸できるカサブランカに決めたのだ。

とはいっても、いくらパットンが望んでも、モロッコは由緒ある独立国家であり、モロッコ政府がよしとしなければ総基幹基地など設置できない。それを可能としたのには、少しばかりわけがあった。

モロッコは自由連合に加盟しているが、これまで自国特有の問題があるとして参戦を断わってきた。

これは自由連合憲章にも問題があるのだが、いかに加盟していても、地理的要因や国内事情など、ようは戦争を実施するだけの環境が整っていない場合は、局外中立の立場を維持してもいいことになっているのだ。

しかし、それもこれまでの話。

ここまで露骨に自由連合軍を受け入れてしまうと、いくら中立といってもナチス連邦は承知しない。局外中立国なら国際法で第三国と認定されるから、これまで侵略されなかったのである。

このままでは国土が戦場になる……そうモロッコ政府が憂慮するのも当然だが、かといって、歴史的な関係からスペインなどのヨーロッパ勢がナチス連邦入りしている現状では、モロッコがナチス連邦の一員になることも考えられなかった。

そこで苦肉の策として、モロッコの国軍は自国を専守防衛するだけで、自由連合軍には一切の手助けをしないと公表した。その上で、自由連合軍の一時的な駐屯を許す見返りに、かなり高額な駐屯地貸借費用を受けとることになった。

つまり、一時的に土地を貸すものの、その他はなにも協力しない。あとは自由連合軍の勝手にやってくれというわけだ。これだと局外中立からは逸脱するが、参戦国とは認定されない。

まさに苦肉の策であり、もし自由連合軍が敗退してモロッコ領内にナチス連邦軍がなだれ込んでも、戦闘は自由連合軍とのみ行なわれることになる。

これは渾沌の極みに達しているアフリカ植民地地区ではよくあるパターンのため、なんとか国家が滅ぶことだけは回避したい場合に用いられる手法である（植民地の場合は現地民の民政府が中立宣言する。総督府は宗主国の立場に準ずるため、戦闘に巻き込まれることになる）。

ただし、建前ではすべての物資を合衆国から運びこむことになっているとはいえ、実際には駐屯する部隊が消費する物資の一部――とくに生鮮食品や日常的な消耗品などは、わざわざアメリカから運んでくるより現地で調達したほうが便利で費用もかからない。

そこで現地調達に関しては、連合軍と民間業者のあいだに第三国の介在業者を入れて、あくまでモロッコは関係しないという建前を貫くことになっている。

指揮下の部隊を上陸させたパットンは、まだ後続部隊が上陸中にも関わらず、燃料を補給すると一目散に、地中海に近いアルジェリア国境の町――ウジュダをめざして進撃しはじめた。

パットンが移動させたのは、直轄部隊の米第一機甲師団と、アドナ・R・チャーフィーJr大佐率いる米第二機甲兵旅団のみ。

これほど先を急いだのは、モロッコに自由連合軍が進出してきたことを知ったアルジェリア国内のナチス連邦軍が、先手をとってウジュダをうかがうそぶりを見せたからだ。

いくらモロッコが中立を宣言していても、国境地帯での自由連合軍とナチス連邦軍の戦闘は避けられないし、またモロッコ政府はこれを止めることもできない。

実際問題として、上陸早々ウジュダ上空にスペイン陸軍所属の偵察機が飛来し、国境をいとも簡単に越えてきたのだ。

これに対しモロッコ政府は厳重に抗議したものの、偶発的な戦闘を避けるため、自軍の戦闘機を緊急発進させなかった。

このままではなし崩しにウジュダが攻められ、下手をすると一時的に占領されてしまう（敵軍がいる地点での作戦行動に伴う占領は許される）。

いくらモロッコに戦う気がなくとも、ナチス連邦軍はまったく意に介さず、モロッコへ武力進駐し、自陣営へ組み入れようと画策している。戦う気のない国軍をそのまま残し、政府はナチス党を立ちあげて乗っ取る。これがクーデターを用いない場合のナチス連邦の常套手段になっているからだ。

それが現実のものとなりつつあるだけに、パットンの素早い行動も理解できるだろう。


ウジュダの町並みを前にして、街道沿いに広がる荒れ地に多数の戦闘車輌が集合している。

その中心部に、M4A1中戦車に乗ったジョージ・パットン大将の姿があった。

「燃料を補給した部隊は、大隊単位で警戒態勢に入れ。チャーフィーの部隊は北のベルカンヌ方面へ移動し、海岸線沿いに敵が侵攻してこないよう警戒線を張ってくれ。

でもって、海兵隊と日本の陸戦隊の先遣隊がベルカンヌへ到着したら、俺の部隊と歩調を合わせて進撃を開始する。

当面の目標は、アルジェリアの要衝オランだ。オランまで主幹街道は一本のみだから、ともかく驀進する。もし敵の待ち伏せや奇襲を受けたら、各師団隷下にある機械化歩兵部隊が対処し、後方から追従してくる砲兵部隊の支援を待つ。

いくらなんでも、機甲部隊のみが突出するのは危険すぎる。歩兵の掩護あっての機甲部隊だと肝に銘じ、その範囲内で敵を撃破しつつ進撃する。なに、まだ先は長い。いくらでも戦争英雄になれる機会はあるさ」

短い訓辞が終わると、まずアドナ・R・チャーフィーJr大佐率いる米第二機甲兵旅団が動きはじめた。

この聞きなれない名前の部隊は、チャーフィー自ら立案した『機甲兵』という、歩兵と戦闘車輌が有機的に連携して敵を撃破する戦術思想に基づいている。

なのに『第二』なのは、本来この部隊は第一旅団だったのを、海外出兵することが決定した時点で、チャーフィーの判断により丸ごと第二旅団に改名し、アメリカ本土で基礎訓練中だった部隊を第一旅団に変えたことによる。

これには深い意味があった。

まだ陸軍内部でも異論のある機甲兵部隊だけに、もし最精鋭の第一旅団が遠征先で壊滅的打撃を受けた場合、部隊の必要性そのものが問われかねない。

そこでフラッグシップ的な扱いの第一旅団を米本土へ残し、万が一に備えたのである。

むろん本土の第一旅団も、チャーフィーにとっては貴重な予備兵力だから、充分な訓練が終了したら、連隊単位で交代させる予定になっている。その場合も、出先の部隊は第二旅団のままだ。

「長官！　北西五〇キロにあるトルコ陸軍のサイオ航空基地に、第三海兵航空隊の第一陣が到着したとのことです。

これより簡易的な機体点検と砂塵防止装置の設置を行なったのち、夕刻には単発戦闘機一六機が上空支援のため飛来可能とのことでした!!」

方面軍司令部どころか師団司令部すら設置していないパットン部隊のため、通信手段はGM社製の二・五トン六輪トラックを改造した司令部通信車によって行なわれている。

さすがにカサブランカには、北アフリカ方面軍集団総司令部が設置されているため、そことの連絡用である。

「戦闘機だけか？　できればアルジェリア側にある、マグニアの敵防衛陣地を爆撃してもらいたいんだが……」

通信内容を伝えにきた師団通信参謀に、パットンはがっかりした顔を見せた。

「自由連合軍総司令部より軍集団司令部へ、敵に先に撃たせろとの厳命が出ていますので、先制しての爆撃は無理かと……」

「うーむ、そういうことなら仕方ないな。たぶんモロッコの立場を考慮してのことだろうから、命令には従わねばならん。では、第一機甲師団司令部直轄の第二機動偵察中隊に、国境付近でうろちょろ偵察しろと伝えてくれ。国境のむこうから敵が撃ってきたら、応戦せずにさっさと戻ってこい。それで大義名分が立つ」

いくら猪突猛進が得意なパットンでも、モロッコを自分の不手際で巻きこむのは得策ではないと考え、珍しく策略らしきものを命じた。

「進撃開始予定は、明日の朝となっている。国境さえ越えれば遠慮はいらん、戦闘し放題だ。

それまで敵の攻撃を警戒する意味で、大隊単位で散開して掩蔽(えんぺい)待機しろ。とくに対空射撃大隊は、夕刻の敵襲に注意してくれ。爆撃されてはたまらんからな」

ベルカンヌに自軍の海兵隊と陸戦隊が到着しないことには、進撃した後、後方の守りが確保できない。

その海兵隊と陸戦隊も、パットンとチャーフィーの部隊がさらに進撃すれば、すぐ後を追いかけてくる。そのため後詰めの後詰めが必要になってくる。

その担当として、最初に米第四歩兵師団／米第七砲兵旅団がウジュダへ、第七歩兵師団／第二二砲兵旅団がベルカンヌへ移動する予定になっている。

その後、戦線がアルジェリアの東方向へ移動すれば、それらの部隊もアルジェリア国内へと進撃するため、最終的にモロッコ国境を防衛する留守部隊は、カナダ陸軍派遣旅団／豪陸軍派遣旅団となる予定だ。

これらはあくまで第一陣であり、戦線がエジプト方面へ長く延び、戦闘期間も長くなれば、交代用の部隊がアメリカ本土から送られてくる。

それらすべてをカサブランカの北アフリカ方面軍集団総司令部で管轄するのが、司令部長官のブレボン・サマベル大将である。

サマベルは戦闘指揮より補給や人事などに長けた人物で、以前は米陸軍総司令部で補給関連のデスクワークをしていた。

それが今回、後方とはいえ軍集団の司令部長官に抜擢されたのは、パットンがまったくそれらの役目を果たさず進撃してしまうため、後方支援に長けた人物が必要と判断されたからだ。

ゆえに実戦部隊の指揮系統において、パットンの上にサマベルがついているわけではない。

あくまで北アフリカ軍集団の戦闘担当最高指揮官は、パットン一人と定められている。

そのような重職にあるというのに、もし戦死でもされたら大変な混乱が起こるような気もするが、それらを含めパットンに一任されている現状では、彼を信じるしかない状況だった(むろん指揮権委譲のシステムは存在するため、実際にはパットンの指揮下にある次席指揮官が跡を継ぐことになる)。

＊

二九日朝。

アルジェリア北部一帯において、自由連合軍地上部隊による侵攻が開始された。

ロンメルは、その第一報をフランス南部にあるマルセイユで受け取った。

「間に合わなかったか。これでも与えられた戦力を大車輪で統合訓練したのだが……」

ロンメルは直率となる第七装甲師団を中心に置き、マルセイユの北西にあるモンペリエ近郊の連邦演習場で、ヒトラーに与えられた各部隊——第一二装甲旅団／第四軽装甲擲弾兵（てきだんへい）旅団、そして連邦拠出軍となるスペイン陸軍第三機甲兵師団／スペイン陸軍第五砲兵師団／ポルトガル陸軍第三・第五歩兵師団／イタリア陸軍第八対戦車旅団／イタリア陸軍第五航空団を一堂に集め、さまざまな状況を想定して部隊統合訓練を実施していた。

いかにロンメルとはいえ、まったく寄せ集めの部隊では有効に指揮できない。最低でも各部隊の特徴を生かした合同実地訓練を二回は行なわないと、下した命令通りには動いてくれないからだ。

しかも行き先が北アフリカの砂漠地帯に近いため、乾燥した荒れ地や砂礫地帯で活動した経験のある者はほとんどいなかった。

この点についてはフランス南部の湿潤な気候では再現できないのだが、いきなり北アフリカの現地に素人同然の集団を送りこみ、敵を前にして訓練するなど馬鹿げているため、いつでも地中海を渡れる状況で、可能な限りの訓練を実施することにしたのである。

「アルジェリアにいる連邦軍部隊は、ほとんどが留守部隊です。大半の機動車輌と砲兵部隊は、エジプト侵攻のためリビア東部へ移動していますので、これは危うい状況だと判断します」

参謀じみた意見を吐いたのは、第四軽装甲擲弾兵旅団長のカール・ローデンブルク少将だった。

いまロンメルは、マルセイユの北西に位置するパルティー地区にある連邦軍駐屯地にいる。

駐屯地内には仮の方面軍作戦指揮所が設置され、モンペリエ北部にあるアレスを中心とした広大な演習場で統合訓練をする各部隊の指揮が行なわれていた。

「しかし……いまの状態で北アフリカへ輸送するのは下策だ。とくに連邦拠出軍の出来が悪すぎる。これでは装甲部隊が敵と交戦中に、周辺の敵歩兵に横槍を入れられてしまう。

かといって、装甲師団や貴官の旅団の直轄機動歩兵を護衛担当として用いれば、それだけ部隊全体の機動力が落ちるし、第一、話にならぬほど護衛戦力が足りない。

どうしても各国の歩兵部隊を装甲師団の左右と背後につけ、綿密な連携のもとで敵を撃破せねばならんのだ」

完璧を好むロンメルだが、現状はそれにほど遠い。以前の彼なら、自分の部隊を先に投入して敵の侵攻を防ぎ、その間に訓練を終えた後続部隊の力を借りて反撃に転じていたはずだ。

しかし、今回は話が違う。

最新の情報によれば、モロッコに先遣部隊として上陸したのは、あのメキシコを葬り去ったパットン軍団となっている。

合衆国がドイツの電撃作戦を見て、初めて編成した機甲軍団の最高指揮官が、いまロンメルを待ちうけているのである。

自由連合の機甲師団は、メキシコSSの装甲部隊を撃破している。

つまりロンメルと違い、すでに連邦の装甲師団との戦闘経験を積んでいることになる。これは見逃せないハンデになることを、ロンメルは自分の経験から知っていた。

もっともメキシコSSには、一世代古い戦車や装甲車などしか供与されていなかった。現在のロンメルの部隊に比べれば格段に質が劣る。

それでも、わずか二年ほど前には新鋭部隊に匹敵した戦力なのだから、それを撃破したということは、パットンの部隊は西ヨーロッパ電撃侵攻時の部隊を打ち破ることのできる装備を持っていることになる。

これを軽視すれば、痛い目にあう……。

有能なロンメルだけに、パットンを軽視するどころか高く評価していた。

「とりあえず、リビアのトリポリにいる連邦SS所属の第六SS師団に要請して、先にアルジェリア入りしてもらってはいかがでしょう。SS師団は良きも悪きも自己完結している部隊ですので、丸ごと移動してくれればそれなりに戦えると思います」

まるで他人事のようにローデンブルクが提案した。

いまロンメルの前には、彼以外に各部隊の最高指揮官が立っている。

ロンメルは指揮所でも座らず、立って指揮を行なう癖がある。そのため他の指揮官たちも座らない。そうこうしているうちに、椅子自体が撤去されてしまった。

いまも全員が演習図台を囲んで立っているのを見ても、ロンメルの意志は徹底されているようだ。

ただし、指揮官の中に連邦第六SS師団の師団長はいない。

連邦SSは、連邦陸軍総司令部ではなく連邦SS本部に所属している。今回はヒトラーの命令によりロンメルの方面軍に組み入れられているが、それでもなおロンメルの指揮下にはなく、一種の独立師団的な扱いとなっていた。

「連邦第六ＳＳ師団は装甲師団編成ではないぞ？ あそこには強力な重機動連隊がいるものの、主力戦車は四〇輌ほどしかなく、どちらかというと、突撃砲戦車や榴弾砲戦車といった側面支援車輌が充実していたはずだ。

総統閣下もそれをご存知だったからこそ、我々の側面支援のためつけてくれたと思っている。そのＳＳ師団を単独でアルジェリアへ送りこめば、たしかに敵の装甲車輌を食い止める役目を果たしてくれるだろうが、主力戦車の数が少なすぎて、すぐに正面突破されてしまうはずだ。それでは無駄死にだろう」

ローデンブルクの意見は、多分にＳＳ嫌いからきている。それを承知の上でロンメルは、あまりおおっぴらにＳＳ批判をしないよう、正論で反対意見を述べた。

すると横から、イタリア陸軍第八対戦車旅団長が口を挟んだ。

「今回、閣下の指揮下には、我がイタリア陸軍の装甲部隊が含まれていません。ご存知のように現在の北アフリカには、我が軍の二個装甲師団が常駐しています。そのうちの主力部隊こそエジプト方面へ移動していますが、それでもアルジェリアのアルジェには、第九／第二二戦車大隊が守備戦力として残っています。

この二個戦車大隊は、我々が移動した後は独立戦車大隊扱いで閣下の指揮下に入りますので、もし連邦第六SS師団が先にアルジェへ移動すれば、SS師団の補助戦力として動かすことも可能です」

予定では、ロンメルの部隊はアルジェへ移動し、そこに方面軍司令部を設置することになっている。

アルジェはアルジェリアの中核都市であり、ほぼモロッコとリビアの中間地点にあるため、場所的にも采配しやすいし、なによりも古代からの良港が存在するため、迅速な陸揚げ作業が可能となっている。

問題は、敵の機動部隊が迫っている西部のオランまで四〇〇キロほどあるため、途中でどうしても一回は燃料を補給しなければならず、そのための補給所を事前に設置しなければならないことだ。

その役目は、すでに現地のスペイン陸軍部隊が引き受けているため、いま突貫で主幹街道の要衝となっているウエ・リウ地区に構築中となっている。

つまりロンメルの到着が遅れると、既存の北アフリカ派遣部隊とSS師団のみで、ウエ・リウ地区を絶対死守しなければならないことになる。

もし補給所を敵に奪取されれば、オラン方面への進撃そのものが不可能になり、ロンメルはアルジェ近郊の防衛戦闘から開始するしかなくなるだろう。

さらに言えば、イタリアの戦車大隊をＳＳ師団の指揮下に入れると、表むきはロンメルの指揮下ということになるが、実体は独立したＳＳ師団の指揮下で動くことになる。

国軍に所属するロンメルには、たとえヒトラーの命令があっても、ＳＳ師団に対する命令権がない。

したがって、もしＳＳ師団に国軍指揮官が命令を下したい場合は、面倒でも連邦軍総司令部経由でヒトラーへ嘆願しなければならない。

そうすれば、ヒトラーはＳＳ総本部の最高指揮官でもあるのだから、ＳＳ総本部を通じて該当するＳＳ師団へ命令が下ることになる。

これらの複雑な命令系統を使ってＳＳ師団を動かすのは、あまりにも悠長すぎる。

しかも敵に、アルジェリアの半分を制圧された状況で戦闘を開始することになるのだから、命令伝達の遅れにより後手後手にまわるのは目に見えている。

当初の予定では、ウエ・リウ地区を補給拠点としてオラン方面に積極的な進撃を行ない、もしオランが敵の手に落ちていても、短期間で奪取するとなっていた。

そしてオランの守りを磐石にできれば、モロッコへの侵攻も夢ではない。

最終的には、自由連合軍を大西洋に叩き落とすことがロンメルには求められているのだから、モロッコが中立宣言していようがお構いなしに突入制圧することになっていた。

「ううむ……そもそも敵の侵攻予定が早すぎたのだから、もはやオランを中心とした反撃は無理だろうな。となると我々の最初の任務は、ウエ・リウ地区の絶対保持ということになる。

それを第六SS師団とイタリアの戦車大隊でやり遂げてくれるのであれば、我々も可能な限り早く北アフリカへ渡る準備に邁進できるだろう。この際、第六SS師団は独自判断で動いてもらうしかないだろうな。そちらのほうが成功率は高くなる。

どのみち、まもなく連邦総統府か連邦軍総司令部から、敵のアルジェリア侵攻を考慮した上での移動命令が出るはずだ。訓練途中の部隊を向かわせるのは忸怩たる思いだが、相手あっての戦争だから、これもまた戦争の常と甘受しなければならない。

そうと決まれば、残された数少ない期間を最大限に有効活用せねばならんな。

よし、方面軍司令長官の権限により、全訓練の前倒しを行なう。明日以降の訓練予定すべてを取りやめ、明日朝から最終統合訓練を実施する。

本来ならまだ先に行なうはずの最終訓練だが、背に腹は代えられない。少しでも各部隊の連携を深め、効果的な相互支援が可能になるよう励んでもらう。各指揮官の皆も、これが最後の訓練だと肝に銘じ、実戦と思って挑んでくれ」

統合訓練は、戦車部隊と擲弾兵部隊がペアとなり、それを砲兵部隊と航空部隊が支援するといった、完全な実戦形式で行なわれる。

当然、先陣となる機動車輌部隊の後からは、面を確保するための歩兵部隊が進撃する。

また敵の強襲を想定して、戦車部隊と擲弾兵部隊が圧(お)されて下がった状況を想定し、まず対戦車部隊が敵の進撃を阻止し、その間に戦車部隊と機動駆逐部隊が側方よりまわりこんで敵を殲滅(せんめつ)するといった複雑な作戦も実施される。

これを終わらせておかないと、とても実戦の場では使えない。

ロンメルは、なんとしてもパットンの部隊を阻止するつもりだ。

先陣を切って突進するパットンの部隊さえ押し戻せれば、北アフリカに来た自由連合軍は確実に怯(ひる)む。

そうなれば……のちに最悪の状況に陥ったとしても、戦線さえ維持できれば、その間に中東方面軍とシリアの連邦軍がエジプトへ乱入し、決定的な戦略的勝利を得ることができるはずだ。

自由連合軍を大西洋へ押し戻すのは、その後でもいい……。

ロンメルの出した結論は明確で揺るぎがなかった。

2

四月六日　神戸

神戸市の元町から大阪湾方向へ八〇〇メートルほど行ったところに、川崎造船GNN神戸造船所がある。

六年前までは五万トンと二万トンドックしかなかったが、川崎造船が合衆国のニューポート・ニューズ造船所と資本提携を行ない、これに日本海軍建艦廠と合衆国のノーフォーク海軍造船所が出資した結果、他の川崎グループとの資本持ち合いの関係から川崎重工業神戸造船所と名前を変えた経緯がある。

現在の規模は、一〇万トン船台一基／八万トンドック二基／五万トンドック二基／三万トン船台二基／二万トンドック二基／一万トン船台六基となり、日本有数の造船集合体へと成長した。

そこに今日、また新しい歴史が加わろうとしている。

四ヵ月前、ここにある三万トン船台から一隻の大型軍用艦が進水した。

ここの船台には三基のガントリークレーンが設置されているため、それを用いて艤装まで一貫工法で行なった結果、進水と同時に艤装完了という珍しい完成の仕方となった。

そして完成後の公試を経て、四ヵ月間の戦時短縮海洋訓練を終えた艦が、生まれた場所である神戸造船所の北にある大埠頭へ戻ってきたのである。

「大きいな……ヨークタウン級よりひとまわり大きい」

連合海軍極東司令部長官のチェスター・ニミッツ中将が、埠頭から見上げるようにして、まだペンキの艶も新しい新造空母を見上げている。

いまは艦隊編入式の真っ最中で、日本海軍や自由連合海軍のお歴々が居並ぶなか、新たに乗員として配属された者たちに祝辞と訓辞が送られている。

「合衆国海軍には、すでに同型のチェサピークが就役していますが、極東地域においては初めての二万トン級正規空母ですからね。これでようやく……戦時増産計画第一陣が達成されることになります」

ニミッツと同じく新造空母を見上げているのは、現在は無任となっている古賀峯一中将だ。

古賀はウラジオストク破壊作戦を実施した後、作戦艦隊を日本本土へ戻すと陸に上がった。代わりにフレッチャーと青木正人に朝鮮上陸A・B艦隊を任せ、次なる出撃に備えている。

そこにニミッツから連絡が入り、訓練航海に出ていた白鶴(はくつる)が戻ってくると知り、急いで神戸までやってきたのである（ただし古賀は、一週間だけ、A艦隊の偽装輸送部隊を率いるため出陣している）。

「この艦型は、すでに合衆国でラリタン／ヘムステッドの二隻が訓練中となっている。あと二ヵ月ほどで作戦行動が可能になるはずだ。日本も確か、長崎で建艦されていた黒鶴(くろつる)が、マリアナ付近で訓練中のはずだったな」

建艦計画によれば、白鶴型正規空母は日本で四隻、合衆国で五隻が建艦されることになっている。いずれも第一次戦時増産計画によるものなので、全艦があと半年以内に出揃う計算だ。

まず、足りない正規空母を戦時急造型の白鶴型でおぎない、その間に圧倒的な戦力となる次世代空母を計画する。

それは第二次戦時増産計画に含まれるが、まず試験的に二隻を先行試作することが決定しているため、現在日本と合衆国で一隻ずつが建艦中となっている。

この次世代空母は、大型化すると予想されている艦上機を想定し、それでも最大一〇〇機を搭載できるキャパシティを有している。しかも初のクローズドバウと装甲飛行甲板を持つ、強襲型の正規空母である。

艦種名はフランクリン級正規空母（日本名・正鳳型正規空母）となっている。

この艦種を日米で一〇隻も大量建艦するというのだから、この空母が今次大戦の切り札になるのは間違いないだろう。

だが、それにはもう少し時間がかかる。

それまでは既存の空母に加え、今回参加することになった白鶴型で戦うことになる。

もっとも戦時急造型とはいえ、白鶴は既存艦上機なら一〇〇機を搭載できる大型空母であり、これまでの正規空母より格段に攻撃力が増している。

しかも艦体ブロック工法を採用し、上甲板構造物やバルジなどもブロック溶接でいくつかのパーツを組みあわせて作る方式が採用されているため、戦闘で被害を受けた後の修理が従来の三分の一の期間で可能になるという素晴らしい特徴がある。

戦闘中のダメージコントロールも、合衆国海軍が中心となって共通化した結果、既存の日本空母とは比べものにならないほど抗堪性能が向上している。

それでもなお、飛行甲板は装甲化されていないので、五〇〇キロ爆弾を食らえば大穴があくといった欠点もある。

ここらあたりは、戦時急造するために潔く諦めて、次の本格的な大型空母フランクリン級で実施することになったのである。

「はい。次に私が艦隊を率いるとなれば、絶対に白鶴と黒鶴を中核とした機動部隊にしていただきたいですな。もう極東地区には、空母機動部隊の敵はいませんから、どこか別の方面で存分に暴れてみたい……そう思っています」

日本近海での空母運用であれば、ナチス連邦の艦隊（ロシア極東艦隊）が壊滅状況のため、何かの作戦に参加するにしても軽空母を中心として、あとは護衛空母数隻による対地・制空支援でこと足りる。

沿岸部の沖に居座るのに、正規空母の高速機動能力はいらない。

そのことを古賀は、改めて空母に詳しくないニミッツへ確認したのである。

「そうだな。インドの造船所でも、正規空母カレイジャス級の三番艦……豪州海軍へ供与予定艦のタウンズヒルが完成したそうだ。あの艦型はあと二隻建艦中だから、インド洋方面もかなり充実してくる。

空母だけではない。空母機動に不可欠な軽巡も舞鶴型軽巡洋艦が、台湾の基隆造船所で四隻、カナダのバンクーバーで四隻完成し、いま鋭意訓練中だ。この艦は高速艦隊護衛用だから、貴官の艦隊にも多く配属されるだろう。

そうではなく、水上戦闘や陸上砲撃支援、さらには海上補給路の護衛を行なう中核艦として、アデレード級汎用軽巡洋艦も続々と完成している。これらが実戦配備につけば、もはやナチス連邦海軍など恐れることはない。

その他の駆逐艦や潜水艦も、自由連合各国の民間造船所で大量に建艦されている。我々が海洋民族国家の意地にかけて作りあげた軍用艦ばかりだ。これでようやく、我慢に我慢を重ねた月日が終わる。いよいよ反攻の時だ」

ニミッツの言葉通り、一部ではすでに開始されている各方面の反攻作戦は、いわばこれから始まる大反攻作戦の露払いのようなものだ。

本格的な反攻作戦は、充分な戦力に育った海軍部隊の強力な支援のもとに行なわれる。

現在のようなミニマムな艦隊支援で無理矢理に行なっているものとは、根本から異なる用兵思想に貫かれているのである。

「……で長官、とりあえず合衆国海軍ではラリタン／ヘムステッドの二隻の新型空母が訓練中ですが、現実に艦隊へ配備されているのはチェサピーク一隻のみですが……私としては、例の北アフリカ方面作戦において、いずれナチス連邦海軍との海戦が勃発する可能性が高いと考えています。

そのため自由連合海軍大西洋艦隊は、米第七任務部隊に正規空母チェサピーク／エンタープライズと軽空母ブルースワロー／ガッツを与えていますが、これだけでは足りない可能性があります。

あの縦に広い大西洋を守りきるには、最低でも空母機動部隊を伴った二個任務部隊が必要です。そうでないと、ジブラルタル方面に第七任務部隊がかかりっきりになっている時、もし英国方面でドイツ海軍やロシア海軍が動いたら、英本土艦隊のみでは対処しきれません。

そのため米東海岸に留守部隊として三個艦隊、メキシコ湾に二個艦隊が居座っているのですが、彼らの艦隊の大部分が軽空母や護衛空母しか持っていません。

事が英国支援ともなれば、どうしても正規空母二隻以上を出さないと守りきれないでしょう。そこらあたりのことを、大西洋艦隊はどう考えているのでしょうね」

太平洋全体が安泰になったせいで、自由連合海軍太平洋艦隊に所属する大部分の主力艦は、いま極東方面へ出張している。

そのうちの一部は、さらにインド洋方面まで遠征しているのだから、まるっきり正反対の英国方面が危機的状況になれば、すぐ支援に駆けつけるなど不可能に近い。

となれば、大西洋方面艦隊だけで対処しなければならないが、それにはまだ正規空母が足りないでのある。

「ラリタン／ヘムステッドの二隻が実戦配備につくまでは、貴官の言う通り動ける状況ではないな。しかし、第七任務部隊を率いているのは、あのハルゼーだ。あいつのことだから、火のないところでも大火事を起こしかねない。

敵が出てくるのを待つのではなく、こちらから積極的に仕掛けて敵海軍戦力を漸減しようと考えるかもしれんぞ。その場合、まず標的になるのはイタリア艦隊とスペイン艦隊だろうな。

この二国の艦隊の一部にでも大被害を与えられれば、ドイツやロシア、さらにはナチス化した西ヨーロッパ諸国の海軍も、大西洋防衛のため戦力を割かねばならなくなる。そのぶん英国に対する圧力は減じる……これを考えないハルゼーではない」

「しかし……それでは命令違反になるのでは？」

ハルゼーに命じられた任務は、あくまで北アフリカへ展開する陸上部隊を護衛することであり、積極的に敵艦隊を追いまわすことではない。

それを無視して出撃すれば、護衛任務を放棄したとして処罰されるはずだ。

そう思った古賀は、ニミッツが何を考えているのか理解に苦しんでいた。

「命令の範疇で、誰もがあっと驚くようなことをしでかすのがハルゼーという男だ。並みの指揮官ではない」

古賀の疑問を聞いても、ニミッツの人物評は変わりそうになかった。

「……まあ、そのことは大西洋艦隊司令部に任せましょう。我々は朝鮮および満州反攻作戦の支援と同時に、インド洋方面での艦隊運用にも知恵を出さねばなりません。

とくにインド洋方面は、場合によっては紅海を強引に踏破し、スエズ運河を越えて地中海へ入ることも視野に入れておかないと、とてもじゃないですが、中東とエジプトを守ることはできません。

そして地中海に入れば、待ったなしでイタリア艦隊やロシア黒海艦隊との交戦が待っています。地中海は彼らの海ですので、完全な敵地戦闘……地の利はナチス勢にあります。それを打破して勝利をつかむには、よほどの策を練らないと駄目でしょう」

正攻法で海戦を挑めば、こちらの圧倒的不利となる。

とくにアレクサンドリアへ敵軍が上陸している現在、もし被害を受けたらエジプトで修理できず、遠路インド西岸まで戻らねばならないだろう（スエズやアデンには補修設備がない）。

そのような悠長なことをしていたら、勝てるものも勝てなくなる。

古賀の心配は、まことにもって現実的なものだった。

「海軍戦力的には、我々のほうが有利なのだがな……地の利が先方にあるのは確かだ。艦の補修もままならんとなれば、乗員たちの士気も低下する。しかもこれは、インド方面海軍だけでは解決できそうにない問題だ。

よし、儂が太平洋艦隊を通じて、自由連合海軍総司令部へ打診してみよう。うまくいけば、ハルゼーの艦隊との連携も視野にいれて、抜本的な地中海対策が可能になるかもしれない。もっとも、時間はかかると思うが……」

ニミッツも、ようやく重い腰を上げる気になったようだ。

古賀の思惑は、ニミッツを焚きつけることで、次に自分が率いる艦隊が自在に戦える場を作ることだった。

まだ艦隊編成もできていない段階で、すでに古賀は動きはじめていたのである。

＊

四月一〇日、中国北東部沿岸の端にある錦州。

錦州は、天津から約六〇〇キロ東へ向かったところにあり、そこが満州との境となっている。

錦州から満州有数の大都市・奉天まで、わずか二五〇キロ。

ここを自由連合陸軍中国方面軍が確保したことは、今後の満州方面反攻作戦において、きわめて重要な転換点となるはずだ。

とはいえ、錦州でナチスロシア軍との大激戦が起こったわけではない。

ロシア軍の南満州における主力部隊は、現在も奉天に居座っている。そして朝鮮方面への補給路を確保するため、主に遼東半島方面へ戦力を傾けている。

そのせいで錦州方面は、満州と中国を分ける二本の大きな川を挟み、両軍が陣地を構築して睨み合っているだけだ。

自由連合側の陣地は、川の名前を取って大凌河陣地と呼ばれている。

そして大凌河と、もう一本東にある遼河のあいだは広大な無人地帯と化していて、そこには無数の地雷原が設置されていた。

当然、ロシア側の陣地は遼河(リャオホー)を越えた東側にあり、すぐ南東にある主要都市の海城(ハイチョン)を守るという意味でハイチョン陣地と呼ばれている。

これほど最前線が奉天に近いと、陸上戦力は睨み合いを続けていようが、航空戦力は黙っていない。

自由連合側は、天津の東にある唐山陸軍航空基地と山東半島にある煙台海軍航空基地を用いて、これまで何度も奉天爆撃を試みてきた。

しかし、さすがにナチスロシア軍も南満州の防備の要(かなめ)として、奉天周囲に複数の航空基地を設営し、飛んでくる自由連合の航空攻撃隊をことごとく撃退してきた。

なにしろドイツ航空業界の重鎮であるハインケル社の社長自らが、ヒトラーの奸計(かんけい)による結果だとしても、ロシアへ熟練技術者たちを伴って移動してきたことは、ロシア航空機業界にとって一大変革をもたらしたのだ。

ロシアの各航空機設計局と連携したハインケル技術陣は、次々に新たな改良・新型機を開発しはじめた。

それらの中で比較的早期に改良が終了したヤコブレフH1改戦闘機は、実質的にハインケル112の出力強化版とでも言うべき機に仕上がっている。

　このＹａｋＨ１改は、自由連合中国方面軍に配備されている主力戦闘機——中島一〇〇式戦闘機『隼』に匹敵する性能を持っており、合衆国が供与したカーチスＰ－36やＰ－40より優れていたため、自由連合の爆撃隊は護衛が充分に機能せず、開始早々に大被害を受けてしまった。

　その後、山東半島の基地へＰ－38双発戦闘機が配備されたことで、一部の爆撃隊はある程度の戦果をあげられるようになったが、それでも継続的な被害はまぬがれていない。

　そこで自由連合軍は、新鋭のＰ－47サンダーボルト（日本名・一式戦『雷風』）を投入することにしたが、唐山（タンシャン）航空基地へ充分な数——四個飛行隊九六機が到着したのは、つい先日のことである。

　また、初期段階で大量の被害にあった爆撃隊も、既存機では被害が大きすぎるとして、新型の三菱ＮＡ双発爆撃機『美山』（Ｂ－25改）と、米陸軍専用機のＢ－24リベレーターへの交代を余儀なくされた。

　当然ロシア側も、ポーランド製のメッサーシュミットＢｆ１１０を大量に供与され、それまでの旧型国産機とは別次元の爆撃が可能になっている。

　最近では、さらに新型のユンカースＪｕ88型機も導入され、この機種の寒冷および荒地対策が施された改良機——イリューシンJ88Ⅱ型機が配備されはじめている。

双方ともに機種改編などがあったため、一時期の爆撃が手薄になった結果、現在も奉天は一部の破壊のみしか実現されておらず、これから反攻作戦が開始されるにつれて、改めて大規模な空中戦闘が勃発すると予想されている。


「この戦車……いったいどこ製だ⁉」

錦州に待機している自由連合陸軍所属の日米英中合同機甲部隊において、いきなり素っ頓狂な声が巻きおこった。

声を出したのは、日本陸軍独立第一〇戦車連隊に所属している沖長征一郎（おきながせいいちろう）准尉だ。

沖長は今日のために突貫で開発された零式砲戦車（M22重戦車の日本版）の車長だが、いま目にしている奇妙な形の戦車には、まったく見覚えがなかった。

「英軍マークがついているから、英第一〇機甲師団の戦車じゃないのか」

同僚の棟治正吾（むねじしょうご）准尉が、沖長と同じ興味津々の目で見ている。

たしかに英軍マークがついているから、英軍のものには違いない。

よく見ると、車体は新型の6号中戦車（クルセーダーⅠ型）に似ているが、車体前部と側面上部（上部履帯部分より上）には傾斜装甲が設置されていて、6号戦車より抗堪力が上がっているように見える。

しかし砲塔は、クルセーダー戦車に特徴的な菱形をしていない。

どちらかといえば、M4A1中戦車の溶接砲塔バージョン（強傾斜装甲板を溶接した砲塔本体に、成形炸薬弾対策の間隙付きの追加装甲板を張りつけたもの）に似ている。

米軍では追加装甲板のことを『空間装甲』と呼んでいるが、日本ではあくまで『追加装甲板』である。

主砲は対戦車砲の六ポンド砲を流用したものらしく、やや砲身が長くなっている。元になった六ポンド砲は、約一〇〇〇メートルの距離で七〇ミリの貫徹能力がある。その初速を増大させた砲のように見えるから、おそらく貫徹能力は八〇ミリに達しているはずだ。

「これは二〇日前に青島港へ陸揚げされたばかりの、インド英軍製新型中戦車……7号戦車ドラゴンフライですよ」

いきなり背後から英語で話しかけられた。

「あっ……！」

優しげな言葉遣いだったが、振りむいた沖長たちが見たものは、英陸軍の簡略将官服に身を包んだ指揮官――英第一〇機甲師団長のマイルズ・デンプシー中将だった。

「し、失礼しましたーッ！」

思わず日本語で叫んで、慌てて英語で言い直す。

「いやいや、我が軍の新型中戦車に目を止めるとは、なかなかの目利きだと思って声をかけたまでのことです。見れば諸君の重戦車は米国製のようだが、日本製の新型戦車はまだ到着していないのかね」

沖長たちが所属する独立戦車連隊には、零式中戦車と零式砲戦車、そして九九式軽戦車しか所属していない。

だいいち新型と言われても、零式シリーズが今年制式採用されたばかりだから、それ以上の新型など存在するはずもなかった。

「そうか……聞いていないか。いや、すまん。先週付けで機密解除の知らせが届いていたから、てっきり知っていると思っていたが……日本陸軍が次世代戦車シリーズとして独自に開発していた一式シリーズが、拡大試作段階ながら、このほど我々の機甲部隊に配備されるということなので、こうして見に来たのだよ」

「一式戦車……でありますか？」

棟治も知らないらしく、怪訝(けげん)そうな表情を浮かべている。

「ああ、一式中戦車と一式重砲戦車だ。車体は新設計のディーゼルエンジンで動かすタイプで、中戦車のほうはドイツのパンター戦車の新型も撃破できる八八ミリ砲を装備している。

この砲はもともと高射砲だったそうだ。それに比べれば、ドラゴンフライの六ポンド砲などオモチャのようなものだよ」

「中戦車なのに、零式砲戦車の主砲よりでかいんですか!?」

心底驚いた沖長は、思わず自分の砲戦車の主砲を見た。

「その通りだ。なにしろナチスドイツ陸軍は、八八ミリ砲搭載の巨大戦車を完成させたらしいから、それに対抗するため、一式戦車も急遽設計が変更されたらしい。

当然、インド英軍と合衆国陸軍も、そのドイツ製新型戦車に対抗するための方策を検討中だ」

ここでデンプシーが口にしているナチスの新型戦車が、すでにドイツ国内で試験運用されているパンターⅡなのか、それとも情報だけで現認されていない、まったくの新型重戦車なのかはわからない。

しかし、ナチス連邦の戦車開発速度が尋常ではないことだけはわかった。

「なんで重戦車じゃないんだろう……」

棟治が当然の疑問を口にした。

「それはな……一式砲戦車が、九二ミリ対戦車砲を搭載するバケモノだからだよ。こちらは航空機用のガソリンエンジン……日本製の栄エンジンとかいったな、優秀なエンジンだが、現在の航空機としては馬力が足りないとかでお蔵入りしていたものを、このたび戦車用大馬力エンジンとして採用したらしい。

その栄エンジンとやらは、じつに九四〇馬力を発揮するそうだ。この大馬力を得て、一式砲戦車は、一式中戦車と同程度の時速五〇キロまで出せるらしい。

これまでの重戦車の泣きどころだった速度を、航空機エンジンの流用で補うとは、日本のメーカーもなかなかやるもんだ。

我が英軍も、マーリンエンジン搭載の重戦車を開発してくれんかな……。一四〇〇馬力のマーリンエンジンなら、どんな重戦車もスポーツカーのように走らせることができるはずなんだが」

根っからの戦車好きらしいデンプシー中将は、さも楽しそうに雑談している。

同じく戦車マニアの沖長も、つい引き込まれるように身を乗り出して聞きはじめた。

「なんか、すごいことになってるみたいですね」

これまで戦車後進国のレッテルを張られていた日本が、いつのまにか最先端の戦車を開発中と聞いて、日本本土における大きな変化の流れを感じたらしい。

沖長も棟治も満州方面軍の生き残りであり、大撤収以来、一度も日本に帰っていない。

そのため日本本土がいま現在どうなっているのか、さっぱりわからない状況に陥っていた。

「日本だけではないぞ。四月が到来し、ついに自由連合全体が、第一次戦時増産計画を達成したのだ。だからこれからは、毎日のように新しい艦や航空機、陸軍装備などがお目見えする。

また、第一次戦時増産計画終了と同時に、新たな第二次戦時増産計画が開始されたから、これからは毎年のように装備が改められる。これらは終戦を迎えるまでくり返される予定だから、諸君は最大で一年間待てば、新しい装備を手にすることができるだろう」

デンプシーの言うことは事実だが、それも生きていてこそだ。

将来的に夢のような装備が用意されていても、いま死んでしまえばなんの役にも立たない。

「それまで生きていたいなあ……」

　未来の戦車見たさに沖長が心底から呟いた。

「ああ、死なんほうがいいぞ。私もインドで製造される新兵器の数々をこの目で見たいから、なんとしても生き延びるつもりだ。まあ、そのためには目の前に迫った南満州奪還作戦を、被害最小で切り抜ける必要があるが……お互い頑張ろうな！」

　どうやら忙しい身のデンプシーは、そろそろ雑談を切り上げなければならない時間になったようだ。

　最後まで上下の階級を無視した『仲間扱い』をしてくれた。沖長は予想外の嬉しさを込めて、『友人』となったデンプシーを見送った。

　これまで沖長は、英国人といえば気位が高く、東洋人など人間とすら思っていないと信じていた。なのにデンプシーは、同じ人間として扱ってくれただけでなく、身分の差も越えて同じ戦車愛好家として扱ってくれたのだ。

　そのことがあまりにも新鮮で、目がくらむ思いすらしている。

　それもこれも……。

臥薪嘗胆、苦渋の連続だった満州総撤収から今日までの日々を、英陸軍機甲部隊と共に中国で過ごしてきたおかげである。

これは満州方面から撤収した米軍も同様で、白人と黄色人種だけでなく、黒人や中南米出身者なども、まったく分け隔てなく生活を共にしてきた。その成果だった。

「新型か……早く見たいなぁー」

小声で期待に染まった声を上げた沖長。

それに対し、棟治が自信たっぷりに答えた。

「さっきの話じゃ、いまのところ日本専用開発らしいから、配備されるとしたら日本軍だろうよ。そして日本軍の戦車乗りなら、俺たち独立第一〇戦車連隊が筆頭だ。まず間違いなく、俺たちの部隊に配備されるだろう」

棟治の予想は、あながち外れていない。

青島に陸揚げされた八輌の試製一式中戦車と四輌の試製一式砲戦車は、いま鉄道貨車に載せられて、一路天津をめざしているはずだ。

なんとか反攻作戦に間に合わせようと、日本本土の戦車開発陣（日米合同チーム）が徹夜の連続で拡大試作までもっていっただけに、それは執念に近い思いが込められていた。

つまり南満州における戦闘は、丸々一世代交代したかたちで、改めて仕切りなおしされることになったのである。

3

四月一〇日　スペイン・バレンシア

今日からさかのぼること七日……。

四月三日の朝、ナチス連邦海軍総司令部へ一通の公式命令書が届けられた。

発行元は連邦総統府、宛先は連邦海軍艦隊総司令部である。

『以下に記述する各艦隊は、海軍総司令部より別送される作戦命令書に従い、それぞれの集結地点にて臨戦待機せよ』

この命令は、三月一日付けで同じく連邦総統府から出された命令――『連邦海軍所属艦艇のうち、既存の作戦任務に従事していない稼動可能な艦は、これより一ヵ月のあいだに艦隊編成を終了し、常時出撃態勢を取れ』という、いわゆる出撃準備命令と対になるものだ。

四月三日の命令には、イタリア海軍西地中海艦隊／スペイン第二艦隊／ボルトガル哨戒艦隊／フランス大西洋艦隊の四個艦隊が明記されていた。

三月一日の命令により艦隊編成されたのは、これらの他にロシアバルチック艦隊所属の第三艦隊／オランダ北海艦隊／ポーランドバルト海艦隊／ロシア黒海第二艦隊／イタリア第一機動艦隊／ドイツ第三打撃艦隊／ドイツ第二機動艦隊／デンマーク哨戒艦隊／ノルウェー第二艦隊／スウェーデン第二艦隊／トルコ地中海艦隊がある（既存の作戦従事艦隊を除く）。

つまり四月三日の命令で動いたのは、三月の命令で編成された艦隊の一部にすぎず、ナチス連邦内でもあまり大きな話題にはならなかった。

そのためヨーロッパ全土に潜入工作員の網を張っていた自由連合の各情報機関も、移動した四個艦隊は、残る艦隊とローテーションを組んで各方面の通常警戒任務につくためのものと判断し、定期報告に含めるにとどめていた。

ところが本日……。

イタリアとスペインにまたがる大西洋のビスケー湾に集結していたスペイン第二艦隊／フランス大西洋艦隊、そしてスペイン東部のバレアレス海に集結していたイタリア海軍西地中海艦隊／ボルトガル哨戒艦隊が、時を同じくして作戦移動を開始したのである。

　これらの動きのうち、バレアレス海の艦隊については、モロッコに配備された自由連合海軍の長距離双発偵察機により、今日の昼頃には察知された可能性が高い。

　しかしビスケー湾の艦隊については、付近に連合軍の航空偵察基地が存在しないため、いまのところ不明となっている。

「海岸線より二〇キロを保ち、厳重警戒態勢を維持しつつジブラルタルへ向かう。途中、不定期の敵航空攻撃を受ける可能性が高いため、空母直掩隊（ちょくえんたい）は、常に充分な数の直掩戦闘機を維持せよ」

　ナチス連邦海軍艦隊司令部が『α（アルファ）艦隊』と命名した、イタリア海軍西地中海艦隊／ボルトガル哨戒艦隊の合同艦隊司令長官——アルベルト・ダ・ザーラ中将は、今次大戦において初めての任務となる出撃の興奮を押さえきれず、ややかすれた声で命令を下した。

　α艦隊の旗艦は、イタリア海軍所属の戦艦リットリオとなっている。

　出撃にあたりムッソリーニは、イタリア初の新造空母アキュラを旗艦にするよう希望していたが、ヒトラー総統の厳命により戦艦に定められた経緯がある。

これを見ても、ヒトラーが想定している海戦が、水上打撃戦を中心とするものであることは明白だ。

カリブ海でスペイン艦隊が下手に距離を開けての空母航空戦を挑み、結果的に大被害を受けた経緯を考慮した判断なのだろうが、リットリオが最大三〇ノットを出せる高速戦艦であることを評価したのかもしれない。

空母はアキュラのほかに、軽空母サルデーニャが所属している。

これを見ると、すでに作戦実施中のエジプト上陸作戦艦隊に所属している軽空母ナポリ／ベネチアとあわせると、イタリア海軍は手持ちの空母すべてを出したことになる。少なくとも自由連合側の情報機関では、そう判断されるだろう。

だが……。

ナチス連邦軍の第一次軍備五ヵ年増強計画が終了した結果、現在のイタリア海軍には、まだ自由連合側が察知していない新造正規空母ローマと、同じく新型軽空母のシチリア／コルスがすでに完成しており、現在はアドリア海で訓練中となっている。

つまり今回の出撃は、ヒトラーが五ヵ年計画達成を大前提に命じたものであり、もしムッソリーニが偽りの完成報告を送っていたら、今頃イタリア海軍は大混乱に陥っていただろう。

実のところ、今回の出撃に入れられなかったロシア海軍部隊は、スターリンの誇張により、正規空母一隻と軽空母三隻が完成していることになっている。

しかし実際には、まだ正規空母一隻と軽空母一隻は艤装中であり、完成しているのは軽空母一隻のみ（残りの一隻は建艦中）のありさまだった。

したがって今回、もしバルチック艦隊から空母部隊を出すよう命じられていたら、肝心のバルト海から北海にかけての空母戦力がゼロになってしまい、英国に対する圧力が相当に減ずる結果となっていただろう。まさに不幸中の幸いである。

それにしても、今回もドイツ海軍は艦隊を出さなかった。

すでに正規空母二隻を保有し、五ヵ年計画でもさらに二隻が完成している予定というのに、なぜ出し惜しみしているのかと連邦各国の海軍もいぶかしく思っている。

事の真相はヒトラーにしかわからないが、どうやらドイツ海軍は、英国を完全に叩き潰すまでは艦隊を徹底的に温存する腹づもりらしい。

そのためには大量の空母が必要であり、五ヵ年計画に続く戦時増産一ヵ年計画では、なんと四隻の中型正規空母を建艦することになっている。

これはあまりにも誇大な計画だと思われるが、北欧三国とロシアの潤沢な資源をドイツへ集中すれば、あながち不可能な規模ではないことも確かだ。

実際問題としてヒトラーが命じた増産計画は、いまのところ順調に達成している。

今後どうなるかはわからないものの、それは自由連合側も同様のため、計画が大規模だからといって眉に唾をつけるのは墓穴を掘るようなものである。

「バレンシア陸軍航空基地より入電。これより日没まで航空支援を実施する。以上です」

艦橋に立つザーラのもとへ、艦隊通信参謀が報告にやってきた。

「うむ……空母直掩機と陸上航空隊の支援があれば、夕刻に敵航空攻撃隊が来ても大丈夫だな。それで、明日の陸軍航空隊の支援はどうなっている?」

「はい。現在、アルメリアの航空基地は、敵陸上航空機との戦闘で手一杯とのことでしたので、北西にあるグラナダ航空基地より、新型のフォッケウルフ190Aを二四機出してくれるそうです」

ややこしいが、フォッケウルフは旧型がF型で新型がA型だ。

三月にスペインでライン生産を開始したばかりの新型機(とはいってもドイツ本国では、すでに旧型だが)を出してくれると知ったザーラは、さも満足そうにうなずいた。

「まあ、β(ベータ)艦隊にはフランスの正規空母が二隻もいるから、スペイン陸軍はこちらを優先してくれたのだろうな……。こちらは泣いても笑っても、正規空母／軽空母ともに一隻のみだ。
ポルトガル艦隊の水上機母艦もいるが、すべて複葉機のため補助にしか使えん。複葉機が役立たずなのは、先のカリブ海での海戦でスペイン艦隊が証明してくれたばかりだ」

さすがザーラは、イタリア海軍の実戦部隊において、カンピオーニ大将が若手のライバルと認めるだけある。しっかり戦訓を取り入れ、作戦運用に利用している。

いま話題にあがったβ艦隊だが、あちらは被害を受けたスペイン第二艦隊を再編して参加させたものだ。

ただ、前任のロベルト・レデーロ中将は敗北の責任を取って不名誉退役したため、アドリアン・カブレラ・ロレンソ中将が新しく赴任している。

戦訓といえば、前回は複葉機で挑んでボロ負けしてしまったため、今回のスペイン空母には、すべてドイツ海軍から供与された、メッサーシュミットＮＦ１０９Ａ（１０９Ｅ型の艦上機改造型）とユンカースＮＢ87（スツーカ艦上機改造型）に載せかえられている。

これもまた、ドイツ海軍が空母用に開発したフォッケウルフNF190N-Ⅱ艦戦と、ハインケルNB121（複雑な構造ゆえに制式採用されなかったハインケル118を、レシプロ機専用会社になって初の改良設計機として製造した艦爆）がドイツ海軍では主力機として採用されたことで、連邦海軍の空母へ旧型機を供給する余裕が出たためだ。

対するイタリア海軍の空母は、ムッソリーニのヒトラーに対するライバル意識のため、かたくなに国産機を採用している。

それでも、凡庸な性能だったRe2001戦爆機（艦戦と艦爆を兼任する）では自由連合の新型艦上機に対抗できないとし、新たにマッキ202戦闘機を艦戦改造したマッキN202Aが採用されている。

初の艦爆としては、ブレダ88急降下爆撃機の艦上機改装および機体改良型のブレダN94Aが採用された。

いずれも自由連合側の新型艦上機に比べると、最高速を除いてやや劣るものの、連合の旧型機よりは高性能となっている（もともと連合の旧型艦上機を陵駕することを目的に開発されたため、これは当然の結果といえる）。

かくして……。

自由連合軍だけでなくナチス連邦軍も、こと空母艦上機に関しては、すべて単発単葉機に統一されたことになる。これもまた、歴史の必然といえる結果だろう。

ヒトラーがα／β艦隊に命じた作戦は、北アフリカへ自由連合の陸軍戦力を供給し続けている敵艦隊に奇襲攻撃を仕掛け、海上補給路を寸断することだ。

これは自由連合側も、いずれ実施されると予測していたものだけに、それが予想よりずいぶん早く実施されることになったのも、ナチス連邦側の戦時増産計画が達成され、艦船と航空機に余裕が出はじめたからである。

「敵艦隊は、我々がジブラルタル海峡を出るのを嫌がり、海峡のすぐ大西洋側で待ち受ける作戦を選択するはずだ。そうなれば我がα艦隊はアルボラン海において、北アフリカの敵陸上航空機も相手しなければならず、間違いなく苦戦を強いられる

……敵はそう予想する。

だが実際は、挟み撃ちにあうのは敵艦隊のほうだ。β艦隊は我々が発見されるまで、リスボン北方の海岸近くに潜んで待機している。敵艦隊の空母機動部隊が我々のほうへ向かってくれれば、β艦隊が背後から奇襲航空攻撃を仕掛けて大打撃を与えることになるだろう。

敵の空母機動部隊さえ潰せたら、その後は水上打撃艦隊による海上決戦を挑むだ

けだ。

この場合、こちらの空母の一部が健在であることが大前提だから、たとえ水上決戦で苦戦しても、敵艦隊を朝まで足止めすれば、あとは空母航空隊と味方の陸上航空隊の連携によって殲滅が可能だ。

地中海は我がイタリアの海だ。しかし同時に、スペインやフランスの海でもある。このさい地中海を母なる海と定める海軍が手を取りあい敵艦隊を殲滅する……なんと海軍冥利に尽きる作戦であるか！」

聞く者が通信参謀しかいないというのに、ザーラは延々と声を高めて喋り続けた。

むろん、イタリアの誇る戦艦リットリオの艦橋要員に聞かせる意味もあったが、それよりも増して、ついに第二次世界大戦に自分の艦隊が参戦するという事実に酔っているようにも見える。

イタリア海軍の提督は、派手好きで夢想を好む……。

よく世界の海軍の比較において、イタリア海軍はそう評価されている。

しかしそれは、イタリア人特有の感情表現の派手さと、勢いのあるイタリア語の発音による誤解であり、ザーラはカンピオーニも認める優秀な指揮官であることは確かだった。

＊

同日同時刻……オラン近郊。

「自由連合の戦車など、我が連邦ＳＳの突撃砲戦車の前にはハリボテでしかない！

かまわん、正面から叩き潰せ!!」

ナチス連邦第六ＳＳ師団長のエバルト・フォン・ミュンヒハウゼ少将は、オラン南東にあるウエ・トレラへ進出してきたパットン率いる米第一機甲師団を見て、最大戦力となる三号突撃砲戦車Ｂ型に対し横列態勢で前へ出るように命令を発した。

なぜオランの西からではなく南東なのか……。

それは付近の地形を見れば瞭然だ。

オランの南から南西にかけては、オラン塩原と呼ばれる塩湖が広がっている。

塩湖の北側は海岸に至るまで平地だが、オランのすぐ西側には小高い山地が存在しているため、もしモロッコ方面から海岸沿いに東進したら、この山地と海岸の間にあるわずか一〇〇メートルほどの狭路を突破しなければならない。

いかに優秀な戦車部隊であろうと、一〇〇メートルの幅しか進撃路のない場所を通るには、細長い陣形になるしかない。最悪の場合、道路の左側は崖で、右側は斜面といった場所もあるだろう。その場合、一〇〇メートルどころか道路幅しか進撃する余裕がないことになる。

しかも該当地域には、間違いなく地雷原が設置されている。

これでは狙い撃ちにしてくださいと言っているようなもので、もとよりパットンが進撃路に選ぶ理由はなかった。

代わりにパットンは、塩湖の南を通る枝街道を突進することにした。

こちらの進撃路なら、塩湖を迂回してオランの南へ出ることが可能だ。しかも平地が続き、戦車戦にも適している。

その行き着く先が、オラン南東にあるウエ・トレラなのである。

それにしても……。

ミュンヒハウゼが選択した陣形は、装甲師団発祥のSS部隊としては、万が一にもあり得ないものなのだが、いったいどうしたことだろう。

通常、相手が旋回砲塔を持つ戦車の場合、固定砲塔の突撃砲戦車を前に出すのは愚策の最たるものだ。

しかし今回に限っては、そうとも言えない。

ミュンヒハウゼの部隊は拠点守備用に特化されているため、通常の戦車は短砲身の四号戦車D型二〇輌と三号戦車E型（五〇ミリ長砲身）が二〇輌のみとなっている。

残りの四〇輌が突撃砲戦車と自走榴弾砲戦車という、ほとんど自走砲兵連隊と戦車連隊が合併したような構成であり、ほかの半装軌車や装輪車も、戦闘車輌は野砲や対戦車砲を搭載しているものが多い。

これらは陸上機動部隊というより、重要拠点を死守するため、重厚な陣地を構築した上で敵を待ちうけて漸減するためのものだ。

徹底した守備で守り通しているあいだに、支援の装甲部隊が駆けつけてくれることを大前提にしたものと言える。したがって機動能力を生かす場面は、防衛拠点内における手薄な場所を迅速にカバーする時のみとなるはずだ。

肝心の支援部隊が、いま地中海を渡ろうとしているロンメル軍団である以上、ロンメルがアルジェへ到着し、海岸沿いをオランまで驀進する間、ミュンヒハウゼたちは死ぬ気でオランを防衛しなければならない立場にあった。

また、装備面の問題もある。

ドイツSSでは主力になりつつある四号戦車F型（七五ミリ長砲身）やパンター

I型は、まだ連邦SSには試験的にしか配備されていない。

このことが、今回の変則的な采配となって現われている。

では、三号戦車の車体を流用した突撃砲戦車なら、パットン戦車隊の主力である
M4A1に対抗できるのだろうか？

結論から言えば、砲塔固定型の三号突撃砲戦車の前面装甲は、本体五〇ミリに三〇ミリの追加傾斜装甲があるため、M4A1の七八ミリ五〇口径主砲でも、五〇〇メートル付近まで接近しないと貫通しない。

対する突撃砲戦車の主砲は七五ミリ四八口径砲とほぼ同格だが、M4A1は砲塔前面こそ一〇〇ミリ（傾斜換算）の強防御なものの、車体前面が六〇ミリ（傾斜換算）しかないため、背の高いM4A1の場合、どうしても砲塔より車体前面に当たる確率が高くなる。

その場合、真正面から撃たれると、距離八〇〇でも貫通してしまう。

これではパットン側が圧倒的に不利だ。

そこでパットンは、より攻撃力と防御力の高いM22重戦車をM4A1の間に挟み込み、強力な八二ミリ五〇口径戦車砲の火力で、正面に居座る突撃砲戦車を力押しする戦法を選択したらしい。

こうなると車体前面でも七〇ミリ、砲塔前面だと一〇〇ミリに一二ミリの追加装甲を持つM22のほうが撃ち勝つ可能性が高くなる。

――バウッ！

高初速を誇る突撃砲戦車の七五ミリ四八口径砲が、一斉に火を噴いた。

彼我の距離、八〇〇。

パットン側にM22がいることを確認したミュンヒハウゼが、先手を取るため先に砲撃を開始したのである。

現在、街道を挟むように立ちはだかっている突撃砲戦車は六輌。一列後方に下がり、前衛の間から狙っているものが七輌。

前方しか狙えない弱点を、前後二段の陣形でカバーするつもりだ。

――バッ！

初撃で二輌のM4A1が、車体前面装甲を破られ撃破された。さすがにM22は、前衛にいる六輌すべてが弾きかえした。

「第一／第二戦車中隊、右へ展開せよ。敵側右方へまわりこみ側面から袋叩きにするのだ。イタリア戦車大隊に、突入を開始するよう伝達せよ。左方はイタリア軍に任せる！」

オランに展開しているナチス連邦軍の装甲部隊は、第六SS師団の他に、支援に駆けつけてくれたイタリア装甲師団所属の二個戦車大隊がいる。

今回の戦闘には、このうちの一個戦車大隊が参加している。現在はパットン部隊先鋒の東一二〇〇メートルにある窪地に集結し、ミュンヒハウゼの命令を待っているはずだ。

うまい具合に無線が通じたのか、東にある丘の向こう側で、M11－40中戦車三〇輌(五〇ミリ三二口径)と、M11－39中戦車の砲塔改良型(四八ミリ四五口径)一〇輌が動き始めた。

しかし、いずれの主砲も貧弱なため、M4A1を撃破するには近距離まで接近して、側面もしくは背後から攻撃するしか方法がない。

これはSS部隊の四号戦車D型と三号戦車E型にも言えることだが、それでもイタリア戦車よりは強力な主砲を有しているため、ややSS戦車部隊のほうが楽に戦えることになる。

これらの事情を考慮したからこそ、連邦SS所属の突撃砲戦車が、あえて正面に居座ったのである。

戦闘開始から八分……。

怯まず突進してきたM22重戦車に押され、二輌の突撃砲戦車が距離三〇〇で撃破された。

M22も同じく二輌が破壊されたが、すぐに後方から新たなM22があいた穴を埋めるように前に出てきた。

こうなると、突撃砲戦車はつらくなる。

「突撃砲戦車中隊、阻止陣地まで下がれ。無理をせず、敵を陣地正面へ誘いこむ」

ミュンヒハウゼは四号指揮戦車に乗り、突撃砲戦車部隊の西側端で指揮を取っている。そのため無線電話の感度は、戦闘中にも関わらず良好だ。

すぐに一輌の突撃砲戦車が、被害を受けた戦車を避けるようにしながら、正面を前に向けたまま後退しはじめた。

『こちら第一戦車中隊長！　敵のM４A１集団が、我が方へ進路を変更しました!!』

西側からまわりこもうとしていたSS戦車部隊の意図を察知したのか、パットン部隊の主力戦車部隊が西へと進路を変更したらしい。

「イタリア部隊へ至急連絡。敵の重戦車は無視して、尻を向けているM４を狙え！撃破のチャンスだ!!」

これを待っていたとばかりに、ミュンヒハウゼはマイクに向かって叫んだ。

M4A1の後部装甲厚は砲塔でも四五ミリ、車体に至っては三〇ミリしかない。

これらのデータは、主に朝鮮方面でロシア戦車によって破壊されたものをもとに、ナチス連邦各国が共有しているものだ。

この厚さなら、非力なイタリア戦車の主砲でも貫通させられる……。

思惑通りに敵が動いてくれたことで、ミュンヒハウゼは勝ったと確信した。

一六分経過……。

SS戦車部隊と正面から対峙したM4A1部隊は、一歩も引かずに砲撃戦を挑んでいる。

ただし、あまり西に出過ぎると、M22が街道沿いで単独の戦いを強いられるため、進撃速度自体は遅い。

対するSS戦車部隊も、あまり接近すると相討ちになってしまうため、前進と後退をくり返しながらM4A1に対処していた。

「……?」

その時、中央に居座るM22の後方……街道上を、多数のトラックが驀進してきた。

かなりの速度で接近し急ブレーキで停止すると、荷台にいた歩兵小隊どころか、トラックの運転手まで飛び降り、中腰の小走りで街道の左右に展開しはじめた。

これはトラックを捨てるつもりがなければできない行動である。

その位置は、ちょうどM22の後方二四〇メートル付近——M４A１部隊が西へ移動して、それを追撃したイタリア戦車部隊が街道を越えようとしている場所の南八〇メートル付近にあたる。

歩兵の二人に一人が、背に長い筒状のものを抱えている。

それを素早く外し、もう一人が筒の後方に何かを入れると、すぐ射撃態勢に入った。

米第一一対戦車連隊第一バズーカ大隊に所属する四個バズーカ小隊。すべてが八センチ携帯バズーカ砲で固められた、必殺の戦車キラー部隊だった。

＊

「第一二機動歩兵中隊、バズーカ部隊の支援に出ろ！」

最前線のM22重戦車小隊から後方一二〇〇メートルにある、街道沿いの小高い丘。

その頂上に指揮戦車の砲塔部分のみ出して、パットンが戦闘の指揮をしている。

よく見ると、指揮戦車の左右には二輛のM22と二輛のトラックが並んでいる。トラックから外に出ているのは、二個機動歩兵小隊だ。

機動歩兵小隊とは、トラックなどで迅速に移動する歩兵小隊のことで、多くが小隊装備として八センチバズーカ四門を配備されている。

他の歩兵はM1半自動ライフルで掩護射撃を行なうか、もしくは個兵装備の六・五センチ歩兵擲弾筒（実質的には歩兵用簡易迫撃砲）で支援する。どうやら彼らは、パットンの専任護衛担当らしい。

パットンは車長用砲塔ハッチから上半身を出し、無線マイクを片手に叫んでいる。

一二〇〇メートルの距離があるとしても、敵の突撃砲戦車の射程には余裕で入るし、下手をすると敵の狙撃手に狙われる距離でもある。

だがパットンは、まるでそれらを無視して指揮を続けている。

これは無謀な行為だろうか……。

常識的な戦闘であれば、軍集団司令長官が最前線に出るなど、天地がひっくり返ってもあり得ない。これは前線司令部に籠もっていても同じであり、そう考えると、パットンはメキシコ侵攻の時点から完全に常識外れだったことになる。

ただし、一二〇〇メートルの距離で身を晒（さら）していること自体は、彼なりに安全だと確信しての行為のようだ。

戦場を見る限り、ナチス連邦の戦車部隊には、いつも影のようにつき従っている擲弾兵部隊がいない。

おそらく敵突撃砲戦車の後方三〇〇メートルから始まる対戦車阻止陣地に籠もり、正面突破された場合には一斉に攻撃するつもりなのだろう。

これは明らかにナチス側の失策である。

なまじ強固な防衛陣地がすぐ後方にあるため、その前で戦車砲を用いた掃討戦を実施してもいいと考えているようだが、それは攻めてくるパットン部隊が、機動力にものを言わせて高速突撃してきた場合のみ有効な手となる。

実際には、M22二個小隊だけは正面に居座って砲撃戦を展開しているが、主力戦車部隊は西方向へ転進し、敵の戦車部隊とやりあっている。

東方向から奇襲を仕掛けてきたイタリア戦車部隊に対しては、後方から四個バズーカ小隊を急展開させ、うまく側面を突くことに成功した。

ちなみに急速展開した小隊は、八センチバズーカ砲を二人一組で運用する分隊構成になっているため、一個小隊につき三個分隊三門（残りの歩兵は掩護）、全体では一二門がイタリア戦車の対処に出てきたことになる。

ただし二人一組の場合、携帯するバズーカ砲弾が三発しかない。

それを撃ち尽くしたら、ただちに後方へ下がり補給を受ける。

この場合、乗ってきたトラックは破壊されている可能性が高いため、全員が一〇〇メートルほど背を屈めて徒歩で退避することになる。

しかし、たった二個小隊で一二門、三六発ものバズーカ砲弾が使用できるのは凄い。

M4A1部隊の背後を突いたと確信して突進していたイタリア戦車部隊は、まんまと至近距離でバズーカ砲に側面を狙われる結果となったのである。

戦闘開始から三八分。

まず、イタリア戦車部隊が崩れた。

ただでさえ装甲が貧弱な部隊なのに、うまく当たれば八〇ミリ装甲すら貫通可能な成形炸薬弾頭が三六発も直射で襲ってきたのだ。

総数四〇輌のイタリア戦車部隊のうち、あっという間に一二輌が撃破された。

残りは二八輌だが、この場合、現実の被害より心理的なショックのほうが大きい。

まさか伏兵となった敵歩兵から大ダメージを食らうとは思っていなかっただろうから、さらなる攻撃を予期し恐怖に駆られたのである。

もっとも肝心のバズーカ小隊は、携行していた砲弾すべてを乱れ撃ちすると、さっさと撤収を始めている。

もしここに、イタリア戦車部隊に擲弾兵部隊か歩兵部隊が随伴していたら、今頃はバズーカ小隊のほうが全滅の危機に陥っていただろう。

すべては指揮官の采配の優劣による、勝敗の分かれ目だった。

「機動歩兵部隊、一斉砲撃を開始しろ！」

パットンの命令が機動歩兵部隊へ伝わるのに、おおよそ一八秒ほど要した。

おそらく歩兵携帯の近接無線電話を使って歩兵部隊指揮官に命令が伝わり、その後は声がけで全体に浸透させたのだろう。

――ポポポポポッ！

激しく甲高い戦車砲発射音からすれば、どこか牧歌的な感じすらする六・五センチ歩兵擲弾筒弾の発射音がかすかに聞こえた。

高い弾道を描いた成形炸薬砲弾は、正面の突撃砲部隊の真上から襲いかかった。

正面こそ分厚い装甲を持つ突撃砲戦車も、砲塔上面や車体後部上面は、機関銃防御程度しか装甲機能を持っていない。

そこに最大貫徹力五〇ミリの成形炸薬弾が命中すれば、まるで紙を鉛筆の先で突き刺すように貫通する。

ただし、歩兵擲弾筒は片手で適当に角度をつけ、もう一方の手で前方から擲弾を落としこむ方式のため、もとからいい加減な照準しかつけられない。

それでも訓練を重ねると、狙った距離の一〇メートル以内に着弾させられるというから、まさに熟練兵向きの装備だ。ちなみに射程も短く、四〇〇メートルしかない。

あくまで歩兵が手撃ちできる超小型簡易迫撃砲として開発されたものだけに、製作単価も驚異的に安く、しかも零細鉄工所でも製造できる簡単な構造になっている。

つまり、文字通り『数撃てば当たるかもしれない』代物なのだ。

それでも三輌の突撃砲戦車が破壊された。費用対効果で考えれば、もの凄いコストパフォーマンスだ。

しかも個兵ごとに二発の擲弾が配布されているから、第二射まで連続して発射できる。

その第二射が終了した頃を見計らい、再びパットンの命令が飛んだ。

「全部隊、ただちに八〇〇メートル後退しろ！」

状況を見ていたパットンは、頃合いよしと感じたのか、戦っている全部隊へ緊急撤収命令を出した。

　すると、まず中腰になっていたバズーカ小隊員たちが、背を伸ばして全速力で走りはじめた。ほぼ同時に、擲弾を撃った歩兵部隊も全速後退しはじめる。

　彼らを掩護するためパットンのいる丘付近から、多数の重機関銃や軽機関銃の射撃が始まった。

　これは万が一、味方歩兵部隊の背後に敵歩兵が迫っていた場合を想定しての掩護だが、実際にはいないため無駄撃ちになっている。

　次にＳＳ主力戦車部隊と戦っていたＭ４Ａ１部隊が、徐々にバックで後退しはじめた。二個小隊一二輌が、六輌単位で支援と後退をくり返している。

　Ｍ４Ａ１は停止しないと砲撃照準ができないため、一方の小隊が掩護しているあいだに、もう一方の小隊が正面を前に向けたまま後方退避する教科書的な撤収方法である。

「長官、そろそろ退避を！」

　横にいる直掩のＭ22車長が、パットンに対し後方へ下がるよう要請した。

「指揮戦車、後方八〇〇の補給地点まで下がれ」

　これは自分の戦車の操縦手に対して命じたものだ。

最前線からわずか二〇〇〇メートル後方に、パットンは砲弾補給のための退避所を設置していた。本来なら敵砲兵部隊の砲撃が届かない一〇キロ以上を目安にすべきなのに、これまた常識外れの措置だ。

むろん本格的な補給所は、もっと後方にある。

後方二キロ地点にあるのは、あくまで数時間の戦闘を維持できる程度の銃砲弾や燃料のみを野積みしたものである。

その地点には、戦闘に参加しなかったチャーフィーJr大佐の米第二機甲兵旅団の一部が控えている。もしパットンの部隊が予想外の被害を受けはじめたら、即座に突入する準備ができていた。

そして第二機甲兵旅団の背後二キロには、米第二機動砲兵旅団の一個野砲大隊が待機していた。

そこにパットンの命令が飛んだ。

「支援砲撃、開始！」

砲撃態勢で待機していた車輌牽引式のM２一〇五ミリ榴弾砲四〇門が、雷鳴のような轟（とどろ）きを発し始める。

機動砲兵旅団は全砲門が牽引車輌によって高速移動させられるよう工夫されてい

るが、いまここに展開しているのはその一部——第二一野砲大隊のみだ。

他の砲兵部隊は連邦側の遠距離砲撃や航空攻撃を避けるため、後方三〇キロにあるタンズーラ地区で待機している。

そこは低い丘陵地帯の北辺にあたり、今回の戦闘に参加していない車輌や歩兵部隊の大半が潜むには適していた（あくまで第一機甲師団／第二機甲兵旅団／二機動砲兵旅団に所属している部隊のみ。残る大多数の戦力は、主幹幹線の途中にあるトレムセンの町を制圧後、そこに軍団司令部を設置して待機している）。

したがってパットンは、本来なら最低でもトレムセンで指揮を取るのが常道であり、最も常識的なら、モロッコのカサブランカに設置してある軍集団総司令部に居座るべきなのだ。

それをせず最前線にいる以上、そこはあくまで出先の場所でしかなく、野戦司令部も師団司令部も存在しないのは当然の帰結である。

「砲撃終了後、全部隊は逐次、タンズーラまで戻る。俺たちが撤収を開始すると同時に、海兵隊の航空支援が入る。

現在の砲撃は敵の対戦車阻止陣地向けだが、海兵隊の爆撃隊はオラン市街地にいる敵主力部隊に対してのものだ。

今日のところは、これで終わりだ。どのみち俺たちも、主力の各歩兵師団がトレムセンに到着しないと、本格的なオラン攻略はできないからな。それまでは、せいぜい敵をどやしつけてやろうじゃないか！」

全部隊一斉の短距離無線電話というのに、パットンの口調は少しも最高指揮官の威厳がない。

その代わり、全面的に信頼できる『兄貴』や『親父』の雰囲気なら、ぷんぷんと漂っていた。

4

四月一二日　世界

北アフリカにおける戦いは、ここ二日間オランの攻防戦に終始している。

当初は急襲と遊撃的な戦術、そして装甲車輌／歩兵／航空機をもちいた三次元戦闘により、パットンの勝利は間違いないと思われた。

しかし、オランを守る連邦SS部隊とイタリア戦車部隊も、当初こそ戦術的選択の間違いにより激しい被害を受けたものの、その後の対戦車陣地における擲弾兵部隊の活躍と、のちの市街地戦闘において予想外の奮戦を見せている。

いまだにオラン中心部は陥落しておらず、今日に至っては、攻める側のパットン部隊に疲労の色が見えはじめた。

このナチス連邦側の驚くべき粘りは、ひとえにオラン市街地の地下に張りめぐらされた退避壕と連絡トンネルの成果といえるだろう。

アルジェリアはナチス連邦の植民地として、開戦よりずっと前から、海岸線に存在する都市部の防衛には余念がなかった。

とくにオランのような重要港湾のある町は、そう簡単に陥落しないような仕組みが求められた。

それに応えてイタリア軍が作りあげたのが、現代戦における城壁——地下を有機的に連結する耐爆壕と連絡路だったのである。

北アフリカの砂漠地帯といっても、オラン付近は砂礫と岩塩が混じった土壌のため、かなり乱暴に掘っても壁が崩れない。むろん時間と共に砂や岩塩が崩落するので、そこは内壁をコンクリートで補強してある。

この連絡壕を活用して、ＳＳ擲弾兵部隊が神出鬼没に建物から建物へと移動し、土煉瓦平屋根構造の家の屋上から、これでもかと対戦車手榴弾を投げつけてくる。

これには精強を誇るパットン戦車隊もお手上げとなった。

なにしろ手榴弾が飛んできた方向にある家を砲撃しても、その頃には、敵兵は地下に退避している。仕方なく歩兵をくり出してローラー作戦を展開すると、今度は見当違いの場所から狙撃兵がわらわらと現われてきた。

昼間でもそうなのだから、夜間はナチス側の天下だ。

ついに音をあげたパットンは、しばらく海兵隊による爆撃で町全体を破壊し、歩兵主力部隊が到着するのを待って、本格的な掃討作戦を実施する気になった。

これにより北アフリカ作戦は、予定から大きく遅れることになった。

そして、パットンがオランに足止めされている間に、ナチス側は、着々とロンメル部隊をアルジェへと移動させつつある。

たしかに被害はナチス側のほうが大きい。

しかし戦略的に見れば、現状はナチス側に有利な展開となっている。

これを打破するには、何か奇抜な方法が必要になるのだが、果たしてパットンはそれを用意できるのだろうか……。

極東方面では本日現在も、あまり戦線的には変化がない。

ただし、戦闘の内容は大違いだ。

中国の錦州から南満州へと踏みだした自由連合中国方面軍は、目の前に現われた広大な地雷原を、戦車の前部に設置した除去ローラーや、中国兵士を用いた人海戦術で地道に撤去中だ。

当初、地雷除去のため地雷原へ部隊が進むと、奉天の方角から大規模な遠距離砲撃が行なわれた。

おそらくロシア陸軍の大口径砲による制圧射撃だったのだろうが、皮肉なことに、地雷除去要員の被害こそ酷かったが、ロシア軍の砲弾は地雷そのものも吹っ飛ばしてしまった。

結果的に、自ら設置した地雷を除去したことになる。

これにロシア軍が気づいた頃には、地雷原の半分近くが無効化された後だった。

さすがに失態だと気づいたロシア軍は、すぐに砲撃を諦め、地雷原の尽きる遼河を越えた東側の陣地で迎え撃つそぶりを見せた。

時には地雷原に設けた味方用の安全ルートをつたい、歩兵部隊による連合側の地雷除去要員の殺傷も試みた。

これらの膠着した状況があったせいで、南満州方面には、一見すると変化がないように見えたのである。

これは朝鮮方面も同様で、大田を死守せよと命じられたロシアの朝鮮方面軍司令部は、逃げたくとも逃げられない状況に追い込まれた。

そこで可能な限りの戦力と物資を温存するため、釜山周辺に展開していた全部隊を大田まで撤収させ、徹底的な籠城戦の構えを見せている。

ところが、背後にあたる平壌と元山に自由連合軍が上陸しただけでなく、最終的な撤収地点となる南満州において、大規模な中国方面からの反攻が開始されたのだ。

このままでは完全に退路を断たれる……。

逃げおおせたのは、さっさと撤収していったSS部隊と装甲部隊のみ。自分たちは、連中が逃げるための捨駒にされた……。

日に日に大田残留の二〇万に達する歩兵部隊と方面司令部内に、このような囁きが聞かれるようになった。

これは紛れもない事実のため、方面司令部としても厳しく取り締まると、大規模な謀反すら起こりかねない雰囲気になっている。

そうでなくとも、この二日間のあいだに、すでに数千名もの敵前逃亡者を出しているのだ。

敵前逃亡は問答無用の銃殺刑というのに、大田の周辺警備のため駆り出された部隊から多数の脱落者を出すに至り、方面司令部も片っ端から銃殺に処するわけにはいかなくなった。

そこで不穏な動きを見せる部隊を司令部の近くに置いて監視することになったが、これがまた謀反の疑いを蔓延させる結果となり、たった二日で朝鮮方面司令部周辺は、見るに耐えない不穏な空気に包まれ始めている。

一方……。

苦しい戦いに終始しているのが、なんとかドイツ正規軍の侵攻を一時的に食い止めた、中東方面の連合軍部隊である。

日本陸軍の空挺奇襲による補給路寸断……。

まさに奇抜な戦術だったが、奇策はそう何度も通用しない。

しょせんは軽装備の歩兵部隊にすぎない空挺部隊では、本格的な装甲部隊や砲兵部隊に攻められれば後退するしかなかった。

結果的に見ると、空挺部隊がヘブロンに居座りナチス側の補給路を切断できたのは、たった三日間だけである。

その後はヘブロンを離脱し、シナイ半島からの航空支援を頼りに、なんとかトランスヨルダン領内まで逃げ延びた。

　そして、退避先でサウジアラビア／トランスヨルダン軍と交代すると、さらにサウジ領内へトラックで輸送してもらい、最終的にはサウジアラビアにおける最大の自由連合陸軍拠点——メディナ基幹基地まで戻った。

　今後の日本陸軍第八空挺旅団の予定は未定となっているが、ここで再編を待つか、もしくはインドまで戻ることになるはずだ。

　彼らと入れ代わるように、メディナからサウジ北西の要衝タブークへ、英インド植民軍中東方面軍団の先遣部隊となる、インド英陸軍第四機甲師団／インド英陸軍・第三特殊戦旅団（砂漠戦部隊）が入っている。

　いまだにパレスチナのベエルシェバにある、北アフリカ英陸軍中東方面司令部の危機は去っていない。

　だが、トランスヨルダンのタフィラにいる英植民軍（アラビア半島の植民地連合軍）に所属する自動車化歩兵師団が側面から睨みを利かせ始めたせいで、ナチスドイツの装甲部隊もベエルシェバだけに集中できなくなりつつある。

　中東方面は、いまだにナチス連邦が優勢のままだが、あちこちで自由連合の反攻作戦の萌芽が見て取れる……そういったところだろうか。

ともかく自由連合としては、最悪でもスエズ運河をナチス側に奪取されることだけは避けたいと思っている。

そのため自由連合海軍を使い、危険を承知で紅海を強行突破し、スエズ南端にあるスエズ港に強力な打撃艦隊と空母艦隊を送り届ける算段をしはじめた。

問題は、どの艦隊を向かわせるかだ。

紅海のアフリカ側には依然、ナチス連邦の植民地が存在し続けている。

紅海は予想以上に狭く、しかも大型艦が通行できる航路は限られている。

場所によってはアフリカ側の沿岸から、一一五ミリ砲を用いての敵砲撃が可能になる場所すらある。

これらに加え、まだ植民地に残存している連邦側の航空機も多数あるため、これらを空母攻撃隊で潰してからでないと、そう簡単には紅海をさかのぼることはできないのである。

必要にして充分な戦力を送ってやりたいのはやまやまだが、現在の西インド洋には、そこまで多くの艦隊が集結しているわけではない。どこかを贅沢させれば、別のところが貧弱になる。

中東方面作戦では、紅海の他にアラビア海方面にも艦隊を割かねばならず、その割合次第では、どちらかの方面が苦しい戦いを強いられることになるはずだ。

これらを采配する現場の最高指揮官は、英海軍東洋艦隊司令長官のサー・ジョフリー・レイトン大将である。

彼の決断次第で、中東方面はこれからどのようにも推移する可能性を残している。よって現在のところは、五里霧中といったところだろう。

ともあれ……。

苦しいながらも、自由連合は戦時増産計画の第一陣を達成し、各方面で反攻作戦の狼煙(のろし)を上げることには成功した。

全世界的に見ても、動いていないのは現在、一時休止中のカントリーロード作戦くらいのものだ。

とりあえずのパナマ運河防衛に成功したのだから、次のステップとなる南米攻略作戦の開始までに、必要充分な戦力を蓄える充電期間に入っている。

この方面は幸いにも主敵がブラジル軍のため、貧弱というより皆無に近い海軍戦力という特殊事情もあり、どうしても南米ナチス勢力の動きが鈍くなる。

これは以前より予測されていたものだけに、自由連合軍も余裕をもって準備に時間をかけることが可能になったのである。

双方の陣営とも、次の世代の軍備を続々と現実のものとしつつある。
それらが最前線に出てくるのも、もうすぐだ。
戦時中の技術開発は平時の何倍も速い。
そして時には、戦争の趨勢すら転覆させるだけの威力を持つものもある。
文字通り、世界を賭けた最終戦争……。
地球上の列強諸国が二手に分かれ、いま史上最大級の戦いに挑もうとしている。
その結果は、まだ渾沌としたままだった。

第二部資料

〈自由連合軍編制〉

＊本巻に登場する事項のみ記載

◎自由連合陸軍北アフリカ方面軍

＊あたらに北アフリカ方面軍の派遣が必須となったため編成された

北アフリカ方面軍作戦司令官　ジョージ・パットン大将

米第一機甲師団　ジョージ・パットン大将兼任

米第二機甲師団

米第二機甲兵旅団　アドナ・R・チャーフィーJr大佐

米第七機甲兵旅団

米第二機動砲兵旅団

米第一一対戦車連隊

米第四歩兵師団／第七歩兵師団／第一二歩兵師団

米第七砲兵旅団／第二二砲兵旅団／第二六砲兵旅団

カナダ陸軍派遣旅団

豪陸軍派遣旅団

◎米海兵隊北アフリカ作戦部隊

＊大西洋海兵隊所属部隊

＊作戦名はデザート・トマホーク作戦

作戦司令官　バンデクリフト少将

第一海兵機甲旅団　八〇〇〇

第二海兵旅団　八〇〇〇

第四海兵旅団　八〇〇
一個戦車大隊　八〇輌
二個戦車中隊　四〇輌
機動輸送大隊　一二〇輌
砲兵大隊　野砲　二〇　迫撃砲　三〇〇
第三海兵航空隊　双発爆撃機　八〇
双発戦闘機　四〇
単発戦闘機　四〇
基地防衛機　四〇

◎在米日海軍第一派遣陸戦隊

＊在米帝国海軍北米艦隊に所属。日米共闘の場合は米軍指揮下に入る
＊フィラフェルフィアの米海兵隊基地内に駐屯地を置く
第一派遣陸戦隊司令官　森国造少将（旧海兵四〇期）

第三陸戦隊　歩兵旅団　八〇〇〇
第五陸戦隊　歩兵旅団　八〇〇〇
　戦車大隊　九七式中戦車　八〇輌
　砲兵大隊　中型野砲　八〇　中型迫撃砲　二〇〇
　特殊偵察中隊　二〇〇

＊在米日海軍第一派遣陸戦隊の増強を目的に、米海兵隊に準ずる機甲旅団が派遣された

第一陸戦機甲旅団
　戦車連隊　零式中戦車　八〇輌
　　九九式軽戦車　二〇輌
　　零式砲戦車　八輌
　対戦車連隊　九七式七・六センチ対戦車砲　一二門
　　九八式五・二センチ対戦車砲　一六門

一二センチバズーカⅡ型　二〇門
八センチバズーカⅡ型　三二門
五センチ簡易バズーカ砲　二六門
機動砲兵大隊　牽引野砲　八〇　中型迫撃砲　二〇〇
軽機動偵察中隊　一六〇
揚陸艦　三隻
大型舟艇　一二隻
上陸支援艦　五隻
船団防御艦　一六隻（海防艦を転用）

◎日本海軍インド洋派遣艦隊

＊インドにおいて日・米・英・豪・タイ五ヵ国による連合艦隊を編成するため新規に構成された

打撃部隊　草鹿龍之介少将
　戦艦　丹後
　重巡　朝日／鞍馬
　軽巡　穂高／明石／白馬
　駆逐艦　一六隻

空母部隊　酒巻宗孝少将
　正規空母　大龍
　軽空母　凛空／晴空
　軽巡　与那国
　駆逐艦　一六隻

◎英海軍東洋艦隊（インド洋派遣艦隊のみ）

＊インドを本拠地とする英海軍東洋艦隊から、自由連合艦隊編成のため部隊が出された

＊インドで建艦された初の空母も参加

巡洋戦艦　アンソン／ハウ
正規空母　カレイジャス／インドミタブル
重巡　ソルウエイ／フォース
巡洋艦　ホーリーヘッド／グリムスビー
駆逐艦　一二隻

◎その他のインド洋派遣艦隊

豪海軍派遣艦隊
軽巡　ボタニー
駆逐艦　八隻

カナダ海軍派遣艦隊
重巡　ウイニペグ
駆逐艦　八隻

タイ海軍派遣艦隊
軽巡　シャム
駆逐艦　四隻

◎自由連合インド方面軍

＊ナチスドイツ正規軍の中東侵攻に伴い、急遽、各国の予備兵力をインドへ集結させ、実質的な中東派遣陸軍部隊を編成することになった

インド方面軍司令長官　アーサー・パーシバル中将

方面軍総数　約四五万

英インド植民軍中東方面軍団（一四万）
英陸軍第四機甲師団／英第六機甲師団
英陸軍第五軽機動師団

英陸軍第三特殊戦旅団（砂漠戦部隊）
英陸軍第八砲兵師団
インド植民軍陸軍第二／第四歩兵師団
インド植民軍陸軍第三砲兵旅団

米インド方面派遣軍団（一〇万）
米陸軍第三機甲師団
米陸軍第二五／三二歩兵師団
米陸軍第一六砲兵師団
米陸軍第一六空挺旅団
米陸軍第四四戦車連隊
米陸軍第二〇／二一対戦車連隊

米海軍第五海兵旅団

日インド方面派遣部隊（六万）

日陸軍第七／第一二歩兵師団
日陸軍第一機甲旅団……※1
日陸軍第八空挺旅団
日陸軍第八軽機甲連隊
日陸軍第一〇対戦車連隊
日陸軍第一五／三三砲兵連隊
日陸軍第六／第一八工兵連隊

豪インド方面派遣部隊（四万）
豪陸軍第三師団／第一〇師団
豪陸軍第六砲兵旅団
豪陸軍砂漠戦特殊大隊

中国インド方面派遣部隊（四万）
中陸軍第四六師団／第四七師団／第五二師団

タイ国インド方面派遣部隊（二万）
タイ陸軍第三師団
タイ陸軍第二砲兵旅団

アジア各地の義勇兵部隊
フィリピン義勇旅団（八〇〇〇）
台湾義勇旅団（八〇〇〇）
東インド義勇旅団二個（一四〇〇〇）
ベトナム義勇連隊二個（六〇〇〇）
ニューギニア義勇連隊（三〇〇〇）

※1　日本初の機甲師団創設の最中に作戦実施が決定したため、訓練を終えていた旅団規模の派遣となった

◎自由連合軍朝鮮方面艦隊
＊状況の変化により、朝鮮半島奪還のための反攻上陸作戦が計画された

自由連合海軍朝鮮方面艦隊　F・J・フレッチャー少将

上陸支援艦隊
戦艦　ニューヨーク／テキサス
軽空母　マザーホーク
重巡　ハートフォード／オーガスタ
軽巡　コロンビア／ウィラメット
駆逐艦　二〇隻

警戒隊
軽巡　伊豆
護衛空母　水鳥／海鳥
駆逐艦　六隻
海防艦　一二隻

竜型駆逐艇　一〇隻

輸送隊
軽巡　石垣／式根
軽空母　雲鷹
駆逐艦　八隻
海防艦　一六隻
竜型駆逐艇　一〇隻

輸送部隊　四六隻

上陸部隊　ダグラス・マッカーサー大将

上陸A部隊
米陸軍部隊（旧満州方面軍を再編・抜粋）
第四九／第五一歩兵師団

第二三空挺旅団
第四一戦車連隊
第八五砲兵連隊
第二六／二八対戦車大隊

第九海兵旅団

上陸B部隊
日本陸軍朝鮮派遣部隊
第二近衛師団／第一三師団
第三五砲兵連隊
第六戦車大隊
第一八対戦車大隊
陸戦隊第五旅団

自由連合在日航空隊（板付飛行場／対馬飛行場／釜山飛行場）

重爆撃機　B－17　一二機

B－25　二八機

双発爆撃機『美山』　一六機

爆撃機　A－20　一二機

九七式軽双爆　一〇機

F3B　四六機

三菱九八式艦爆　三三機

地上掃討機　九九式　二六機

護衛戦闘機　P－38　二六機

九六式陸戦　二三機

九七式双戦　一二機

九九式艦戦　三三機

自由連合中国航空隊（煙台飛行場／威海飛行場／青島飛行場）
九七式飛行艇　一二機
九七式軽双爆　二六機
B－17　一六機
P－38　二四機
九七式双戦　一二機

◎自由連合陸軍極東反攻部隊
＊実質的な中国本土からの反攻作戦部隊
＊当面の目標は、朝鮮上陸部隊の側面支援と、満州の奉天南部（遼東半島を含む）までの制圧および確保となっている

極東反攻作戦司令長官　ダグラス・マッカーサー大将

合衆国陸軍中国方面軍（旧満州方面軍の一部を再編）

米第三／第六歩兵師団
米第一二／一七砲兵旅団
米第八／第一六戦車連隊
米第一三対戦車連隊
米第二一迫撃砲連隊

米海兵第四特殊戦大隊

日陸軍中国方面軍（一部） 板垣征四郎大将
日第一三／二五／三六歩兵師団
日独立第八砲兵旅団
日独立第一〇戦車連隊
日独立第三対戦車連隊
陸軍航空隊特別襲撃隊（唐山航空基地）
一〇〇式戦闘機 三六機

九九式地上掃討機　四八機

英陸軍中国方面軍（一部）アーサー・パーシバル中将
英第一〇機甲師団（マイルズ・デンプシー中将）
英第一六師団／第一八師団
英第二三砲兵旅団
英独立第一一戦車連隊
英独立第四二／四三砲兵連隊

台湾義勇兵隊　四万
四個歩兵部隊（旅団規模）
二個砲兵部隊（連隊規模）
二個陸戦部隊（連隊規模）
二個機動部隊（連隊規模）

コスミック文庫

世界最終大戦 2
ナチスへの逆襲!

2023年8月25日　初版発行

【著者】
羅門祐人

【発行者】
佐藤広野

【発行】
株式会社コスミック出版
〒154-0002 東京都世田谷区下馬6-15-4
代表　TEL.03(5432)7081
営業　TEL.03(5432)7084
FAX.03(5432)7088
編集　TEL.03(5432)7086
FAX.03(5432)7090

【ホームページ】
https://www.cosmicpub.com/

【振替口座】
00110-8-611382

【印刷／製本】
中央精版印刷株式会社

ISBN978-4-7747-6496-2 C0193